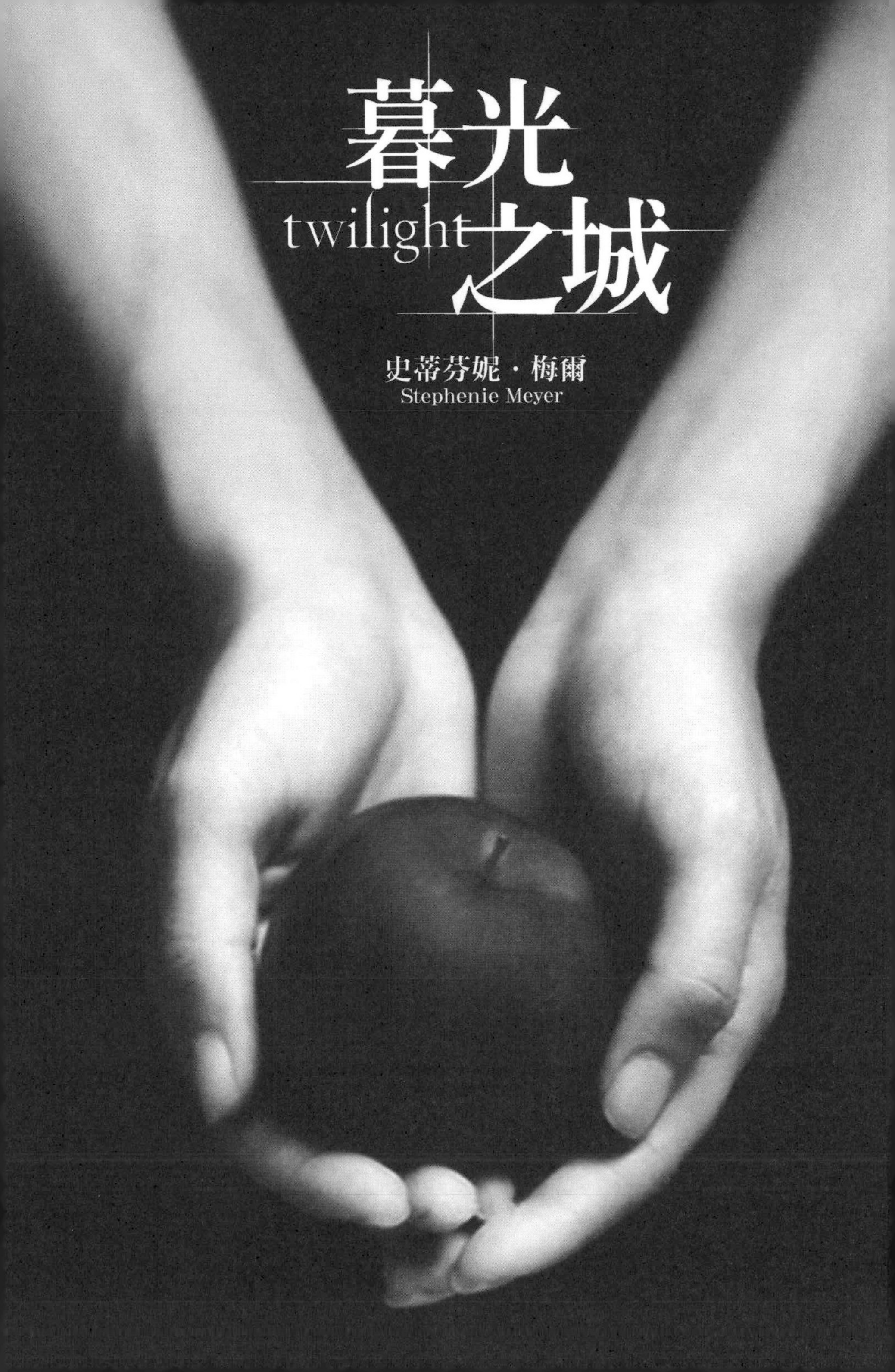
暮光
twilight 之城
史蒂芬妮・梅爾
Stephenie Meyer

To my Chinese readers,

I never imagined that my books would reach such an international audience. I want to thank everybody for their support and hope they enjoy *The Twilight Saga!*

Steph

致中文版讀者，

我未曾想過我的書能夠遠渡重洋到大家手上，誠摯的感謝大家的支持，同時也希望大家能夠藉由閱讀《暮光之城》系列得到樂趣！

史蒂芬妮

獻給我的大姊艾蜜莉，她的熱情是促成我完成本書的最大動力。

感謝我的雙親、史提夫及甘蒂，一生對我的愛與支援，在我年少時為我朗讀無數經典名著，在我緊張時永遠握住我的手。

感謝我的丈夫潘丘，以及我的兒子們——加布、賽斯及艾利，不時和我討論故事中的虛構人物。

感謝作家出版社（Writers House）的朋友們：珍妮佛•蓋內霍斯——給我這個新手機會；茱蒂•李默——讓我最不可能的夢想成真。

感謝我的兄弟保羅及雅各，他們的專業為我解答了無數疑問。

感謝我的網路家族——fansofrealitytv.com 網站上最有才華的作家，特別是金伯利•沙朗（沙莉）給我的鼓勵、忠告和鼓舞。

只是分別善惡樹上的果子，你不可吃，因為你吃的日子必定死。

〈創世紀　2:17〉

目錄

preface

我將如何死亡，我並沒怎麼多想——雖然最後這幾個月，我的確有足夠的理由來思考這個問題——但就算我真的想過，也想像不到會是這般的情景。

我屏住呼吸、走過長廊，凝望獵人漆黑的雙眼，他愉悅的看著我。

這的確是個挺好的死亡方法：在一個只有我愛的人與我同在的地方。可以算是壯麗的，應該是值得的……

我知道，如果我沒來福克斯，現在的我就無須面對死亡，但是，無論我有多害怕，我對這個決定永不後悔。當生命給你一個超乎預期的夢想時，就算即將死亡，也不應悲傷。

獵人給我一個友善的微笑，從容的向前——殺死我。

chapter 1

初次見面

就在這個時候，坐在餐廳裡，
試著與七位對我充滿好奇心的新同學聊天時，
我看見他們了……
這是我第一次看見他們。

媽開車載我一路往機場奔去，車窗搖下後，此時的鳳凰城戶外約為二十四度，朗朗晴空萬里無雲。我穿上最心愛的衣服——白色網狀花紋的無袖襯衫——用一種告別陽光的心態穿上它，隨身還攜帶了一件羽絨大衣。

在華盛頓州西北方的奧林匹克半島，有一個名為福克斯的小鎮，一年四季幾乎永遠都是陰天，全美就屬這個奇怪的小鎮最常下雨，綿綿陰雨造成的陰鬱與無處可逃的灰暗，迫使母親帶著才幾個月大的我逃離那個小鎮。一直到我十四歲之前，每年夏天暑假，我都被迫要回到那裡待上一個月，十四歲那年我終於採取堅定立場，表明我的態度，因此過去三年的暑假，我父親——查理——改帶我到加州度假兩週。

但我現在卻要到福克斯去——這是我做過最糟糕的事。我討厭福克斯。

我愛鳳凰城，我愛鳳凰城的陽光及高溫，我愛這個充滿活力與無限可能的城市。

「貝拉——」母親對我說，她在我上飛機前說了不下上千次：「妳不用這樣做的。」

我和母親長得很像，但她是短髮而且臉上帶有笑紋。當我望著她單純天真的大眼睛時，不由得湧起一股心痛的感覺，我怎麼能離開我最心愛的母親——這個隨興、粗心的女人——而不留下來照顧她？當然，她現在有了費爾，費爾會替她付帳單、填滿她的冰箱、幫車子加滿油，萬一她迷路也能聯絡費爾，但我還是……

「我想去。」我對她說謊。雖然我一向是個糟糕的說謊者，但最近我太常說這個謊話，最後連我自己都深信不疑。

「幫我問候查理。」她勉強接受地說。

「我會的。」

「我很快就會再見到妳的。」她堅持：「只要妳想，隨時都可以回家，只要妳需要我，我一定會回到妳身邊。」

但我看得出來，她那承諾的眼神後面隱藏著犧牲的神情。

「別替我擔心。」我安慰她：「那裡會很棒的。我愛妳，媽。」

她緊抱著我好一會兒，然後等我登上飛機，她才離開。

從鳳凰城到西雅圖的航程約四小時，接著要花一小時搭乘小飛機到安吉拉斯港，再經過一小時的車程才能到達福克斯。我並不討厭飛行，但和查理在車上共度的這一小時卻讓我有點擔心。

查理對這整件事的態度都相當友善，他似乎是真心歡迎我回去和他同住，甚至已經幫我到當地高中辦好註冊手續，還會幫我弄部車。

但和查理同住一定會挺尷尬的，我們兩人都無法毫無顧忌地講電話，我也不知道該如何在他面前自在地講電話。我知道他對我這個決定感到困惑，就像媽之前的反應一樣，因此我必須在他面前隱藏起我對福克斯的厭惡。

當飛機在安吉拉斯港降落時，外面已經在下雨了。我不會把這當成預兆，只是無可避免的天氣罷了，我已經跟太陽說過再見了。

正如我所預期，查理在他的警用巡邏車內等著我。對福克斯鎮上善良的居民來說，查理的身分是史旺警長，而這正是我想買車的原因。儘管我的錢不太夠，但我可不想坐在一輛車頂有紅藍燈的車上滿街跑，警車最會造成市區的交通擁塞了。

當我步履蹣跚地走下飛機後，查理給我一個笨拙的單手擁抱。

「真高興看到妳，貝拉。」他笑著主動穩住我。「妳沒怎麼變嘛，芮妮好嗎？」

「媽很好，我也很高興看到你，爸。」家教不允許我當面稱呼他的名字。

我的行李不多，只有幾個袋子。原本在亞歷桑那州穿的衣服並不適合華盛頓的天氣，媽和我合資買了一些冬衣，但也沒幾件。全部的行李輕易地塞進警車的後車廂。

「我幫妳找到一輛挺適合妳的車，而且很便宜。」當我們坐上車後他說。

「哪一種車？」我很驚訝他用的詞是「適合妳的車」，而不是「好車」。

「呃，實際上是一部卡車，一輛雪佛蘭卡車。」

「你在哪找到的？」

「妳記得住在拉布席的比利・佈雷克嗎？」拉布席是靠近海岸邊的印第安人保留區。

「不記得。」

「以前暑假時他常跟我們一起去釣魚。」查理提示著。

那就難怪我完全沒有印象，我早就將那些痛苦不堪且不必要的回憶，從腦海中封存了。

「他現在得坐輪椅。」見我沒有反應，查理繼續說著：「既然他沒辦法再開車，他就用低價把卡車賣給我。」

「幾年的車？」看他表情一變，我就知道他不希望我問這個問題。

「嗯，比利在引擎上花了不少工夫，所以其實不太舊，只有幾年而已。」

我想，他應該知道我不會相信也不會放棄追問的：「他哪一年買的？」

「我想，應該是一九八四年吧。」

「他買時是新車嗎？」

「嗯，不是。我想應該是六〇年代早期的新款，或五〇年代晚期的新車。」他有點不好意思地承認。

「查——爸，我對車不太瞭解，萬一有問題，我自己可沒辦法修，而且我也負擔不起修車……」

「說真的，貝拉，那傢伙性能還不錯，他們把它改得挺好的。」

那傢伙……我想，應該是個暱稱，至少聽起來像。

「有多便宜？」畢竟這是我最不肯妥協的地方。

「呃，親愛的，我算是已經幫妳買下來了，當作歡迎妳回家的禮物。」查理帶著充滿希望的神情，側臉瞄著我。

哇！免費！

「你不用這麼做的，爸，我可以自己付。」

「我不介意，我希望妳在這邊能快樂。」他望著前方的道路說。查理不習慣表達自己的情感，我繼承了他這一點，所以當我回應他時也是筆直地望著前方。

「你真好，爸。謝啦，我真的很感激。」不需要告訴他，我在福克斯是不可能快樂的，他並不需要和我一起忍受這一切，我也沒說我需要一臺免費的卡車，或——引擎。

「嗯，好吧，那……不客氣。」他咕噥著說，被我的感謝弄得有些窘迫。

接著我們言不及意地談論了一會天氣、下雨之類的，完全是沒話找話講，之後各自沉默地望向窗外。

這裡很美，我無法否認，放眼一片綠意：綠樹、樹幹上覆蓋的苔蘚、濃密垂懸的枝葉、草地上的蕨類……就連空氣中都充滿綠葉香。

但太綠了，像一個外星球。

我們總算到達查理的家了，他仍然住在那棟只有兩個房間的小屋，那是他和媽結婚初期買的，他們的婚姻只維持了很短的時間。此地習慣將車停在門前，不過現在停在屋前的，卻是我的新卡車——嗯，至少對我來說，就像是新的一樣。車身原本的紅漆已經褪色，有著又大又圓的輪胎和球形的駕駛室，我驚訝地發現，自己竟然第一眼就愛上它。我不知道它還能不能跑，但我似乎能看見自己坐在駕駛座上的模樣，再說，它就像一塊永遠不會受損的堅固鐵器，那種你看過的意外畫面：我的車連一點擦傷都沒有，但周圍全是被撞毀的進口車。

「哇，爸，我愛它！謝謝你！」現在令我害怕的未來不再那麼令人恐懼了。我原本擔心要在雨中走兩哩路上學，或被迫選擇搭查理的警車。

「我很高興妳喜歡它。」查理不自然地說，再度露出窘迫的表情。

只花了一趟功夫就把我所有的行李從車內搬到樓上。查理讓我住西邊的臥室，窗臺面對前院，我很熟悉這個房間，這從我出生起就一直是我的房間：木頭地板、淡藍色的牆壁、高高的天花板、黃色的蕾絲窗簾……和我童年時一樣，唯一的不同是，既然我已經長大了，所以查理把嬰兒床換成一般的床，並且加了一張書桌。書桌上有臺二手電腦，數據機的線路沿著地板接到最近的市話孔。這是跟媽媽的約定，以便隨時和媽媽保持聯絡。角落仍是我嬰兒時期就有的那張搖椅。

二樓只有一間小浴室，我得跟查理共用，因此我最好注意，不要占用太久。

查理的優點之一就是：他不會問東問西，他留我一個人整理行李和打理自己的房間，這是媽絕對做不到的。一個人的感覺很好，不用露出虛假的微笑和假裝愉快的表情，我如釋重負，喪氣地望著窗外傾盆的大雨，幾滴淚水滑落臉龐。現在不是大哭的時候，等上床以後吧，一想到即將來臨的明天，我就情緒低落。

福克斯高中最令我驚恐的是全校只有三百五十七位學生，加上我，現在是三百五十八位了，而在我原來就讀的高中，和我同學年的人數就超過七百位。福克斯鎮內所有的孩子都土生土長，就連他們的祖父輩也是從學走路開始就玩在一起，而我──一個外人，還是來自大都會的女生，一個什麼都不懂的傢伙，一個怪胎。

如果我看起來像是從鳳凰城來的女孩也就罷了，我可以把這一點當成優勢好好運用，但問題是，我整個人看起來跟鳳凰城一點都不搭。一般人的印象中，在陽光城市長大的人應該擁有：曬得很陽光的古銅色肌膚、充滿運動細胞身手矯健、金髮飄逸……像排球隊員或啦啦隊員之類，而我卻剛好相反。

儘管生活在陽光城市，我卻擁有一身白皙的肌膚，也沒有藍色眼珠，更別提我這頭紅棕色頭髮，我很纖瘦，但絕不是運動員那塊料，我嚴重地缺乏手眼協調能力，任何球類運動只會讓我出糗，不但會傷到自己，還會傷到當時在我附近的任何人。

當我將所有的衣物都放進老舊的松木衣櫃後，我拿著裝有盥洗用品的袋子，到浴室將自己好好梳洗一番，一整天的旅程下來，我還沒機會打理自己。望著鏡子梳理一頭又亂又塌的頭髮，也許是因為燈光，我看起來一副營養不良、鬼一般的模樣。白皙的肌膚近乎透明，正常情況下會帶點紅潤，相當漂亮，但現在的我一點血色都沒有，乾淨的肌膚極為慘白。

望著鏡中憔悴蒼白的影像，我終於對自己承認，我一直在欺騙自己，我跟這裡完全不搭。再說，連在以前那所近三千名學生的學校中，都無法找到生存的空間，怎麼可能有機會在這間小學校中過得更好？

我和同年紀的人一直處不來，實際上可能是我跟所有人都處不來，就連我媽，她已經是這個地球上跟我最親的人了，但我和她之間的相處也是問題不少，兩人總是不同調。就好像從我眼中看出去的世界，和大家看到的永遠不同；可能我的思考方式異於常人吧。

但是造成這個現象的理由何在並不是重點，重點在於後續的影響，而明天將是一切的開始。

這一晚我睡得不好，即便停止哭泣後還是一樣。吹過屋頂嗚嗚的風雨聲，一直在耳邊縈繞不去，我先用褪色的舊棉被蓋住頭，之後還試著用枕頭蓋在頭上，如此輾轉反側直到午夜過後，窗外只剩毛毛細雨了，我才漸漸睡去。

早上起床，從窗外望出去是一片濃霧，我的幽閉恐懼症又出現了——我將永遠看不到天空，就像住在籠子裡似的。

我和查理一起沉默地吃著早餐，然後他祝我在學校一切順利，我謝過他，知道他的祝福對我來說是不可能實現的，好運總跟我無緣。查理先出門到警局去，警局是他的一切——他的妻子和家人。他出門後，我坐在方形老橡木餐桌旁與桌子不搭調的椅子上，看著這間小小的廚房：黑色的鑲嵌牆面、明亮的黃色櫥櫃、地面是白色的塑膠地板……和記憶中完全一樣。那座櫥櫃是我母親在十八年前漆的，希望為家裡增添一些陽光氣息。小小的客廳壁爐上，有一排照片，由前往後分別是查理和我媽在拉斯維加斯的結婚照、我出生時三人在醫院的合照——護士幫忙拍的，再來是一系列我從小到去年為止的學校生活照片，這讓我感到有點難為情，我得想辦法要查理將它們收起來，至少在我住在這裡的這段時間。

環顧室內，種種的一切都顯示著查理似乎尚未忘懷媽，這讓我感覺極不自在。

我不想太早到學校，但也不想再待在這屋內，我披上夾克——自己覺得挺像防毒罩衣——衝進雨中。

屋外下著毛毛雨，但還不至於立刻把我淋濕，我很快就找到一直藏在屋簷下的鑰匙，把門鎖好。穿著新買的防水靴，走動時濺起的泥濘讓我更為不安，幾乎失去勇氣，我想念平常踩在碎石路上發出的嘎吱聲，但我不能停，我要快點進入我的車內，重重的濕氣讓我的頭髮黏在外套帽子上，我快步走著，想盡快逃離這濃霧般的細雨。

坐進卡車，車內既舒服又乾燥，可能是比利或查理之前清潔過，但褪色的座椅上仍然殘留微微的煙草、汽油和薄荷的味道。引擎很快便啟動，我鬆了一口氣，但引擎空轉的聲響大得嚇人。嗯，像這種老卡車總會有點瑕疵的。古董級的收音機竟然還能聽，這倒是超乎我的預期。

學校很好找，雖然我之前沒來過。和其他地方一樣，福克斯高中也在高速公路邊，一開始我沒認出來，幸虧大樓前的招牌寫著「福克斯高中」，我才停住車。這看起來不像學校，全部都是相似的紅磚大樓，到處是樹木和灌木叢，一開始看不出校園到底有多大。這裡一點都不像鳳凰城，我緬懷著過往，怎麼沒有金屬圍籬和探測器呢？

我將車停在第一棟大樓前，門上有個小小的標誌，寫著「行政部」。除了我之外並沒有別人將車停在此地，所以我想這裡應該是禁止停車的，但我決定先進去問清楚，不想像個白痴似的開著車在雨中亂闖校園。不情願地走出溫暖的卡車，經過兩邊都是樹籬的鵝卵石小徑，我做了個深呼吸，然後推開辦公室大門。

室內比我想的更明亮也更溫暖，辦公室並不大：一個小小的等待區裡放了幾張折疊式座椅，地上鋪著橙色斑點的廉價地毯，牆上雜亂地貼滿公告和獎狀，大時鐘滴答地走著。大塑膠盆內有植物雜亂叢生，好像外面滿滿的綠意還不夠似的。室內被一個長櫃檯從中隔成兩半，櫃檯上有數個裝滿紙張的金屬籃，前面放有許多色彩鮮艷的傳單。櫃檯後面有三張辦公桌，其中一張桌子後方坐著一位身軀龐大、戴眼鏡的紅髮女士，穿著我覺得過分華麗的紫色T恤。

紅髮女士抬頭看著我：「有什麼事嗎？」

「我是伊莎貝拉‧史旺。」我報上名字，發現她聽到後眼睛一亮。和我猜得一樣，我已經成為眾人閒談的焦點——警長古怪前妻的女兒終於回家了。

「好的。」她在桌面上一疊歪斜不穩的檔案堆中努力尋找著，最後終於抽出她要的：「這是妳的課表以及學校地圖。」她將這疊資料連同其他幾張紙遞過檯面給我。

她為我介紹全部的課程及教室，在地圖上標出最佳路徑，接著給我一張紙，要我請每位老師在上面簽字，然後在今日之內交回給她。她帶著期盼的微笑望著我，像查理一樣，希望我會喜歡福克斯；我則努力回給她一個我會喜歡這兒的微笑。

當我走回卡車時，其他學生也陸續到校。我順著校內人行道穿過校園，很高興發現有許多車像我的一樣老，也沒看到什麼豪華車款。我在鳳凰城的家和天堂谷區附近都是有錢人，因此學生停車場常能看到賓士或保時捷之類的高級名車，但這兒最好的車是輛打蠟打得閃亮的富豪，相當醒目。我一停好車便很快地將引擎熄火，以免如雷的引擎聲將大家的注意力轉到我身上。

我坐在車內看著地圖，想把全部教室的位置背起來，希望不要第一天就在校內迷路。我將所有東西塞進背包，斜背在肩上，做了個深呼吸。我可以的，我無助地欺騙自己。又不會有人咬我，我深深地將氣吐出來，然後走出卡車。

我將外套的帽子拉起遮住臉，走在人行道上，四周都是青少年。我身上簡樸的黑夾克在人群中並不顯眼，這讓我鬆了一口氣。

我一繞過餐廳，就看見三號大樓，又大又黑的3印在大樓東邊的白色牆壁上。我往教室大門走去，感到自己的呼吸因為換氣過度變得短促，我試著控制呼吸，跟著兩位穿著雨衣——看不出是男是女——的同學走進教室。

教室很小，前面那兩個人進門後停下來，將雨衣和外套掛在一長排的掛勾上，我依樣照做。原來這兩位都是女孩，一位是淺色的金髮，另一位是淺棕色，兩人都擁有白皙的肌膚，這讓我蒼白的膚色不會顯得太突出。

我將紙條交給高大禿頭的教師，他桌上的名牌讓我知道他是梅森先生。他一看到我的名字，便瞠目結舌地望著我——不怎麼令人欣慰的反應——我的臉馬上變得像蕃茄一樣紅。還好他立刻叫我坐到後面的空位上，並沒有把我介紹給大家。坐在後面，照理說同學們應該很難轉過頭注視我，但不知怎麼地，他們還是有辦法做到。我低下頭讀著老師給我的書單，都是些相當基本的書：勃朗特、莎士比亞、喬叟、福克納，我都讀過了，這讓我感到放心和……無聊。我懷疑我媽會不會把我的舊論文寄來，還是她會覺得那是作弊的行為？當老師喃喃地授課時，我在腦海中模擬了幾個與她爭論的方式。

下課鈴響起時，一個臉上皮膚很糟、頭髮油膩的瘦高男孩，從走道另一頭用充滿鼻音的聲音叫住我。

「妳是伊莎貝拉・史旺嗎？」他滿懷希望地問，一副棋社乖乖牌模樣。

「貝拉。」我更正他。周圍三張座位距離內的人通通轉過頭看著我。

「妳下一堂是什麼課？」他問。

我翻看一下背包內的資料：「呃……政府論，傑佛遜老師，在六號樓。」

我無可避免地迎上他充滿好奇的眼神。

「我要到四號樓去，我可以告訴妳怎麼走。」果然，一個超熱心分子。「我是艾瑞克。」他說。

我給他一個簡短地微笑：「謝謝。」

我們收拾好東西、穿上外套，邁出教室在雨中走著。我發誓身後緊跟著一些人，想偷聽我們之間的談話，我希望我能忍住不抓狂。

「嗯，這裡跟鳳凰城很不一樣，是嗎？」他問。

「非常不一樣。」

「那裡不太下雨，對不對？」

「一年大概三到四次。」

「哇，那是什麼樣子？」他狐疑地問。

「陽光充沛。」我告訴他。

「但妳看起來沒曬什麼太陽。」

「我媽是白子。」

他憂慮地看著我的臉。我嘆口氣，難道住在這樣陰雨綿綿的地方就沒有幽默感了嗎？在這裡住上幾個月後，我想就連我自己可能都會忘記如何嘲諷和挖苦了。

我們往回走，繞過餐廳，經過體育館到達南方的這棟六號樓，雖然指示牌很明顯，但艾瑞克還是陪我一起走到教室門前。

「到啦，祝好運。」看我握著門把時他說，然後又語帶希望地補充：「也許我們會在其他課碰面。」

我淡淡地對他一笑，然後走進屋內。

整個上午的課程都頗類似。我的三角函數老師——瓦納先生，我恨死他了，不是因為他教的這門課，而是因為他要我站在所有同學面前自我介紹。我結結巴巴、滿臉通紅，走回座位時還被自己的靴子絆倒。

經過兩堂課，我開始能認出幾個熟面孔。每堂課總有一些比較勇敢的人會過來自我介紹，並問我一些問題，像是我喜不喜歡福克斯之類的。我試著用外交詞令回答，多數都是謊言，但至少我不再需要地圖。

有個女孩在三角函數課和西班牙文課都坐在我旁邊，午餐時還陪我一起走到餐廳。她很嬌小，比五呎四吋的我矮幾吋，但她那一頭蓬鬆鬈翹的黑色秀髮，讓我們倆的高度看起來差不多。我不記得她的名字，當她聊到老師及同學時，我只是微笑點頭，不想回應。

我和她一起坐在一張長桌的尾端，這張長桌幾乎坐滿了人，全都是她的朋友，她幫我一一介紹，但她說完後，我立刻忘記所有人的名字。她的朋友對於她敢跟我說話的勇氣似乎都很欽佩。英文課的那個男孩——艾瑞克——也從餐廳另一頭向我揮手。

就在這個時候，坐在餐廳裡，試著與七位對我充滿好奇心的新同學聊天時，我看見他們了——這是我第一次看見他們。

他們一群人一起坐在餐廳的角落，在這間長方形的餐廳內，和我坐的地方剛好相距最遠。一共五個人，既沒交談，也沒在吃東西，雖然每個人面前的餐盤上都是食物，但完全沒動過。和其他學生不一樣，他們沒人看著我，所以我可以安全地看著他們，不用擔心會不小心迎上他們的視線。不過真正讓我對他們產生興趣的並不是這些事。

他們幾個看起來長得不太像。其中三個是男生，一位相當高大，發達的肌肉讓他看起來像是舉重選手，留著一頭黑色鬈髮；第二位男孩比前一位還高，比較瘦，但同樣健壯，一頭蜂蜜色的金髮；最後一位身材更修長，不像前兩位那般肌肉發達，有著凌亂的紅褐色頭髮。他比其他兩位看起來更像男孩，而跟學校裡其他學生比起來，前兩位比較像是大學生，甚至是老師。

兩個女孩更是截然不同，比較高的那位身材勻稱、體態優美，骨架很小，就像國際知名體育雜誌的泳裝模特兒，和她共處一室讓其他女孩都相形見絀，一頭波浪般的金色柔順長髮，長度到背部一半。較矮的那位女孩，細瘦的骨架讓她整個人看起來更嬌小，像個小精靈，深黑色的短髮修剪得很短，不服貼地四處亂翹。

然而，他們實際上卻又都有點像——都很蒼白，是這個沒有陽光的小鎮中最蒼白的一群學生，甚至比我還蒼白，像白子一樣。雖然他們的髮色不同，但全都是黑眼珠，而且全都有黑眼圈——暗紫色、像瘀青般的黑眼圈，好像他們晚上全都沒睡好，要不然就是被打腫的傷口還沒完全癒合，雖然他們的鼻子，全都又挺又美。

但這些都不是我無法移開視線的主要原因。

不否認一開始我是因為他們的臉才注意到他們，和周圍的人比起來，他們這一群人如此相似卻又如此與眾不同，全都擁有令人驚豔的超凡美麗。那是一種你從未預期會在尋常百姓中見到的臉龐，只可能出現在圖片或時尚雜誌內，或是世界名畫中的天使。很難說誰比較漂亮：漂亮的金髮女郎，還是俊美的褐髮男孩。

他們的目光並未注視彼此，也沒有望著其他學生，而是望向不特定的遠方。當我看著他們的時候，個子嬌小的那位女孩拿起她的餐盤——上面放著沒動過的汽水及沒咬過半口的蘋果——用一種伸展臺上才有的優雅步伐，很快地走出餐廳。我望著她，對她有如跳舞般輕盈的步伐驚嘆不已，然而出乎我的意料，她將整個餐盤上的食物都倒掉後，便從後門離開，快得讓我以為自己眼花了。我將視線轉回其他人，他們仍然維持著不動的坐姿。

「那些人是誰？」我問那個西班牙文課坐在我旁邊，但我不記得名字的女生。

她抬起頭打算看看我指的是誰，雖然她很可能早已從我的聲調中猜出來——五個人中，較瘦也比較年輕的男生突然望向她，但他只瞄了一眼，他的黑眼睛就轉向我。

他看了我一眼，很快地又將目光移開，比我想得還快，但這一瞥還是讓我臉上閃過難為情的神色，忍不住垂下視線。他面無表情的快速一瞥，有點像是她喊了他的名字後，他不情願地回應，但決定不說話的樣子。

我隔壁的女孩一邊咯咯傻笑，一邊像我一樣低頭望著桌子。

「那是愛德華和艾密特・庫倫，以及羅絲莉和賈斯柏・海爾，剛走出去的是艾利絲・庫倫，他們都和庫倫醫生及他妻子住在一起。」她低聲說。

我用眼角偷瞄那位俊美的男孩，他現在望著他的餐盤，用修長白皙的手指拿起一個貝果，撕下一小塊放進口中，他的嘴嚼動得很快，但嘴唇幾乎沒有張開。其他三位仍然望向其他地方，但我隱約覺得他們彼此在暗中交談。

我想著他們的名字，都是些奇怪且不常見的名字，像我祖父時代的名字，但也許在這個小鎮算是時髦的名字？最後我終於想起來，我身旁的女孩叫做潔西卡，一個再普通不過的名字，以前在鳳凰城的歷史課上有兩個女生也叫潔西卡。

「他們……他們長得很好看。」我努力想出一個比較明確的描述。

「是呀！」潔西卡咯咯笑地同意我的說法：「他們在交往，我是說，艾密特和羅絲莉，賈斯柏和艾利絲，而且他們也住在一起。」我聽得出她的聲音中帶有某種小鎮特有的震驚和譴責，批判性的。但老實說，我想就算在鳳凰城，也同樣會引起流言蜚語的。

「哪一個是庫倫家的孩子？」我問：「他們看起來不像是……」

「喔，他們都不是。庫倫醫生很年輕，大概才二十幾或三十出頭吧，那些孩子都是他領養的。那兩個金髮的，姓海爾，是雙胞胎，年紀最大，他們是被領養的。」

「以被領養的孩子來說，他們年紀算大的了。」

「賈斯柏和羅絲莉年約十八歲，但他們在八歲時就被庫倫夫婦領養了。庫倫太太好像是他們的姑媽之類的。」

「他們人真好，願意照顧這些年輕的孩子和一切大大小小的事情。」

「或許吧。」潔西卡勉強承認。我覺得她似乎不太喜歡那對醫生夫妻。從她望向他們的眼光，我覺得她應該是妒嫉。「我想是因為庫倫太太生不出小孩。」她補充說，好像這樣就能減損那對夫妻的仁慈似的。

對話過程中，我的視線不停地在我的餐桌和這個奇特家庭的孩子間遊移著。他們還是注視著遠方的牆，也仍然不曾進食。

「他們一直都住在福克斯嗎？」我問。如果是的話，我之前在這度過暑假，應該會注意到他們才對。

「不是。」她意有所指的語調非常明顯，連我這個剛認識她的外地人都聽得出來。「他們是兩年前從阿拉斯加某處搬過來的。」

頓時，我湧起一股寬慰和同情的感覺。同情是因為：即便他們如此俊美出色，他們也是外人，顯然尚未被本地人接受。寬慰則是因為：我不是此地唯一新來的外人，應該不會引起大家太多注意。

當我研究他們時，庫倫家年紀最小的那個男孩抬起頭來，剛好迎上我的目光，這一次他眼中露出好奇的神色。我立刻移開視線，但感覺得到他眼中似乎有種未被滿足的期望。

「那個紅褐色頭髮的男生是誰？」我用眼角餘光瞄他，他還在瞪著我，但並不像早上其他男生那種目瞪口呆的模樣，反而有種微微挫敗的神情。我再度垂下眼。

「那是愛德華。他很帥，但不用浪費時間在他身上，他不約會的，顯然他覺得這邊所有的女孩都不夠美。」她嗤之以鼻地說。完全一副酸葡萄心態，我好奇地想，也許他曾拒絕過她。

我抿緊嘴唇努力讓自己不笑出來，然後再瞄了他一眼。他已經轉開臉了，但我覺得他的臉頰微微抽動，好像在笑的樣子。

幾分鐘後，他們四個人同時起身離開餐桌，動作都很優雅，連那個最高大、肌肉最結實的男孩也是。這打斷了我對他們的凝視，而那個叫愛德華的男孩也沒再看我一眼就走了。

我和潔西卡及她的朋友們又坐了好久好久，那比我自己一個人時花了更多的時間，現在讓我有點擔心第一天下午的課會遲到。其中一位我認識的新朋友，貼心地提醒我她叫安琪拉，接下來的二級生物課會和我同班，我們一同沉默地走到教室，而她也是個很害羞的女孩。

當我們進入教室後，安琪拉走到一張黑色的實驗桌旁坐下，這張桌子和我之前高中用的一模一樣。她旁邊的座位有人了，事實上，所有的桌子旁都有人坐，只剩中央走道旁有一個空位，我認出愛德華・庫倫那頭不尋常的紅髮，他就坐在那個空位旁邊。

我走過走道，向老師介紹自己，並請他在我的字條上簽字，一邊偷偷瞄著愛德華。然後，當我走過他身邊時，坐在位置上的他突然全身一僵，臉上露出奇怪的表情，迎向我的目光帶著敵意與怒氣。我嚇了一跳，很快地移開目光，整個臉立刻泛紅。接著我在走道上被書絆倒，必須扶住桌子穩住自己，坐在那個位置的女孩咯咯笑個不停。

我注意到他的眼珠是黑色的——像煤炭一樣烏黑。

班納先生在我的紙條上簽字後遞給我一本書，一點都不打算向全班介紹新同學，我想我們應該能相處得不錯。當然，班納先生別無選擇，只能叫我坐在教室中央唯一的空位。當我走過去坐在愛德華旁邊時，一直低垂著眼，對他充滿敵意的表情深感困惑。

從我坐好到把書放在桌上，我一直低著頭，但我能從眼角餘光看到他姿勢的改變。他坐在椅角，身子盡量遠離我，一副聞到臭味的樣子將臉轉開。悄悄地，我聞了一下自己的頭髮，帶著草莓的味道，那是我最喜愛的洗髮精，我應該也沒有體臭。我讓頭髮垂在右肩，像厚重的窗簾般隔在我們之間，努力將注意力集中在老師身上。

很不幸，這堂課上的是細胞解剖學，有些部分我已經學過了，但我還是仔細地抄筆記，並且一直低著頭。

即使如此，我仍然克制不住地從髮間縫隙偷瞄身旁這個奇怪的男孩。整堂課，他都僵硬地坐在椅角，盡可能離我愈遠愈好，我看到他放在左腿上的手緊緊地握成拳狀，白皙的肌膚上青筋浮現，這表示他的緊張一直沒有解除。他將白襯衫長長的袖子捲到手肘，透白的皮膚包裹著出人意料的強健肌肉，可能是他那強壯的兄弟不在附近，所以無從比較，他近看起來沒有遠看那麼瘦弱。

這堂課似乎比所有課都來得漫長，是因為一天終於快要結束了？還是因為我一直期待他緊握的拳頭能鬆開？但我想的並沒有發生，他仍然動也不動地握拳坐著，好像完全沒在呼吸似的。他到底是哪裡不對勁？他平常就是這樣嗎？我想到潔西卡午餐時用妒嫉聲調所說的話，我對自己的判斷起了質疑，也許她不像我想的那麼妒嫉他。

不可能是我惹他生氣的吧？我之前又沒遇過他。

我又瞥了他一眼，馬上就後悔了，因為他正憤怒地看著我，黑眼珠充滿了強烈的嫌惡。我避開他的目光，整個人畏縮地躲進座椅內，突然一個想法閃過腦海——他看起來似乎想殺了我。

就在此時，震耳的下課鈴聲響起，我嚇得跳了起來，愛德華・庫倫已經離開他的座位。他起身的動作很流利，個子比我想的還高，背對著我，在其他人都還沒起身之前，就已經走出教室大門。

我整個人僵在椅上，茫然地看著他離開的背影。他真是太沒禮貌了，這不公平。我慢慢地收拾我的東西，試著壓下心中湧起的怒氣，擔心自己會忍不住哭出來。不明所以，我的脾氣就像是通往眼淚的導管，每當我生氣或受到屈辱時，就會忍不住哭出來。

「妳是伊莎貝拉・史旺嗎？」一個男孩的聲音問著。

我抬頭，看到一個娃娃臉的男孩，淺金色的頭髮用髮膠梳理得很有型，正友善地對我微笑，他顯然不覺得我臭。

「貝拉。」我微笑地糾正他。

「我是麥克。」

「嗨，麥克。」

「妳需要有人帶妳到下一堂課的教室嗎？」

「事實上，我要到體育館去，我想我應該找得到。」

「我下堂也是體育課。」他似乎有點激動，但在這麼小的學校，這樣的巧合應該不算什麼。

我們一起往體育館走去，他一直滔滔不絕地說話，大部分的對話都是他完成的，這讓我很輕鬆。他十歲前住在加州，所以他知道我對陽光的感覺，然後他發現英文課也跟我同班，這是今天我遇到的人們當中，對我最友善的了。

但當我們走進體育館時，他問我：「妳是用鉛筆戳了愛德華・庫倫還是怎麼的？我從沒看過他像今天這樣。」

我愣了一下。原來我不是唯一注意到他行為異常的人，而且顯然地，那不是愛德華・庫倫正常的表現。我決定裝傻。

「你是說生物課時坐我旁邊的男孩嗎？」我故作天真的說。

「是啊。」他說：「他看起來很痛苦的樣子。」

「我不知道。」我說：「我沒跟他說過話。」

「他是個怪人。」麥克跟我繼續逗留在館外交談，沒有馬上走進更衣室。「如果我是那個坐在妳旁邊的幸運兒，我一定會跟妳說話的。」

我回他一個微笑，然後推開女生更衣室的門走進去。他友善且明顯的讚美仍然無法平復我惱怒的情緒。

體育老師克拉普教練遞給我一套制服，但並沒有叫我這堂課就要換上。在以前的高中，只需要上兩年體育課，但在這兒，整整四年都要上。福克斯簡直就是我在地球上的地獄。

我看著場上四組排球隊同時進行練習，想起之前因為打排球受到的一堆傷和打擊，排球實在讓我厭惡至極。

最後一局終於結束了，我緩緩地往辦公室走，要交還教師簽名的紙條。綿綿細雨仍然下個不停，但風變強了，溫度變得更低，我用手臂緊緊環抱著自己。

當我走進溫暖的辦公室時，差點想馬上轉身奪門而出。

愛德華．庫倫就站在櫃檯前，在我前面，我立刻認出他那蓬亂的紅褐髮，他顯然沒有注意到我進來的聲音。我背對著牆站，幾乎都快貼到牆上，等候接待員叫我。

他低聲跟接待員爭辯著，聲音悅耳動人。我很快就瞭解他們爭吵的重點，他要退掉六小時的生物課換成其他課程——任何其他的課。

我不敢相信是因為我的關係，一定有其他原因，在我進入生物教室前一定有發生別的事。他臉上的表情一定是因為其他事情而憤怒，一個陌生人怎麼可能那麼突然又強烈地憎惡我。

門又開了，冷風倏地吹進屋內，桌上紙張被吹得沙沙作響，我飛揚的髮絲纏繞在臉上。一個女孩走了進來，朝桌上的金屬籃放下一張紙又馬上轉身走出去，但愛德華．庫倫整個背頓時僵直，他慢慢地轉身怒視著我——他的臉真是該死的俊美——但眼神卻充滿厭惡。我害怕地全身戰慄不已、汗毛直豎，雖然他的注視只有短短幾秒，卻像寒風一樣讓我全身顫抖。他轉身繼續跟接待員對話。

「那就算了。」他用輕柔的聲音匆匆地說：「我現在知道沒辦法了。謝謝妳。」然後他轉身，看也不看我一眼就推開大門出去。

我溫順地走向桌前，臉又整個泛紅，將我的紙條遞過去。

「第一天過得如何呢？親愛的。」她像母親一樣慈愛地問我。

「很好。」我說謊，但我的聲音聽起來很虛弱。她看起來也不相信。

等我坐上卡車時，停車場大部分的車都已經開走了。在這個潮濕的綠色小鎮，卡車內這片小天地對我來說就像家一樣——幾乎是天堂。我在車內坐了好一會，茫然地從擋風玻璃望向車外。寒冷的天氣讓我需要暖氣，所以我轉動鑰匙發動車子，引擎又大聲地吼叫起來，我調頭往查理家開去，一路上試著忍住不可遏抑的淚水。

chapter 2

看透人心

「你有戴隱形眼鏡嗎？」我不加思索地問。

他似乎被這突然的問題弄糊塗了：「沒有。」

「喔。」我含糊地說：「我這樣問是因為你眼珠的顏色不同了。」

第二天變得更好……卻也更糟。

更好是因為雨已經停了，雖然雲層還是又密又厚。我對每天的課程安排更熟悉之後，也覺得好過些了。英文課時，麥克坐在我旁邊，然後陪我走到下堂課的教室，棋社社員的艾瑞克不時惱怒地看著他，這讓麥克頗為得意，人們也不再像昨天那樣好奇地盯著我。午餐時，我和一大群同學一起坐，有麥克、艾瑞克、潔西卡，和其他幾個我總算能將名字和臉配起來的同學。之前那種快要溺水的壓力逐漸減輕，我覺得自己像能在水上行走似地輕鬆多了。

更糟的原因是我很疲憊，因為在充滿風聲的屋內我仍然無法安心入睡。三角函數課的瓦納老師叫我起來回答問題，我又沒舉手，而且我也答錯了。更慘的是，我必須打排球，我被球打到一次，還打到同組同學的頭。最最糟糕的事情則是——愛德華‧庫倫沒來上課。

整個早上我都在擔心午餐時間，擔憂他對我莫名的怒視。一部分的我想面對他，想知道他怎麼了，當我睡不著躺在床上時，我甚至想像著我該說哪些話。但我知道自己絕不可能有勇氣面對他的，我看起來像魔鬼終結者，其實根本就是個膽小鬼。

當我和潔西卡一起走進餐廳時，我仍然一邊巡視著整個餐廳希望能找到他，但我的希望落空，他其他四個兄弟姊妹仍圍坐在同一張餐桌上，就是沒有他。

麥克攔住我們，將我們帶到他那一桌去。潔西卡因為他的邀請而興奮不已，她的朋友很快地加入我們。我試著聆聽她們隨意的聊天內容，但卻一直焦躁不安，緊張的等待他出現的剎那。我希望他出現時能夠忽略我，證明我的猜疑是錯的。

但他一直沒有出現，隨著時間一分一秒過去，我愈來愈緊張。

直到午餐結束他仍然沒出現，這讓我往生物課教室的路上充滿自信。麥克像隻黃金獵犬般忠心地陪我走到教室。我走進教室時又緊張地屏住呼吸，但愛德華・庫倫並不在教室裡。我鬆了口氣走到座位上，麥克跟著我，談著即將舉行的海邊旅遊，他一直待在我座位旁，直到上課鐘響起。麥克給了我一個渴望的微笑，才走回他的座位，坐在一位戴著牙套、頭髮燙得很糟的女孩旁邊。顯然我得處理一下麥克，這可不容易，像這樣的小鎮，每件事都發生在大家眼前，需要用到一些外交手腕，我本來就不是這方面的熟手，我也從來沒處理過像他這種過度友善的男孩。

因為愛德華缺席，我在座位上感到很輕鬆。雖然我一再告訴自己，我不可能有辦法這麼強烈地影響別人，這念頭太瘋狂也太自負了，完全是不可能的。但我沒法子擺脫腦中徘徊不去的猜疑——我是造成他缺課的原因，我不斷擔憂著這點。

這一天的課程終於結束，因為排球課打到人意外導致的臉紅也終於退去，我匆匆地換上我的牛仔褲和海軍藍毛衣，離開女子更衣室，很高興總算能避開我那忠實的獵犬朋友。我很快地走到停車場，那邊已經擠滿下課的學生，我爬上卡車，在背包內尋找我要的東西。

昨晚我發現查理唯一會做的菜只有炒蛋和培根，所以我自願在住在這裡時負責伙食，他很高興地將這件事交給我。我發現家中存糧不多，所以列了一張購物清單，從碗櫥中貼有伙食零用金的罐子內抓了一些錢，打算下課後直接往連鎖超市開去。

我啟動油門，引擎震耳欲聾，無視於停車場上那些轉頭看我的人，然後小心地停在等候開出停車場的車陣後方。我耐心地等，試著假裝那如雷的引擎噪音是其他車輛發出來的，接著我看到那兩位庫倫家的孩子和海爾雙胞胎進入一輛車內，一輛閃亮的富豪汽車。我之前從沒留意他們身上穿的衣服，這是當然的，因為我被他們俊美的容貌迷惑住了，現在我才發現，他們穿的比我想的還好——簡單的樣式，巧妙地隱藏那些名家設計的服飾。擁有這樣俊美的長相，還有優雅的儀態，就算穿得破舊些也不過分，但他們卻既有美貌又有錢，這真是太不公平了。我心想，在這種傳統的小鎮上，這樣反而讓人們更難接受他們。

不，不是這樣的，也許這樣的孤立反而正是他們想要的，我無法想像會有人拒絕對這些美麗的人敞開大門。

當我開車經過他們時，他們像其他人一樣望著我吵雜的卡車。我強迫自己的目光直視前方，等開出校園後心情才放鬆下來。

互益超市離學校不遠，往南幾條街，就在高速公路交流道旁。進入超市的感覺真好，像回到以往的生活似的，我在老家也常去超市採購，因此很高興能重溫熟悉的任務。這間超市很大，在裡面完全聽不見雨打在屋頂的聲音，不會被雨聲不斷提醒我人在哪裡。

回到家後，我將剛才採購的生活雜貨卸下車，放進我能找到的所有空位，希望查理不會介意。我用錫箔紙包好馬鈴薯放進烤箱烤，將牛排用醬汁醃浸，放在冰箱一排蛋的上面。

完成後，我把書包拿上樓，在寫功課之前，先換上一套乾爽的運動衣褲，將潮濕的頭髮綁成馬尾，接著首次打開電腦檢查我的電子郵件。我有三封信：

（第一封是我媽媽寫的）

貝拉：

盡快回信給我，告訴我旅途如何？有下雨嗎？我已經開始想念妳了。我要去佛羅里達的行李快打包好了，但我找不到我的粉紅色上衣，妳知道放在哪兒嗎？費爾向妳問好。

母字

我嘆口氣，繼續讀下一封。第二封是在前一封信發出後八小時發出的。

貝拉：

妳怎麼還沒回信給我？妳在等什麼？

母字

最後一封是今天早上。

伊莎貝拉：

如果我沒在下午五點半之前收到妳的回音，我會打電話給查理。

我看了時鐘一眼，還有一小時，但我媽是出了名的提早行動派。

媽：

別激動。我現在不就回信給妳了嗎？別在衝動下做任何事。

貝拉

我先把這封寄出去，然後繼續寫另一封。

媽：

一切都很好。當然這裡幾乎都在下雨，我想想有沒有什麼特別的事再跟妳報告。學校還不錯，跟之前的學校差不多，我認識了一些不錯的同學，午餐時還坐在一起吃。

妳的衣服可能在乾洗店——妳上禮拜五就應該去拿回來的。

查理幫我買了一輛卡車，妳相信嗎？我很喜歡它。雖然很舊，但很堅固，很適合我，妳知道的。

我也很想念妳。我很快就會再寫信給妳的，但我不可能每五分鐘檢查一次我的電子信箱。別緊張，深呼吸。我愛妳。

貝拉

回完信後，我決定先讀《咆哮山莊》，這是英文課的指定小說，這本書還挺有趣的，查理回家時我還在看，完全忘了時間。我趕緊下樓，拿出馬鈴薯，將牛排放進去烤。

「貝拉，是妳嗎？」當他聽見我下樓的聲音時，問了一下。

還可能是誰？我這麼想著。

「嗨，爸，歡迎回家。」

「謝謝。」

當我在廚房手忙腳亂時，他掛好槍套、脫下靴子。就我所知，他從不曾在工作時用過那把槍，但他還是一直帶著它。我以前來這邊住時，他會在進門前先取下子彈，我想現在他可能認為我已經夠大了，不會意外射傷自己，也不會因為憂鬱而故意射死自己吧。

「晚餐吃什麼？」他小心翼翼地問。

我媽是個充滿創意的大廚，讓他學會不是每道菜都能入口。我很驚訝，也感到難過，因為他竟然還記得久遠之前的事。

「牛排和馬鈴薯。」我說，他似乎鬆了一口氣。

因為沒事可做，他有點尷尬地站在廚房門口，看我繼續忙，然後笨拙地走回客廳看電視，這樣讓我們兩人都能好過些。我趁著煮牛排的空檔做好沙拉、擺好餐桌。當晚餐準備好後，我叫他進來。他走進餐廳時猛吸氣。

「貝拉，聞起來好香。」

「謝謝。」

我們默默地吃著，這並不會令人不自在，我們兩人都不想打破寧靜。就某方面來說，我們挺適合一起生活的。

「嗯，妳喜歡學校嗎？有沒有認識新朋友？」一會兒之後他問道。

「嗯，我有好幾堂課跟一個叫潔西卡的女孩一起上，午餐時我和她的朋友一起坐。還有一個男孩——麥克——也對我很友善，大家都很好。」除了那唯一的例外。

「那一定是麥克·紐頓，很好的小孩——很好的家庭。紐頓先生在城外經營運動用品店，他為背包旅行者提供很好的商品服務。」

「你知道庫倫家嗎？」我有點遲疑地問。

「庫倫醫生？當然。庫倫醫生是個好人。」

「他們……那些孩子……有點不同，好像跟這所學校格格不入。」

查理帶著憤怒的神情看著我，我嚇了一跳。

「這個小鎮的人真不知感恩。」他低聲說：「庫倫醫生是位傑出的外科醫生，他能到全世界任何一家醫院任職，其他地方的薪水可能是此地的十倍。」

他繼續又說，聲音愈來愈大：「我們何其幸運他願意留在這兒，因為他老婆想住在小鎮。他是這個社區的資產，他們家的小孩不但舉止得宜又有禮貌。當他們帶著這些領養的青少年剛搬來時，我也很疑惑，我以為他們可能有些問題，但他們既成熟又穩重，一點麻煩都沒有，那些家族世代居住在此地的孩子和他們真是不能比。他們永遠一起行動，每個週末一起露營、旅行……就因為他們是外地來的人，人們就談個不停。」

這是我聽查理說過最長的一段話。無論人們說了些什麼，一定讓他有很強烈的感覺。

我連忙踩煞車：「我覺得他們看起來挺好的。」我只注意到他們都集體行動，而且他們都長得很好看。」我試著用稱讚的口吻補充。

「妳應該看看醫生本人的。」查理笑著說：「他快樂的婚姻是件好事。醫院的那些護士跟他一起做事時完全無法專心。」

接著又回復沉默直到我們吃完飯。當我洗碗時，他則幫忙整理餐桌，然後又回客廳去看電視。等我用手洗完所有餐具——沒有洗碗機——我不情願地上樓去做數學作業。我覺得這就是以後的生活作息了。

這一夜非常安靜，筋疲力盡的我很快便陷入沉睡。

接下來這一週很平靜，我逐漸適應我的課表，到星期五時我已經能認出學校所有的學生，雖然還沒能記得全部的名字。上體育課時，我的隊友也學會不要傳球給我，並在其他球隊想利用我的缺點攻擊我時，快步搶在我身前替我阻擋——我很高興能遠離戰線。

但愛德華・庫倫一直沒來上課。

我每天都焦慮地等候庫倫家其他孩子進入餐廳，確定沒看到他之後，我才能放鬆加入午餐談話。談話內容大部分都圍繞在兩週後麥克策畫的拉布席海洋公園之旅。我也受邀，雖然我表示會參加，但純粹是禮貌的回應，我並不真的想去，海灘一定又乾又熱。

到了星期五，我已經能完全安心地進入生物課教室，無須擔心愛德華會再出現。我猜他可能已經退學了，我試著不要想他，但我無法抑制我的憂慮，雖然這念頭很瘋狂，但我不斷想著是否該為他的缺席負責。

我在福克斯的第一個週末平安無事地度過。查理週末也要上班，在這樣空曠的屋內，我不知該做些什麼，於是我打掃房子、做功課、寫一些言不及意、假裝高興的郵件給我媽。星期六，我開車到鎮上的圖書館，但藏書實在太少，我根本懶得辦借書證，我應該找時間去奧林匹亞市或西雅圖，那裡應該會有一些好書店。我懶懶地想著卡車加滿油後不知能跑多少哩、會抖得多嚴重……

週末時，雨勢維持綿綿細雨，安靜多了，我也睡得好些。

星期一早上，學校停車場的同學們跟我打招呼，我不知道他們所有人的名字，但我向每個人微笑揮手。早上有點冷，但是雨停了，所以我的心情很愉快。英文課上，麥克將他的椅子拉過來坐在我旁邊，老師針對《咆哮山莊》進行隨堂測驗，但考題很簡單。

大體上來說，我覺得生活比我想像的輕鬆多了，我原來沒預期自己在這兒能有這麼安逸的感受。

當我走出教室，空氣中充滿飄旋的白絮，我聽見人們彼此興奮喊叫的聲音，風吹過我的臉頰和鼻頭。

「哇！」麥克說：「下雪了！」

我看著像棉絮般細柔的蓬鬆雪花撫過我的臉龐，落在人行道上。

「喔。」雪──我的好心情立刻消失。

他似乎很訝異：「妳不喜歡雪？」

「不是。這表示太冷了不會下雨。」這很明顯。「還有，我以為下雪會是一片紛飛景象——你知道的，一大片一大片的——現在這樣只像棉絮。」

「妳以前看過雪花嗎？」他懷疑地問。

「當然。」我停頓一下說：「在電視上。」

麥克大笑。然後一個又大又濕軟的雪球打到他的後腦杓，我倆同時轉身，想知道是誰丟的。我猜是艾瑞克，他剛從我們後面經過，背對著我們——跟他下一堂課的方向相反。麥克似乎跟我想得一樣，他彎身也抓起一把雪開始搓揉。

「那就午餐時再見囉，好嗎？」我邊走邊說：「萬一你們開始打雪仗，會弄得一身濕，我先進去了。」他點點頭，眼睛還是盯著艾瑞克的背影。

整個早上，大家談論的話題都是雪，顯然這是今年第一場雪，我一直很沉默。當然，下雪是比下雨乾燥，但等雪在襪子裡溶化時就有得受了。

西班牙文課結束後，我和潔西卡小心迅速地走到餐廳。四周都是打雪仗的人潮，濕軟的雪球飛來飛去。我把檔案夾擋在頭頂，準備在必要時當作遮擋的武器，潔西卡覺得我太小題大作，但我的神情讓她也抓了個雪球在手上防備著。

我們進入餐廳時，麥克也跟了過來，他髮上還殘留著雪屑，興奮地笑著。當我們排隊等著買午餐時，他和潔西卡熱烈地討論著打雪仗。我照例瞄向角落那張餐桌，當我看見竟然有五個人時，整個人僵住。

潔西卡扯了一下我的手臂：「喂，貝拉，妳要吃什麼？」

我低下頭，雙耳紅燙燙地。我提醒自己，沒理由難為情，我又沒做錯事。

「貝拉要吃什麼？」麥克問潔西卡。

「不用。」我回答：「我今天只想要一瓶汽水。」我趕快跟上隊伍。

「妳不餓嗎？」潔西卡問。

「其實我有點不舒服。」我說，眼睛仍然往下看著地板。

我等他們拿好食物，然後一起走到餐桌坐好。我的頭仍然垂得低低的，小口小口慢慢地啜著汽水，胃翻攪個不停。麥克問了我兩次怎麼了，但其實不是真的擔心，雖然我跟他說沒事，但我想也許我應該假裝有點嚴重，這樣下一小時才能逃到醫務室不用上課。

這太瘋狂了，我為什麼要逃？

我決定再瞄一眼庫倫家那張餐桌，如果他也在看我，我就蹺掉生物課，膽小的我只能這麼做。

我仍然低著頭但眼角往上偷瞄一眼，庫倫家並沒有人往這邊看，於是我把頭抬高一點點。

他們都在笑鬧著：愛德華、賈斯柏和艾密特的頭上都殘留著雪的痕跡，當艾密特甩頭想把雪甩到艾利絲和羅絲莉身上，她倆側身避開，看來他們跟其他人一樣，都很享受今天這場雪，只不過這畫面看來就像是電影場景似的。

除了大笑和嬉鬧外，他們當中的氣氛似乎隱約有著些許不同，雖然我無法清楚說明究竟是哪裡不同。我小心翼翼地看著愛德華，他的肌膚沒那麼蒼白了，我想可能是打雪仗運動造成的，他的黑眼圈也沒那麼明顯了，但應該還有其他不同。我不斷反覆想著、看著，想找出不同的地方。

「貝拉，妳在看什麼？」潔西卡打斷我，她順著我的目光看去。

就在那一瞬間，他的眼神轉向我，我倆的目光迎上對方。

我立刻低下頭讓頭髮披下遮住臉。但在剛剛短暫的目光交會時，我可以確定，他的眼神並不像上次看到我那樣充滿憎惡與敵意，反而是充滿好奇，或說是帶有某種不太滿足的神情。

「愛德華・庫倫在看妳耶。」潔西卡在我耳邊嘰咕笑著說。

「他看起來沒生氣吧，是不是？」我忍不住問。

「沒有。」她對我的問題感到困惑：「他應該要生氣嗎？」

「我覺得他不喜歡我。」我告訴潔西卡。反胃讓我有點想吐，於是我趴在桌上將頭枕在臂彎。

「庫倫家的人沒喜歡過任何人……嗯，他們根本不注意別人所以不喜歡任何人。但他還在看妳耶。」

「別再看他了啦。」我低聲說。

她偷偷地笑，但總算將臉轉開看向其他地方。我抬起頭想確定她已經將目光移走，萬一她沒有的話，我考慮用暴力強迫她。

然後麥克打斷我們，他計畫下課後在停車場進行一場大規模的雪仗，希望我們能加入。潔西卡熱烈地同意，她望著麥克的神情就像她會答應他任何提議似的。我保持沉默並沒有回應，我打算躲在體育館直到停車場的雪仗結束為止。

接下來的午餐時光我都小心地讓雙眼緊盯住我的餐桌。我跟自己說，既然他看起來已經不生氣了，那麼我應該去上生物課，但一想到待會又要坐在他旁邊，我的胃又翻騰不停。

我不想一如往常那樣和麥克一起走進教室，他是那種會被雪仗狙擊手瞄準的攻擊對象，但當我們一同向餐廳大門走去時，所有的人同時發出嘆息的抱怨聲——除了我以外——原來外面又開始下雨了，只剩下路邊幾許冰霜隱隱殘留雪的痕跡。我拉上帽子，心中暗自竊喜，這樣我上完體育課就能直接回家了。

在往四號樓走去的路上，麥克不斷地抱怨著。

進入教室後，發現我這組的桌子還是空的，我頓覺鬆了一口氣。班納先生走進教室，分派顯微鏡和一盒載玻片給每張桌子。還有幾分鐘才開始上課，教室內大家鬧哄哄談笑著，我不敢望向門口，只是心不在焉茫然地在筆記本上亂畫。

接著我聽到身旁椅子被輕輕拉動的聲音，但我的目光仍小心的盯著自己剛剛畫的圖畫。

「嗨！」一個平靜悅耳的聲音說。

我抬起頭，目瞪口呆地望著跟我打招呼的他，他仍然盡可能坐在桌子最邊角——離我最遠的地方——但他的椅子卻朝向我。他的頭髮濕濕的，有點凌亂，就算如此，看起來仍像是剛拍完髮膠廣告的模特兒一樣完美。他俊美的臉上露出友善的神情，很開朗，完美的唇對我微笑著，但他的眼神充滿小心翼翼的警戒。

「我是愛德華・庫倫。」他繼續說：「上週我沒機會跟妳自我介紹。妳一定是貝拉・史旺。」

我的腦子湧起一堆困惑，難道之前的一切都是我想像出來的嗎？他現在非常有禮貌，還在等我回答，我得說些話，但我想不出該說些什麼。

「你怎麼會知道我的名字？」我結結巴巴地說。

他莞爾一笑，笑容令人著迷。

「喔，我想所有人都知道妳的名字吧，整個小鎮都在等妳到來。」

禁不住露出苦笑，我就知道會這樣。

「不，」我繼續裝傻：「我是說，你怎麼會叫我貝拉？」

他看來有點困惑：「還是妳喜歡別人叫妳伊莎貝拉？」

「不，我喜歡別人叫我貝拉。」我說：「但我想查理——我是說我爸，和別人提起時都是叫我伊莎貝拉，所以大家都是這樣叫我。」我試著解釋，覺得自己活像個白痴。

「喔。」他就這麼結束對話，而我只能尷尬地移開目光望向別處。

感謝上帝，班納先生這時開始上課了，當他解說今天要進行的實驗時，我試著專心。我們要和同桌的同學一起進行，盒子內的載玻片紛亂無序，每片載玻片上已經抹上洋蔥尖端的細胞，用顯微鏡檢視過後，依細胞分裂的階段進行分類並貼上標籤，完全不可以看書。二十分鐘後，班納先生會巡視每一桌看我們做得對不對。

「現在開始。」班納先生說。

「女士優先，夥伴？」愛德華問道。我抬起頭，他雙唇微彎，露出一個帥得要死的微笑，害我像白痴般一直盯著他看。

「還是我先開始，如果妳希望的話。」他的笑容消失了，顯然他覺得我不會做。

「不。」我滿臉通紅的說：「我先吧。」

我有點愛現，一點點，因為我以前就做過這個實驗，我知道該怎麼做，應該很簡單。我馬上拿出第一片載玻片放在顯微鏡下方，迅速地用四十倍物鏡檢視著載玻片。

我對結論很有信心：「初期。」

「妳不介意讓我看一下吧？」當我準備移開載玻片時他問道。他一邊問，一邊抓住我的手，想阻止我換。他的手指像冰一樣冷，好像在上課前握過雪球似的。但這不是我猛然抽手的原因，而是當他碰到我時，似乎有一股電流通過我倆的身體。

「抱歉。」他低聲說，也立刻把手抽回，但是他仍然繼續扶著顯微鏡。我看著他，有點驚訝，他看顯微鏡的速度比我還快。

「初期。」他同意地說，在我們觀察報告的第一行空位整潔地寫下，接著他很快地取下第一片，換上第二片，然後迅速地看一眼。

「第三期。」他低聲說，邊說邊寫下來。

我盡量用一樣的聲音說：「我可以看一下嗎？」

他笑一笑，將顯微鏡推向我。

我急切地檢視，可惡，他說對了，真不甘心。

「第三片？」我握住顯微鏡，但沒有看他。

他將載玻片遞給我，小心地不讓自己再次碰到我的肌膚。

我盡可能很快的看一眼：「分裂期。」在他還沒開口前，我就把顯微鏡推向他。他很快地看一眼，然後寫下來。本來他檢視時，應該是我負責記錄的，但他端正優雅的字跡嚇到我，我可不想讓自己那鬼畫符般的字糟蹋了這張紙。

我們是最早完成的一組。我可以看到麥克和他同組的成員一再檢查其中兩片載玻片，而另一組乾脆把書在桌底下翻開來參考。

我沒事可做，只能試著阻止自己一直盯著他看，但我控制不了，我向上一瞥，他也正在看我，他的眼中有一股無法形容的沮喪神情……突然，我知道他表情改變的原因了。

「你有戴隱形眼鏡嗎？」我不加思索地問。

他似乎被這突然的問題弄糊塗了：「沒有。」

「喔。」我含糊地說：「我這樣問是因為你眼珠的顏色不同了。」

他聳聳肩，轉過頭去。

事實上，我很確定是有點不同。我清楚地記得，之前他怒視我時的眼珠是黑色的，眼珠的顏色跟他蒼白的膚色和紅褐色頭髮形成強烈對比。但今天，他的眼珠是完全不同的顏色——一種奇怪的黃褐色，比太妃糖的顏色還要深些，閃爍著金色光芒。我不瞭解這是怎麼回事，除非他有特別理由要對戴隱形眼鏡這件事說謊，要不然福克斯鎮上的說話藝術可能會把我搞瘋。

我低下頭，他的手又握成拳狀。

班納繞到我們這一桌，想知道我們為什麼停下來。他越過我們的肩頭，望著我們完成的分類，然後專心地核對答案。

「愛德華，你不認為伊莎貝拉也該有機會看顯微鏡嗎？」班納問。

「貝拉。」愛德華自動更正他。「事實上，五片中有三片是她鑑定的。」

班納看著我，表情十分懷疑。

「妳以前做過這個實驗嗎？」他問。

我羞怯地微笑：「沒用過洋蔥根。」

「白鮭魚胚胎？」

「是的。」

班納點點頭：「所以妳在鳳凰城的進度比較快？」

「是的。」

「那好吧。」一會後他說：「我想你們兩個同一組挺不錯的。」他邊走開邊低聲說話。等他離開後，我又開始在我的筆記本上塗鴉亂畫。

「雪停了真可惜，不是嗎？」愛德華問。我有種感覺，他在強迫自己禮貌地跟我說話。偏執狂這個念頭閃過我的腦海，似乎他在午餐時聽到潔西卡和我的對話，試圖要證明我是錯的。

「不盡然。」我對他誠實地回答，不像回應其他人那樣言不及意或虛假的客套。我試著集中精神壓抑心中那愚蠢的猜疑，但沒效。

「妳不喜歡冷。」這不是一個問題。

「或是濕。」

「對妳來說福克斯一定是很不一樣的地方。」他若有所思的說。

「你不會懂的。」我陰鬱低聲地說。

他像是對我說的話著迷似的，我想不透怎麼可能。他俊美的臉龐讓我分心，我只能勉強自己除了禮貌性的必要之外，盡量試著不要看他。

「那妳為什麼來這裡？」

沒人問過我這個問題，更別說像他這樣直接盤問。

「這……很複雜。」

「說說看，也許我能瞭解。」他不肯放過我。

我沉默了好一會都沒回答，失神在他的凝視中，他或黑或金的眼珠讓我困惑極了，於是我便脫口而出。

「我媽再婚了。」

「這聽起來並不太複雜呀。」他不同意我說的，但話中帶著同情。「什麼時候的事？」

「去年九月。」我覺得自己的聲音聽起來好悲傷。

「而妳並不喜歡他。」愛德華推測，他的聲音還是一樣和善。

「不，費爾還不錯，也許年輕了點，但人很好。」

「那妳為什麼不跟他們一起住？」

我猜不透他為何對這個話題如此有興趣，但他持續用那種能看透人心的眼神望著我，好像我之前那段平淡無奇的生活對他極為重要似的。

「費爾常出差，他是職棒球員，靠打球維生。」我似笑非笑地說。

「我聽過他嗎？」他笑著問我。

「可能沒有吧。他打得並不好，只能待在小聯盟，所以他得到處跑。」

「因此妳媽就把妳送來這兒，好跟他到處走。」他做出假設性的結論，而不是問我。

我微微揚起下巴：「才不是呢，不是她把我送過來。是我自己把自己送過來的。」

他緊鎖雙眉：「我不懂。」他承認，好像承認不懂這件事讓他不必要的極為挫敗似的。

我嘆口氣，幹麼跟他解釋啊？但他再度用好奇的眼神看著我。

「她本來還是打算跟我一起住，但她很想他，這也讓她不太開心……所以我覺得該是和查理一起過日子的時候了。」我用悶悶不樂的聲音把話說完。

「但現在妳不快樂？」他指出。

「那又怎樣？」我挑釁地問。

「這似乎不太公平。」他疑惑地說，眼中還是一副興致高昂的樣子。

我冷笑說：「沒有人告訴過你嗎？生命本來就不公平。」

「我想我以前聽過。」他冷冷的說。

「所以就是這樣啦。」我堅持結束這個話題，但心中好奇他為何還繼續盯著我看。

他的凝視現在變成打量。「妳掩飾得不錯。」他緩緩地說：「但我敢說妳並不想讓別人知道妳所忍受的痛苦。」

我做了個鬼臉，壓抑住心中像五歲小孩想脫口而出的衝動，強迫自己將目光從他的臉上移向別處。

「我說錯了嗎？」

我試著不理他。

「我想應該沒錯。」他沾沾自喜的低語。

「那跟你有什麼關係？」我煩躁地問，雙眼仍然不敢看他，茫然地看著老師在課堂上巡視其他組。

「這是個好問題。」他低聲咕噥著，因為太小聲，我一度以為他是在自言自語。但是一陣沉默之後，我想那是我得到的唯一答案。

我嘆口氣，緊繃著臉望著黑板。

「我惹惱妳了嗎？」他用頑皮的聲音問。

我轉頭望著他，腦中一片空白……然後決定跟他說實話：「不是，我在生自己的氣。我很容易被看透，我媽總是說我像一本打開的書。」我皺了皺眉。

「剛好相反，我發現妳很難猜透。」他無視於我的話，聽起來像是真心這樣想。

「那你看透他人心思的本領一定很厲害。」我回答他。

「通常是。」他咧開嘴快樂地笑著，露出一口漂亮的白牙。

班納先生要全班安靜，我鬆口氣轉頭專心聆聽。我不敢相信自己剛才把沉悶的一生完全告訴這個超俊美的男孩，不知道他會不會從此看不起我。我們剛才的談話似乎讓他很感興趣，但我現在從眼角餘光發現：他的身體又盡量離我遠遠地，他的手緊張地抓住實驗桌邊——我不可能看錯。

班納先生用投影機播放幻燈片解說今天的上課內容，我試著專心聆聽，但其實這些東西我都已經會了，所以腦中各種念頭翻騰著。

下課鈴聲終於響了，愛德華轉身優雅地衝出去，像上週一一樣，而我也像上週一一樣，詫異地瞪著他離去的背影。

麥克很快跑到我旁邊，幫我拿起課本，我覺得他真像我養的寵物。

「那些東西真可怕。」他抱怨著：「都長得一模一樣。妳真幸運跟庫倫同一組。」

「我倒不覺得難。」我說，他這樣說有點傷到我。「我以前就做過這種實驗了。」我趕緊又補充，以免傷害他的感情。

「庫倫今天看起來超友善的。」當我們忙著穿上雨衣時他說。他似乎對這一點不太高興。

我試著讓自己的聲音聽起來很冷淡：「真不知道他上週一是怎麼了？」

我們往體育館走去時，我無法專心在麥克的聊天內容，接下來也沒法專心上體育課。麥克今天跟我同一隊，他充滿騎士精神地同時照顧他自己和我的位置，只有在輪到我時才會打斷我的沉思，每一次輪到我上場發球時，我的隊友會自動小心地閃避我的球。

下課後我走回停車場，雨已經變小了，但我還是很高興能進入乾燥的車內。我打開暖氣，完全沒注意以往會讓我心煩意亂的引擎聲。我拉下夾克拉鍊，放下帽子，弄散我潮濕的頭髮，這樣一路開回家時暖氣就能把頭髮全吹乾。

我檢查一下全身上下，確定都很乾淨後，赫然看見他那僵直不動的蒼白身影──愛德華・庫倫就坐在富豪汽車的駕駛座上，和我只隔三部車，他聚精會神地望著我這邊。我趕快移開目光，匆忙地倒車，差點撞到旁邊那部老舊的豐田可樂娜房車……算它幸運，我即時煞住車，萬一撞上，我的卡車可能會將它壓成碎鐵。我用力深呼吸，不敢看他那邊，改望著另一邊，小心地再次往前開，這次成功了！當我經過富豪旁邊時，我望向前方，但從眼角餘光中，我發誓看見他正在笑。

chapter 3

奇蹟之謎

一雙修長白皙的手擋在我身前保護我，
接著那臺休旅車在我面前停下來了，
離我的臉只有一步距離，
那雙大手神奇地擋住休旅車，
在車身上弄出一個大大的凹痕。

我一早睜開眼睛，發現有些事情不同了。

是光線。雖然樹林裡仍顯得陰鬱蒼綠、被厚重雲層覆蓋，但看上去變得比先前晴朗許多，窗戶的玻璃也沒有霧氣了。

我跳起來望向窗外，然後發出厭惡的呻吟聲。

厚重的積雪蓋住院子，堆在卡車車頂，路面一片銀白，但這還不是最糟的，昨天的雨讓雪硬化結冰，樹上都是銀白的冰柱，各式華麗晶瑩的形狀，馬路像溜冰場一樣滑。我連走在乾燥路面都會跌倒了，更何況是這種冰面的滑路，為了安全起見，我還是繼續睡吧。

等我下樓後發現查理已經出門了。在許多時候，跟查理生活就像單獨住在我自己的地方，我發現自己挺喜歡這種獨自的感覺，勝過真正孤單一人。

我很快地倒了一碗玉米片，再倒了一些橙汁。對於要去上學感到興奮，這個念頭嚇到我，我知道自己並不是對學校的課程感興趣，也不是期望看到新朋友，老實說，我對上學這麼興奮完全是因為能再看到愛德華・庫倫——這真的真的很傻。

經過昨天那場不加思索胡說八道的尷尬對話之後，我應該完全躲開他，但我對他仍有許多懷疑，像是他為何要對他的眼睛顏色說謊？我仍然對他不時散發的敵意感到恐懼，但只要想到他俊美的臉龐，就讓我舌頭打結說不出話來。我跟他的世界就像兩個永遠不會接觸的行星，我實在不該因為今天能再看到他就如此興奮。

要讓自己活著走過車道這件事，轉移了我的注意力。我快走到卡車旁時，差點失去平衡，幸好我抓住照後鏡，穩住身子。顯然，今天將是可怕的一天。

開車到校的路上因為要專心注意路況，分散了我的思緒，從原本對愛德華・庫倫的恐懼和無謂猜測，轉移到麥克和艾瑞克身上，同樣是青少年，他們對我的反應卻南轅北轍。我確定自己現在看起來跟在鳳凰城時一模一樣，可能鳳凰城那些男生看著我度過尷尬的青春期，因此覺得我和小時候沒什麼差別，而在這個小鎮，很少有陌生人——更別說是從外地來的新面孔，他們說不定認為我的笨拙很可愛而非可悲，或者覺得我是一位憂傷的少女。但無論如何，麥克像小狗般的行為，還有艾瑞克對他明顯的敵意，應該都和我無關，我很確定自己不是那種會讓男孩爭奪的大美女。

我的卡車在滑冰路上安穩地行駛著，路上的雪已經變成黑色的髒雪了，我開得很慢，以免發生任何偏離車道的意外。等我到學校停好車走下車後，某個銀色的東西吸引我的視線，我走到卡車後面檢查我的後車輪，這才知道為何我的車能行駛得如此安穩——一條細細的鏈子整齊地纏繞在輪胎上。查理很早就起床出門去了，天知道有多早，應該是他幫我把雪鏈裝上的。我的喉嚨突然一緊，我不習慣被人照顧，查理默默的關心更出乎我的意料之外。

我呆站在卡車後方的角落，試著壓抑因為雪鏈而引發的洶湧情緒，然後我聽到奇怪的聲音——那是一種尖銳刺耳的聲音，但很快變成痛苦的大喊，我抬起頭，整個人嚇呆了。我看到好幾件事同時發生，當然都不是慢動作——那只有電影才會發生——但腎上腺素刺激我的腦更快速運作，因此我能同時記住每件事的細節。

愛德華・庫倫站在與我隔著四部車的地方，驚恐地看著我，他的臉在人群中極為醒目，現在卻像戴著震驚的面具一樣面如死灰。但更重要的是，同時間我看見一輛深藍色的休旅車打滑了：輪胎鎖死，煞車聲尖銳地響起，車子急速地迴旋轉過停車場……眼看就要撞上我的卡車後方，而我正站在這兩輛車的中間，我甚至沒時間閉上眼睛……

就在我等待休旅車撞向卡車尾端的毀滅聲響起時，某樣東西撞到我，很硬，但不是從我預期的方向。

我的頭碰一聲撞到積雪的路邊，感覺到那種撞擊地面所傳來又冷又硬的疼痛。我整個人躺在我車旁一輛褐色房車旁的人行道上，但我沒機會注意其他東西，因為休旅車此時正衝撞過卡車尾端，還在不斷地旋轉打滑，眼看著就要撞上我了。

一個低沉的詛咒聲提醒了我——有人跟我在一起——我絕對不會認錯那個聲音。一雙修長白皙的手擋在我身前保護我，接著那臺休旅車在我面前停下來了，離我的臉只有一步距離，那雙大手神奇地擋住休旅車，在車身上弄出一個大大的凹痕。

然後那雙手很快地抽走，其中一隻手抓住休旅車底部，將車子微微抬了起來，另一隻手拖著我，像拖著布娃娃般，將我的身體轉個方向，直到腳碰到褐色房車的輪胎為止。金屬摩擦聲刺激著我的耳膜，休旅車終於完全停了下來，玻璃整個碎裂灑在馬路上——就是一秒鐘前我的腳所在的地方。

接著似乎是一陣長長的沉默，然後尖叫聲此起彼落。在這場意外的喧鬧中，我聽見許多人叫喚我的名字，但其他喊叫聲都像模糊的雜音，我只有清楚聽見愛德華・庫倫低沉悅耳的嗓音傳進耳中。

「貝拉？妳還好嗎？」

「我很好。」我的聲音聽起來很奇怪。我想要起身，然後才發現他緊緊摟住我，讓我的身體靠著他。

「小心！」在我掙扎著起身時，他提醒我：「我看妳的頭應該撞得挺嚴重的。」

我感到左耳上方傳來陣陣的疼痛。「哎唷。」我驚叫出聲。

「我就知道。」他的聲音像是拚命壓住笑意似的，真是令人難以相信。

「怎麼……」我不知該如何措詞，試著想釐清事情的經過，恢復我的儀態。「你怎麼這麼快就到我這邊來？」

「我就站在妳旁邊呀，貝拉。」他的聲音變得嚴厲。

我再次試著坐起身子，這次他沒有阻止，原本緊抱住我腰部的手鬆開了，並盡可能在有限距離內離我遠遠地。我望著他關心又純真的表情，再次因為他金色的眼珠而感到困惑，我應該現在問他嗎？

然後那些人發現我們了，一堆臉上殘留淚痕、彼此尖叫，也對著我們尖叫的人。

「別動！」某個人下令。

「把泰勒弄出休旅車！」另一個人高喊著。

然後一堆人在我們身邊忙碌起來。我想起身觀看，但愛德華冰涼的手按住我的肩頭。「先別動。」

「很冷耶。」我抗議著，並訝異地發現他在低聲竊笑，像在拼命壓抑。

「你本來在那邊的。」我想起來了，他的笑聲突然停住。「你在你的車子那邊。」

他的表情變得很嚴肅：「不，我不在那邊。」

「我有看到你。」我們周圍一片混亂，我可以聽見其他人抵達後談論不休的粗啞嗓音。但我頑固地堅持我的結論，我是對的，他一定要承認。

「貝拉，我就站在妳旁邊，然後把妳拉到這邊來。」他凝視我的目光充滿驚人的力量，似乎試著和我溝通某個重要的問題。

「不。」我堅持。

他金色的眼珠閃過一道光芒：「拜託，貝拉。」

「為什麼？」我不放棄地問。

「相信我。」他懇求著，輕柔的聲音有著讓人無法抗拒的魅力。

我現在能聽到警鈴聲了。「那你能答應我，之後會告訴我到底是怎麼回事嗎？」

「好吧。」他惱怒地說。

「很好。」我也生氣地說。

一共有六位急診醫療隊員和兩位教師——瓦納和克拉普教練——幫忙把休旅車搬移到離我們遠一點的地方，好讓擔架能運過來，愛德華激烈地拒絕躺上擔架，我也是，但某個雞婆告訴他們我撞到頭可能會有腦震盪，當他們幫我套上頸套時，我因為太過丟臉而想死掉算了。好像整個學校的人都圍在這，嚴肅地看著我躺在擔架上被抬進救護車，而愛德華竟然坐在前座，這更令人抓狂。

好像事情還不夠糟似的，查理在救護車載著我安全離開之前出現。

「貝拉！」當他發現我躺在擔架上時，痛苦地大喊著。

「我真的沒事，查——爸——」我嘆口氣：「我一點事都沒有。」

他詢問離他最近的急救人員，以瞭解我的傷勢。我偏過頭去，腦中浮現這場混亂又莫名其妙的意外，各種影像在我腦海中雜亂地閃過：當他們把我移走時，我可以看見褐色房車保險桿上明顯的凹洞——跟愛德華肩膀的輪廓一模一樣——彷彿他把自己當成人型保險桿，迎向車子的撞擊，要多大的衝擊力才能把金屬的框架撞成這樣……

然後我看見他的家人，站得遠遠的，有的一臉不高興，有的則是暴怒的神情，但他們似乎不怎麼關心他的傷勢。我試著用理性邏輯的思考方式，整理剛剛發生的那些事，想找出答案，一些能排除我荒唐假設的答案。

很自然地，這一路是由警車引領救護車到郡立醫院。我躺在擔架上，從救護車上被抬進醫院，這讓我覺得很荒謬。更過分的是，愛德華竟然有辦法從醫院溜走，這讓我氣得咬牙切齒。

他們把我放在急診室，那是一間長長的房間，裡面排滿病床，中間用淺色的簾子隔開。護士在我手臂套上血壓計，舌頭下放進溫度計，但卻沒人願意幫我把簾子整個拉上，好給我一點隱私權，所以我決定不要戴著那個可笑的護頸，當護士走開後，我很快地解開護頸，把它丟到床下。

醫院緊接著又是一陣混亂，另一床擔架送進來，我認出隔壁床上的泰勒・克羅利，政府論那堂課的同學，頭上纏繞的繃帶都是血，他比我想的嚴重多了。他焦慮又激動地看著我：「貝拉，我很抱歉！」

「我沒事，泰勒。你看起來糟透了，你還好嗎？」當我說話時，護士正忙著解開他頭上髒汙的繃帶，他的前額和左臉頰都是傷口。

他不理會我的問題：「我以為我會撞死妳！我開得太快，接著打滑……」當護士輕觸他的臉時，他退縮了一下。

「別擔心我，你沒撞到我。」

「妳怎麼能那麼快逃開？本來妳還在那兒，然後一下就不見——」

「嗯……愛德華把我拉開的。」

他看起來很困惑：「誰？」

「愛德華・庫倫——他站在我旁邊。」我本來就不太會說謊，自己都不相信自己的話。

「庫倫？我沒看到他……事情發生得太快了。他還好嗎？」

「我想是的。他也在這裡，但醫護人員沒讓他上擔架。」

我知道我沒瘋，那到底是怎麼回事？我無法解釋我看到的情況。

接著醫院的人用輪椅推我到X光室照頭部X片。我告訴他們一切都好，沒有重傷，沒有腦震盪，然後問他們可否讓我出院，但護士說我必須先跟醫生談談，所以我被困在急診室等待。泰勒不斷地抱歉和承諾一定會補償我，讓我覺得很煩，無論我說過多少次我沒事，他還是苦惱自責，最後我只好閉上眼睛不理他，留他一個人後悔地喃喃自語。

「她睡了嗎？」一個悅耳的聲音問道。我的眼睛飛快地睜開。

愛德華站在我的床尾，得意地笑著，我瞪著他，這並不容易，我可不想被誤會是在對他拋媚眼。

「嗨，愛德華，我真的很抱歉——」泰勒又開始了。

愛德華舉起手制止他。「沒受傷就沒事。」他說，白淨的牙齒閃閃發亮。他走過去坐在泰勒的床邊，但面向我，再次露出得意的笑容。

「情況如何？」他問我。

「我根本沒事，但他們不讓我走。」我抱怨著：「你為什麼不用像我們一樣躺在擔架上？」

「當然是因為我認識有力人士呀。」他回答：「但別擔心，我帶救星來幫妳打氣了。」

這時醫生從轉角走過來，我的下巴差點掉下來，他很年輕，一頭金髮，比我看過的所有電影主角都還英俊，肌膚也很蒼白，看起來很疲倦，同樣有著黑眼圈。聽過我父親的介紹，這應該就是愛德華的父親了。

「史旺小姐。」庫倫醫生用極具魅力的聲音說：「妳覺得如何？」

「我很好。」我說，希望這是最後一次。

他走到我床頭邊，將牆上的燈打開。「妳的X光片看起來沒有問題。」他說：「妳的頭有受傷嗎？愛德華說妳被撞得不輕。」

「我沒事。」我嘆口氣再說一次，不滿地瞪了愛德華一眼。

他冰冷的手指輕壓我的頭蓋骨，仔細檢查著。「會痛嗎？」他問。

「還好。」我遇過更痛的。

我聽到一聲竊笑，抬起頭看見愛德華露出一副救命恩人似的微笑，我瞇起眼。

「好吧，妳父親在等候室，現在可以跟他回家了。但如果妳覺得頭暈或視力有問題的話，要回來檢查。」

「我可以回學校嗎？」我問，想像著查理可能會表現出的關懷舉動。

「也許妳今天應該休息。」

我瞄愛德華一眼：「那他可以回學校嗎？」

「總得有人去跟大家報告我們活下來了呀。」他得意地說。

「事實上——」庫倫醫生更正他說：「大部分的學生現在都在等候室。」

「喔，不。」我呻吟著，用手遮住臉。

庫倫醫生揚起眉毛：「妳想留下來嗎？」

「不，不！」我堅持，很快地跳下床，太快了些，害我晃了一下，庫倫醫生扶住我，他看起來很關心我的情況。

「我很好。」我再三跟他保證，不需要告訴他我的平衡感本來就很差，絕不是因為撞到頭才變差的。

「吃點止痛藥。」他一邊穩住我一邊說。

「真的沒那麼嚴重。」我強調。

「聽起來妳真的非常幸運。」庫倫醫生說，同時在我的檢查表上簽字記錄。

「最幸運的是愛德華剛好站在我旁邊。」我邊說邊瞄他。

「喔，嗯，是呀。」庫倫醫生贊同地說，然後突然忙碌的在紙上記錄，接著轉頭望著泰勒，朝他床邊走去。我的直覺靈光一閃，這醫生完全知道是怎麼回事。

「很抱歉，你得待在這邊久一點。」他跟泰勒說，然後開始檢查他的傷口。

當醫生轉過身背對著我檢查泰勒時，我馬上移到愛德華身邊。

「我可以跟你談一下嗎？」我低聲說。他向後退一步，突然整個人露出一副咬牙切齒的神情。

「妳爸還在等妳。」他的聲音像是從牙縫中擠出來似的。

我瞄一下庫倫醫生跟泰勒。

「我想先跟你單獨談一下，如果你不介意的話。」我不肯放過他。

他怒視我，轉身往長長的急診室出口走去，快得我幾乎跟不上。當我們走過轉角，進入一道小小的走廊時，他倏地轉身面對我：「妳到底想怎樣？」他用氣惱的聲音問，眼神冷酷無情。

他不友善的表情嚇到我了，我想都沒想就脫口而出，但其實無意如此咄咄逼人：「你欠我一個解釋。」我提醒他。

「我不欠妳任何東西，而且還救了妳一命。」他聲音中的怨恨讓我退縮。

「你答應過的。」

「貝拉，妳撞到頭了，妳不知道自己在說什麼。」他的聲音像刀一樣利。

一股無名火升起，我大膽地怒視著他：「我的頭沒有問題。」

他也生氣地瞪著我：「妳到底想怎樣，貝拉？」

「我只想知道事實。」我說：「我想知道為什麼我要為你說謊。」

「那妳覺得是怎麼回事？」他氣極敗壞地說。

我急切的將腦中想到的一股腦全說出來：「我只知道你不在我附近，泰勒也沒看到你，所以不要跟我說什麼我頭撞壞之類的鬼話。那輛休旅車應該會壓到我們，但卻沒有，你用手抵擋的凹痕清晰可見，另一輛車上也有你弄出來的凹痕，但你竟然沒有受傷。那輛休旅車照理說應該會壓到我的腳，但你卻把它抬起來……」這一切聽起來很瘋狂，我實在說不下去了。我一定是瘋了，我知道自己流了一臉的淚，只能咬緊牙關拚命止住淚水。

他懷疑地望著我，表情充滿緊張和防禦。

「妳覺得我抬起車子？」他用疑問的語調質詢我的精神狀態，但只讓我更加狐疑，他就像一個老練的演員說出完美的臺詞一樣。

我點了點頭，下巴緊繃著。

「沒有人會相信妳的，妳自己也知道。」他帶著嘲諷的口吻說。

「我不會告訴任何人。」我一字一字慢慢地說，小心控制住憤怒的情緒。

他臉上閃過一絲詫異：「那妳幹麼一直問？」

「因為我想搞清楚。」我強調：「我不喜歡說謊，除非有很好的理由讓我非說不可。」

「妳不能就對我說聲謝謝，然後讓這一切過去嗎？」

「謝謝。」我等著，既氣惱又期盼。

「妳就是不肯放過我，是嗎？」

「對。」

「這樣的話……我祝妳享受這份失望。」

我們沉默地怒視著對方，然後我先開口，想讓自己專心，被他俊美的臉龐分心是件危險的事。我試著想像我看到的是一位壞心的天使。

「為什麼要救我？這關你什麼事？」我冷淡地說。

他沒有立刻回答，俊美的臉上閃過一絲受傷的神情。

「我不知道。」他低聲說。

然後他就轉過身離開了。

我實在太生氣了，因此花了好幾分鐘平息怒氣後才能移動。等我能走動時，我緩緩朝走廊盡頭的出口走去。

等候室比我想像中更讓我害怕討厭，好像我在福克斯看過的所有人都在這兒，一起瞪著我。查理衝到我身邊，我抬起手制止他。

「我沒事。」我不高興地說，我還在生氣，沒心情閒聊。

「醫生怎麼說？」

「庫倫醫生幫我看過了，他說我很好而且我可以回家。」我嘆氣說。麥克、潔西卡以及艾瑞克都在，正準備圍過來。「我們快走吧！」我催促著。

查理用一隻手扶在我背後，輕輕地並沒怎麼碰到我，他扶著我走向出口的玻璃門。我羞怯地向朋友們揮手，希望能讓他們相信我真的沒事，不用擔心我了。坐進警車讓我大大地鬆了一口氣——這是我第一次這麼覺得。

我們一路沉默地開回家，我專注在自己的思緒中，幾乎完全沒注意查理的存在。我相信愛德華剛剛在走廊表現出的那種防衛行為，證明我看到的奇異經過是真的，雖然令人難以相信。

當我們到家時，查理終於開口了：「呃……妳最好打個電話給芮妮。」他像罪犯似的垂下頭。

我嚇死了：「你跟媽說了！」

「很抱歉。」

我碰地一聲大力甩上警車車門，衝進屋內。

我媽當然歇斯底里快瘋了，我大概說了三十次「我很好」才讓她平靜下來，她不斷要求我回家——儘管那個家現在空無一人——但我想辦法拒絕了她。我有自己的主張，除了對愛德華這個人著迷之外，我還一直想著他今天做出的神祕行為。白痴！白痴！白痴！我不再像之前那麼熱切地想逃離福克斯——雖然那是任何精神健全的正常人應該做的事。

我決定晚上最好早點上床，查理三不五時擔憂地探視我，讓我更加心煩。我從浴室拿了三粒止痛藥，止痛藥很有效，一旦疼痛消除，我便陷入沉睡。

這一夜，我第一次夢到愛德華・庫倫。

chapter 4

邀與被邀

「為什麼呢？」

我用不高興的聲音說，

但知道他並沒有給潔西卡肯定的拒絕，

也讓我鬆了一口氣。

他滿臉泛紅，仍舊看著地板，

對我的回答感到震驚，真是個可憐人。

「我只是在想……嗯，也許妳有計畫要邀我。」

我的夢境裡一片漆黑，唯一的微弱光芒似乎是從愛德華的肌膚上散發出來的。我看不清他的臉，只看見他背對我愈走愈遠，留下我一人在黑暗中。無論我跑再快，都追不上他，無論我怎麼喊他，他都不回頭。悲傷的我在半夜驚醒過來，之後就一直睡不著，這一夜變得極為漫長。從那以後，我幾乎每晚都夢到他，但他總是離我好遠好遠，我永遠追不上他。

意外發生後那個月真不好過，校園生活充滿緊張，而且讓我極為窘迫。

我發現自己成為大家的注意焦點，讓我躲避不及，最誇張的是泰勒．克羅利，整天跟著我到處走，像背後靈似的要對我有所補償。我試著說服他忘掉這一切，因為我沒受什麼傷，但他還是堅持繼續這樣。他跟著我從教室到餐廳，硬擠進我們這張已經稍嫌擁擠的午餐桌，坐在我身旁，麥克和艾瑞克對他都不怎麼友善，比他們兩人之間的嫌隙還要嚴重，這讓我更擔心，我怎麼會有這樣一個不受歡迎的粉絲。

但似乎沒有人關心愛德華，雖然我一直強調他是救我的英雄，試著說服大家：他如何把我拉開、他也差點被撞到等等。潔西卡、麥克、艾瑞克和所有人都說他們根本沒看到他在那邊，直到休旅車被搬開為止。

我忍不住想，在他不可思議地救了我之前，怎麼可能沒人看到他站在我旁邊？帶著一絲懊惱，我終於想到可能的原因：沒有人像我這樣注意愛德華，沒有人像我這樣看著他，這真可悲。

愛德華身邊沒有任何人圍過去想知道第一手消息，人們像往日一樣避開他。庫倫家和海爾家的孩子永遠坐在同一張餐桌上，不吃東西，不交談。除了愛德華，其他人也未曾看過我一眼。

他在課堂上坐在我旁邊，仍然盡可能坐得離我遠遠的，他似乎完全沒注意到我的存在。但他會不時將手握成拳狀，緊張的肌膚變得更加蒼白，我懷疑他真像他外表看來那麼不在意嗎？

他希望自己沒有把我從泰勒的休旅車衝撞意外中救出來——這是我所能想到的唯一可能。

在意外發生的第二天，我試圖並渴望能跟他說話。上一次我看到他，是在急診室外面，當時兩人都很生氣，因為我對他不相信我看到的事實而感到生氣，即使我這部分的故事被編得完美無瑕。但無論他是怎麼做到的，他的確救了我一命，經過一夜，我憤怒的情緒已經退去，變成敬畏的感激之情。

當我進入生物課教室時，他已經坐在座位上，雙眼筆直地看著前方。我坐下來，希望他會轉過頭看我，他卻一副完全沒發現我存在的模樣。

「嗨，愛德華。」我友善地打招呼，讓他知道我的行為會和之前一樣。

他微轉過頭，但避開我的目光，點了一下頭，然後又轉過去看其他地方。

這成了我們最後一次在課堂上對話，雖然每堂生物課我都能看見他，在和我僅有一步之遙的地方。我不時會在餐廳或停車場看到他，遠遠的，無法克制自己。我看著他的金色眼珠一天天慢慢變回黑色，但在課堂上，我表現出一副不知道他坐在旁邊的樣子。真的很悲慘，夢境延續到白天。

除了徹底的偽裝，芮妮語帶警告的電子郵件也讓我心情沮喪，她因為擔心還打過好幾次電話來，我試著說服她只是天氣讓我心情不佳。

麥克是唯一因為我和實驗室夥伴關係變冷淡而感到高興的人。我知道他有點擔心，怕我會因為愛德華奮力救我一命而感到心動，看到這樣的結果他似乎鬆了口氣，變得更有信心，在生物課開始前坐在我旁邊跟我聊天，無視於愛德華的存在，正如同愛德華也完全忽視他一樣。

那場可怕的衝撞意外之後，雪覆蓋了一切，一點痕跡都沒留下，麥克很沮喪，因為他沒機會進行他計畫的雪球大戰，但他也很高興海灘之旅即將到來。接下來幾天，雨勢愈來愈大，就這樣，一週過去了。

潔西卡提醒了我另一個活動即將到來。三月的第一個星期二，潔西卡打電話給我，希望我不介意她邀請麥克參加兩週後舉行的春季舞會。這次的舞會很特別，是由女生來邀請男生參加。

「妳確定妳真的不介意嗎……妳不打算邀請他嗎？」當我告訴她我真的一點都不介意時，她還是一直追問著。

「不，小潔，我不會去的。」我跟她保證，跳舞絕對不是我日常的活動項目。

「那會很好玩的。」她不怎麼認真地說服我。我猜潔西卡喜歡跟我在一起，並不是真的想跟我作伴，只是因為能分享我莫名其妙受到大家注意的感覺。

「妳跟麥克一起好好玩吧。」我鼓勵她。

第二天，我很驚訝潔西卡在三角函數課和西班牙文課時不像以往那樣滔滔不絕。我們下課走在一起時，她在我身邊沉默地走著，我完全不敢問她怎麼了。萬一麥克拒絕她呢，我一定是她最不想說的人。

午餐時我的恐懼更深了，因為潔西卡盡可能坐得離麥克遠遠的，熱烈地跟艾瑞克談話。麥克反常地安靜。

午餐後麥克安靜地陪我走到教室，他臉上那股不自在的表情像個壞徵兆，但他並沒有挑起話題，直到我坐進座位，他坐在我的桌上。像往常一樣，我立刻察覺到愛德華坐在我旁邊，近得宛如能接觸到他，卻又遠得彷彿他只是我想像出來的人物。

「那個……」麥克望著地板說：「潔西卡邀請我跟她一起去春季舞會。」

「很好呀。」我讓自己的聲音聽起來開朗又熱情：「你跟潔西卡一定能玩得很愉快的。」

「呃……」當他發現我的微笑時，故作鎮定，但顯然對我的回答很不滿意。「我跟她說我要想一下。」

「為什麼呢？」我用不高興的聲音說，但知道他並沒有給潔西卡肯定的拒絕，也讓我鬆了一口氣。

他滿臉泛紅，仍舊看著地板，對我的回答感到震驚，真是個可憐人。

「我只是在想……嗯，也許妳有計畫要邀我。」

我沉默了一會，湧上一股內疚的感覺，但從我的眼角，我看到愛德華微微轉身傾向我這邊。

「麥克，我覺得你應該答應她。」我說。

「妳已經邀請別人了嗎？」愛德華有注意到麥克的眼睛正飄向他那邊嗎？

「沒有。」我向他保證：「我不會去參加舞會的。」

「為什麼？」麥克緊追不捨。

我不想讓自己落入舞會的危險話題，所以我很快想出一個新計畫：

「我這個星期六要去西雅圖。」我解釋。反正我也要找機會離開這個小鎮，這似乎是最佳時機。

「妳不能其他週末去嗎？」

「沒辦法，不行。」我說：「所以你不應該讓潔西卡一直等，那樣很不禮貌。」

「是，妳說對了。」他低聲說，然後轉身灰心地走回他的座位。我閉上眼，用手指壓著我的太陽穴以平息我的脾氣，試圖驅出心中的內疚和同情。班納先生開始說話，我嘆口氣，睜開眼。

愛德華正好奇地瞪著我，他黑色的眼珠再度露出熟悉的沮喪神情。

我驚訝無比地回瞪他，希望他能快點將目光移走，但相反地，他持續盯著我，帶著強烈疑問的眼神望進我的眼中。我只好移開目光，雙手抖個不停。

「庫倫同學？」老師叫他，問了一個我沒聽到的問題，要他回答。

「克氏循環。」愛德華回答，似乎很不情願地轉頭望向班納先生。

他的眼光一移開，我便趕緊低頭看書，想跟上目前的進度。我從沒那麼膽小過，我把頭髮撥到右肩遮住我的臉，不敢相信那種突然湧現的情緒震撼著我，讓我的脈搏猛烈地跳動——只因為這是最近幾週來他第一次正眼看我。我不能再讓他這樣影響我，太可悲了，不，比可悲還悽慘，這是不健康的。

我很努力地試圖在剩下的課程中不要注意他的存在，但這根本不可能，不過我希望至少別讓他發現我一直在注意他。當下課鈴響起時，我轉身背對他開始收拾我的東西，希望他會像平常那樣很快離開。

「貝拉？」他的聲音不應該聽起來這麼熟悉，好像我認識這聲音一輩子，而不是幾週而已。

我不情願地慢慢轉過身，不知道自己期望在他異常俊美的臉龐上看到什麼，當我終於面對他時，我的表情小心翼翼，他的表情讓人捉摸不透。他沒繼續說話。

「什麼事？你在跟我說話嗎？」我只好開口問，雖然不是故意但聲音聽起來卻很暴燥。

他努力從嘴角擠出一個微笑。「不，不盡然。」他承認。

我閉上眼，緩緩透過鼻子深深吸氣，我緊咬著牙，他耐心地等著。

「那你要幹麼，愛德華？」我問，眼睛還是閉著，這樣才能條理清楚地跟他說話。

「我很抱歉。」他聲音聽起來很誠懇：「我知道，我很沒有禮貌。但這是最好的方法，真的。」

我睜開眼睛，他的表情真的很誠懇。

「我不知道你在說什麼。」我謹慎地說。

「我們最好別做朋友。」他說：「相信我。」

我瞇起眼，這種話我之前聽過。

「真遺憾你沒早點弄清楚。」我的聲音像是從牙縫中逼出來似的：「這樣你就不用後悔了。」

「後悔？」我的語氣措詞顯然讓他的防備心霎時溜走。「後悔什麼？」

「沒讓那臺笨車把我壓扁。」

他驚愕地看著我，滿臉不敢置信的神情。

最後他終於開口，氣壞了似的：「妳覺得我後悔救了妳一命？」

「我知道你是的。」我厲聲說。

「妳根本搞不清楚狀況。」他真的氣壞了。

我很快地轉頭、咬緊嘴唇，以免自己再說出任何剛剛那種對他的瘋狂指責。我收好書本，起身走出教室，我想快點離開這兒，這念頭理所當然讓我被自己絆倒，就摔倒在門口，書掉了一地。我愣了好一會，心想乾脆把書丟著直接走開算了，然後我嘆口氣，彎下身準備一本本撿起來。他站在門邊，很快地幫我把書疊成一堆交給我，他的表情很嚴肅。

「謝謝。」我冷酷地說著。

他瞇起眼睛。

「不客氣。」他也反擊。

我快速地起身，轉身背對他，頭也不回地往體育館走去。

體育課真是殘酷，這一堂上的是籃球，我的隊友永遠不會把球傳給我，這倒好，但我整堂課都心情低落。我試著專心在腳上，可是今天我的腦袋中充滿愛德華的身影，在我需要平衡感的時候卻不斷想到他，這讓我表現得比平常更糟，我不停地撞到人。

下課永遠讓人覺得鬆一口氣，我幾乎是用跑的衝到卡車處，有太多人我想避開。那場意外只讓卡車受到一點擦傷，我更換了尾燈、重新上漆，卡車的顏色變得鮮豔多了。泰勒的父母親則將他那輛休旅車賣給收舊貨的零件商。

我跑過轉角，看到一個高大的身影倚在我的卡車邊，我差點呆掉。接著我發現原來是艾瑞克，於是我改用走的。

「嗨，艾瑞克。」我跟他打招呼。

「嗨，貝拉。」

「什麼事？」我邊打開車門邊說，並沒有注意到他聲音中的不自然，所以他接下來說的話讓我嚇一大跳。

「呃，我只是想……不知道妳願不願意去參加春季舞會……跟我？」他的嗓音在最後一個字突然變得生硬。

「我以為這是由女生來邀請。」我被嚇到了，只好試著說些婉轉的外交詞令。

「嗯，是沒錯。」他害羞地承認。

我恢復鎮靜，試著讓自己的笑容溫暖些：「多謝你問我，不過那天我在西雅圖。」

「喔……」他說：「好吧，那也許下次囉。」

「好呀。」我說，馬上咬住唇以免自己又說出不該說的話，我可不想讓他拿這一點大做文章。

他垂頭喪氣地往學校相反的方向離開，然後我聽見一陣竊笑聲。

愛德華從我卡車前方走出來，眼睛盯著前方看，緊抿著唇。我猛地拉開車門、跳進車內，將車門用力甩上，我發動引擎，倒車衝出去。愛德華也已經進入他的車，和我只隔了兩個空車位，他的車輕巧地滑到我前面，阻斷我的去路。他就這樣停在那兒，等著他的家人，我看到另外四個人一起從餐廳那邊走過來。我想撞爛他那輛閃亮的富豪汽車，但周圍的目擊者實在太多。我看一下照後鏡，後面已經堵成一長串。我後面是泰勒．克羅利新買的二手日產 Sentra，他向我揮手，但我並不怎麼高興看到他。

正當我坐在車內四處張望，就是不願意看我前方那臺車時，我聽見有人在敲打我另一邊的車窗，我轉過去看，是泰勒。我又望向我的照後鏡，有點困惑，他的車還在發動，但車門打開，我傾過身，轉動把手搖下車窗，但把手很緊，我搖到一半就放棄了。

「很抱歉，泰勒，我被庫倫的車擋住了。」我氣惱地說，這一堆被堵住的車很顯然不是我的錯。

「喔，我知道，我只是想利用我們被困在這裡時，跟妳談點事情。」他咧開嘴笑著說。

這怎麼可能！

「妳會邀請我參加春季舞會嗎？」他繼續說。

「我不會在城裡，泰勒。」我的聲音聽起來有點刺耳。我一再提醒自己這又不是他的錯，但麥克和艾瑞克已經用完我今天的耐心額度了。

「是呀，麥克也是這樣說。」他承認。

「那為什麼……」

他聳聳肩：「我以為妳只是想婉轉地拒絕他。」

這就完完全全是他的錯了。

「很抱歉，泰勒。」我試著隱藏被激怒的情緒。「我真的必須出城。」

「沒關係，以後還有機會的。」

我還沒回答，他已經走回他的車子了，我知道自己一臉震驚。我向前看，看到艾利絲、羅絲莉、艾密特和賈斯柏都已經走到富豪車旁，愛德華的眼睛從他的後視鏡看著我，我敢發誓他絕對在笑，好像他完全聽見泰勒說的每一個字。我的腳踩在油門上，輕踩一下應該不會傷到他們，但應該能解決那輛虛有其表的銀色豪華轎車……但想歸想，我只是不停催著油門。

等他們全都上車後，愛德華才慢慢開走。我一路小心緩慢地開回家，不斷低聲對自己喃喃自語。

等我回到家時，我決定做墨西哥辣椒雞肉捲餅當晚餐，那要花很多時間，但是能讓我保持忙碌。在我燉著洋蔥和紅蕃椒時，電話響了，我幾乎不敢去接，但很可能是查理或我媽……

結果是潔西卡，她欣喜若狂，因為麥克在放學後逮住她，並接受她的邀請。我邊攪拌著菜餚邊分享並慶祝她的喜悅，然後她說她得掛了，她還要繼續通知安琪拉和蘿倫，告訴她們這個消息。我用漫不經心的口吻建議她：「也許安琪拉（跟我一起上生物課的那位害羞女生）可以邀請艾瑞克，而蘿倫（這個不親切的女生，在午餐桌上永遠無視我的存在）能邀請泰勒。我聽說這兩個人都還沒人邀。」潔西卡認為這是個好主意。現在她非常確定麥克會是她的舞伴，所以當她再次說她希望我能去參加舞會時，聽起來極為真誠。我同樣用那個要去西雅圖的藉口打發她。

等我掛下電話後，我試著專心煮晚餐，把雞肉切成小小塊，我可不想再被送到急診室一次。但我腦海中各種念頭翻攪，試著分析愛德華今天說的每一句話，他到底是什麼意思？什麼叫我們最好不要做朋友？

當我瞭解到他的意思時，我的胃抽搐著，他一定已經發現我對他著迷了，他一定是不希望我繼續對他產生興趣……難怪他說我們不能當朋友……他對我根本一點興趣都沒有。

當然他對我不會有興趣，我生氣地想著，雙眼刺痛——對洋蔥的生理反應。我對他也沒興趣，他是那麼的……傑出、神祕、完美、美麗、或許可用一隻手舉起一臺正常的休旅車。

很好，那就算了，我幹麼打擾他，乾脆離開算了。我在腦中醞釀這個念頭，希望在西南部或夏威夷找到一些學校，能提供我獎學金。我腦海中專注地想著陽光海灘和棕櫚樹，一邊完成了墨西哥辣椒雞肉捲餅，將菜放進烤箱。

查理回到家聞到綠辣椒的味道時顯得有點遲疑，我不怪他，離這最近較能接受墨西哥食物的地方應該是南加州。但他是員警——雖然只是個小鎮的員警——他勇敢地咬下第一口……似乎還挺喜歡的，看他慢慢相信我在廚房的本領是件有趣的事。

「爸……」當他快吃完時我開口。

「什麼事，貝拉？」

「嗯，我只是想讓你知道，下星期六我要去西雅圖整個週末，可以嗎？」我不想徵求他的允許，這樣會變成壞規矩，但我又不想太無禮，所以還是補了最後一句。

「為什麼？」他似乎很驚訝，好像福克斯可以提供一切東西，他猜不透怎麼會有人要離開這裡去外面。

「那個……我想去買幾本書，這邊圖書館的書太少了……也許還會買幾件新衣服。」我現在手邊的錢比以前多，感謝查理，因為我不用付卡車的錢，汽油也花不了多少錢。

「那輛卡車可能沒法跑那麼遠。」他清清喉嚨說。

「我知道，我會在蒙特薩羅和奧林匹亞市停一下的，還有塔克馬，如果有必要的話。」

「妳一個人去嗎？」他問，我不知道他是懷疑我有個神祕男友呢，還是擔心車子。

「是的。」

「西雅圖是個大城市，妳可能會迷路。」他焦躁的說。

「爸，鳳凰城比西雅圖大上五倍，而且我會看地圖，別擔心這種問題。」

「妳要我跟妳一起去嗎？」

我嚇了一跳，只好使出一點小手段：「好啊，爸，但我可能會在換衣間待上一天，會很無聊的。」

「喔，那好吧。」要在商店女子換衣間前等候的念頭立刻打敗他。

「謝謝。」我對他微笑。

「妳會趕回來參加舞會嗎？」

呃……只有在這麼小的鎮，父親們才會知道高中舞會的時間。

「不，我不跳舞的，爸。」就算別人不知道，他也應該瞭解，我的平衡問題又不是遺傳自媽媽。

他很瞭解。「呃，這倒是。」他會心地說。

第二天早晨，我開進停車場後，盡可能離那輛銀色富豪遠遠的。我不想讓自己再有上次那種念頭，最後落得要賠他一輛新車的下場。我從車內爬出來，笨拙地鎖上車門，結果一不小心鑰匙掉到腳邊，當我彎腰去撿時，一隻白皙的手搶在我之前撿起來握住鑰匙。我猛地站直，愛德華‧庫倫就站在我旁邊，隨意地倚著我的卡車。

「你是怎麼做到的？」我用驚詫氣惱的聲音問。

「什麼怎麼做到的？」他邊說邊張開手。當我要伸手拿時，他主動將鑰匙落在我的掌心。

「突然就出現。」

「貝拉，這不是我的錯，是妳自己特別不留意的。」他的聲音跟平常一樣沉靜——像絲絨般輕柔。

我沉下臉望著他完美的臉龐，今天他的眼睛又變成深深的蜂蜜色，閃著光芒。害我得垂下眼，重新組合我現在紊亂的思潮。

「昨天晚上你為什麼要堵住我的車？」我盤問他，但望著其他地方。「我以為你是打算假裝我不存在，而不是把我氣死。」

「那是泰勒做的，不是我。我得讓他有機會試一下。」他竊笑。

「你……」我倒抽一口氣，想不出任何惡毒的話。我覺得我憤怒的熱氣真實到能燒死他，但他看起來只是一副被我逗樂的樣子。

「而且我也沒有打算假裝妳不存在。」他繼續說。

「既然泰勒的休旅車沒把我壓死，所以你打算把我氣死？」

他黃色的眼珠閃過一絲憤怒，緊抿著唇，唇線又硬又嚴厲，這表示他的幽默感又不見了。

「貝拉，妳真是太可笑了。」他低沉的聲音很冷酷。

我的手抖個不停，只想重重地打個什麼東西來洩憤。我對自己感到驚訝，我平常是個不使用暴力的人，於是我轉過身大步走開。

「等一下──」他說。我繼續走，沉重的腳步憤怒地在雨中濺起泥花，但他輕鬆地跟在我旁邊。

「很抱歉，剛才我很無禮。」他邊走邊說，但是我不理他。「我是說真的。但無論如何我都不應該那樣說。」

「你幹麼不走開讓我一個人靜一靜？」我抱怨。

「我要問妳一些事，誰知道妳突然改變我的話題。」他輕笑，幽默感似乎又回來了。

「你有雙重人格混亂嗎？」我嚴肅地說。

「妳又來了。」

我嘆口氣：「那好吧。你要問什麼？」

「我只是想，下星期六──妳知道的，春季舞會那一天──」

「你在跟我開玩笑嗎？」我轉身面對他打斷他的話。因為我抬起頭看他，所以臉都被雨淋濕了。

他眼中有著淘氣的神情：「妳可以讓我說完嗎？」

我咬緊唇，兩隻手交叉緊握著，以防自己在衝動下做出任何蠢事。

「我聽說妳那天要到西雅圖，我想，不知道妳需不需要搭便車？」

這我倒沒想到。

「什麼？」我不確定我有聽懂他的意思。

「妳要搭便車去西雅圖嗎？」

「跟誰？」我困惑地問。

「我，很明顯吧。」他把每個字的發音都念得很清楚，好像在跟某個智力有問題的智障人士交談似的。

我還處在驚愕狀態：「為什麼？」

「嗯，我本來幾週後也要去西雅圖……老實說，我不確定妳的卡車跑不跑得了那麼遠。」

「我的卡車狀態很好，多謝你的關心。」我再度開始往前走，但因為太驚訝了，所以已經不像之前那麼生氣。

「妳的油箱能撐到西雅圖嗎？」他趕上我時繼續問。

「我看不出來這跟你有什麼關係。」白痴的閃亮富豪車車主。

「浪費有限資源跟所有人都有關。」

「老實說，愛德華——」當我說出他的名字時，我感到全身一陣興奮的顫慄，我討厭這樣。「我不用跟你報告，我以為你不想當我的朋友。」

「我說的是：我們最好別做朋友——並不是我不想。」

「喔，真謝謝你，現在一切事情都清楚了。」多諷刺的口吻啊。此時我發現自己已經停下腳步，我們現在站在餐廳屋簷下，所以我可以輕易地看到他的臉，但這對我釐清思緒一點幫助都沒有。

「這會更……如果妳不是我朋友，對妳會比較好。」他解釋。「但我已經厭倦試著和妳保持距離，貝拉。」

當他說出我的名字時，他眼中的光芒變得強烈，聲音也變得鬱悶。我幾乎無法呼吸。

「妳願意跟我一起去西雅圖嗎？」他熱切地問。

我說不出話來，但我點點頭。他笑了一下，然後臉龐變得嚴肅。

「妳真的應該遠離我。」他警告我。「教室見。」

他突地轉身，往我們剛走來的路走回去。

chapter 5

血的昏眩

「我聞到血的味道。」我皺著鼻子說。

李和我不一樣，不是因為看到其他人的血，而是他自己割出傷口了。

「人通常聞不到血的味道。」他反駁。

「嗯，我可以……所以才會讓我不舒服。聞起來像鐵鏽……和鹽。」

我茫然地走去上英文課，走進教室時甚至沒發現課程已經開始了。

「謝謝妳的加入，史旺小姐。」梅森先生用諷刺的口吻說。

我滿臉通紅，趕忙走到座位上。

直到課程結束我才發現：麥克並沒有坐在他平常的位置，也就是我的座位旁邊。我感到一陣內疚的刺痛。但下課後他和艾瑞克跟平常一樣在門口等我，我知道我已經被原諒了。我們一同走著，麥克像往日一樣，興奮地談到週末的天氣預報，雨應該會暫停，因此海灘之旅很有可能成行。我試著熱烈地回應，不想再像昨天一樣讓他失望，但這真的很難，無論有沒有下雨，就算再怎麼幸運，氣溫頂多也只有十度左右。

那個早上接下來發生的事我都不太記得了。很難相信早上愛德華真的有跟我說話，而不是我在腦海中的想像，還有他的友善態度，會不會其實我把夢境跟現實混淆了呢？這應該比較可能。

所以當我進入餐廳時，我對潔西卡既沒耐心又厭煩，我想看到他的臉，想知道他是不是又恢復成那個過去幾週對我無比冷酷的人，還是……奇蹟真的出現了，早上我真的聽見我最想聽見的話了。潔西卡不斷說著關於舞會的一些蠢計畫：蘿倫和安琪拉邀請了其他男孩，大家要一起去等等……我完全沒在聽。

我的視線習慣性的飄向他兄弟姊妹所在的餐桌，失望感頓時襲捲全身——其他四個都在那邊，但他缺席了，難道他已經回家了嗎？我聽著潔西卡那堆無聊的談話內容，整個人快崩潰了。我完全沒胃口，只買了罐檸檬汽水，一個人坐在那邊生悶氣。

「愛德華．庫倫又在看妳了。」潔西卡說。他的名字終於打斷了我的胡思亂想。「不知道他今天為什麼一個人坐？」

我猛地抬起頭，順著她的目光看見愛德華，他今天坐在另一張餐桌，他家人的對面，整張桌子只有他一人，他正看著我，帶著壞壞帥帥的笑容。當他迎上我的視線時，舉起一隻手，用食指示意我加入他，我狐疑地看著他，他眨眨眼。

「他是在叫妳嗎？」潔西卡質問的口氣帶著驚愕。

「也許他需要生物課的作業。」我低聲為他的動作找理由。「呃，我最好過去看看他要幹麼。」

當我走過去時，我知道她在背後盯著我。

我走近那張餐桌，站在他對面的椅子後方，不太確定該怎麼辦。

「妳今天要不要跟我一起坐？」他笑著問。

我不由自主地坐下來，小心地看著他，他還在笑，很難相信這樣俊美的人竟然真的存在。我害怕他可能會在一陣煙霧後消失，然後我會從夢中醒來。

他似乎在等我說些話。

「這跟你說的不一樣。」我最後終於說出口。

「嗯……」他停了一會，然後很快把其他話說完：「我決定了，就算我會因此下地獄，我也願意。」

我等著他說一些比較正常的話，時間滴答經過。

「你知道，我完全不明白你在玩什麼花樣。」最後我放棄等待，對他如此說。

「我知道。」他又笑了，然後改變話題：「我想妳的朋友一定很生氣我把妳偷過來了。」

「他們受得了的。」我可以感覺到那些人在我背後盯著我的眼神。

「我可能不會放妳回去喔。」他眼中閃著頑皮淘氣的光芒。

我喘不過氣來。

他笑了：「妳看起來很擔心。」

「不。」我說，但這太誇張了，我竟然開始結巴：「應該是說……驚訝。你要我過來有什麼事嗎？」

「我告訴過妳，試過要遠離妳，但我做不到，所以我放棄了。」他還在笑，但金黃色的眼眸露出認真的神色。

「放棄？」我困惑地重覆。

「是的，放棄成為一個好人。我只想做我想做的，隨便別人怎麼說。」但他的笑容隨著他的話漸漸消逝，聲音不知不覺又變得嚴厲。

「我被你弄糊塗了。」

他又露出那個壞壞的帥氣笑容，我完全無法呼吸。「每次跟妳說話我都透露太多，這是其中一個問題。」

「這你不用擔心，反正我都聽不懂。」我挖苦地說。

「這正是我希望的。」

「所以，用最簡單的話說，我們到底還是不是朋友？」

「朋友……」他若有所思，喃喃自語。

「可能不是。」我低聲說。

他露齒而笑：「這個嘛，我想……我們可以試試。但我警告妳，我不是妳應該結交的那種好朋友。」在他的微笑背後，聽得出警告的意味。

「你說過了。」我指出，試著忽略我胃中的抽搐，努力保持聲音的穩定。

「沒錯，因為妳都不聽我說，我還在等妳相信。如果妳夠聰明的話，應該要避開我的。」

「我想，你很清楚地說出你對我智商的觀點了。」我的眼睛瞇了起來。

他抱歉地笑了笑。

「所以，如果我沒那麼聰明……我們可以當朋友嗎？」我掙扎著說出結論。

「聽起來沒問題。」

我低頭望著緊緊握著檸檬汽水瓶的手，不知道接下來該怎麼辦。

「妳在想什麼？」他好奇地問。

我抬頭望進他金色的眼眸，還是感到迷惑不解，於是像平常一樣不加思索地脫口而出：「我想搞清楚你的本質。」

他的下巴緊繃，但努力維持微笑。「搞懂了嗎？」他狀似輕鬆地問。

「不太多。」我承認。

他輕笑出聲：「那妳認為我是……？」

我臉又紅了。在過去一個月，我一直認為他應該是某種超人，我在蝙蝠俠和蜘蛛人之間猶豫不決，但我絕不可能現在向他坦白。

「妳不打算告訴我？」他頭偏向一邊，帶著驚愕的表情誘惑我。

我搖搖頭：「太難為情了。」

「這挺讓人沮喪的，妳知道嗎？」他抱怨。

「才不呢。」我很快的說，但眼神堅定。「這有什麼好沮喪的，只不過別人不想把心中的事情告訴你，就算他們偷偷地談論你，害你整個晚上都在想他們到底是什麼意思……告訴我，這為什麼會讓你沮喪？」

他做個鬼臉。

「或者說得更坦白些——」我繼續說，將壓抑的怒氣發洩出來：「例如說，某人做了超乎尋常的事，像是從不可能的情況中拯救你的生命，但隔天又排斥你，從不解釋原因，甚至答應之後又反悔……那種才叫做令人沮喪。」

「妳有點生氣，是嗎？」

「我不喜歡雙重標準。」

我們瞪著對方，彼此都沒有笑容。

他瞄一眼我身後，然後，出乎我的意料，低聲笑了起來。

「幹麼？」

「妳的男朋友似乎認為我讓妳不高興了，他在掙扎要不要過來打斷我們的談話。」他又低聲竊笑。

「我不知道你在說什麼。」我冷冷的說：「但是，我很確定你是錯的。」

「我沒錯。我告訴妳，很多人都很容易被看透。」

「除了我以外，當然。」

「沒錯，除了妳。」他的聲音突然變了，眼神陷入沉思：「我也很好奇究竟是為什麼？」

為了避開他熱切的注視，我只好移開眼神，專心地鬆開檸檬汽水的蓋子，喝了一口，然後視而不見的看著桌子。

「妳不餓嗎？」他似乎有點心煩意亂。

「不。」我不想多做說明，我的胃現在很脹——充滿氣泡。「你呢？」我望著他面前的空桌。

「不，我不餓。」我不太瞭解他聲音中想表達的意思，他似乎很享受這種私人的笑話。

「你可以幫我一個忙嗎？」我猶豫幾秒後說。

他起了警戒心：「那要看是什麼忙。」

「不是什麼大事。」我向他保證。

他等著，小心謹慎但充滿好奇。

「我只是想說……如果你下次又為了我好而決定不理我的話，可以事先警告我一下嗎？好讓我先有心理準備。」我邊說邊望著檸檬汽水瓶，用我的小指沿著瓶口的曲線磨蹭著。

「這聽起來很公平。」我抬起頭，發現他抿緊唇好忍住笑意。

「謝謝。」

「那我能問妳一個問題算是交換嗎？」他追問著。

「一個。」

「告訴我妳的想法──關於剛才那個話題。」

喔喔。「這個不行。」

「妳又沒有限定範圍，妳答應給我一個答案的。」他提醒我。

「你也沒有遵守你的承諾呀。」我提醒他。

「只要一個想法，我不會笑的。」

「會，你一定會。」這點我很確信。

他垂下頭，然後透過長長的睫毛偷瞄我，金色的眼珠無精打采。

「拜託啦……」他低聲下氣，身體往前傾向我。

我眨著眼，腦海中一片空白。我的媽呀，他怎麼能露出這種神情？

「呃，什麼？」我茫然暈眩地問。

「只要跟我說一點點就好。」他的凝視讓我整個人都快燃燒起來。

「嗯，好吧……被放射蜘蛛咬到？」他會催眠術嗎？還是我無可救藥地那麼容易被他影響？

「這沒有創意。」他輕蔑地說。

「那我也沒辦法，我只能告訴你這一個。」我氣惱地說。

「這根本不算。」他逗弄著我。

「不要蜘蛛？」

「對。」

「也不要放射線？」

「對。」

「討厭。」我嘆口氣。

「氪氣石也不算。」他竊笑。

「你說過不笑我的，記得嗎？」

他努力讓臉上表情恢復鎮靜。

「我一定會搞清楚的。」我警告他。

「我希望妳最好別試。」他的聲音再度變得嚴肅。

「為什麼……」

「萬一我不是超人英雄？萬一我是個壞人呢？」他開玩笑地說，但他的眼神讓人無法理解。

「喔。」我說，好幾件他暗示的事突然都有了眉目。「我懂了。」

「妳真的懂嗎？」他的表情突然一驚，好像害怕自己洩露太多。

「你是危險分子？」我猜，我的脈搏跳個不停，似乎我的直覺已經瞭解到我話中的意思——他真的很危險，他一直試著要告訴我。

他只是看著我，眼中帶有某種我無法瞭解的情緒。

「但不是壞人——」我搖著頭低語：「不，我不相信你是壞人。」

「妳錯了。」他的聲音低得幾乎讓人聽不見。他低下頭，拿走我的瓶蓋，在手指上翻轉著。我瞪著他，狐疑地想著為何我沒有感到恐懼害怕。他就像他說的一樣，帶著明顯的威脅，但我卻覺得異常興奮，而且，比以往更神魂顛倒——這是我每次靠近他就會有的感覺。沉默持續著，直到我發現餐廳的人都快走光了。

我跳起來：「我們要遲到了。」

「我今天不去上課。」他說，手指飛快地轉動瓶蓋，速度快得幾乎看不清楚。

「為什麼？」

「有時候蹺課是健康的。」他笑著看我，但眼中仍帶著煩惱。

「那好，可是我要去。」我告訴他。我是個超級膽小鬼，怕蹺課會被抓到。

此時他已經恢復之前的樣子：「那我們晚點見囉。」

我猶豫了一下，然後轉身飛快地往教室跑，第一聲鐘響讓我更快地衝出餐廳，我邊跑邊看他，他仍然動也不動地坐在那裡。

在我跑到一半時，我的腦海快速地思考，幾個問題突然有了答案，卻也浮現一些新的問題，但至少雨已經停了。

我很幸運，進教室時班納先生還沒到。我很快地在座位上坐好，注意到安琪拉和麥克都在看我——麥克的表情充滿憤恨，安琪拉則是一臉驚訝，充滿敬畏驚嘆。

然後班納先生走進教室，要求全班安靜，他手臂下夾著一些小小的硬紙板盒，放在麥克的桌上，要他發給全班。

「好啦，同學們，我要你們每個人都從盒子裡拿出一個器材。」他邊說邊從他的實驗服口袋抽出一雙塑膠手套戴上，戴上手套時發出的摩擦聲像是種不祥的預兆。

「第一步是抽出指示卡。」他拿起一張白色卡片對大家展示，卡片上有四個方格。「第二個是檢驗棒。」接著舉起一根像是髮夾的東西。「第三個是無菌包裝的刺血針。」最後拿起一小片藍色的塑膠膜，打開。

那麼遠看不到尖銳針頭，但我的胃翻動著。

「我會分別用滴管滴水到你們的卡片上，在我沒到你座位前不要動。」他從麥克那桌開始，小心地滴一滴水到白色卡片的四個方格上。「然後我要你們小心地用手拿起刺血針……」他抓住麥克的手，將針尖刺進麥克的中指。

喔，不！冷汗溢滿我的前額。

「將一小滴血擠在檢驗棒上。」他示範地擠壓麥克的手指直到血液流出。

我痙攣地吞咽，胃沉重地抽搐著。

「然後抹在卡片上。」

他做完，握著那張滴著紅色血液的卡片讓大家看。

我閉上眼睛，試著用聽的就好。

「下個週末安吉拉斯港將會有紅十字會的捐血活動，所以我想你們應該要知道你們的血型。」他似乎很驕傲。「雖然你們還不到十八歲，仍然需要父母的許可……我的桌上有同意書。」

老師帶著滴管巡視每一桌。我將臉頰貼在冰冷的黑色桌面上，試著維持我的意識。我能聽見周圍同學用針刺入指尖時發出的尖叫、抱怨和笑聲。我緩緩地呼吸，用嘴巴吸氣和吐氣。

「貝拉，妳還好嗎？」班納先生問我。他就在我身旁輕聲說話，聽起來卻像警鈴一樣大聲。

「我已經知道我的血型了，班納先生。」我虛弱地說，怕得連頭都不敢抬起來。

「妳身體不舒服嗎？」

「是的，老師。」我低聲說。心裡一個小聲音提醒我，不要錯失這個蹺課的機會。

「有沒有誰能扶貝拉到醫務室？」他問。

我不用抬頭也知道麥克會自願。

「妳可以走路嗎？」班納先生問。

「可以。」我低聲回答。心中想著，只要讓我離開這裡就好，用爬的都行。

麥克用他的手臂環繞著我的腰時十分興奮，他將我的手拉過他的肩頭，我癱軟地將全身重量斜倚著他。麥克拖著我慢慢越過校園，當我們繞過餐廳轉角，走出4號大樓，離開班納先生的視線範圍後，我就停下腳步。

「讓我先坐一下，好嗎？」我求他。

他扶著我坐在路邊。

「還有，不管你想做什麼，把你的手放在你的口袋裡。」我警告他，不想看到他的血。我還是感到暈眩，但我試著不讓自己靠往麥克的方向，而是讓臉頰靠著人行道上冰冷潮濕的水泥柱，然後閉上眼睛，這樣似乎有些幫助。

「天啊，貝拉，妳的臉色發青。」麥克的聲音聽起來很緊張。

「貝拉？」另一個聲音遠遠地叫著我。

不！不要！告訴我這只是我想像出來的熟悉聲音。

「發生什麼事了——她受傷了嗎？」他的聲音現在很近，聽起來充滿擔心，這不是我的想像。我緊閉著眼，希望自己死掉算了，或者至少，別吐出來。

麥克強調著：「我想她只是頭暈。我不知道是怎麼回事，她根本還沒刺到手指。」

「貝拉——」愛德華的聲音就在我旁邊，但聽起來放心多了：「妳聽得見我嗎？」

「不。」我咕噥著：「走開！」

他低聲笑著。

「我正要扶她去醫務室。」麥克用防禦的聲音解釋：「可是她似乎走不動了。」

「我來照顧她。」愛德華說。我能聽見他話中的笑意。「你回去上課吧。」

「不！」麥克抗議：「這是我應該要做的。」

突然間我底下的人行道不見了，我因為震驚而睜開眼睛。愛德華把我打橫抱起，好像我只有十磅似的，而不是一百一十磅。

「放我下來！」拜託，請不要讓我吐在他身上。我話還沒說完，他已經開始朝醫務室走去。

「喂！」麥克也叫著，但愛德華已經走了老遠，他根本不理會麥克。

「妳看起來糟透了！」他笑著告訴我。

「把我放回人行道……」我呻吟著，他走動的節奏對我沒有幫助。

愛德華小心地抱著我，避免我們之間身體上的接觸，只用兩手手臂支撐我的體重——他似乎感受不到我的重量。

「所以妳在血型課上昏倒？」他問我，這似乎讓他很高興。

我沒有回答，再次閉上眼，跟噁心的感覺奮鬥，嘴緊緊閉著，忍住不要吐出來。

「而且還不是妳自己的血。」他繼續說著，似乎很自得其樂。

我不知道他怎麼能一邊抱著我一邊打開門，但一陣暖意傳來，我知道我們進到屋內了。

「喔，天呀！」我聽到一個女聲倒抽了一口氣。

「她在生物課上昏倒了。」愛德華解釋。

我睜開眼，發現自己在辦公室內，愛德華正大步穿過櫃檯準備走進醫務室。科普太太──紅髮的櫃檯接待員──搶在愛德華前面把醫務室的門打開。祖母級的校護用好奇驚訝的眼光看著愛德華把我抱進房間，溫柔地把我放在一張病床上，棕色的床墊上鋪著拋棄式的保潔紙。然後他直起身，貼著牆站，在這窄小的房間盡可能離我愈遠愈好，他的眼睛既明亮又興奮。

「她只是有點昏眩。」他開口說明，好讓受到驚嚇的護士放心：「他們在生物課做血型測試。」

護士瞭解地點點頭：「總是這樣。」

他低聲笑著。

「躺幾分鐘，親愛的，很快就沒事了。」

「我知道。」我嘆著氣說，躺下後，噁心的感覺已經退去。

「這常常發生嗎？」她問。

「有時候。」我承認。愛德華用咳嗽掩飾他的笑聲。

「你可以回去上課了」護士對他說。

「我應該要陪她待在這裡。」他話裡帶著某種權威的口吻，雖然護士嘟起嘴，但並沒有再說什麼。

「我去拿點冰塊幫妳敷一下，親愛的。」她對我說，然後匆匆地走出門。

「你是對的。」我閉著眼睛嗚咽地說。

「我通常都……妳是指什麼？」

「蹺課是健康的。」我的呼吸現在平順多了。

「妳剛才差點把我嚇死。」他停了一下，然後承認他的擔心。他的聲音好像他正在坦白一件丟臉的事：「我以為紐頓拉著妳的屍體要埋在樹林裡。」

「哈哈。」我的眼睛還是閉著，但覺得身體已經逐漸恢復正常。

「老實說，我看過屍體有更好看的顏色。我還擔心自己可能要因為妳被謀殺而替妳報仇呢。」

「可憐的麥克，我賭他一定氣瘋了。」

「他一定很恨我。」愛德華高興地說。

「你怎麼可能知道？」我爭辯著，接著立刻想到：說不定他真的知道。

「我看到他的表情，所以我知道。」

「你怎麼看得到我？我以為你蹺課離開學校了。」我現在幾乎已經沒事。如果我中午有吃東西的話，可能早就吐出來了，所以胃空空的反而是件幸運的事。

「我在車上聽CD。」這麼普通的回答卻讓我驚訝不已。

聽到開門的聲音，我睜開眼睛，看到校護手上拿著冰袋。

「來了，親愛的。」她傾身將冰袋放到我的額頭上。「妳看起來好多了。」她補了一句。

「我想我好多了。」我邊說邊試著坐起來，雖然還有點耳鳴，但腦袋已經沒那麼暈眩了，四周薄荷綠的牆看起來也不再扭曲。

我知道她打算要我再躺一會，但門又被打開，科普太太探頭進來。

「又來一個。」她說。

我跳下床，好將病床留給下一位，然後將冰袋交還給護士：「謝謝，我不需要了。」

然後，麥克扶著臉色灰黃的李・史帝芬搖搖晃晃地走進來，那是我們生物課的另一個男同學。愛德華和我退到牆邊，讓他們進來。

我不明所以的抬頭看他。

「喔！糟了，」愛德華低聲說：「快出去辦公室外面，貝拉。」

「相信我，走。」

我轉身，在門關上前抓住，像箭一樣衝出醫務室，我知道愛德華就跟在身後。

「妳真的聽我的話。」他頗感驚訝。

「我聞到血的味道。」我皺著鼻子說。李和我不一樣，不是因為看到其他人的血，而是他自己割出傷口了。

「人通常聞不到血的味道。」他反駁。

「嗯，我可以……所以才會讓我不舒服。聞起來像鐵鏽……和鹽。」

他用深不可測的表情看著我。

「怎麼啦？」我問。

「沒什麼。」

麥克跟著走出門，先看著我，接著看向愛德華。他的表情證明愛德華之前說的沒錯──帶著強烈的反感。他的眼光再度移向我，一副悶悶不樂的樣子。

「妳看起來好多了。」他指控似地說。

「把你的手放在口袋裡。」我再次警告他。

「又沒有流血……」他低聲說：「妳要回去上課嗎？」

「你開什麼玩笑？我才剛逃開又要自投羅網嗎？」

「我想也是……那，妳這個週末要去嗎？要去海灘嗎？」他說話時再度怒視愛德華，但愛德華站在雜亂的櫃檯前，像尊雕像般動也不動，眼睛看著空白的牆面。

我盡量友善的回應：「嗯，我說過我會參加的。」

「那我們在我爸的商店前碰面，十點。」他的眼睛又轉向愛德華，顯然不想讓愛德華聽見太多消息。他的身體語言很清楚地表示，這並不是對所有人開放的邀請。

「我會到的，我保證。」

「那我們體育課見囉。」他邊說邊遲疑地向門口移動。

「再見。」我回答。他再看了我一眼，圓圓的臉上露出不悅的表情，然後慢慢地走出辦公室大門，一副垂頭喪氣的樣子。我心中的同情感又湧上來，我想體育課又會看到他不滿的臉孔。

「體育課。」我咕噥著。

「我來解決。」直到他開口，我才發現愛德華已經走到我身旁。「坐下來假裝虛弱。」他低聲說。

這並不難，我總是很虛弱，剛才的昏眩還在我臉上留下微微的汗漬。我坐在其中一張看來搖搖欲墜的折疊椅上，頭靠著牆，閉上眼，一副昏眩無力的模樣。

我聽到愛德華輕柔地在櫃檯邊說話：「科普太太？」

「是的？」我沒有聽見她回到接待櫃檯的聲音。

「貝拉的下一堂是體育課，但我想她還沒完全恢復。事實上，我認為我最好現在送她回家。您覺得您可以允許嗎？」他的聲音像溶化的蜜糖般。我能想像他眼中驚人的魅力。

「你也需要我的允許嗎？愛德華。」科普小姐用充滿調情的聲調對他說。為什麼我就做不出來？

「不用，我的教練是果夫太太，她不會介意的。」

「好，看來你已經設想周到。妳覺得好些了嗎？貝拉。」她轉向我說話。我虛弱地點點頭，表演得有些過火。

「妳走得動嗎？還是要我背妳？」他背對著接待櫃檯，露出戲弄的表情。

「我可以走。」

我小心地站起來，其實沒什麼大礙。他替我開門，禮貌的微笑，但眼神充滿嘲弄。我走出辦公室，踏進剛降下、冰冷濕潤的霧氣中，感覺很好——我第一次覺得綿綿細雨也是種享受，好像能將我臉上黏黏的汗漬洗乾淨。

「謝謝。」我說，他跟著我走出來。「因身體不適而換來不用上體育課，似乎很值得。」

「不客氣。」他望著前方，瞇起眼看著雨。

「所以你會去嗎？我是說，這個星期六？」我希望他會，雖然覺得有點不太可能。我無法想像他的車上坐滿其他同學的樣子，他並不屬於我們這個世界，但我只是希望他能讓我在這裡的第一次郊遊多點興奮之情。

「你們到底要去哪裡？」他還是面無表情地望向前方。

「去拉布席的海邊。」我研究他的表情，想猜透他的思緒，但他又瞇起眼睛。

他用眼角瞄向我，嘴角扭曲地露出諷刺的笑容：「我想我並沒有收到邀請。」

我輕嘆：「我剛剛邀你了呀。」

「妳和我這星期最好不要再給可憐的麥克更多壓力了，免得他崩潰。」他雙眼露出一抹戲謔的神采，顯然對這個想法挺興奮的。

「麥克這個傻子。」我喃喃自語，整個心思全在他剛剛說的「妳和我」，我好喜歡他這樣的說法。

我們已經快走到停車場，我轉向左邊，朝我的卡車走去。突然有人抓住我的夾克，猛地把我拉回去。

「妳以為妳在幹麼？」他憤慨地問，用一隻手抓住我的夾克。

我有點被弄糊塗了：「我要回家呀。」

「妳沒聽見我答應送妳回家嗎？以妳現在的情況，妳覺得我會讓妳自己開車回去嗎？」他的聲音還是很憤怒。

「什麼情況？那我的卡車怎麼辦？」我抱怨著。

「我會讓艾利絲下課後幫妳開回家的。」他拉著我的夾克，拖著我往他的車子走。我跌跌撞撞地試著讓自己不要跌倒，我想，就算我跌倒，他也會拖著我走的。

「放手！」我堅持，但他根本不理我，我沿路不斷掙扎，直到抵達他的富豪車旁，他才放開我，讓我踉蹌地倚在門邊。

「你也太一意孤行了吧？」我埋怨著。

「門開了。」這是他唯一的反應。說完他繞到駕駛座坐好。

「我有能力自己開車回家。」我固執地站在車邊，氣惱著不肯進去。雨下得更大了，我又沒有把帽子戴上，所以雨水沿著頭髮滴落。

他搖下車窗，傾身越過副駕駛座對我說：「上車，貝拉。」

我沒有回答。我在心中計算著能不能在他抓住我之前跑到我的卡車邊；我必須承認，這勝算不大。

「我會拖妳回來的。」他猜出我的計畫，威脅著。

我努力維持尊嚴坐上他的車子，但不太成功，我看起來就像隻半濕的貓，靴子發出嘎吱嘎吱的聲音。

「這完全沒必要。」我生硬地說。

他沒有回答，只是撥弄著汽車儀表板，打開暖氣和音響。當他開出停車場，我決定板著臉一路沉默以對，突然間，我認出音響播放的音樂，好奇心轉移了我的注意力。

「月光曲？」我驚訝地問。

「妳知道德布西？」他也很驚訝。

「一點點。」我承認。「我媽在家播放很多古典音樂，但我只熟悉我喜歡的。」

「這也是我最喜歡的樂曲之一。」他望向雨中，沉浸在自己的思緒裡。

我聽著音樂，放鬆地將背靠在淡灰色的真皮座椅上，傾聽如此熟悉舒緩的樂曲時不該說話。雨將外面的世界弄得模糊不清，只剩下一片灰濛濛的綠影。我發現他開得很快，但很穩，所以我感覺不到速度，只看到城鎮飛快閃過。

「妳母親的外表是什麼樣子？」他突然問我。

我瞄向他，發現他用好奇的眼神看著我。

「她跟我很像，但比我秀麗多了。」我說，但他揚起眉毛不解地看著我。「我比較像查理。她比我外向，也比我勇敢，沒什麼責任感，也有一些怪癖，而且是個手藝獨特的廚師，但她是我最好的朋友。」我停了下來。談到媽媽讓我不自覺的心情低落。

「妳多大了，貝拉？」我不瞭解他的聲音為何突然變得沮喪。他停住車，我發現我們已經到家了。雨很大，我幾乎看不清房子，車子像被淹在河中似的。

「十七歲。」我對他的問題感到困惑。

「妳看起來不像十七歲。」

他語帶斥責，這讓我笑了出來。

「怎麼了？」他小心地問。

「我媽總是說我生下來就已經三十五歲了，然後一年比一年老成。」笑完之後我嘆口氣繼續說：「總要有人當大人吧。」我停了一會兒，又補充：「你自己看起來也不像高中生。」

他做了個鬼臉，然後改變話題：「那妳媽為什麼要嫁給費爾？」

我很驚訝他竟然記得這個名字，我只說過一次，而且是兩個月以前，我想了一下才回答。

「我媽……以她的年齡來說看起來很年輕，我想費爾讓她覺得更年輕，而且她為他瘋狂。」我搖搖頭，這種吸引力對我來說是種難以理解的謎。

「妳贊成嗎？」他問。

「這有關係嗎？」我反問：「我只希望她快樂，他正是她要的。」

「妳很大方——我認為。」他若有所思地說。

「為什麼？」

「妳覺得她對妳也一樣嗎？無論妳選擇哪種男生？」他突然急切地說，眼神仔細探詢著我。

「我想……會吧。」我結結巴巴的回答：「可是不管怎麼說，她是母親啊，多少還是會有點不同的。」

「希望不是太恐怖的不同。」他取笑我。

我氣極了：「你說的恐怖是什麼意思？有兩張臉又全身刺青？」

「我想，這算是其中一種。」

「不然你所謂恐怖的定義是什麼？」

他沒有理會我的問題，反而問我另一個問題：「妳覺得我恐怖嗎？」他揚起一邊的眉毛，臉上閃過一抹模糊的微笑。

我思考了一會兒，想著該說實話還是謊話才好，最後決定說實話：「嗯……我想你可以很恐怖，如果你想的話。」

「妳現在怕我嗎？」他的微笑不見了，俊美的臉龐變得嚴肅。

「不。」我回答的太快，這讓他又露出微笑。

「那麼，你願意告訴我你的家人嗎？」我試著轉移話題：「你們的故事一定比我的精采。」

他的聲音立刻充滿警戒：「妳想知道什麼？」

「庫倫醫生領養你們嗎？」我想證實。

「是的。」

我猶豫了一會：「你的父母親發生什麼事？」

「他們在很多年前死了。」他的聲音很平靜，像陳述某種事實，不帶感情。

「我很抱歉。」我低聲說。

「我不太記得他們。卡萊爾和艾思蜜當我父母親已經很久了。」

「而且你愛他們。」這不是一個問題，聽他表達的聲調就能知道。

「是的。」他微笑：「我想不出會有比他們更好的人了。」

「你很幸運。」

「我知道。」

「那你的兄弟姊妹呢？」

他瞄了一眼儀表板上的時鐘：「我的兄弟姊妹，也就是賈斯柏和羅絲莉，如果發現自己得在雨中等我的話，應該會很沮喪。」

「喔，真抱歉，我想你得走了。」我不太想下車。

「而且妳應該會希望妳的卡車在史旺警長回來前到家，這樣妳就不用告訴他生物課的意外了。」他對我笑。

「我想他可能已經知道了，福克斯是沒有祕密的。」我嘆氣說。

他笑了，然後笑聲又變得銳利。「希望妳在海邊玩得愉快，應該會是陽光普照的好天氣。」他轉頭看著車外的滂沱大雨。

「我明天會看到你嗎？」

「不會，艾密特和我要提早過週末。」

「你要做什麼？」朋友這樣問應該可以吧？我希望他沒有聽出我聲音中的失望。

「我們要去石羊山野生森林園區健行，就在雷尼爾山南邊。」

我記得查理說過庫倫家常去露營。「喔，嗯，希望你們玩得愉快。」我試著讓語氣聽起來熱情些，但我不認為他會被我騙過，他嘴角微微抽動，露出淺淺的笑容。

「妳這個週末可以幫我一個忙嗎？」他轉身筆直地望著我的臉，用他金色眼睛的魅惑力量。

我無助地點點頭。

「無意冒犯，但妳似乎是那種很容易招惹意外的人，所以……試著別掉進海裡或被車輾過之類的，好嗎？」他再度露出壞壞的帥氣笑容。

因為他說的話，我的無助感頓時消失無蹤，只能死命瞪著他。

「我盡量。」我猛地拉開車門跨進雨中喊著，接著用最大的力氣碰一聲甩上車門。

而他一路笑著開走。

chapter 6
恐怖故事

「還有一個故事是關於冷血人。」他的聲音更低了。

「冷血人？」我驚訝地問，忘記要偽裝我的意圖。

「是的。有些吸血鬼的故事跟狼人一樣古老，有些是近來的傳說。根據傳說，我們的曾祖父認識其中一些冷血人，他是唯一能和他們協商，讓他們遠離我們土地的人。」

我坐在房間，試著專心在《馬克白》的第三幕，其實卻是在聽我的卡車聲。我想，就算是傾盆大雨，我應該也能聽到那如雷的引擎吼聲。我不斷地跑到窗邊掀開窗簾看，什麼都沒有，但當我再一次掀開窗廉，它卻突然出現在前院。

我並不怎麼期待星期五的到來，對那一天也沒什麼期待。當然有一些人在背後對我的暈眩說三道四，潔西卡似乎特別想知道一切來龍去脈，還好麥克什麼都沒說，因此並沒有人知道愛德華跟這件事有關。不過，潔西卡對之前午餐發生的事還是有一堆問題。

「所以愛德華．庫倫昨天到底要幹麼？」潔西卡在三角函數課時問我。

「我不知道。」我誠實地回答：「他沒說到重點。」

「妳看起來像是快氣瘋的樣子。」她想套我的話。

「真的嗎？」我試著面無表情。

「妳知道嗎，我以前從沒看過他不跟家人坐，這有點奇怪。」

「的確很奇怪。」我贊同地說。她似乎很生氣，不耐地玩弄她的黑色鬈髮，我猜她希望聽到一些好聽的故事能讓她到處八卦。

星期五那天並不好過，雖然我知道他不會出現在餐廳，但我還是充滿期望。當我、潔西卡及麥克走進餐廳時，我還是忍不住往他的餐桌看，但只有羅絲莉、艾利絲和賈斯柏在談話，他們的頭緊緊靠在一起。當我想到自己不知道要多久才能再見到他時，整個心情跌到谷底，鬱悶極了。

我這張餐桌上的每個人對星期六的海灘之旅都胸有成竹。麥克對當地的氣象報告深具信心，認為明天一定會是陽光普照的好天氣，因此整個人又變得活力充沛，但我要等看到太陽才會相信。今天其實已經很溫暖了，大約有十五度，也許郊遊不會像我想的那麼悲慘。

午餐時，我注意到幾次不友善的目光——來自蘿倫——但我不知道原因。直到我們一起走出門，我走在她的右後方，大約只有一步的距離，她滑順閃亮的金髮在我前面飄動，完全沒注意到我。

「……不知道為什麼是貝拉？」她譏諷地提到我的名字。「她幹麼不從現在起就坐到庫倫家那張餐桌算了。」我聽到她低聲跟麥克說。我從來沒有注意到她的鼻音，而且我很驚訝她的怨氣。我跟她沒什麼接觸，但我們兩人應該不至於熟到會讓她討厭我才是——至少我是這麼想的。

「她是我的朋友，她跟我們一起坐。」忠心的麥克低聲說，帶有某種宣誓領土的意味。我放慢腳步好讓潔西卡和安琪拉走到我前面，因為我不想再聽下去了。

晚餐時，查理對我要去拉布席郊遊似乎很熱心。我想這是因為如果整個週末留我一個人在家會讓他感到內疚，但過去多年來他養成的習慣並不容易改變。由於他知道這些孩子的名字，也認識他們的父母，甚至於祖父母，他似乎同意我參加。我不知道他會不會准許我跟愛德華・庫倫一起開車去西雅圖，反正我是不會告訴他的。

「爸，你知道一個叫石羊山或類似的地方？我想是在雷尼爾山南邊。」我小心地問。

「知道呀，為什麼問？」

我聳聳肩：「有人聊到去那邊露營。」

「那不是露營的好地方。」他聽起來很驚訝。「太多熊。多數人只在打獵季節去那邊。」

「喔。」我低聲說：「也許我聽錯地名了。」

清晨，不尋常的亮光喚醒我，我睜開眼睛，看到一道清晰的黃色光芒從窗外流洩進來，我不敢相信，趕忙衝到窗邊確認，真的是太陽，位置很低，比正常的位置低很多，但絕對是太陽。靠近地平線的天際仍有厚重的雲層，只有天空中央出現一片無雲的藍天。我貼在窗戶邊看著，生怕一離開，這片小小的藍天又會消失。

紐頓家經營的奧林匹克運動用品店就在小鎮北邊，我看過那間店，但從沒進去過，我這一輩子應該都不太需要補充戶外用品。我在停車場看見麥克的休旅車 suburban 和泰勒的日產 Sentra，於是我將車停在它們旁邊。一群人站在休旅車的前方：艾瑞克、兩個和我同班的男孩，我很確定他們的名字是班和康納，潔西卡也在，旁邊是安琪拉和蘿倫，另外有三個女生和她們站在一起，其中一個我記得她在星期五體育課時摔倒過，當我跳下卡車時她給了我一記厭惡的白眼，然後低聲和蘿倫說話。蘿倫震驚地搖著頭，柔順的金髮搖晃著，然後她輕蔑地看著我。看來這一天有得熬了！

但至少麥克很高興看到我。「妳來了！」他高興地說：「我說過會出太陽的，沒錯吧？」

「我跟你說過我會來的。」我提醒他。

「我們在等李和莎曼莎……除非妳還有邀請別人。」麥克補了一句。

「沒有。」我撒了一點小謊，希望不會因此被抓去關，但也希望奇蹟發生：愛德華最後會出現。

麥克似乎很滿意：「妳要搭我的車嗎？還是要坐李他母親的箱型車。」

「好呀。」

他快樂地微笑，讓麥克高興真是件容易的事。

「妳可以坐在前座。」他說。我隱藏心中的懊惱，要讓麥克和潔西卡同時高興真不容易，我知道潔西卡正虎視眈眈地看著我倆。

還好，最後的結果算是符合我的期望，李多帶了兩個朋友來，所以座位剛剛好，我設法讓潔西卡坐在休旅車的前座——我和麥克中間。麥克不太高興，但潔西卡看起來高興多了。

從福克斯到拉布席只有十五哩，一路上都是濃密的綠色森林，景色很優美，寬廣的基雷佑河蜿蜒而下轉了兩個彎。我很高興自己坐在窗邊，我們把窗戶搖下來，九個人坐在休旅車內讓我的幽閉恐懼症又犯了，我想要吸收更多的陽光。

我之前到福克斯和查理過暑假時來過拉布席很多次，所以這一哩長、弦月形的一號灘我很熟悉。這兒還是一樣美不勝收，即便在陽光照射下，海水仍是一片深綠，白色的浪花隨潮流擊向岸邊的岩石，激起陣陣水花。小島聳立在港灣外與陡峭的崖壁邊，高高低低的山峰綿延，山頂綠杉成蔭。海岸線都是岩礁，潮水將岩石表面沖刷得極為光滑，遠看是一片灰褐色的岩石，但近看時，石層有著豐富的色彩：紅褐、海綠、薰衣紫、藍灰與暗金等。海岸邊有許多潮汐帶來的巨大浮木，經過海鹽侵蝕及日曬後，有些已經碎裂，有些則被沖上岸，孤獨地散落在岸邊。

海風隨著浪潮一波波吹來，清涼充滿鹽味。鵜鶘在海面上游著，海鷗和老鷹從牠頭上飛過。厚重的雲層環繞著太陽，像是隨時都會變天似的，但陽光一直透過那片藍天照耀著大地。

我們到達海灘後先自由活動，麥克帶頭用浮木圍成一圈環狀，顯然是等一下派對活動要用的營火，那裡已經有一個圓形的灰燼殘跡，應該是以前的營火所留下。艾瑞克和我認為叫做班的男孩一起在森林邊撿拾乾掉的浮木樹枝，並且折斷，很快地在圓圈中堆疊起木材。

「妳以前看過浮木升的火嗎？」麥克問我。

我坐在一張老舊褪色的長椅上，其他女孩在我左右兩邊各自成群，興奮地交頭接耳。麥克跪下來點火，先點燃其中一根小樹枝，露出一點亮光——像香煙被點燃似的。

「沒有。」我說。

他小心地將這根已經熾烈燃燒的小樹枝丟進堆疊好的材堆中央。

「妳會喜歡的，仔細看火的顏色。」他點燃另一根樹枝，跟剛才燃燒的第一根放在一起，火舌很快地席捲乾燥的木材。

「是藍色的。」我驚訝的說。

「鹽造成的，很可愛吧？」他又點起另一根，放在旁邊，然後過來跟我坐在一起。謝天謝地，小潔坐在他另一邊，她轉過頭看他，跟他說話。我獨自看著奇怪的藍光和綠色火舌衝向天際。

大約聊了半個小時後，有些男孩打算去爬附近的潮夕湖，這真是兩難。我喜歡潮夕湖，從我還是小孩起就對它著迷，那是我回到福克斯唯一會期待的事。另一方面，我常常掉下去，當你七歲和父親在一起時這沒什麼大不了，但這讓我想起愛德華的請求：不要讓自己掉進海裡。

蘿倫替我做了決定，她不想過去，因為她穿的鞋子完全不適合健行。除了安琪拉和潔西卡之外，多數女孩都想留在海灘。等到泰勒和艾瑞克都答應留在海邊後，我才平靜地表示願意去潮汐湖。麥克看到我願意加入時，對我露出一個大大的微笑。

這段路程並不遠，但我討厭天空消失在樹林中，森林的綠色光芒非常古怪，我覺得又暗又陰鬱，給我不祥的預感，和身邊這些年輕人的笑鬧聲很不協調。我小心地踏出每一步，避開腳下的樹根及頭上的樹枝，因此我很快便落後其他人。最後我終於走出綠色森林的範圍，岩石的海岸線再度出現在眼前。現在是退潮時，潮汐湖的水向海邊回流，潮汐湖堤岸都是石礫，淺淺的湖泊好像永遠填不滿水似的。

我小心讓自己不要太靠近湖邊，其他就沒什麼好怕的，在岩石跳上跳下，或是坐在不穩定的岩石上都不是問題。我在潮汐湖最大的一個湖塘邊，找到一塊看起來很穩固的岩石，小心地坐在上面，著迷地看著下面的天然水族景象：一束豔麗的海葵不斷地隨波浪起伏，上面隱隱有些可愛的寄居蟹，海星動也不動的躲藏在石縫內，沒多久，白色條紋的小黑鰻穿游過綠色海草，等著被帶回海裡……我完全被吸引住了，除了——腦中有個小小角落在想著愛德華，不知道他現在在哪裡，想像如果他和我在這裡的話，我們會談些什麼……

後來男孩們餓了，坐太久的我僵硬地站起身跟他們回去。這次我緊跟著他們穿過樹林，跌倒了好幾次，手掌稍微擦破皮，牛仔褲的膝蓋處也沾到綠色的東西，但大致都還好。

當我們回到一號灘，其他人分散成好幾群，談笑風生。當我們走近些，看到一些新面孔——有著閃亮的黑色長髮和古銅色的肌膚——原來是此地保護區的年輕人過來打招呼。

食物在大家手邊傳來傳去，當我們走進浮木圈內時，艾瑞克對新加入者介紹我們，但男孩們已經迫不及待開動了。安琪拉和我是最後到的，當艾瑞克說出我的名字時，我注意到靠近營火一個坐在石頭上的年輕男孩，他似乎對我很感興趣。我坐在安琪拉旁邊，麥克幫我們拿些三明治和幾罐汽水過來。有個男孩看起來是他們那一群中年紀最大的，他飛快地說出他們七個人的名字，我只記得其中一個女生也叫潔西卡，而那個注意我的男孩叫雅各。

坐在安琪拉旁邊很輕鬆，她給人一種自在的感覺，她不會試圖用聊天填滿沉默。在我們吃東西的時候，她讓我一個人靜靜沉思而不會打岔。我思索著，在福克斯度過的時間似乎片片段段、模模糊糊的，只特別記得其中一個影像，這個影像分分秒秒都鮮明地刻在我的腦海。我知道為什麼這個影像對我來說如此特別，這讓我很困擾。

午餐時，雲變多了，漸漸遮住藍天與太陽，沙灘上出現陰影，波浪也變強了。等所有人都吃飽後，大家三五成群玩耍：有些人走到海邊，在岩石上跳來跳去，閃躲著浪頭；有些人聚在一起，要再次前往潮汐湖探險；麥克帶頭去村子內的商店，潔西卡像影子一樣跟著他，有些當地的新朋友跟他們一起去，有些到處散步。大家都散開了，我還是坐在我的浮木上。蘿倫和泰勒聽著音樂——不知是誰帶來的音響，來自保護區的其中三個青少年圍著營火，包含那個叫雅各和年紀最大的男孩——他應該是發言人。

在安琪拉起身去健行後幾分鐘，雅各漫步逛到我旁邊，取代安琪拉原本的位置。他看來大約只有十四——或最多十五歲，有著長長滑順的黑髮，在脖子後面用橡皮筋束成馬尾。他古銅色的肌膚很美麗，如絲般光滑，黑色的眼珠，高高的顴骨，面容還帶有一點孩子氣。總的說來，是張非常可愛的臉，但是，我對他相貌的正面評價被他開口的第一句話給破壞了。

「妳是伊莎貝拉・史旺嗎？」

好像又回到學校的第一天。「貝拉。」我嘆口氣糾正。

「我是雅各・佈雷克。」他伸出手，一個友善的姿勢：「妳買了我爸的卡車。」

「喔。」我鬆了一口氣，和他握手：「你是比利的兒子，我應該記得你的。」

「不，我是家中最小的，妳應該只記得我姊姊她們。」

「瑞秋和麗貝卡。」我突然想起來了。每當暑假我回來此地時，查理和比利總是把我們丟在一起，讓我們一起玩，這樣他們才能專心釣魚。但我們都很害羞，並沒有一起做很多活動，也沒變成親密的朋友。到我十一歲時發了一頓脾氣後，也就結束了和他們的釣魚之旅。

「她們也在這嗎？」我望著在海邊的那些女孩，懷疑我能否認出她們。

「不——」雅各搖頭：「瑞秋拿到華盛頓州的獎學金，麗貝卡嫁給一個薩摩亞衝浪員，她現在住在夏威夷。」

「結婚了。哇！」我說不出話來，那對雙胞胎只比我大一歲。

「妳喜歡那部卡車嗎？」他問。

「我很喜歡，性能不錯。」

「但它實在太慢。」他笑了：「當查理買下它時我鬆了一口氣，這樣我就有藉口改裝另一部車了。」

「它不會很慢。」我抗議。

「妳試過開到六十以上嗎？」

「沒有。」我承認。

「很好，千萬別試。」他露齒而笑。

我忍不住回他一個微笑。「在擦撞時它應該可以保護我。」我為我的卡車辯護。

「我想，沒有人能撞毀那輛老怪物。」他用另一陣笑聲回答我。

「所以那部車是你改裝的？」我佩服地問。

「當我有時間和零件時。妳不會剛好知道哪裡可以找到一九八六年福斯小車的汽缸吧？」他開玩笑地補充，聲音愉快沙啞。

「真是對不起。」我笑了笑：「我最近也沒看到過，但我會替你留意的。」其實我根本不知道那是什麼零件，但他是個很好交談的人。

他滿臉通紅閃過一絲慧黠的微笑，用感激的神情看著我，感謝我能夠理解。

「你認識貝拉呀，雅各？」蘿倫以一種我覺得傲慢無禮的態度隔著火堆問。

「我們應該算是從出生就認識了吧。」他對著我笑。

「那真好。」她聽起來言不由衷，眼睛瞇了起來，像是充滿懷疑。

「貝拉。」她又叫我，小心地看著我的臉：「我剛才跟泰勒說，真可惜庫倫家都沒人來參加。有人想到邀請他們嗎？」她關切的表情完全是裝出來的。

「妳是說卡萊爾・庫倫醫生家的孩子嗎？」一個高高、年紀較大的男孩在我還沒說話前脫口而出，讓蘿倫更惱怒。他已經有點像大人而不是男孩了，聲音非常低沉。

「是呀，你認識他們？」她帶著某種充滿優越感的態度問，臉半轉向他。

「庫倫家的孩子不會來這的。」他以一種嚴肅肯定的口吻說，完全無視於她的問題。

泰勒想要贏回蘿倫的注意力，開口問她關於現在播放這張唱片的意見，於是她的注意力被轉走。

我震驚地看著那聲音低沉的男孩，但他卻望著我們背後漆黑的森林。他說庫倫家的人不會來這，但他的口氣帶有某種弦外之音──似乎是他們不被允許來這裡。他的態度給我一種奇怪的印象，我試著忽略，這個念頭卻揮之不去。

「所以福克斯把妳弄瘋沒？」雅各打斷我的沉思。

「喔，我得說你這個講法還算客氣呢。」我做了個鬼臉。他回給我會心一笑。

我腦中翻來覆去地想著庫倫家，然後我突然想到一個主意，那是個愚蠢的計畫，但我沒有更好的方法了。我希望這個年輕的雅各對女生沒有經驗，這樣他就不會看穿我那可憐的調情企圖。

「你願意跟我一起到海灘走走嗎？」我問，試著模仿愛德華從睫毛下看我的方式。我確定應該不會有同等的效果，但雅各跳起來──完全願意。

我們往北邊走，跨過多彩的岩石，朝向浮木遍布的海岸走去，此時雲已經完全遮住太陽，海邊變得更暗，溫度也降低了。我盡量把手放進外套口袋。

「所以你多大了，十六？」我問，當我模仿電視上看到的女孩一樣閃動眼簾時，希望自己看來不會太白痴。

「我才剛滿十五。」他也眨著眼，有點困惑。

「真的？」我臉上的驚訝表情全是裝出來的。「你看起來大多了。」

「我比同齡的孩子高。」他解釋。

「你常到福克斯鎮上來嗎？」我淘氣狡猾地問，暗示自己希望聽到肯定的回答。我覺得自己像個笨蛋，我很怕他會轉過來用厭惡的眼神看我，指控我是騙子，但他只是很高興。

「不太常。」他埋怨似地承認。「但等我把我的車弄好，我就能去任何想去的地方了——等我考到駕照後。」他修正。

「剛跟蘿倫說話的那個男生是誰？他看起來大多了，不像是會跟我們混在一起的人。」我故意這樣說，好假裝我喜歡的是年輕一點的人，例如說雅各。

「那是山姆——他十九歲了。」他回答我。

「他剛提到醫生家，那是怎麼回事？」我故作天真地問。

「庫倫家？喔，他們不能到保護區來。」他望著其他地方，面向詹姆斯島，但他的回答讓我確定我從山姆話中察覺到的意思。

「為什麼不行？」

他轉頭看著我，咬緊唇：「糟糕！我不應該說他們家的事。」

「喔，我不會跟別人說的，只是好奇罷了。」我試著讓我的微笑充滿魅力，但懷疑是否太過火。

他回我一笑，看起來極有魅力。然後挑起一邊眉毛，他的聲音比原來更嘶啞：「妳喜歡恐怖故事嗎？」他暗示地問。

「我很喜歡。」我充滿熱情地說，想要鼓起他說話的興致。

雅各漫步到附近的浮木，它的根突出，好像巨大蒼白的蜘蛛腳。他坐在比較高的那根盤繞的樹枝上，我坐在下面，靠近樹幹那根。他望著下方的岩石群，笑容忽隱忽現，我看得出來他在思考該如何表達，於是專心用我的眼神來鼓舞他談話的興致。

「妳聽過我們的故事嗎？關於印第安保留區的古老傳說？」他開始說。

「不太清楚。」我承認。

「嗯，有許多不同的傳說，有些從洪水時期開始，據說古代的印第安人把他們的獨木舟綁在山頂最高的樹木上，因此存活下來，像諾亞方舟一樣。」他的笑容顯露出他並不怎麼相信這個傳說中的故事。「另一些傳說則說我們是狼的後裔，那些狼仍然是我們的兄弟，殺狼是違反部落法的。還有一個故事是關於冷血人。」他的聲音更低了。

「冷血人？」我驚訝地問，忘記要偽裝我的意圖。

「是的。有些吸血鬼的故事跟狼人一樣古老，有些是近來的傳說。根據傳說，我們的曾祖父認識其中一些冷血人，他是唯一能和他們協商，讓他們遠離我們土地的人。」他轉動眼珠。

「你的曾祖父？」我鼓勵地問。

「他是部落長老，像我父親一樣。妳知道的，冷血人是狼的天敵……嗯，不只是狼，當狼變成人後，像我們祖先一樣，妳可以稱呼他們為狼人。」

「狼人有敵人嗎？」

「只有一種。」

我誠摯地望著他，希望能將我的不耐掩飾成欽佩讚美。

「所以妳看——」雅各繼續說：「冷血人是我們傳統的敵人。但在我曾祖父時代來到我們土地的這一群冷血人是不同的，他們沒有用他們那種生物該有的狩獵方式，也沒有傷害部落的人。因此我的曾祖父跟他們訂了休戰協定，如果他們能答應遠離我們的土地，我們就不揭發他們的真面目。」他向我眨眼。

「如果他們沒有危險，那為什麼……」我試著想瞭解他說的內容，並試圖不讓他看出我有多專心在思考他說的這個故事。

「如果讓冷血人存在人類社會的話，早晚會有危險，就算他們已經變成文明有教養的小團體，但妳永遠不會知道他們何時會因為飢餓而無法克制。」他露出威脅性的聲調慎重地說。

「你說變得『文明』是什麼意思？」

「他們宣稱絕不會獵殺人類，按理說應該能靠捕食動物維生。」

我試著讓我的口氣漫不經心：「那這和庫倫家有什麼關係？難道說……他們是類似冷血人的怪物嗎？」

「不——」他故意要引我注意似的停頓一下。「他們就是冷血人。」

他察覺到我因為這個故事而露出恐懼的表情，於是得意地笑著繼續說：「現在他們的數目更多了；一個新的女性和一個新的男性，但其他人都還在。在我曾祖父的年代，他們就已經選出領袖——卡萊爾。他在我們還沒來此地之前就已經在這來來去去了。」他勉強露出一個微笑。

「所以他們到底是什麼？」我最後問：「冷血人到底是什麼？」

他露出陰沉的笑容：「喝血的人。」他給我一個令人恐懼的答案：「人類稱呼他們為吸血鬼。」

當他回答時，我瞪著沖擊岸邊的大浪，不太確定我的臉洩露出何種表情。

「妳起雞皮疙瘩了。」他高興地笑著說。

「你很會說故事。」我讚美他，眼睛還是瞪著潮汐。

「很瘋狂的故事，不是嗎？難怪我爸不讓我們跟任何人說。」

我無法完全控制我的表情，轉頭看他：「別擔心，我不會出賣你的。」

「我猜我剛剛違反了協約。」他笑著說。

「我死也不會說出去的。」我承諾，然後渾身顫抖。

「說真的，別跟查理說。當他聽見我爸說，因為庫倫醫生在醫院服務，所以我們都不去醫院時，他快氣瘋了。」

「我不會的，我保證。」

「那麼，妳覺得我們這群人是天生迷信還是怎麼？」他用開玩笑的聲音問，但有點擔憂的意味。

此時我仍看著海洋，所以我盡可能轉過頭，並微笑望著他：「不，但我覺得你是一個非常棒的說恐怖故事高手。我還在起雞皮疙瘩，你看！」我舉起我的手臂。

「酷。」他笑了。

然後海灘岩石堆傳出撞擊的聲響，提醒我們有人過來了。我們倆同時轉頭，看到麥克和潔西卡大約在五十碼外，朝我們走過來。

「貝拉，原來妳在這裡。」麥克鬆了一口氣，手舉得高高地向我們揮手。

「那是妳的男朋友嗎？」雅各察覺到麥克聲音中的妒嫉，我很驚訝竟然如此明顯。

「不，當然不是。」我低聲說。我非常感激雅各，想盡量讓他高興，我對他眨眨眼，但小心地轉過頭不讓麥克看到。他笑了，對我笨拙的打情罵俏頗為高興。

「那等我拿到駕照——」他說。

「你一定要到福克斯來看我。我們一起出去玩玩。」我邊說邊覺得內疚，知道自己在利用他。但我是真的喜歡雅各，他是那種很容易做朋友的人。

麥克已經靠近我們了，但潔西卡仍落後他幾步。我能看到他的眼神打量著雅各，因為發現他年紀還小而露出滿意的表情。

「妳去哪了？」他問，雖然答案很明顯。

「雅各剛告訴我一些當地故事。」我自動說：「非常有趣。」我給了雅各一個溫暖的微笑，他也對我笑。

「那好吧。」麥克催促著，當他看到我倆之間的友愛情況時，小心地衡量情勢。「我們差不多該走了，好像快要下雨了。」

我們同時抬頭看著陰沉的天空，看起來真的快要下雨了。

「好。」我跳下來。「我就來了。」

「再次看到妳真好。」雅各說，我發現這讓麥克覺得受到冷落。

「的確是。下次查理去看比利時，我也會去的。」我承諾。

他咧開嘴開懷大笑：「那真不錯。」

「還有……謝謝。」我真誠地說。

我拉上帽子，當我們腳步沉重地跨過岩石群朝停車場走去時，開始下雨了，雨滴落在岩石上形成黑色陰影。當我們走到休旅車時，其他人已經將所有東西打包好裝進車廂。我爬上後座和潔西卡及泰勒一起，宣布我已經坐過前座，所以現在該換人了。安琪拉看著窗外逐漸增強的風雨，蘿倫坐在中間那排，不時轉頭想抓住泰勒的注意力。我靠著椅背，閉上眼睛，努力試著不要亂想。

chapter 7

惡夢徵兆

「雅各！」我尖叫。

但他不見了，

他原本的位置出現一隻巨大的紅棕色狼，

有著黑眼珠。

狼背對我，面向海濱，

背上的毛髮顯示牠的背拱起，

從牠的齒縫中發出低沉的吼聲。

我告訴查理我有許多作業要做，而且我不想吃東西。今晚有他最喜歡的棒球賽——雖然我完全不知道那有多特別——所以他一點都沒察覺出我聲音中的異常。

我一回到房間就鎖上門。我在書桌抽屜亂翻，終於找到我的舊耳機，然後插進小小的ＣＤ音響，接著選出一片費爾在聖誕節送我的ＣＤ——那是他最喜歡的樂團之一，但他們用太多低音和尖叫，不合我的品味。我放好後，躺在床上，戴上耳機，按下開關，將音量轉大到能傷害我的耳膜為止。我閉上眼睛，但燈光還是干擾我，所以我把枕頭壓在臉上。

我專心聽著音樂，試著去瞭解每句歌詞，弄清楚複雜的鼓聲模式。聽到第三次時，我已經知道副歌的每個字了，我很驚訝地發現，一旦習慣刺耳的音樂後，我還挺喜歡這個樂團的，我下次得再謝謝費爾。

這招有效！震耳欲聾的敲擊聲讓我無法思考——這就是我的目的。我一再聽著ＣＤ，直到能唱出整首歌，最後我終於睡著。

我睜開眼睛，看見自己在一個熟悉的地方，殘餘的意識告訴我——我在作夢。我認出綠色的森林，我能聽見附近潮汐沖擊岩石的聲音，我知道如果我能找到海洋，我就能看到太陽。我試著循聲而去，但雅各．佈雷克突然出現，他拉著我的手，把我拖回黑暗的森林內。

「雅各？怎麼了？」我問。他的表情很驚恐，用力猛拉我，但我抗拒著不想走回黑暗內。

「跑——貝拉，妳要快點跑！」他低聲說，表情驚恐無比。

「貝拉，這邊！」我認出麥克的聲音，從森林的陰暗深處叫著我，但我看不見他。

「為什麼？」我問，仍然抵抗雅各的拉扯，絕望的只想找到太陽。

雅各放開我的手，大聲喊著，然後突然抽動一下，跌倒在模糊的森林地面。我害怕地看著他在地上抽搐。

「雅各！」我尖叫。但他不見了，他原本的位置出現一隻巨大的紅棕色狼，有著黑眼珠。狼背對我，面向海濱，背上的毛髮顯示牠的背拱起，從牠的齒縫中發出低沉的吼聲。

「貝拉，快跑！」麥克在我身後大叫。但我沒有轉身，我看著從海灘射向我的光芒。

然後愛德華從樹林內走出來，他的肌膚散發著光芒，黑色的眼珠充滿危險。他舉起一隻手召喚我到他身邊，狼在我的腳邊嗥叫著。

我向前踏出一步，朝愛德華走去。他笑了，露出尖銳的牙齒。

「相信我。」他低沉地說。

我再踏出另一步。狼衝過我和吸血鬼間，露出利牙作勢要咬他的咽喉。

「不！」我尖叫，猛地從床上坐起。

猛烈地移動使得耳機扯動CD音響，整臺機器翻落在地板上。

屋內的燈光仍然亮著，我衣著完好地躺在床上，連鞋子都沒脫。我茫然地望著衣櫃上的時鐘，已經是早上五點半了。

我呻吟著躺回床上，轉過身遮住臉，鬆開靴子，整個人很不舒服而無法入睡。我翻來覆去，然後解開牛仔外套扣子，躺在床上隨意地脫掉它。我能感覺到髮辮不舒服的卡在我的頭後面，我轉側身，扯開橡膠髮圈，很快地用手指將頭髮梳開，把枕頭拉過來遮住眼睛。

當然，這一切都徒勞無功。我的潛意識不斷挖掘那些我想遺忘的影像，我終究得面對它。我坐起來，因為這個動作而暈眩了一會。首先，我所能做的，就是盡可能拖延我想做的事。我抓起盥洗袋。

沖澡的時間當然不用我以為的那麼久，就算加上吹乾頭髮的時間也一樣。我已經把在浴室該做的一切事都做完了，頭上包著毛巾，慢慢走回房間。我不知道查理是不是還在睡覺，還是他已經出門了，我從房間的窗戶看出去，警車已經開走，他出去釣魚了。

我慢慢地穿衣，穿上我最舒適的毛衣，然後整理床鋪——這是我以前從不做的。直到我再也無事可做之後，我走到書桌，打開二手電腦。我很討厭在這邊使用網路，可憐的數據機是過時的機種，也沒有寬頻服務，因此使用撥號連線要花很久的時間，我決定在等待的同時下樓幫自己弄一碗玉米穀片。

我慢慢地吃，小心地咀嚼每一片，吃完後，再洗好碗和湯匙，擦乾並放好。當我爬上樓梯時，也拖著腳步慢慢走。我先把CD音響從地板上撿起來，精準的放在桌子中央，拉出耳機，將它們收進書桌抽屜，然後我播放剛才那片CD，但將音量調低，音樂在屋內像背景音樂般迴盪著。

我嘆口氣，轉向我的電腦，一如往常，整個螢幕都是自動跳出的廣告視窗。我坐在硬扶手椅上，將廣告視窗一個個關閉，實際上我只需要搜尋引擎。我關上剩下的幾個彈出式視窗廣告，然後打下第一個關鍵字——

吸血鬼

當然，搜尋時間令人氣憤地久。結果出來時，資料相當豐富：從電影到電視到角色扮演電玩、重金屬地下樂團，以及化粧品公司……然後我發現一個大有可為的網站——吸血鬼大全——我耐心地等待下載，並不時快速關閉那些不斷閃出的廣告視窗，最後螢幕終於出現我要的資料，簡單的白底黑字，看起來相當具學術性。首頁有兩段文字吸引我的注意：

遍及廣大陰暗的幽靈、惡魔世界中，沒有比吸血鬼更恐怖、更令人畏懼、更令人厭惡的東西了。吸血鬼有著非常可怕的魅力，他們既不是幽靈也不是惡魔，卻具有黑暗的本質，同時擁有神祕不可思議及可怕的特質——蒙太奇夏季修訂。

如果世上關於吸血鬼的報導：官方報告、知名人士的宣誓口供、外科醫生和神父的證實、法官的司法審判證明……等，樣樣不缺。有了這一切，誰會不相信吸血鬼的存在呢？——盧梭

這個網站的其他部分，是依字母順序列出世界各地關於吸血鬼的種種故事。我選的第一個是丹拿——菲律賓的吸血鬼——很久以前在島上栽培芋頭。這個故事內容是說：丹拿原本和人類一起工作了好幾年，但有一天，一位婦女割傷了手指，丹拿替她的傷口吮血消毒，卻愛上血的味道，然後吸乾婦女全身的血，從此丹拿和人類的合作關係便宣告結束。

我小心地閱讀每個故事，想找到一些相似的情況，但都是些貌似可信的傳說。看起來多數的吸血鬼故事都圍繞在：吸血鬼是美麗女性，兒童是犧牲品，而且試圖構建一個理論來解釋年輕孩童的高死亡率，讓男性有藉口不忠。許多故事提到無軀體的精神靈魂，或警告不當墓葬可能造成的後果，和我看過的電影不太一樣。只有很少很少，像猶太希伯來的艾斯提瑞和波蘭的烏皮，才完全是以喝人血維生。

只有三個故事抓住我的注意力：羅馬尼亞的維拉可拉西——威力強大的不死之身，通常以美麗蒼白的人類形象出現；斯洛伐克的尼拉帕斯——強壯敏捷的生物，可以在午夜一小時內屠殺整個村莊；還有另一個——史特拉勾尼．班尼佛西。但這一個只有一行簡短的描述：

史特拉勾尼．班尼佛西——義大利吸血鬼，據說是一種心地善良的吸血鬼，同時是其他所有邪惡吸血鬼的致命敵人。

這真讓人鬆了一口氣，在成千上萬的故事和傳說中，總算有一則宣稱有善良吸血鬼存在。大致說來，

雅各的故事和我的觀察結果有一些巧合的地方，我在腦海中迅速地整理一下我看過的每個故事，小心進行比較並將其中提到的特色進行分類：快速、強壯、美麗、蒼白、眼睛會轉換顏色，還有雅各提到的：喝血、狼人的敵人、冰冷的肌膚，和長生不老。只有很少的傳說符合上述所有要素。

另一個問題是，從我記得或看過的少數恐怖電影中，再加上我今天看到的內容——吸血鬼是不能在白天出沒的，太陽會將他們化為殘渣。他們白天睡在棺材內，只在晚上出來活動。

我有點氣惱，順手按掉電腦主電源的開關，不想按照正常程序關機。除了氣惱，我更覺得困窘，這太可笑了——我坐在房間內尋找吸血鬼的資料。我到底是哪裡不對勁？我決定將這一切歸咎給福克斯這個小鎮，還有充滿濕氣的奧林匹克半島。

我得出門透透氣，但我想去的地方起碼要三天的行程。我穿上靴子，毫無頭緒地走下樓。不管有沒有下雨，我還是帶著雨衣，用力推開門。

多雲的陰天，但還沒下雨，我無視我的卡車，越過查理的院子，朝東邊濃密的樹林走去。我很快就走到樹林深處，已經完全看不到房子和道路，唯一的聲音是腳踩在潮濕的泥土上的嘎吱聲，還有松鴉突然的啼叫聲。

小徑前方有些微的彩虹，帶領我走進森林深處，我從來不曾像現在這樣在樹林內遊蕩，這對我來說是件危險的事，因為我的方向感很差，很容易迷失在這種毫無指引的環境裡。小徑愈來愈深入樹林，但我大概知道方向是一路往東，蜿蜒的小徑沿路有許多樹木：像是夕卡杉、鐵杉、紫杉和楓樹。我大概知道身邊一些樹木的名字，查理以前曾經從警車內隔著車窗指給我看，但多數我都不認識，有些也不太確定，因為樹幹上爬滿了綠色的攀藤植物。

我沿著小徑，讓憤怒帶著我前進。等到怒氣退去後，我減慢速度。幾滴水從我頭頂滴落，但我不太確定是開始下雨了，還是昨天的雨所留下的水氣，因為水是從高高的樹上緩緩滴下來的。附近有一些新倒塌的樹木──還沒完全長滿苔蘚，所以我知道它們剛倒塌不久──倚著正常的樹幹，像有遮蓋的長椅，只比小徑高幾吋。我踩過蕨類，小心地坐下來，將我的夾克鋪在潮濕的木頭上，這樣我的衣服才不會弄濕或弄髒，我將戴著帽子的頭靠著樹幹。

真不應該來這邊的，我心中很清楚，但我還能去哪裡？深綠色的森林和昨夜的夢並不相似，能帶給我些微平靜的感受。現在已經沒有我踏在濕土上的腳步聲，四周一片寂靜，也沒有鳥鳴，水滴愈來愈多也愈大，所以應該是下雨了。蕨類比我還高，我坐著，知道有人正在小徑上走動，離我大約三步遠，但應該看不見我。

在樹林內更容易相信剛才讓我覺得困窘的那些荒誕想像可能是真的。森林千百年來未曾改變，就像那些流傳了幾百年的故事跟傳說。在這片綠色薄霧中，那些傳說似乎變得更為真實。

我強迫自己專心在兩個最重要的問題，我一定要回答，但我很不情願。

首先，我必須決定雅各所說關於庫倫的事是否為真？

我的腦海中立刻出現響亮的聲音回答我──不可能。這太蠢了，根本就是病態的行為，我竟然會有這種瘋狂的念頭。不然呢？我問我自己，無法解釋此刻為何我仍然活著。我再度回想我的觀察：不可思議的速度和力量、眼睛顏色從黑變黃再變黑、超越常人的美麗、蒼白冰冷的肌膚……還有更多細微的小事慢慢浮現：他們彷彿從不吃東西、移動時讓人心神不寧的優雅儀態，還有他們說話的方式──不常見的抑揚頓挫和用語，比較像出現在幾世紀前的小說，而不是二十一世紀的教室。在我們做血液測試那天他蹺課；他從沒說不去海灘，直到他知道我們要去；他似乎知道身邊所有人的想法，除了我；他告訴過我他是壞人、他很危險……

庫倫有可能是吸血鬼嗎？

好吧，他們可能是某種東西，在我的懷疑中，某種無法以理性邏輯判斷的東西。無論是雅各提到的冷血人，或是我自己的超級英雄理論，愛德華・庫倫……不是人類，他是其他的東西。那麼，這很可能，就是我現在的答案。

然後是最重要的問題：如果這是真的，那我接下來打算怎麼辦？

如果愛德華是吸血鬼——我幾乎無法讓自己想到這個三個字——那我應該怎麼辦？絕對不能讓別人知道，我甚至不能相信我自己，我只能告訴那些一定會對我忠誠的人。

似乎只有兩個選擇是比較實際的，第一個就是採納他的建議：放聰明點，盡可能避開他。我要取消我們的計畫，盡可能無視他的存在，在我被迫要跟他共處的課堂上，假裝有個無法穿透的厚玻璃牆在我們中間，告訴他離我遠點，而且這次要用最惡毒的聲音告訴他……

當我想到這些方法時，整個人被一陣突然湧起的痛苦絕望淹沒，我的心強烈地反對這個計畫，於是我很快的想出另一個選擇。

我要表現如常。畢竟，就算他是某種……東西，或……邪惡怪物，應該也不會做出傷害我的事，事實上，如果不是他，我應該已經被泰勒的車撞扁了。我跟自己爭辯，那麼快的動作很可能是純粹的生理反應，如果那是一種拯救生物的反應，這樣的人應該壞不到哪裡去？我的頭被這些答案弄得暈頭轉向。

雖然我對其他事不確定，但有一件事我很確定：昨夜在我夢中的邪惡愛德華，反射出我對雅各故事的恐懼，而不是對愛德華本身的恐懼。當我因為狼人的衝撲，恐懼莫名地尖叫時，從我口中吶喊出的「不」，並不是因為對狼的恐懼，而是害怕狼會傷害到他，當他露出尖銳的長牙對我招手時，我並不怕他。

現在我知道我的答案了，我不知道我還有沒有其他選擇。真的，我已經陷得太深，如今我知道了，我對這個會讓我恐懼的祕密無能為力。每當我想到他時：他的聲音、催眠似的眼神、具吸引力的個性魅力……我只想跟他在一起，其他什麼都不想。就算……但我不能再想了，不能在這兒，不要在這漆黑的森林內，之前還有一些黎明的微光，但雨讓森林變得更暗。雨打在我頭頂的樹葉上，啪嗒啪嗒地響著，像有人踏在土地上的走動聲。我顫抖著，從隱藏的地方很快地站起來，擔心小徑會消失在雨中。

幸好小徑還在，清楚地在濕漉漉的綠色迷宮中蜿蜒。我匆忙沿著小徑走，用帽子遮住臉，幾乎是用跑的穿越樹林，驚訝自己竟然走了那麼遠、那麼深入，我開始懷疑自己能不能出得去，或是會順著小徑走進更深入的森林。在還沒太過慌張前，我隱約從樹枝間隙看見開闊的空間，還聽見車子駛過街道的聲音，總算重獲自由了，查理的草坪在我眼前展開，房子正在召喚我，屋內會有溫暖乾燥的襪子等著我。

回到家裡已接近中午，既然我人在屋內，便上樓將穿了一早上的牛仔外套和T恤換下。接下來要做的家事都不怎麼需要專心，除了星期三要交的《馬克白》作業，我細心地擬好粗略的大綱，心情比之前更平靜……好吧，並不真的那麼平靜，如果我對自己夠誠實的話。

我決定要按照自己的意思做，當然，做決定是最痛苦的部分，這一部分我已經克服了。一旦做出決定就不用再多想，只要遵循即可，還會因為目標明確而感到鬆一口氣。有時候也會因為絕望而無法完全放鬆，像我之前決定要來福克斯那時一樣，但還是比在眾多選擇中打轉好多了。

這個決定簡單、瘋狂，又危險。

我在八點之前就寫好報告，安靜又有效率地度過了這一天。查理帶著他釣到的一條大魚回家，我從食譜中選了一道菜標上書籤，這樣我下週去西雅圖時他就可以自己煮。想到西雅圖之旅，一陣寒意透到我的脊椎，我試著安慰自己：這次的旅行跟我和雅各・佈雷克漫步之前並沒有不同。應該會有不同的，我想，我應該要害怕——我知道我應該，但我並沒有感到真正的恐懼。

因為這一天太早起床，加上前一晚睡眠不足，已經讓我筋疲力盡，因此當晚我一夜無夢睡到天亮。醒過來時，我驚喜地發現又是個充滿金色陽光的晴朗天氣，這是抵達福克斯後的第二次。我跳到窗戶前，對眼前所見大感驚訝：天空幾乎萬里無雲，就算有，也只是零星幾片棉花般稀疏的雲朵飄移著，完全沒有會下雨的跡象。我打開窗戶，意外發現竟然很輕易，窗戶安靜無聲地被我推開，這麼多年來它總是被卡住，但現在乾燥的空氣把它修好了。戶外非常溫暖，平靜無風，我很興奮。

當我下樓時，查理已經吃完早餐了，他立刻發現我的好心情。

「天氣真好。」他說。

「是呀。」我對他微笑，再同意不過了。

他也對我笑。查理有棕色的眼珠，眼角皺了起來，當他微笑時，不難瞭解為什麼我媽會在這麼短的時間內就決定嫁給他。在我認識他之前的那些年輕的羅曼蒂克和捲捲的紅棕髮都已經消逝，頭髮日漸稀少——跟我同樣的髮色，卻不像我的髮質——光滑的前額漸漸露了出來。但當他笑的時候，我似乎可以看見年輕的他和芮妮四處跑，她那時只比我現在大兩歲。

我興高采烈地吃著早餐，望著陽光在窗邊溢出的光芒，微塵在光束中飛躍。查理在屋外高喊再見，然後警車從前院駛出的聲音傳來。當我走出家門時，遲疑著要不要帶防水夾克，這樣的天氣，引誘著我把夾克放在家裡；然而嘆了口氣，我還是將夾克折放在手臂上，踏出階梯，走進這個月來最亮的陽光中。

靠著手肘的力量往下壓，我終於能將卡車的車窗搖到底。我是第一個到校的人，因為我急著衝出屋外時並沒有注意時間。停好車，我往餐廳南邊很少人使用的野餐長椅走去。長椅仍有點微濕，所以我坐在我的夾克上，很高興它能派上用場。我的作業寫完了，證明我的確沒有多少社交生活，但還有幾個三角問題，我不確定做得對不對，於是我認真地拿出本子，但才看到一半，腦子已經神遊到我昨天胡思亂想的第一個問題，茫然地望著陽光照在紅褐色的樹幹上。我心不在焉地看著作業的空白處，幾秒之後，赫然發現我在紙上畫了五對眼睛看著自己，我趕快擦掉。

「貝拉！」我聽到有人叫我，像是麥克的聲音。我四處張望，發現在我發呆的這段時間，學校已經逐漸出現人潮，雖然溫度不到十六度，但大家都穿著T恤，有些人甚至穿著短褲。麥克穿著卡其短褲和條紋的勒比橄欖球衫朝我走來，向我揮著手。

「嗨，麥克。」我也揮手跟他打招呼，在這樣的早晨很難不開心。

他走過來坐在我旁邊，頭髮整潔地梳理過，閃著光芒，臉上興奮地咧開口笑著。看到他這麼高興見到我，我不由自主地也高興起來。

「我以前沒注意到——妳裡面的頭髮是紅色的。」他用手指抓著其中一縷在風中飄動的髮絲。

「只有在陽光下。」

但當他把我的頭髮塞在我的耳後時，我開始覺得不自在。

「天氣真好，不是嗎？」

「是我喜歡的天氣。」我同意。

「妳昨天都做了些什麼？」他的聲音透露出占有欲。

「多數時間都在寫報告。」我並沒有說我寫完了，不需要因此自鳴得意。

他用手拍了一下前額：「對喔！是星期四交對吧？」

「嗯，我想是星期三。」

「星期三？」他喊了起來：「糟了！妳寫些什麼？」

「莎士比亞著作中對於女性的貶抑論調。」

他瞪著我看，好像我剛剛說的是拉丁文。「我猜我今晚得認真寫了。」他洩氣地說：「我本來是想問妳要不要一起出去的。」

「喔。」我整個人防備起來。為何我和麥克無法進行愉快而不尷尬的談話？

「嗯，我們能一起吃個晚餐或什麼的，我可以晚點寫。」他帶著渴望的表情對著我笑。

「麥克——」我討厭這種讓我為難的情況：「我不認為這是個好主意。」

他的臉垮了下來。「為什麼？」他的眼神防備著。

我腦中想到愛德華，想著不知道他會怎麼想。

「我認為……如果你敢亂傳我現在要說的話，我會很高興地把你打扁。」我威脅他。「我認為這樣會傷害潔西卡的感情。」

他被我搞糊塗了，顯然他完全沒想到這一方面。「潔西卡？」

「說真的，麥克你沒瞎吧？」

「喔。」他嘆口氣，還在發呆，我得利用這個機會溜走。

「快上課了，我不能再遲到。」我抓起書本，將它們塞進背包內。

我們沉默地往三號大樓走去，他的表情顯示他正心煩意亂。無論他現在在想什麼，我希望是往正確的方向。

我在三角函數課看見潔西卡，她照例熱情地跟我說話。她、安琪拉和蘿倫今晚要去安吉拉斯港，為舞會買新衣服，希望我能一起去。雖然我不需要新衣服，但我猶豫不決：和朋友一起遠離這個小鎮是個好主意，但蘿倫也在……可是，天知道我今晚會做出什麼事，讓我的思緒胡思亂想絕對不是件好事，雖然今天的陽光讓我很快樂，但不足以讓我的心情完全愉快，還差得遠呢。

所以我告訴她我可能會去，但我要先問過查理。

往西班牙文課教室走去時，她不斷談著一些無聊的瑣事，但一路都心情雀躍，一直持續到下課。當我們往午餐的餐廳走去，我陷入自己的激動思緒裡，完全沒注意她說了什麼。除了渴望看到他，我也希望看到庫倫家的其他孩子，好和我腦海中的猜疑做比較。當我跨過餐廳門檻時，第一次感到真正的恐懼，顫慄傳到我的脊椎，胃裡像堵了一塊大石頭似的。他們會知道我現在在想什麼嗎？然後另一個不同的想法震醒我：愛德華會不會像上次一樣，等著要我過去跟他坐在一起？

我像平常那樣，先瞄了一眼庫倫家的桌子，當我發現那裡空無一人時，我的胃痛苦地抽搐著。懷著漸漸渺茫的希望，我的眼睛巡視餐廳的其他地方，希望能看到他獨自一人在等我。整間餐廳幾乎都坐滿了人——西班牙文課讓我們比較晚到餐廳——但完全沒看見愛德華或他家人的影子，我覺得好孤寂。

我意興闌珊地跟在潔西卡後面，連假裝聽她說話都做不到。我們是那張餐桌最晚到的人，我避開麥克旁邊的空位，選擇了坐在安琪拉身邊，我依稀記得麥克禮貌地為潔西卡拉開椅子，讓她整張臉為之一亮。

安琪拉問了幾個關於《馬克白》報告的問題，我本能地回答著，完全沉浸在自己孤寂痛苦的思緒中。她也邀請我跟她們晚上一起去購物，這次我同意了，想藉此讓自己不要再東想西想。

進入生物課教室時，我知道這是我最後一線希望，但看到空盪盪的椅子，絕望的感覺向我襲來。

這一天剩下的時間很漫長也很沉悶。體育課時，我們先聽了一長串關於羽毛球運動的規則說明，接下來的酷刑便是上場練習，不過沒抽到我，這表示我只要坐下來看就好，不用在練習場內東奔西跑。更棒的是，教練一堂課裡無法完成全部的示範說明，所以我明天也不用上場練習，我一點都不介意要等到後天的體育課才能拿到球拍。

我很高興終於可以下課離開校園，我打算在今晚跟潔西卡她們出去之前，先自由地宣洩我的氣悶及憂鬱。我才剛走進家門，潔西卡就打電話來取消晚上的計畫——因為麥克邀她出去吃晚飯。我試著為她高興，也因為麥克終於想通了而鬆口氣，但連我都覺得自己的熱情聽起來很虛假。最後她將購物行改成明天晚上。

這通電話略微轉移了我的焦躁不安，我開始準備晚餐：將魚浸泡在滷汁中，也做好沙拉和麵包，所以現在幾乎無事可做了。接下來我花了半小時做作業，然後我又開始胡思亂想。我檢查電子郵件，讀著我媽寄來的那些積壓已久的信，對自己現在要處理這件事有點不耐，我嘆口氣很快地回覆她。

媽：

抱歉，我出門了，我和一些朋友去海邊玩，而且我還得寫作業。

這藉口真是敷衍，所以我決定重寫。

今天陽光充沛——我知道，也很驚訝——所以我打算出門多吸收一點維生素D。我愛妳。

貝拉

我決定閱讀一些課外書來打發時間。我帶了一些書來福克斯，一些珍・奧斯汀的舊書，我挑了幾本，從樓上櫃子裡拿了一條舊毯子出來，然後跑到後院。我將毯子對折，鋪在查理這個小小四方院子裡的樹蔭下，因為無論太陽怎麼曬，厚厚的草地永遠都是微濕狀態。我趴著，雙腳抬起交叉，快速地翻讀書中的故事，試著決定哪一個最能抓住我的注意力。我的最愛是《傲慢與偏見》和《理性與感性》，我最近比較常讀前一本，所以現在我從《理性與感性》開始，讀到第三章發現男主角也叫愛德華，這令我有點生氣，於是我改讀《曼斯菲爾莊園》，書中的英雄叫愛德蒙，名字也很像，難道十八世紀末期沒有別的名字嗎？我生氣的闔起書，翻過身躺在草地上。我把袖子捲得高高的，閉上眼睛，這讓我的肌膚感到溫暖，我嚴厲地告訴自己，不要再胡思亂想了。涼爽微風拂過我的臉頰，將我的髮髮吹亂，有點癢癢的，我讓頭髮在毯子上攤成扇形散開，再度專心享受陽光照拂：眼皮、臉頰、鼻子、嘴唇、前額、脖子，暖意傳進我的薄T恤……

直到我聽見查理的警車開進車道的聲音，我驚訝地坐起來，發現天色已暗，太陽低垂沒入樹後，我剛才竟然睡著了。我四處張望，頭腦還昏沉沉的，突然有種感覺——我並不是一個人在這裡。

「查理？」我喊著。只聽見前門關上的聲音。

我跳起來，動作很急，迅速收起現在已經濕掉的毯子和我的書。我跑進屋內，趕緊倒些油熱鍋，知道晚餐已經晚了。當我進屋時，查理正在掛槍套及脫下靴子。

「抱歉，爸，晚餐還沒好……我在外頭睡著了。」我壓下一個哈欠。

「沒關係。」他說：「反正我要先看一下球賽。」

晚餐後我跟查理一起看電視，我完全是為了打發時間，其實沒有任何我想看的節目。他知道我不喜歡棒球，所以轉到一些不用動腦的肥皂劇，其實我們兩個都不喜歡，但他似乎很高興我們能一起做些事。無論我的情緒有多消沉，讓他高興的這種感覺仍然很不錯。

「爸——」我在廣告時說：「潔西卡和安琪拉明晚要去安吉拉斯港買舞會的衣服，她們希望我一起去幫忙挑……」

「潔西卡・史丹利？」他問。

「還有安琪拉・韋柏。」我嘆著氣說明。

「但是妳不參加舞會，不是嗎？」他有點困惑。

「是的，爸，但我可以幫她們挑衣服——你知道的，給她們一些有建設性的意見。」我就不用跟媽解釋這些。

「喔，好呀。」他似乎終於發現女生的事遠不是他能瞭解的。「是放學之後的晚上去嗎？」

「我們一放學就去，這樣才能早點回來。你一個人弄晚餐可以嗎？」

「貝拉，在妳來之前的十七年，我都是一個人吃的。」他提醒我。

「我真不知道你是怎麼活下來的。」我低聲說，然後用更清楚的聲音強調：「我會在冰箱裡放一些三明治，好嗎？就在最上層。」

他給我一個愉快但無可奈何的眼神。

翌日又是一個陽光充沛的早晨，我帶著新的希望醒過來，但我試著壓抑自己的期望。雖然有陽光，我仍穿上深藍色的V領毛背心——是我在鳳凰城最冷的冬季時穿的。

我小心掌握到校的時間，好讓我能在上課前剛好到達教室。帶著低沉的心情，我四處繞著找停車位，同時尋找銀色富豪，但還是沒看見。我停在最後一排，氣喘吁吁地衝進英文課教室，在最後一聲鐘響結束前抵達。

和昨天一樣，我心中仍有股小小的希望之火，但我搜尋完整間餐廳仍是一無所獲，以及稍後坐在沒有別人的生物課實驗桌旁，我只能讓期望痛苦地毀滅。

安吉拉斯港的活動就在今晚，蘿倫因為有其他事情而無法參加，這讓我對今晚的活動更感興趣。我迫不及待想要出城，這樣我才不用一再四處張望，期待他會像往日那樣出現在我眼前。我對自己發誓，今晚一定要裝出好心情，千萬不能毀了安琪拉和潔西卡的購物興致，也許我也可以順便買些衣服。我拒絕去想這週末我可能會在西雅圖購物，我對他之前提議的搭便車計畫已經死心了，我很確定他應該會通知我取消。

放學後，潔西卡開著她白色老舊的福特水星跟我回家，所以我可以把卡車和書留在家裡。進屋內後，我很快地梳理一下頭髮，對於能離開福克斯鎮也覺得有點興奮。我在桌上留了張紙條給查理，再次解釋哪裡可以找到晚餐，然後將老舊的錢包從學校背包換到我很少用的淑女皮包內，衝出去和潔西卡會合。接著我們開車到安琪拉家，她已經在等我們了。當我們真正開出城外後，我更興奮了。

chapter 8

安吉拉斯港

「那……是怎麼發生的？有什麼限制因素？

那個人……如何……

怎麼能在緊要關頭找到某個人？

他怎麼會知道她有危險？」

我懷疑他能不能瞭解這麼迂迴曲折的問題。

潔西卡開車的速度很快，所以四點左右我們就抵達安吉拉斯港。因為是只有我們三個人的女孩之夜，加上她開的快車，讓我精神振奮不少。我們邊聽著搖滾樂，邊聽潔西卡滔滔不絕談論我們身邊那些男孩，我不時對她露出禮貌的微笑。潔西卡和麥克的晚餐約會很順利，她希望星期六晚上能進步到一壘——親吻。安琪拉對舞會也很興奮，但她並不是真的對艾瑞克有興趣，潔西卡試圖引誘她說出她喜歡的類型，但被我一個關於衣服的問題打斷，安琪拉給我一個救她一命的感激眼神。

安吉拉斯港是個美麗的旅遊景點，一個適合觀光客的地方，比福克斯更摩登也更雅緻。潔西卡和安琪拉對這裡很熟，所以她們並不打算浪費時間參觀風景如畫的海濱道。潔西卡直接將車開進城中一座很大的百貨商場，離觀光客常去的海濱只隔了幾條街。

舞會是半正式形式，但我們都不太確定那是什麼意思。當我告訴她倆我在鳳凰城從不曾參加舞會時，潔西卡和安琪拉似乎相當驚訝又不可置信。

「妳從不跟男朋友或其他人出去嗎？」當我們走進商場前門時，潔西卡懷疑地問我。

「是的。」我試著說服她，但不想坦白說我不會跳舞。「我也沒有男朋友或其他要好朋友，我不太出門。」

「為什麼？」潔西卡緊追不捨地問。

「沒有人約過我。」我誠實地回答。

她懷疑地看著我。「但這邊有人約妳啊！」她提醒我：「而妳拒絕他們了。」我們走到少女樓層，巡視著架上的衣裳。

「嗯，除了泰勒。」安琪拉小聲地糾正。

「對不起——」我倒抽一口氣：「妳剛說什麼？」

「泰勒告訴所有人，妳會跟他一起參加舞會。」潔西卡用懷疑的眼神看著我。

「他說什麼？」我激動地大喊。

「我就跟妳說這不是真的。」安琪拉對潔西卡低聲說。

我整個人因為太過震驚而說不出話來，接著我開始氣惱。但我們今天是出來買衣服的，有正事要做。

「這就是為什麼蘿倫不喜歡妳。」當我們翻找衣服的同時，潔西卡傻笑地說。

我咬牙切齒地說：「妳認為……如果我用我的卡車輾過他，他能對那場意外不那麼內疚嗎？那樣他可能願意放棄對我的補償行為，我們就算扯平了？」

「有可能。」潔西卡竊笑：「如果這是他這樣做的原因。」

女裝部並不大，但她倆都找到一些中意的衣服試穿。我坐在試衣間的矮椅子上，身邊圍著三面鏡，試著控制我的氣惱。

潔西卡對兩件衣服猶豫不決：其中一件是基本款的無肩帶黑色長裙，另一件是細肩帶的藍色過膝洋裝。我鼓勵她穿那件藍的，可以襯托她的眼珠。安琪拉選中淺粉紅色的洋裝，秀出她美麗高眺的身材，讓她淺棕色的頭髮像蜂蜜色一般美麗。我大力稱讚她們，並幫她們把不要的衣服掛回衣架。整個過程比我以前跟芮妮去購物來得快也更簡單，我猜是因為這兒的選擇不多。

接著我們到鞋區及首飾區，她倆興奮地試穿，我則在旁邊看和建議，沒有心情幫自己買東西，雖然我的確需要一些新鞋子。女孩之夜的購物樂趣讓我對泰勒的氣惱逐漸消退，但又再度想起一些讓我消沉的事。

「安琪拉？」當她在試一雙粉色高跟鞋時，我有點猶豫地叫她，因為和她共舞的對象很高，所以她可以穿高跟鞋，她因此感到興奮。潔西卡此時已經轉到珠寶櫃檯去了，所以只剩我們在這裡。

「什麼事？」她維持雙腳腳踝交叉的姿勢，讓鞋子角度更好看。

我把原來要說的話嚥下去：「我喜歡這雙。」

「我想我會買這雙——雖然只能配這件衣服。」她若有所思地說。

「嗯，買呀，現在有特價。」我鼓勵她。她笑了，將另一雙看來比較實穿的灰色鞋子收進鞋盒。

我再試一次：「呃，安琪拉……」她狐疑地抬起頭。

「庫倫這樣……不常來上課……」我眼睛看著鞋子：「正常嗎？」我試圖裝出漠不關心的樣子，但完全失敗，我聽得出聲音中流露的痛苦。

「是的，當天氣很好時他們總是去露營，醫生也會去。他們真的很喜歡戶外活動。」她低聲告訴我，同時再次檢視鞋子。她沒多問問題，換成潔西卡一定會大問特問，我開始喜歡安琪拉了。

「喔。」我停止這個話題，因為潔西卡正走回來向我們展示萊茵石的珠寶首飾，她發現和她的銀色鞋子很配。

我們原本計畫去海濱道的一間小義大利餐廳吃晚餐，但購物時間比我們計畫的短。潔西卡和安琪拉要先把衣服拿到車上，然後打算一起去海濱走走。我告訴她們會在一小時後和她們在海濱道餐廳會合，因為我想去書店逛逛。她們倆都願意跟我一起去，但我鼓勵她們去玩，她們不會知道我在書店裡是多麼全神貫注，這是我打算一個人做的活動。於是她們離開我往停車場走，兩人快樂地聊著，我則往潔西卡告訴我的方向走去。

我很快就找到書店，但和我想像的完全不一樣——櫥窗內都是水晶、印第安人的吉祥物捕夢網，書則只有精神治療方面的書籍。我完全不想進去，隔著玻璃，我可以看見一位大約五十歲的老女人，長長的灰髮垂到背後，穿著六〇年代的衣服，在櫃檯後面歡迎地微笑。我才不想進去跟她接觸，城內一定有其他正常的書店。

我漫步在街道上，到處都是下班的車潮，希望我是朝市中心走。我並沒注意自己往哪走，只是在和絕望搏鬥，我試著不要想他，還有安琪拉說的話……試著不要讓星期六的希望破滅，但每當我抬頭看見相似的銀色富豪汽車停在街上，或是從我身邊開過時，都感到陣陣失望的痛苦，真笨，我告訴自己：吸血鬼是靠不住的。

我腳步沉重地往南走，朝著一些看來像是書店的玻璃門走去，但當我走到店門口才發現，那只是一些修鞋店或是已經倒閉的空屋。我還有很多時間才要跟潔西卡和安琪拉會合，我必須讓自己的心情在我們會合前恢復過來，我用手指梳了幾次頭髮，做了好幾下深呼吸，然後繼續往轉角走。

然後當我跨過另一條街時，我發現自己走錯方向了，現在看到的零星車輛都是往北，附近的建築看起來像是倉庫。我決定在下一個轉角往東，繞過幾棟大樓後，看能不能幸運地走到不同的街道上——走回海濱道。

當我繼續走時，四個男人轉過街角，朝我迎面而來，他們穿得很休閒，不太像剛從辦公室下班要回家的樣子，而且也有點髒汙，不像是觀光客。當他們走近時，我發現他們跟我差不多大，他們大聲地談笑，沙啞刺耳地大笑，互相推擠彼此的手臂。我急忙往人行道內側走，好給他們足夠的空間經過，我試著用最快的速度前進，希望能趕快越過他們到轉角。

「嗨，妳好！」當他們經過我身邊時，其中一位喊著，他顯然是在跟我說話，因為我旁邊並沒有其他人。我不自覺看了他一眼，其中兩個停了下來，另外兩個則放慢腳步。離我最近那個是個大塊頭的黑髮男子，大約二十出頭，他應該就是開口跟我打招呼的人，穿著一件法蘭絨襯衫、低腰牛仔褲和涼鞋，襯衫扣子敞開，上頭還套了件髒兮兮的T恤，他朝我走近一步。

「哈囉。」我反射性低聲說，然後張望四周，朝角落更快地走著，我能聽見他們在我身後大笑的聲音。

「嘿，等一下！」其中一位在我身後喊著，但我低著頭拚命往轉角疾走。過了轉角我放鬆地吐出一口長氣，好像還能聽見他們在我後面得意的笑聲。

我發現自己站在幾棟像倉庫的大樓後方，陰暗的人行道上，每一棟都有大大的門讓卡車卸貨，但現在天色已晚，全上了鎖。街道南邊沒有人行道，像是大樓後院，用上頭有尖刺的柵欄圍著，保護裡面類似引擎零件的東西。我想我應該已經走到安吉拉斯港最偏僻的地方，不是觀光客會來的地方。天色漸漸變暗，雲層堆積在西邊的地平線，太陽快要下山了。東邊的天空雖然沒有雲，卻灰濛濛的，日落的光線形成粉色和橙色的光芒。我把夾克留在潔西卡的車上，突來的寒意讓我只能用手臂緊緊環抱著身體。一輛休旅車從我身旁經過之後，整條道路空無一人。

天空變得更暗了，我轉過頭望向烏雲，震驚地發現有兩個男人安靜地跟在我身後約二十碼的地方。

那是我在前一個轉角遇見的其中兩人，但都不是開口跟我說話的。我轉過頭，加快腳步，寒意讓我再度打顫。我的皮包斜肩背著，這樣背比較不容易被搶，我很清楚知道我的防盜噴霧在哪——床下的旅行包中，還沒拿出來。身上的錢不多，大概只有二十幾元，我計畫「意外」地落下我的袋子然後走開，但我腦中一個小小的聲音警告我，事情很可能會比搶劫或偷竊更糟。

我專心聽著他們安靜的腳步聲，和他們之前發出的噪音比起來太過於安靜了，聽起來他們也沒有加速，似乎和我維持著一定的距離。呼吸——我得不斷提醒自己，要裝作不知道他們在跟蹤我，我盡可能不用跑但快步走著，往右邊幾碼遠的轉角走去。我能聽見他們，距離愈來愈近。一輛藍色的車子從南方繞過街角，很快地從我身邊開過，我想過跳到車子前面，但遲疑了一下，因為不太確定我是否真的被跟蹤了，然後車子便開走，來不及了。

我走到轉角，很快地看了看四周環境，這是另一棟建築的後門，是條死巷。我做好準備微微轉過身，打算急速跨過這條窄巷，跑回之前的人行道。下一個轉角有條街道，街口有號誌燈，我專心聽著身後的腳步聲，好決定何時該逃跑。腳步聲聽起來似乎遠離了些，但我知道他們隨時能朝我跑過來，如果我想走快點的話，我確定自己一定會跌個狗吃屎。腳步聲又回來了，我冒著風險往後看了一下，大約離我四十碼遠，我鬆了口氣，但他們都瞪著我。

似乎花了好久的時間才走到轉角，我盡量穩住腳步，每走一步就發現跟在我身後的男人離我愈來愈遠，搞不好他們其實也有點怕我。我看到兩輛汽車經過北方的十字路口，也就是我打算走過去的方向，我放心了，這表示一旦我離開這條街，那邊會有更多人，我感激地嘆口氣轉過轉角。

才轉過去，我馬上停了下來，街道兩邊都是黑色的牆，沒有任何門或櫥窗，我可以看到遠遠兩個十字路口外的街燈、汽車和更多行人，但都離這兒太遠。而下一條街口，也就是西邊的大樓外，是剛才那群人的另外兩個，倚著牆帶著興奮的微笑看著我，我嚇得愣在人行道上──他們包圍了我，我被他們趕到死路了。

雖然我只停了一秒，但感覺似乎很久，我轉身往路的另一邊衝去。我知道這樣做完全沒用，有種絕望的感覺浮現，我身後的腳步聲現在變大了。

「你在這裡呀！」結實的黑髮男人如雷的喊聲打破原本的安寧，我嚇得跳了起來，但在一片黑暗中，他看的似乎是我身後的人。

「是呀。」另一個聲音在我身後大聲回答，又嚇了我一跳，我試著走得更快想趕到對街。「我們好像繞了不少路。」

腳步慢了下來，我就快接近在大樓旁閒晃的那兩個人了。我很會尖叫，於是我吞了吞口水，準備需要時就開口大叫，但喉嚨太乾了，我不確定能叫得多大聲。我又將斜背的皮包拿下來，用手抓住皮包的帶子，準備視情況交出它或拿來當武器。原本倚在牆邊體格矮壯的男子，看到我小心翼翼地走走停停，接著又緩緩地走向街道時，他站直身子。

「走開，不要靠近我！」我用聽起來強壯不帶恐懼的聲音說，但我的喉嚨太乾，完全發不出聲音。

「別這樣，小甜心。」刺耳喧嘩的笑聲在我身後響起。

我兩腳分開撐住防備著，努力地回想我知道的那些防身術：用手背往上擊，應該能打斷鼻梁或擊中頭部；用手指刺入對方的眼睛，勾住並挖出眼珠；還有最普遍的一招——用膝蓋攻擊對方的鼠蹊部。但我腦中那個悲慘的聲音同時也告訴我，我不見得有機會逃得了，因為他們有四個人。閉嘴！我對腦中的聲音說，免得恐懼使我全身無力，但我知道除非出現救星，不然我是逃不了的。我試著吞吞口水，準備要大聲地尖叫。

突然一道汽車大燈閃過街角，那輛車子幾乎撞上那個矮壯的男人，逼著他跳離開人行道。我衝上馬路——這部車正要停下來，也可能撞到我——但這輛銀色的車出乎意料地甩尾停住，副駕駛座的門猛地打開，就在我面前。

「上車！」一個狂怒的聲音說。

真神奇，一聽見他的聲音，即便我還沒上車，但我所有的恐懼馬上消退，安全感襲遍全身。我跳上車，大力關上門。

車內很暗，門關上後也關住外界所有光線，我只能從儀表板發出的微弱光芒略略看見他的臉。他往北邊開去，輪胎摩擦地面發出尖銳聲，車子加速太快，突然偏離往街角那個愣住的男人撞去，我彷彿看見那男人跳離人行道，他則趕忙將車駛正，加速往港口開去。

「繫上安全帶。」他說，我才發現自己兩隻手緊抓著坐椅。我很快聽話繫上，安全帶扣上的聲音在黑暗中聽起來好響亮。

車子往左急轉彎，然後加速向前開，連續衝過幾個紅燈都沒停下來，但我只覺得無比安全。一開始，我完全迷失了，連自己在哪都弄不清，望著他的臉，全然地放鬆，我知道他又救了我。在有限的燈光下，我端詳他俊美的臉龐，呼吸慢慢回復正常，直到我發現他的表情極為憤怒，才突然想起剛才的事。

「你在生我的氣嗎？」我驚訝地發現自己的聲音很沙啞。

「沒有。」他簡短的說，但他的聲調聽得出氣憤。

我沉默地坐著，看著他的臉，但他熾烈的眼神看著前方，然後車子突然停下來。我回頭望，但除了路邊樹木朦朧的黑影之外，還是一片漆黑，看不見任何東西。我知道我們並不在城內。

「貝拉？」他問，聲音很緊張，表示他努力控制著自己。

「是的？」我的聲音也很粗啞。我試著低聲地清清喉嚨。

「妳還好嗎？」他還是沒看我，但臉上的盛怒已逐漸消退。

「是的。」我輕聲沙啞地說。

「請別看我。」他下令道。

「我很抱歉，為什麼？」

他猛地嘆口氣。「直到我冷靜下來之前，跟我聊一些無聊的事。」他解釋，同時閉上眼睛，用拇指和食指捏著鼻梁。

「呃……」我絞盡腦汁想一些瑣碎的事：「我明天上課前要輾死泰勒・克羅利。」

他的眼睛還是緊閉著，但嘴角抽動了一下：「為什麼？」

「他跟所有人說我要跟他去舞會——不是他瘋了就是他想為上次幾乎撞死我做出補償，嗯，你記得的，他可能認為舞會是最好的方法。所以我想如果我也做出危及他生命的事，我們倆就扯平了，他就不用做任何補償。我不想為自己增加敵人，但如果他能不再煩我，也許蘿倫就不會生我的氣了。雖然我可能會壓毀他的Sentra，但就算他沒有車，他還是有辦法帶她去舞會……」我嘮叨地說些蠢話。

「我聽說了。」他的聲音聽起來平靜多了。

「你聽說了？」我不可置信地問，之前的火氣又冒起來：「如果他從頸部以下全部癱瘓的話，他就別想去舞會了。」我低聲說，修正我的計畫。

愛德華嘆口氣，終於睜開眼睛。

「你還好嗎？」

「不太好。」

我等著，但他沉默不語。他將椅背放倒躺著，看著車頂，臉色很嚴厲。

「有什麼不對嗎？」我的聲音很輕。

「有時候我很難控制我的脾氣，貝拉。」他的聲音也很輕，望著窗外的雙眼微微瞇起。「但是即使我回頭獵殺那些傢伙，對事情也沒有任何幫助……」他並沒有把話說完，還是望向遠方，掙扎了一會，再次控制他的憤怒。「至少──」他繼續說：「我是這麼說服自己的。」

「喔。」這個字不太適當，但我想不出更好的反應。

我們沉默地坐著。我望一下儀表板上的鐘，已經過了六點半。

「潔西卡和安琪拉會擔心。」我低聲說：「我應該要和她們會合的。」

他沒說話，默默發動引擎，平順地將車子調頭，加速朝城裡開去。車飛快地急駛在街上，在車陣中流利地迂迴前進，然後緩緩停在海濱道。他並排停在路邊，我覺得這個車位對富豪來說有點小，但他很輕鬆的就開進去停好。我從車窗能看見貝拉納義大利餐廳的燈光，潔西卡和安琪拉正從我們車旁焦急的走過去。

「你怎麼知道是在這……」我望著餐廳狐疑地想問，但終究只是搖搖頭。接著我聽見車門打開的聲音，轉過頭發現他正打算下車。

「你在幹什麼？」我問。

「帶妳去吃飯。」他微笑，但眼神很堅持。他下車，關上車門。我解開安全帶，趕快走出車子，他已經在人行道上等著我。

他先我一步開口：「進去通知潔西卡和安琪拉，免得我要親自出馬告訴她們。我不認為我能控制自己，我不想跟妳的朋友起衝突。」

我為他聲音中的威脅而顫抖不已。

「小潔！安琪拉！」我大聲喊著她們，當她們轉身時，我向她們揮手。她們立刻衝向我，臉上明顯有鬆口氣的神情，但當她們看到站在我旁邊的人時，表情立刻轉成驚訝。猶豫地離我們幾步遠。

「妳去哪了？」潔西卡的聲音有點猜疑。

「我迷路了。」我不好意思地承認。「然後我遇見愛德華。」我指著他。

「我能加入與妳們一起晚餐嗎？」他用絲般輕柔令人無法抗拒的聲音問。她倆大吃一驚，因為他從未跟她們說過話。

「呃……當然。」潔西卡輕聲說。

「嗯，事實上，貝拉，我們在等妳的時候已經先吃了一些……抱歉。」安琪拉坦白。

「那沒關係，我不太餓。」我聳聳肩說。

「我想妳應該吃點東西。」愛德華的聲音很低，但充滿權威。他望著潔西卡，然後略微大聲一點的說：「如果我今晚開車送貝拉回家妳會介意嗎？這樣妳們就不用等她吃完飯了。」

「嗯，沒問題，我想……」她咬著唇，試著要從我的表情猜出我的心思。我對她眨眨眼，我什麼都不想，只想和我的救星永遠在一起。有太多問題我想問他，但要等到我倆獨處時才行。

「好。」安琪拉搶在潔西卡之前先回答。「明天見，貝拉……愛德華。」她抓起潔西卡的手，將她往車子的方向拖過去。

她們的車就停在比較遠的一號街上，從這可以看到。等她們上車後，潔西卡轉過身向我們揮手道別，臉上寫滿好奇。我也向她們揮手，直到她們的車開走，然後轉向他。

「老實說，我不餓。」我堅持，同時仔細研究他的表情，但猜不出來。

「別跟我爭。」

他走向餐廳大門，帶著強硬的表情將門拉開、握著門把等我。顯然，討論到此結束，我越過他進入餐廳，認命地嘆著氣。

餐廳並不擁擠——已經過了安吉拉斯港的用餐尖峰時間。領檯的女士打量著愛德華，我可以體會她眼神的意義，她用比平常更熱誠的歡迎姿態迎接他，這讓我有點不好受，我很驚訝自己會有這種感覺。她比我高幾吋，一頭金髮顯然是染出來的。

「兩位嗎？」她的聲音充滿挑逗的味道，不管是不是故意的。我看到她瞄了我一眼然後又移開，對我的平凡和我倆並沒有緊緊黏在一起覺得滿意。她領著我們到大得能坐四個人的桌旁，在餐廳最擁擠的中央位置。我正準備坐下，但愛德華對我搖搖頭。

「有沒有比較隱密不受打擾的位置？」他對領班輕聲但堅持地說。我不知道他是怎麼做到的，但他似乎熟練地給了她一些小費。我從不曾看過有人拒絕領檯的帶位，除了在老電影中才有這種安排。

「當然。」她的聲音和我一樣驚訝。她轉身帶我們穿過隔板，進入一個小小的圓形雅室——整間都是空的。「這兒如何？」

「非常好。」他閃過一絲微笑，讓她失神了一會。

「呃。」她驚愕的甩著頭想讓自己清醒：「馬上為您服務。」然後步履不穩地走出去。

「你不該對別人這樣的。」我批評他：「非常不公平。」

「怎樣？」

「像剛剛那樣迷惑人。她現在可能已經因為喘不過氣，或換氣過度而昏倒在廚房裡了。」

他似乎有點困惑。

「喔，得了吧。」我懷疑地說：「你應該知道你對人的影響力。」

他的頭歪向一邊，眼神充滿好奇：「我讓人昏眩？」

「你沒注意到？你以為一般人能那麼容易有這種效果？」

他沒有理會我的問題：「那我也讓妳覺得昏眩嗎？」

「經常。」我承認。

然後女侍過來，臉上充滿期盼的表情。領檯絕對躲在廚房，這個新的女侍看到他，臉上有著滿意的神情。她用手將短短的黑髮挽在耳後，帶著不必要的殷勤微笑著。

「哈囉，我是安珀，今晚為兩位服務。要喝些什麼飲料嗎？」我注意到她只對他說話。

他看著我，像是在問我。

「我要可樂。」

「兩杯可樂。」他說。

「馬上來。」她給了他另一個殷勤的微笑。但他沒有察覺，只是專心看著我。

「怎麼啦？」當服務生離開後我問他。

他的眼光停駐在我臉上：「妳現在覺得怎樣？」

「我很好。」我回答，對他的熱切感到驚訝。

「妳沒有覺得昏眩、生病、發冷……？」

「我應該嗎？」

他對我茫然的回答竊笑著：「嗯，其實我在等妳昏過去。」他又露出那個讓我無法呼吸的帥氣笑容。

「我不覺得這會發生。」等我終於回過神可以呼吸之後說：「我很能控制不愉快的事。」

「如果妳能吃點糖和食物的話，我會覺得好些。」

真準，女侍馬上帶著飲料出現，還有一籃麵包棒，同時幫我們放好餐具。

「準備好要點餐了嗎？」她問愛德華。

「貝拉？」他問我。女侍只好不情願地轉向我。

我挑了菜單上看到的第一樣東西：「嗯……一份蘑菇餃。」

「先生呢？」她帶著微笑轉向他。

「我不用。」他說。當然他不用。

「如果你改變心意的話隨時通知我。」扭怩作態的微笑還在，但他並沒有看她，她不太高興地走開。

「喝吧。」他下令。

我順從地啜著可樂，愈喝愈多，驚訝自己竟然如此口渴。當他把他那一杯推向我時，我才發現我幾乎快喝光自己這杯了。

「謝謝。」我低聲說，還是很渴。冰塊的寒意傳到胸口讓我顫抖著。

「妳冷嗎？」

「因為可樂。」我解釋，還在顫抖。

「妳沒帶外套？」他的聲音不太高興。

「有。」我看著旁邊的空椅：「喔——我留在潔西卡的車裡了。」我現在才想到。

愛德華脫下他的夾克，我突然發現以前從沒注意過他的穿著——不只今晚，而是從見到他開始，因為我都專心在看他的臉龐而無法看其他地方。現在我逼迫自己要專心看，他正脫下身上那件米白色的皮夾克，露出象牙白的高領毛衣，完全貼身，強調出他的胸肌。

他把夾克遞給我，打斷我充滿感情的凝視。

「謝謝。」我再次說，伸出手接過夾克。很冷——像早上拿起我的夾克時一樣的感覺，因為掛在通風的玄關而充滿寒氣，我又再次顫抖。它聞起來真美妙，我猛力吸著，試著找出這好聞的味道是什麼，聞起來不像古龍水。衣袖對我來說太長，於是我將衣袖反折，好讓手能自由活動。

「藍色很襯妳的膚色，看起來很美麗。」他看著我說。我很驚訝，滿臉通紅地垂下眼光。

他將麵包籃遞給我。

「說真的，我不會餓昏過去的。」我抗議地說。

「妳應該吃一點——正常人應該吃的。妳看起來抖得很嚴重。」他還是充滿懷疑。他望進我的眼睛，我看到他眼中的亮光，比我之前看過的都亮，今天是奶油糖的金色。

「和你在一起讓我覺得很安全。」我自己招了，被他催眠得再次說出實話。

這似乎讓他不太高興，濃密的眉頭皺了起來，搖搖頭用皺眉表示不滿。「這比我計畫的更複雜。」他對自己喃喃低語。

我拿起一根麵包棒，從尾端一點一點地啃著，衡量他的表情，心想：何時才能再問他問題。

「通常當你的眼睛如此明亮時，你的心情都是不錯的。」我說著，試著打斷他皺眉和陰鬱的思索神情。

他大吃一驚地看著我：「什麼？」

「當你的眼珠是黑色時，表示你在生氣——我想等一下就會是了。」我繼續說著：「我有一個想法。」

他的眼睛瞇了起來：「又有想法了？」

「嗯嗯。」我嚼著剛咬的那一小口麵包，試著用平靜的態度說。

「我希望這次會比較有創意……還是妳又從漫畫書中剽竊什麼點子了？」他嘲弄的微笑一閃而過，眼神仍然很緊張。

「嗯，不是，我不是從漫畫書中得到的，但我也不是自己想到的。」我承認。

「所以？」他催促著。

但女侍帶著食物大步走進隔間，我才發現我倆在不知不覺間都傾身隔著餐桌靠向對方，因此當她走進來時，我們趕忙挺直身軀。她將餐盤放在我面前——看起來很好吃——然後很快轉向愛德華。

「你改變心意了嗎？」她問：「我可以為你拿點什麼嗎？」我可以想到她話中的另一種意含。

「不用了，謝謝，但如果能再來一杯汽水會更好。」他用修長白皙的手指著我面前的空杯。

「馬上來。」她拿走我的空杯離開。

「妳剛才說？」他問。

「我等一下在車內告訴你，如果……」我停頓。

「有條件？」他抬起一邊眉毛，這不是好預兆。

「我的確有幾個問題想問你。」

「當然。」

女侍帶著兩杯可樂回來，她放下飲料，沒說任何話就離開了。我啜了一口。

他低頭看桌面，慢慢將他的手交叉放在桌上，從他的睫毛下瞄我，眼神遊移著，臉上擠出不自然的笑容：「下一個？」

我試著用最平靜的眼光望著他，但很可能只是我的想像。「你怎麼會在安吉拉斯港？」

「好吧，開始吧。」他催促著，聲音還是很嚴厲。

「可是這是最簡單的。」我抗議。

「下一個。」他堅持。

我沮喪地低下頭，打開餐具，拿起叉子，小心地叉起一個水餃，慢慢放進口中，邊想邊嚼著。蘑菇很好吃，我嚥下去，再喝一口汽水，然後抬起頭。「那好吧——」我怒視著他，慢慢地開口說：「這樣說吧——當然只是假設——那個……某人……能知道別人在想什麼，能讀出別人的想法，你知道的，有一些例外。」

「只有一個例外——」他糾正我。「假設。」

「好，只有一個例外，那麼……」他那麼合作讓我有點激動，但我試著看起來漫不經心。

「那……是怎麼發生的？有什麼限制因素？那個人……如何……怎麼能在緊要關頭找到某個人？他怎麼會知道她有危險？」我懷疑他能不能瞭解這麼迂迴曲折的問題。

「假設問題？」他問。

「當然。」

「嗯，如果……那個人……」

「我們就說他是『喬伊』吧。」我建議。

他挖苦地笑：「喬伊，好的。如果喬伊夠專注在對方身上，那麼對於時間便不用太精準。」他搖搖頭，翻翻白眼：「只有妳會在這麼小的城市中惹上麻煩，妳差點打破這個城市十年來的零犯罪率統計數字。」

「我們應該是在討論假設性的個案。」我冷淡地提醒他。

他對我笑，眼神非常溫暖。「對，的確是。」他同意。「我應該稱呼妳『珍』嗎？」

「你怎麼會知道？」我問，來不及隱藏聲音中的強烈感情。我發覺自己又傾身向他了。

他似乎有點猶豫不決，被內心的兩難拉扯著。他的眼睛盯著我，我猜他正在決定是否要告訴我實情。

「你可以相信我，你知道的。」我低語，想都沒想便伸手觸碰他交叉的雙手，但他馬上閃開，我連忙收回手。

「我不知道我有沒有選擇。」他的聲音很低很低：「我錯了——妳比我想的更具觀察力。」

「我想你永遠是對的。」

「我通常是。」他再次搖搖頭：「可是我也猜錯另一件事，妳不是引來意外的磁鐵——意外還不足以含括妳的情況——妳根本就是引來麻煩的磁鐵，半徑十哩範圍內如果有任何危險的話，一定會找上妳。」

「你自己也算是其中一種嗎？」我猜。

他的臉垮下來，變得冷酷，面無表情：「沒錯。」

我再次伸出手越過餐桌，無視他微微退縮的動作，用我的指尖小心地碰觸他的手臂。他的肌膚很冰涼，但很硬，像岩石般。

「謝謝你。」我的聲音帶著感激的熱情：「這是你第二次救了我。」

他的神情軟化：「不要有第三次，好嗎？」

我沉下臉，但點點頭。他將手從我手底下抽回，放在桌下，但他的身體傾向我。

「我是一路跟著妳們到安吉拉斯港的。」他承認，說得很快：「我以前從未試過不斷拯救一個人的性命，我沒想到會有那麼多的棘手麻煩，可能因為那個人是妳——普通人不會一天遇上那麼多災難。」他停頓一下。

他的跟蹤照理應該會讓我覺得氣惱，但完全不會，我反而感到無比的興奮。他瞪著我，也許好奇我的嘴角為什麼會露出不由自主的微笑。

「你沒有想到，可能我應該在上次的撞擊事件中就死亡，而你干涉了命運？」我推測著，想打斷自己腦中的欣喜。

「那不是第一次。」他說，他的聲音低得幾乎讓我聽不見。我詫異地瞪著他，但他只是低下頭：「在我第一次遇見妳那天，應該就是妳的死亡之日。」

我因為他說的話而顫抖，想到那一天他黑色眼珠對我怒目而視的情景……但我現在並不覺得恐懼，反而有種全然的安全感。如果此時他抬頭研究我的眼神，將會發現其中絕無恐懼。

「妳想起來了？」他問，天使般的臉龐極為嚴肅。

「是的。」我很平靜。

「可是妳現在坐在這裡。」他的聲音中有一絲不可置信的味道，他抬起一邊眉毛。

「是的，我坐在這裡……因為你。」我停頓：「因為不知怎麼的，你今天找到了我……」我說的很快。

他緊抿著唇，瞇著眼看我，內心還在掙扎。他的眼睛巡視著我滿是食物的餐盤，又轉回我臉上。

「妳邊吃，我邊說。」他討價還價。

我很快地叉了另一個餃子放進嘴裡，急促地嚼著。

「跟蹤妳比我想的還難，通常我可以很容易找到我要找的人，在我聽見他們腦中想些什麼之前……」他擔憂地看著我，我才發現我又僵住了。我逼自己吞下食物，然後繼續叉起另一個餃子吃。

「我不經意地監視著潔西卡——就像我說的，只有妳會在安吉拉斯港惹上麻煩，而且一開始我並沒注意到妳離開了。當我發現妳沒跟她們在一起後，我聽見她腦中的聲音說妳要去書店，我才知道妳走開了，而且是往南走，但我知道妳會很快回來跟她們會合，所以我便等著妳，隨意地聆聽街上行人的腦中思緒，看是不是有人注意到妳，這樣我就能知道妳在哪裡。我沒有理由擔心，可是我覺得很焦慮……」他有點迷失在自己的思緒中，眼神視而不見的看著我，思緒漫遊在我不敢想像的地方。

「我開著車到處繞圈子，同時聆聽著街上行人的思緒。太陽終於下山了，我幾乎打算下車找妳，然後——」他停下來，因為突然的怒氣而咬牙切齒，但他努力讓自己平靜下來。

「然後怎麼了？」我低聲問。他還是看著我的頭頂上方。

「我聽見他們在想什麼。」他咆哮著，上唇扭曲露出牙齒：「我在他的腦海中看到妳的臉。」他突然傾身向前，一隻手肘放在桌上，用手遮住眼，他這樣的動作嚇到我。

「這很……難，妳不知道這有多難，我只是把妳帶走，而讓他們……活下去。」他的聲音被他的手臂遮住，不是很清楚。「我應該讓妳跟潔西卡和安琪拉一起回去，但我擔心如果我離開妳，我會回去對付他們。」他低聲承認。

我靜靜地坐著，腦中思緒翻騰，我用手遮住唇，微倚在椅背上。他仍然用手遮著臉動也不動，像是一尊大理石刻成的雕像。

最後他終於抬起頭來，眼神帶著問號搜尋我的目光：「妳準備要回家了嗎？」

「可以走了。」我語帶保留充滿感激的說，因為我們接下來有好幾小時的時間一起開車回家，我還不準備跟他說再見。

女侍未等我們召喚便自動出現，她可能一直在偷看我們。

「需要什麼嗎？」她問愛德華。

「我們準備要買單了，謝謝。」他的聲音很低、很刺耳，還充滿我們剛才對話的緊張情緒。她被弄糊塗了，他看著她，等她回應。

「馬……上來。」她結結巴巴的說：「這是您的帳單。」她從身上的黑色圍裙口袋內拿出一張紙遞給他。

他手上已經準備好錢了，他將錢折起來遞給她。「不用找零。」他笑著說，站起來，我則笨拙地起身跟上他。

她再次動人地對他微笑：「祝您有個愉快的晚上。」

他向她道謝，但眼睛仍然看著我，我努力控制我的欣喜。

我們一同往大門走去，他和我走得很近，但小心地避免碰到我。我記得潔西卡說過她和麥克的關係，他們幾乎快到一壘了，愛德華似乎可以知道我的想法，他神情古怪地低下頭，我望著行人道，心裡祈禱希望別讓他知道我在想什麼。

他為我打開車門，等我進去後輕輕關上。我看著他進入車內，再次為他優雅的舉動感到驚訝，我可能從現在起要習慣——但我沒辦法，我有種預感愛德華不是那種會讓你習慣的人。他進入車內，發動引擎，打開暖氣。外面很冷，我猜好天氣即將結束。我因為穿著他的夾克而感到溫暖，並趁他不注意時嗅聞他夾克上的味道。

愛德華不怎麼優雅地將車駛入車潮內，朝著高速公路開去。

「現在……」他意味深長地說：「該妳說了。」

chapter 9

想法

「貝拉？」

他用一種不同的聲音問——嚴肅，但有點猶豫。

「是的？」

我十分渴望地轉身看著他。

「妳可以答應我一件事嗎？」

「好的。」

我說，但立刻後悔自己無條件的同意，

萬一他要我遠離他呢？我不能答應這樣的事。

「我可以再問一個問題嗎？」當他急駛過安靜的街道時，我禮貌地問。他似乎沒在注意道路。

他嘆口氣：「一個。」他同意，但緊抿著唇，閉成一條線，帶著警戒的意味。

「嗯……你說你知道我不在書店內，也知道我往南走。我只想知道你是怎麼知道的。」

他故意望向別處。

「我以為我們已經跳過那些閃爍其詞的階段，願意打開天窗說亮話了。」我咕噥抱怨著。

他幾乎笑了。「好吧，我是跟著妳的味道找到妳。」他望著前方的道路，讓我有時間把臉部表情鎮靜下來。我想不出該如何回應，於是決定將這一點列入未來研究的課題。我試著再次專心，還不打算放過他，現在他終於說出一些東西了。

「而且你還沒回答我另一個問題……」我支吾地說。

他不太高興地看著我：「哪一個？」

「你是如何做到的──讀別人腦中的念頭？你能在任何地方讀任何人的念頭嗎？怎麼做到的？你其他的家人能……」我覺得自己很傻，竟然要求他的解釋好讓整件事變得可信。

「這不是一個問題。」他指出。我只是玩著手指看著他，等著。

「不，只有我。而且我無法在任何地方讀到任何人的思想，我必須很接近那個人。如果是我最熟悉的人……的『聲音』，就算遠一點我也能聽見，但還是不能超過幾哩遠。」他沉思了一會接著說：「這有點像是在一個充滿人的大廳內，每個人都在跟人交談，所有的聲音組合成嗡嗡聲。等我專心在其中某個聲音時，那個人腦中的念頭才會變得清晰。」

「多數時間我都不理會那些聲音，因為很容易讓我分心，也容易表現出異常的行為……」當他說出「異常」兩字時皺著眉。「……當我不小心在別人還沒問出來前就回答他們。」

「那為什麼你會聽不見我的？」我好奇地問。

他望著我的眼神有種難解的神情。「我不知道。」他低聲說：「我唯一想到的是，可能妳的心智運作方式跟其他人不一樣。有點像妳的念頭是AM頻道，但我只能接收FM頻道。」他笑著看我，突然露出頑皮的表情。

「我的腦子運作不對勁？我是個怪胎？」那些字眼比他說出的話更讓我煩惱，會不會他真的猜對了，因為我對自己也有一樣的懷疑，但被他這樣明確地說出來，還是讓我感到困窘。

「我聽得見別人腦中的聲音，而妳卻只擔心妳是個怪胎……」他笑了。「別擔心，那只是個理論。」他的神情又變得緊繃：「現在我們來談談妳。」

我嘆口氣，要從何說起？

「我們不是說好開誠布公嗎？」他輕柔地提醒我。

我第一次避開他的臉，試著找出適合的字句，不小心剛好注意到車內的時速表。

「天啊！」我大喊：「減速。」

「怎麼了？」他有點被嚇到，但車子並沒有減速。

「你的時速高達一百哩！」我還在大喊，同時驚恐地望向窗外，但太黑了，什麼也看不到，只有車燈照出的道路，帶點藍色光芒。道路兩邊的森林像黑色的牆——鋼牆，如果我們以這個速度撞上去的話。

「放輕鬆，貝拉。」他翻著白眼，還是沒減速。

「你想要害死我們兩個嗎？」我質問他。

「我們不會出事的。」

我試著控制我的音量：「你幹麼開這麼快？」

「我一直都是這樣開車的。」他轉向我，再次露出那迷死人的帥氣微笑。

「專心看路。」

「我從沒發生過意外，貝拉。我也從沒收過罰單。」他笑了，拍了一下前額：「內建雷達掃瞄器。」

「很好笑。」我氣惱地說：「查理是員警，記得嗎？我生來就被教導要遵守法規。此外，如果你打算把車子撞上樹幹讓我們被壓成薄片，你最好現在就讓我下車。」

「有可能。」他用一個僵硬的微笑回應。「但妳不能離開。」他嘆口氣，將速度減到八十，我鬆了口氣。

「這樣可以了嗎？」

「差不多。」

「我討厭開太慢。」他自言自語。

「這樣叫慢？」

「跟我平常開的速度比起來。」他頓了頓：「我還在等著聽妳的最新想法。」

我咬緊唇。他俯視著我，蜂蜜色的眼珠出乎我意料之外的溫柔。

「我不會笑的。」他保證。

「我比較怕你會生我的氣。」

「有那麼糟嗎？」

「沒錯。」

他等著。我低頭望著自己的手，這樣我就看不到他的表情。

「說吧。」他的聲音很平靜。

「我不知道該從哪說起。」我承認。

「為什麼不從頭開始……妳說不是妳自己想到的。」

「不是。」

「是什麼讓妳想到的……書？電影？」他試探著。

「不是——是星期六，在海邊。」我抬起臉偷偷看他的臉，他看起來很困惑。

「我遇見一個老朋友——雅各・佈雷克。」我繼續說著：「從我們還是嬰兒起，他爸爸和查理就是朋友。」

他還是一樣困惑。

「他爸爸是印第安部落的長老之一。」我小心地看著他，他困惑的表情僵住了。「我們一起散步——」我修正我的故事：「他告訴我一些古老的傳說，大概是想嚇唬我，他告訴我一個……」我有點猶豫。

「繼續。」他說。

「關於吸血鬼的故事。」我發現自己在低語。我現在不敢看他的臉，但我看到他的指關節緊握著方向盤。

「所以妳立刻想到我了？」他的聲音還是很平靜。

「不。他說的是……你們家人。」

他還是沉默地看著前方道路。

我突然有點擔心，覺得應該要保護雅各：「他覺得這只是個白痴的迷信。」我說得很快。「他並沒想到我會這樣想。」這樣說好像不夠，我坦白招認：「是我的錯，是我逼他告訴我的。」

「為什麼？」

「蘿倫說過一些關於你的事，她想要激怒我。另一個從部落來的男孩說你們家不去保護區，聽起來好像有點特別的味道，所以我在雅各跟我單獨在一起時，耍了點詭計讓他說出來。」我承認，垂著頭。

他看著我笑了。我瞪著他，他竟然在笑，但他的眼神很嚴肅，又轉回去看著前方。

「什麼樣的詭計？」他問。

「我試著引誘他——比我想的有效。」我回想起當時的情況，帶著不可置信的聲音說。

「我真希望能親眼看到。」他偷偷竊笑：「妳還指控我迷惑別人，可憐的雅各．佈雷克。」

我滿臉通紅，轉頭望向我那邊的車窗，望著外面的黑暗。

「然後妳做了什麼？」

「我在網路上做了些搜尋。」

「那有說服妳嗎？」他的聲音突然失去興趣了，但他的手還是緊緊握住方向盤。

「不，沒有合適的。大部分都看起來很白痴，然後……」我停下來。

「怎麼了？」

「我覺得那些並不重要。」我低聲說。

「那些不重要？」他的聲音讓我抬起頭來。我終於打破他那小心翼翼的鎮定面具，他的表情充滿懷疑，還帶有一點我害怕即將發生的憤怒。

「是的。」我輕聲說：「無論你是什麼都不重要。」

他用嚴厲嘲諷的口吻回答我：「妳不擔心如果我是個怪物？如果我不是人類？」

「不。」

他沉默了，再次看著前方，表情冷酷又嚴峻。

「你生氣了。」我嘆口氣：「我不應該說這些的。」

「不。」他說，但他的聲調和他的臉一樣嚴肅：「我很想知道妳的想法，無論妳想的有多荒謬。」

「所以我又猜錯了嗎？」我挑釁似地說。

「我不是那個意思。那不重要。」他引述我剛說過的話，咬牙切齒地說。

「那我說對了嗎？」我倒抽一口氣問。

「那很重要嗎？」

我深呼吸。「不怎麼重要。」我停了一下。「但我很好奇。」至少我的聲音很鎮靜。

他突然有點認命：「妳好奇什麼？」

「你多大了？」

「十七歲。」他立刻回答。

「你已經十七歲多久了？」

他看著前方道路，但嘴唇抽動了一下：「一陣子了。」至少他承認了。

「很好。」我笑了，很高興他對我是誠實的。他用警惕的眼神凝視著我，跟之前他擔心我會昏過去時一樣的眼神。我露出一個大大的鼓勵的微笑，他再次皺眉。

「別笑——那你怎麼能在白天活動？」

無論如何他笑了：「迷信。」

「會被太陽燒成灰？」

「迷信。」

「白天要睡在棺材裡？」

「迷信。」他猶豫了一會兒，用一種古怪的聲調說：「我不用睡覺。」

我花了好長一段時間消化他說的話：「完全不用？」

「永遠不用。」他說，他的聲音低得幾乎聽不見。他轉頭用留戀的神情看著我，金色的眼睛望著我的雙眼，我整個人迷失了，我也專注地凝視著他，直到他轉開頭。

「妳還沒問我最重要的問題呢。」當他再次轉頭看我時，聲音又變得嚴厲，眼神很冰冷。

我眨眨眼，還是有點昏眩：「什麼問題？」

「妳不關心我靠吃什麼維生？」他諷刺地說。

「喔……」我低聲說：「這個呀……」

「是的，這個。」他的聲音很嚴峻：「妳不想知道我喝不喝血嗎？」

我回答：「嗯，雅各談到一些這方面的……」

「雅各說什麼？」他用僵硬的聲調問。

「他說你不會……傷害人們。他說你們家人不危險，因為你們只狩獵動物。」

「他說我們不危險？」他的聲音聽起來相當懷疑。

「不全然是。他說你們應該是危險的，所以大長老還是要求你們遠離他們的土地，免得發生意外。」

他望向前方，但我看不出來他是在看路還是別的。「那麼，他說的是對的嗎？關於不會傷人這件事？」

我試著讓自己的聲音盡可能維持平穩。

「大長老的記憶力很好。」他低語。

我當他承認了。

「妳不能因為這樣就對我掉以輕心。」他警告我：「他們遠離我們是正確的，我們還是很危險。」

「我不懂。」

「我們很努力──」他緩慢的解釋：「盡量表現良好，但有時我們也會犯錯。像我就是，我讓自己單獨跟妳在一起。」

「這是錯誤？」我聽出自己聲音中的悲傷，但不知道他聽出來沒有。

「非常危險的一個錯誤。」他低語。

我倆沉默了一會。我看著車燈照在路上的弧線，移動得太快，看起來不像真的，像是電玩中的場景。我發現時間過得很快，好像黑色的道路吞噬了我們，我又氣又怕，擔心自己永遠無法再像這樣跟他開誠布公地談話，之前橫梗在我們之間的那道牆今天暫時消失了。他說的最後一句話給我一個暗示，我想到一個主意，我不能浪費跟他在一起的每一分鐘。

「多告訴我一些。」我絕望地問，根本不知道自己問了些什麼，只希望能再聽聽他的聲音。

他很快地看了我一眼，被我改變的聲音嚇了一跳。「還有什麼是妳想知道的？」

「告訴我你為什麼獵殺動物而不是人。」我建議，我的聲音還是帶著絕望的聲調。我瞭解我的眼中充滿淚光，我試圖克服悲傷。

「我不想變成怪物。」他的聲音很低很低。

「動物可以滿足你們嗎？」

他停了一會才說：「我不確定，我比較想過只靠青菜豆腐維生的日子——我們稱呼自己為素食者，我們自己的小笑話——但那不能止飢，或是止渴。多數時候，我們有足夠的體力足以抗拒我們的慾望，但有時候……」他的聲調帶著不祥的意味：「……會比其他時候更難抗拒。」

「現在就是嗎？你很難忍住？」我問。

他嘆口氣：「是的。」

「可是你現在又不餓。」我充滿信心地說，興奮地陳述，而不是問題。

「妳為什麼會這樣認為？」

「你的眼睛。我告訴過你我有個想法，我注意到人們——特別是男人——當他們飢餓時特別易怒。」

他笑了：「妳很會觀察，是嗎？」

我沒有回答，專注聆聽他的笑聲，將它存在記憶中。

「你這個週末去狩獵了，跟艾密特一起？」我打破沉默問。

「是的。」他停了一會，好像在決定該不該說：「我不想去，但非去不可。當我們不飢渴時，比較容易跟你們在一起。」

「你為什麼不想去？」

「這讓我……變得焦慮——因為要遠離妳。」他的眼神很溫柔，但充滿深情的慾望，幾乎要將我整個人都溶化。「我上週四跟妳說，要妳小心別掉進海裡或跌倒並不是開玩笑的。我整個週末都心神不寧地擔心妳，沒想到今晚真的差點出事，我很驚訝妳竟然沒有受傷。」他搖搖頭，然後似乎想起什麼事：「嗯，也不算完全沒受傷？」

「什麼？」

「妳的手。」他提醒我。我看著我的手掌，掌心的傷痕已經快好了，但還是被他發現。

「我跌倒了。」我嘆口氣。

「正是我想的。」他嘴角微揚：「我想著，假設我是妳，情況會有多糟？這念頭在我離開的那段時間不斷地折磨我，那三天真是漫長的不得了，我幾乎讓艾密特也跟著緊張。」他悲傷地對我笑。

「三天？你不是今天才回來嗎？」

「不，我們星期天就回來了。」

「那為什麼你們全都沒來上學？」我好沮喪，當我想到自己因為他的缺席有多麼難過時，幾乎要生氣了。

「為什麼？」

「嗯，妳問過陽光是否會傷害我，是不會，但我不能在陽光下活動——至少，不能讓其他人看見。」

「總有一天我會讓妳知道的。」他保證。

「那你至少可以打電話給我。」我想了一會說。

他有點為難：「我知道妳很安全。」

「可是我不知道你在哪裡，我……」我猶豫了一會，雙眼向下盯著膝蓋。

「怎麼啦？」他輕柔的聲音令人心動。

「我不喜歡那樣，不喜歡看不見你，那也會讓我焦慮不安。」我滿臉通紅地小聲說。

他沒說話，我擔憂地看著他，發現他的表情充滿痛苦。

「啊……」他低聲呻吟著：「這是不對的。」

我不瞭解他的反應：「我剛說了什麼嗎？」

「妳沒發現嗎，貝拉？這件事讓我一個人痛苦就好，不應該讓妳捲進來的。」他痛苦的眼神看著道路，話說得太快讓我跟不上也不明瞭。「我不想聽見妳有這種感覺。」他低聲急切地說著，他說的話讓我心如刀割。「這是錯的，這不安全。我很危險，貝拉，請妳試著瞭解。」

「不。」我試著不要像個生氣的孩子。

「我是認真的。」他喊著。

「我也是。我告訴過你，無論你是什麼都不重要。已經太遲了。」

他低聲沙啞地喊著：「永遠不要那樣說。」

我咬緊唇，很高興他不知道我心中有多痛苦、多受傷。我望著窗外的道路，我們應該已經快到家了，他開得很快。

「妳在想什麼？」他問，他的聲音還是很沙啞。我只是搖搖頭，不確定我說不說得出話來。我知道他正盯著我的臉看，但我只是直視前方。

「妳在哭嗎？」他聽起來很驚慌。我不知道眼中的淚水已經溢出來了，我很快用手抹了一下臉頰，眼淚出賣了我。

「沒有。」可是我的聲音也同樣低啞。

我看到他的右手帶著遲疑伸向我，但隨即停下來，緩緩地放回方向盤上。

「我很抱歉。」他帶著後悔的聲音說。我知道他不只是抱歉他說的那些讓我不開心的話而已。黑暗及沉默籠罩著我們。

「告訴我一些事。」一分鐘後他說，我知道他努力擠出輕快的聲調。

「哪些事？」

「妳今天晚上在想什麼，在我轉過轉角之前？我無法瞭解妳的表情——妳看起來並不是真的那麼害怕，妳好像專心在想別的事。」

「我專心在想如何打敗那些攻擊者，你知道的，自我防禦——打對方的鼻子或頭。」我厭惡地想著那個黑髮男子。

「妳打算抵抗他們？」這讓他心煩意亂：「妳沒有想到要逃跑嗎？」

「我只要跑步就一定會跌倒。」我承認。

「那也可以尖叫啊？」

「我有想到這個。」

他搖搖頭：「妳是對的——我的確反抗命運去拯救妳。」

我嘆口氣。我們正慢慢經過福克斯邊界，只花了不到二十分鐘。

「明天會見到你嗎？」我不放棄的問。

「會的，我也有報告要交。」他笑了：「我會在午餐時幫妳留個位置。」

我真傻，經過今晚的一切事情，這個小小的承諾卻讓我的胃再次痙攣，使我說不出話來。

我們已經抵達查理家門前。燈開著，我的卡車停在平常的位置，一切看起來都很正常，像是在夢中。

他停住車，但我不肯下車。

「你答應明天一定會出現？」

「我答應。」

我想了一會，然後點點頭。我脫下他的夾克，依戀般地再聞了一下。

「妳可以留著，不然妳明天就沒夾克可以穿了。」他提醒我。

我把夾克遞給他：「我不想跟查理解釋。」

「喔，對喔。」他笑了。

我有點猶豫，手放在門把上，想拖延時間。

「貝拉？」他用一種不同的聲音問——嚴肅，但有點猶豫。

「是的？」我十分渴望地轉身看著他。

「妳可以答應我一件事嗎？」

「好的。」我說，但立刻後悔自己無條件的同意，萬一他要我遠離他呢？我不能答應這樣的事。
「不要單獨進入森林。」
我茫然的看著他：「為什麼？」
他皺著眉，當他越過我看向窗外那片黑暗時，眼神充滿緊張。「我並不是那裡最危險的動物，請遠離牠們。」
他話中的陰沉聲調讓我微微顫抖，但我鬆了一口氣，至少，這是個容易做到的承諾。「你說了算。」
「明天見。」他嘆著氣說，我知道他要我現在就走。
「那……明天見。」我不情願地打開車門。
「貝拉——」我轉頭，他傾身靠向我，蒼白俊美的臉龐離我不到一吋，我的心臟幾乎停止跳動。
「晚安。」他說。他的呼吸吹撫過我的臉龐，我動彈不得。這和他夾克上的味道造成的感覺一樣，但更強烈。我眨眨眼彷彿快昏過去了，然後他將身子後退回去。
我愣了一會兒，直到大腦恢復意識後才能移動，我笨拙地走出車子，扶著車身來支撐自己。我似乎聽見他竊笑的聲音，但聲音太輕讓我不太確定。
他等到我關上車門才發動，我轉身看著銀色車身消失在轉角，突然發現外面很冷。
我機械似地找出鑰匙，打開門走進屋內。
查理從客廳叫我：「貝拉，是妳嗎？」
「是的，爸。是我。」我走進客廳見他。他正在看棒球賽。
「妳回來得真早。」
「有嗎？」我很驚訝。

「還不到八點。」他跟我說。「妳跟那些女孩玩得愉快嗎？」

「嗯……玩得很高興。」我趕快試著回想我計畫中的女孩之夜。「她們都買到衣服了。」

「妳還好嗎？」

「我只是有點累……走太多路了。」

「嗯，也許妳應該休息一下。」他聽起來很關心。我猜想我的臉色一定不太好。

「我要先打電話給潔西卡。」

「妳不是一直跟她在一起嗎？」他很驚訝地問。

「是的……可是我把夾克留在她車上了，我要確定她明天會幫我帶到學校。」

「嗯，那妳也得等她先回到家啊。」

「這倒是。」我同意。

我走到廚房，筋疲力盡的坐在椅子上。整個人到現在還是昏昏沉沉的，我不知道自己會不會突然昏過去。振作點，我跟自己說。

電話突然響起來嚇著我，我拿起電話。

「喂？」我屏息地問。

「貝拉？」

「嗨，潔西卡，我正打算打電話給妳呢。」

「妳已經回到家了？」她的聲音聽來帶著鬆了口氣的放心和……驚訝。

「是呀，我把夾克忘在妳車上了，妳明天能幫我帶來嗎？」

「沒問題。但先告訴我事情的經過！」她要求。

「嗯，明天上三角函數課時好嗎？」

她很聰明：「喔，妳爸在是不是？」

「是的，沒錯。」

「好，那就明天再聊囉。再見！」我能聽見她聲音中的期盼。

「再見，潔西卡。」

我緩緩地走上樓梯，腦中昏昏沉沉的，完全不知道自己在做些什麼，直到突然驚覺自己在淋浴——熱水燙著我的肌膚——才發現我整個人凍僵了。我不斷顫抖著，站在蓮蓬頭下，因為太累而不想動，直到熱水終於鬆開我緊繃的肌肉。

我步履蹣跚地走回房間，用毛巾緊緊包著自己，試著留住熱氣，好讓自己不再顫抖。我鋪好床，蓋上被子，將身體蜷成球狀，好讓自己溫暖些，但不時仍有零星的顫抖傳遍全身。

腦中思緒還是轉個不停，充滿我不瞭解的影像，我努力地想壓抑住。本來所有的一切都很模糊，但就在我快要睡著時，我想到幾件事。

有三件事我很確定：第一，愛德華是吸血鬼。第二，他其中的一部分——我不知道這部分有多強——渴望喝我的血。第三，我無可救藥地愛上他了。

chapter 10

交叉審問

「妳要跟她說什麼？」

愛德華低聲問。

「喂，我以為你能讀出我腦袋的想法！」我取笑他。

「我不能。」他嚇了一跳說，然後露出瞭解的眼光：

「但是我能讀到她的，她會在課堂上好好拷問妳。」

第二天早晨醒來，我不斷問自己昨晚到底是不是作夢。這不合邏輯也不符合常規，我留戀著那些我想都沒想過的部分，像是他的氣味，我很確定自己從未有過類似的夢境。

窗外看來多霧又陰暗——真完美，這樣他就沒有理由不去上學了。我穿上好幾件衣服，因為我記得夾克不在這兒，又一次證明我的記憶是真實的。

當我走下樓，查理和往常一樣已經出門，我發現自己快遲到了，兩三口就吞完麥片，直接打開紙盒灌下牛奶，然後趕快出門。希望在我遇到潔西卡之前不會下雨。

霧比平常大，空氣中幾乎可以聞到濃霧迷漫的氣味，我的臉和脖子都能感受到冰冷的霧氣，我迫不及待要進入我的卡車。因為霧太濃，我往車道走了幾步後才發現有另一臺車停在那——一臺銀色的轎車。我的心砰砰狂跳，好一會才恢復。

我不知道他是打哪冒出來的，但他突然就出現了，扶著打開的門等著我。

「妳今天願意搭我的便車去上課嗎？」他問，被我驚愕的表情逗樂了。他的聲音中有著不確定的味道，他真的給我選擇的機會，我可以自由的拒絕，某部分的他希望如此，但他的期望註定會落空。

「好的，謝謝你。」我說，試著讓自己的聲音很鎮靜。我坐進溫暖的車內，發現他將昨夜那件米白色的皮夾克掛在副駕駛座的頭枕上。他很快地幫我關上門，然後好像才一眨眼的瞬間，他已經坐到我旁邊發動車子。

「我幫妳把夾克帶來了，我不希望妳感冒或生病。」他的聲音帶著戒心。我注意到他並沒有穿夾克，只穿一件單薄的V字領長袖針織衫。再一次，衣料貼在他強健的胸肌上，而他的臉異常俊美，讓我無法移開目光。

「我沒有那麼嬌弱。」我說，但還是將他的夾克拿下來放在我的膝上，將我的手臂穿過那長長的衣袖，好奇地想知道夾克上的味道是否跟我記憶中一樣美好……喔！更好。

「真的嗎？」他低沉地反對，因為太小聲而讓我不太確定他說了什麼。

車子疾駛穿過霧濛濛的街道，車速和昨晚一樣飛快，我覺得有點尷尬，至少現在我有這種感覺。昨夜，我倆之間所有的隔閡似乎都消失了……幾乎，但我不知道今天我們是否能同樣地坦白相對。我緊張得說不出話來，我決定等他先開口。

他轉過來對我笑：「怎麼，今天沒有二十個問題嗎？」

「我的問題讓你很煩嗎？」我問，但是鬆了一口氣。

「比不上妳的反應。」他看起來像是開玩笑，但我不確定。

我皺眉：「我真的那麼怪嗎？」

「不，那正是問題。妳對這一切事的反應太冷淡了——那不自然。這讓我懷疑妳根本沒好好思考。」

「我告訴過你我思考的內容。」

「妳編輯過的。」他指控我。

「只有一部分。」

「就夠把我弄瘋了。」

「你根本不想聽。」我近乎絕望地輕聲說，但話才剛說出口，我就後悔了。我聲音中的痛苦雖然不明顯，但我希望他沒有注意到。

他沒有回答，我懷疑自己是否毀了他的好心情，他的臉沒有表情。當我們開車進入學校停車場時，我突然想起另一件事。

「你其他的家人呢？」我問，雖然很高興單獨跟他在一起，但我記得他的車上通常都是滿的。

「他們搭羅絲莉的車。」他將車停在一輛閃亮的紅色敞篷車前，車頂已經拉起來了，然後聳聳肩說：「就是這臺，很惹眼吧？」

「哇！嗯……」我低聲說：「既然她有這臺車，為什麼她不載你們？」

「就像我說的，太惹眼了。我想和大家打成一片。」

「你沒有成功。」我搖著頭取笑他，一邊走出車子。我並沒有遲到，他的瘋狂駕駛讓我提早到學校。「如果那麼惹眼的話，為什麼羅絲莉今天要開來學校？」

「妳沒有發現嗎？我已經打破所有的規則了。」他和我在車前會合，和我貼得很近，我們一同走進校園。我想讓我們之間的距離更短，想要觸摸他，但我擔心他會不喜歡我這樣做。

「你們為什麼會有這樣的車？」我大聲問：「如果你想低調些的話？」

「嗜好。」他帶著頑皮的笑容說：「我們都喜歡開快車。」

「愛出風頭。」我低聲說。

走到餐廳的遮雨棚下，潔西卡正在等我，她的眼睛都快掉下來了。感謝她，她手臂上挽著的正是我的夾克。

「嗨，潔西卡。」當我們走到離她幾步遠時我說：「謝謝妳記得帶來。」她不發一語地把夾克遞給我。

「早，潔西卡。」愛德華禮貌地說。這真的不是他的錯，他的聲音真的令人無法抗拒，就連他的眼睛都是如此。

「呃……嗨。」她將大眼睛轉向我，試著整理混雜的思緒。「我想我們三角函數課見囉。」她給了我一個意味深長的眼神。我忍不住輕嘆，全世界有這麼多人，我非得要告訴她嗎？

「好，待會見。」

她走開了，但停了兩次回頭看我們。

「妳要跟她說什麼？」愛德華低聲問。

「喂，我以為你能讀出我腦袋的想法！」我取笑他。

「我不能。」他嚇了一跳說，然後露出瞭解的眼光：「但是我能讀到她的，她會在課堂上好好拷問妳。」

我呻吟著，脫下他的夾克遞回給他，然後重新穿上我自己的。他將夾克挽在手臂上。

「所以妳要告訴她什麼？」

「可以幫忙嗎？」我拜託他：「她到底想知道什麼？」

他搖搖頭，邪惡地笑著：「這樣不公平。」

「不，你不跟我分享你知道的，那才叫不公平。」

我們往前走時，他想了一會。當我們站在第一堂課的教室外面，他終於說：「她想要知道我們是不是祕密約會？還有她想要知道妳覺得我怎樣？」

「哎呀！那我該怎麼說？」我試著裝出天真的表情。人們從我身旁經過進入教室，可能偷偷在看我，但我根本沒注意他們。

「嗯，嗯……」他遲疑著，抓住一撮我頸邊散開來的鬈髮，將它們放回原處，我的心跳得好快。「我想第一個問題，妳應該回答『是的』——如果妳不介意的話，這樣比較不需要多解釋。」

「我不介意。」我用微弱的聲音說。

「至於其他的問題……嗯，我想待會聽聽看她腦海中妳的回答。」他一邊說，嘴角再次浮現我最愛的那種又壞又帥的笑容，我幾乎無法呼吸。他轉身走開。

「午餐見！」他回過頭說。三個正要進教室的人聽見後瞠目結舌地望著我。

我連忙進入教室，興奮又煩躁，他真是個背叛者，現在我更擔心要怎麼跟潔西卡說了。我坐在我的座位上，惱怒地把書包甩下。

「早安，貝拉。」麥克坐在我旁邊跟我打招呼，我抬頭看到他臉上奇怪的認命眼神。「安吉拉斯港如何？」

「很……」根本不知從何說起。「很好。」我軟弱地說著：「潔西卡買了件可愛的衣服。」

「妳們有談到星期一晚上嗎？」他問，他的眼睛閃亮著。我笑著回應這段談話。

「她說她過了一個很棒的晚上。」我向他保證。

「真的？」他熱切地問。

「我非常確定。」

梅森先生要大家安靜，並要大家交上報告。英文課和接下來的政府論課程都在模糊中度過，因為我不斷擔心著該如何對潔西卡解釋，並且為愛德華會從潔西卡的腦中聽見我的回答而感到煩惱。他的特殊才能真令人不方便——除了拯救我的生命之外。

到第二堂課時，霧終於漸漸散去，但天色仍然很昏暗，雲層低低的充滿壓迫感，我望著天空微笑。

當然，愛德華是對的，當我走進三角函數教室時，潔西卡已經坐在後排，焦躁地從椅子上跳起來迎接我。我不情願地坐在她旁邊，試著說服自己：讓這件事早點過去比較好。

「告訴我所有的事！」我才剛坐下她就開口問。

「妳想知道什麼？」我避免直接回答。

「昨天晚上發生什麼事？」

「他請我吃晚餐，然後送我回家。」

她看著我，表情帶著猜疑：「妳怎麼這麼快就到家了？」

「他開起車來像瘋子一樣快，真恐怖。」我希望他有聽見。

「這是約會嗎？是妳叫他去那邊找妳嗎？」

我沒想到這個問題：「不，我很驚訝在那邊看到他。」

她的唇噘起來，對我的答案很不滿意：「但他今天開車送妳上學？」

「是呀，這沒什麼，他注意到我昨晚沒穿夾克。」我解釋。

「所以你們還會再出去嗎？」

「他星期六會載我去西雅圖，因為他覺得我的卡車沒法跑那麼遠……這算嗎？」

「算。」她點點頭。

「嗯，那麼……是的。」

「哇──喔──嗚──」她誇張地大叫：「愛德華‧庫倫。」

「我知道。」我同意，哇喔嗚根本不足以表示。

「等一下！」她舉起手，掌心朝向我，像某種阻擋交通的手勢。「他親妳了嗎？」

「沒有。」我含糊地回答：「不是妳想的那樣啦。」

她看起來很失望，我確信我也很失望。

「妳覺得星期六……」她挑起眉毛。

「我很懷疑。」不滿足的聲音打破我冷靜的偽裝。

「你們都聊些什麼？」她追問著，想知道更多細節。雖然已經開始上課了，但瓦納先生並沒有太注意，

我們也不是唯一還在說話的學生。

「我不知道，小潔，聊了很多。」我低聲說：「我們有談一下英文課報告。」很少很少，我想他有稍微提到。

「拜託，貝拉。」她乞求著：「多告訴我一些細節。」

「嗯……好吧，有了！妳應該看看那個女侍跟他調情的樣子——真是太過分了。幸好他根本沒注意她。」隨便他怎麼想。

「這是好現象。」她點點頭：「她很美嗎？」

「很美——大約十九或二十歲。」

「那真好，他一定很喜歡妳。」

「我想是，但很難說，他總是很神祕。」我想著他的優點，嘆口氣。

「我真不知道妳哪來的勇氣，敢單獨跟他在一起？」她低聲說。

「怎麼說？」我很震驚，但她不瞭解我的反應。

「他很……令人畏懼，我根本不知道該怎麼跟他說話。」她做了個鬼臉，可能還記得今天早上或昨天晚上，當他轉過身時，他目光中那種勢不可擋的神情讓她無法抵抗。

「當我跟他在一起時，的確像身在雲端似的，有些摸不著頭緒。」我承認。

「喔，他真是令人無法置信的優雅。」潔西卡聳聳肩，好像這個理由就能取代一切缺點——在她的世界是可能的。

「不只這樣。」

「真的？還有什麼？」

我真希望我沒說，我希望她把這當玩笑聽：「我無法解釋……他的表情背後有著我無法解釋的感覺。」

一個想要當好人的吸血鬼，到處拯救人的生命，所以他才不會變成怪物……我茫然地看著教室前方。

「這可能嗎？」她咯咯傻笑地說。

我不理她，試著假裝我正專心聽瓦納先生的課。

「所以妳喜歡他，是不是？」她還是不放棄。

「是的。」我簡短回答。

「我是說，妳真的喜歡他嗎？」她強調。

「是的。」我再說一次，滿臉通紅。我希望這些細節不會透過她的思想洩露出去。

她對這個回答似乎不太滿意，又追問：「妳有多喜歡他？」

「非常喜歡。」我低聲說：「比他喜歡我還要多……我忍不住。」我嘆口氣，又一陣面紅耳赤。

然後，謝天謝地，瓦納先生點名潔西卡回答問題。她還沒機會回答，下課鈴就響了，我決定先發制人：「上英文課時麥克問我，妳有沒有提到星期一晚上？」我跟她說。

「別開玩笑！妳怎麼說？」她倒抽一口氣，完全中計。

「我告訴他，妳說你們玩的很開心，他看起來很高興。」

「跟我說他到底是怎麼說的，還有妳的回答！」

我們邊走邊剖析句子的結構，西班牙文課的多數時間都在研究麥克的臉部表情。我忍住沒主動表示要畫出麥克的表情，因為擔心等一下她也會要我畫出愛德華。午餐的鐘聲終於響了，當我跳起身離開座位，匆忙地將書亂塞一通收到書包內，我雀躍的表情給了潔西卡暗示。

「妳今天不會跟我們一起坐，是嗎？」她猜。

「我想不會。」我不確定他會不會又因為任何理由消失。

但一走出西班牙文課教室，我就看到愛德華靠在牆上等我，他看起來就像俊美的希臘神像。潔西卡給我一個會心的眼神，翻翻白眼就走了。

「待會見，貝拉。」她的聲音帶著親暱，我晚上最好拔掉電話。

「哈囉。」他的聲音帶著興味和煩躁，顯然他有在聽。

「嗨。」

我想不出該說什麼，他也沒說話，我想他需要一點時間，所以我倆安靜地走向餐廳。和愛德華一同走進充滿人潮的餐廳就像上學的第一天，所有人都看著我們。他帶我排隊，雖然什麼都沒說，但他的眼睛每隔幾秒就停在我的臉上，大家的表情充滿猜疑。我覺得他的煩躁程度比較高，我緊張不安地拉上我的夾克拉鍊。

他停在櫃檯前面，餐盤上裝滿食物。

「你在幹什麼？」我抗議著：「這些不會都是給我的吧？」

他搖搖頭，向前一步付錢。「當然有一半是給我的。」

我抬起一邊眉毛。

他帶我到上次我們坐的那張餐桌，我們在長桌兩端面對面坐下。長桌的另一邊，一群高年級生用詫異的眼神看著我們，愛德華似乎不以為意。

「挑妳想吃的。」他說，將餐盤推向我。

「我很好奇——」我拿了一個蘋果，在手中旋轉著：「如果有人敢勉強你吃東西的話會怎樣？」

「妳永遠都很好奇。」他搖搖頭，做個鬼臉，然後望著我，從餐盤上拿起一片披薩，優雅地咬一小口，很快地嚼了一下，然後吞下去。我目不轉睛地看著，眼睛睜得大大的。

「如果有人要妳吃泥土，妳敢嗎？」他充滿優越感地說。

我皺起鼻子。「我吃過一次……被逼的。」我承認：「滋味還不錯。」

他笑了：「我想我不應該驚訝。」

我身後的某個東西抓住他的注意。「潔西卡分析我做的每一件事，她等一下會說給妳聽。」他將其他的披薩推給我。顯然潔西卡的想法將他之前的煩躁給喚回來了。

我放下蘋果，咬了一口披薩，看向別處，知道他要開始了。

「所以那個女侍很漂亮，是嗎？」他若無其事地問。

「你真的沒注意？」

「沒有，我沒注意。我有太多事要想。」

「她真可憐。」這是我現在所能說出最大方的話了。

「妳跟潔西卡說的一件事……嗯，讓我很心煩。」他拒絕被我轉移話題。他的聲音很沙啞，帶著麻煩的眼神從睫毛下瞄著我。

「我不驚訝你聽見你不喜歡的事，你知道偷聽是不應該的。」我提醒他。

「我警告過妳我會聽的。」

「我也警告過你，你不會想知道我想的每一件事。」

「妳是說過。」他同意，但他的聲音還是很粗啞：「但妳不一定是對的，我想知道妳想的每一件事。我只希望……有些事妳永遠不會想到。」

我沉下臉：「這是有分別的。」

「這並不是我現在想討論的重點。」

「那重點是？」我們隔著餐桌傾身向著對方。他交疊雙手，下巴頂在那雙大又白皙的手背上，我傾身向前，右手搭在脖子上。我必須時時提醒自己，我們在擁擠的餐廳內，有太多雙好奇的眼睛看著我們，一不小心就會陷入只有我們兩人的小天地。

「妳真的覺得妳在乎我的程度，比我在乎妳還多嗎？」他低語，當他說話時靠我更近，憂鬱的金色雙眸眼神很銳利。

我試著維持正常的呼吸，轉開頭免得又迎上他的視線。「你又來了。」我低聲說。

他睜大雙眼，很驚愕：「什麼？」

「迷惑我。」我承認，邊看著他邊嘗試專心。

「喔。」他皺眉。

「那不是你的錯。」我嘆口氣：「你也無能為力。」

「妳到底要不要回答問題？」

我低著頭：「是的。」

「是的——代表妳要回答問題。還是，是的——妳真的這麼想？」

「是的，我真的這麼想。」我的眼睛還是盯著桌面，看著桌上人造木紋的圖案。沉默持續著，我倔強地拒絕當第一個打破沉默的人，透過偷窺，努力抗拒他引誘的表情。

最後他說話了，聲音像天鵝絨般輕柔：「妳錯了。」

我瞧他一眼，他的眼神很溫柔。「你根本不知道。」我不同意地低聲說，搖著頭，心臟因為他的回答而猛烈跳動著，我好想相信他。

「妳為什麼這樣想？」他透亮的黃眼睛像能看透我似的。我試著在腦海中搜尋一些事來證明，但什麼都想不起來。

我瞪回去，告訴自己不要看他的臉，想找出一些話來解釋。當我在腦海中搜尋著該怎麼說時，我看到他逐漸失去耐心，因為我的沉默而沮喪，他沉下臉。我將手移開頸子，舉起一根手指。

「讓我想想……」我堅持。他的表情明朗了些，因為我準備回答而感到滿意。我把手放在桌上，兩手掌心對貼，把玩著我的手和手指，最後終於開口。

「嗯，很明顯，有時候……」我有點猶豫：「我不確定——我不會讀心——但有時候我覺得你說的話，像是要跟我道別。」這是我能想出的最好總結來表達我的痛苦，因為他說的話常常給我這種感覺。

「可以理解。」他低聲說，帶著痛苦，這無異證實了我的恐懼。「不過，這正是妳錯的地方。」他開始解釋，但他的眼睛瞇了起來：「妳為什麼說『很明顯』？」

「嗯，看著我——」我說，但有點不必要，因為他已經看著我。「我這麼普通，嗯……除了那些不好的事，像是瀕死經驗和笨手笨腳之外，我一無是處。再看看你——」我手揮向他，他真是該死的完美。

他的眉毛因為生氣而皺在一起，然後他的眼睛發出瞭解的光芒，眉毛也因此鬆弛開來。「妳知道嗎，妳並沒真的看清自己。我承認妳說的那些瀕死之類的壞事。」他邪惡地笑了起來：「但妳沒聽見學校所有男生在第一天是怎麼說妳的。」

我眨眨眼，很驚訝：「我不相信……」我對自己說。

「這一次相信我——妳一點都不平凡。」

當他這樣說時，我只開心了一下，立刻變成困窘，我看著他，很快地提醒他最初的爭辯。

「可是我沒有說再見。」我指出。

「妳看不出來嗎？這正好證明我是對的。我比較在乎，因為我能做到。」他搖搖頭，似乎在跟腦海中的想法奮戰。「如果離開是正確且非做不可的事，那我寧願傷害自己也不願傷害妳，好讓妳安全。」

我瞪著他：「你不覺得我也會做同樣的事？」

「妳不會有機會的。」

無預警地，他的心情突然轉變了，淘氣的臉上露出極具魅力的笑容：「不過，為了能讓妳活下來，我只好一直出現，這似乎已經變成我二十四小時的職業了。」

「今天不會有人要我的命。」我提醒他，感激這個比較輕快的話題，我不要他再談到再見之類的事。如果需要的話，如果冒著生命危險能讓他靠近我……我排除這個念頭，以免在他的凝視下被他猜出來，這個點子絕對會讓我惹上麻煩。

「還沒。」他說。

「還沒。」我同意，平常的話我一定會跟他爭辯，但現在我不打算忤逆他。

「我還有另一個問題要問妳。」他的表情還是漫不經心的。

「說吧。」

「妳這個星期六真的需要去西雅圖，或者妳只是找個藉口拒絕妳的仰慕者？」

我做個鬼臉。「你知道，我還沒原諒你關於泰勒的事。」我警告他。「那是你的錯，讓他認為我會跟他一起去舞會。」

「喔，就算沒有我，他也一定會找機會問妳的——我只是想看看妳的表情。」他竊笑。要不是他的笑容如此迷人，我一定會生氣的。「如果是我問妳，妳會拒絕我嗎？」他問，還是笑著。

「可能不會。」我承認。「但我之後一定會取消——假裝生病或是扭傷腳踝。」

他有點困惑：「妳為什麼要這麼做？」

我悲傷地搖搖頭：「我猜你沒在體育課看過我，但我想你能瞭解。」

「妳是說妳無法在穩定平坦的地面行走而不會摔倒？」

「顯然是。」

「那又不是問題。」他很有信心：「要看帶舞的人的技巧。」他看出我抗議的表情，立刻改變話題：「但妳還沒回答我——妳真的要去西雅圖，還是我們可以去做些別的事？」

只要是「我們」，做什麼我都不在意。

「可以商量。」我同意：「但我要請你幫個忙。」

他看起來很小心，當我提出漫無邊際的問題時他總是這樣。

「什麼？」

「能讓我開車嗎？」

他皺著眉：「為什麼？」

「嗯，主要原因是我告訴查理說我要去西雅圖，他那時問過我是否一個人去，我說是。如果他再問一次，我可能得說謊，雖然我不覺得他會再問，但如果把我的卡車留在家，只會讓這個話題不可避免地再被提起。另外，也因為你開快車嚇壞我了。」

他翻個白眼，「所有關於我的事都可以嚇壞妳，妳卻只擔心我的駕駛。」他無奈地搖搖頭，接著日光又變得嚴肅。「妳不打算告訴妳爸，妳一整天都會和我在一起嗎？」他的問題中有一股我不太瞭解的意味。

「對查理來說，說得愈少愈好。」我很確定。「我們到底要去哪裡？」

「天氣會很好，我最好不要暴露在公眾場合……妳可以跟我在一起，如果妳想要的話。」他再次把選擇的機會給我。

「你會讓我看到陽光對你的影響？」我問，對於可以解開另一個謎題而感到興奮。

「是的。」他微笑，然後停了一下。「但就算妳不想……跟我單獨在一起，我也不希望妳一個人開車去西雅圖，我一想到妳可能在那種大城市惹上的麻煩就讓我受不了。」

我被激怒了：「鳳凰城光人口就比西雅圖多三倍，如果要說面積大小——」

「但很顯然——」他打斷我：「妳在鳳凰城很幸運，不過我寧願妳待在我附近。」他的眼光又出現悶鬱。

我無法和他這種激動的眼神爭辯，反正我又不會去。「我不在意單獨跟你在一起。」

「我知道。」他沉思地說：「但我還是覺得妳應該告訴查理。」

「為什麼我非告訴他不可？」

他的眼神再次變得狂熱：「讓我有藉口非帶妳回來不可。」

我喘不過氣來。想了一會兒後，我很確定：「我決定賭賭看。」

他露出氣惱的表情，望著其他地方。

「我們談點別的吧。」我建議。

「妳想談什麼？」他還在生氣。

我瞄了一眼周圍，確定不會被別人聽見。當我的眼光搜尋著室內時，迎上他姊姊的眼神，艾利絲正看著我，另一個則看著愛德華。我看了一眼，眼光移回他身上，立刻問出腦海中想到的第一件事。

「你上週末為什麼要去石羊山……狩獵？查理說那不是健行的好地方，因為有熊。」

他瞪著我，好像我錯過某些明顯的東西。

「熊耶？」我倒抽口氣，他笑了出來。「可是獵熊季又還沒到。」我斷然地說，掩飾我的震驚。

「如果妳有仔細閱讀過說明，那條法規只規範使用武器的狩獵季。」他說，用享受的感覺看著我，看我慢慢地終於瞭解。

「熊？」我艱難地重覆。

「灰熊是艾密特的最愛。」他脫口而出，但眼光詳細端詳我的反應。我試著控制自己。

「嗯嗯。」我咬一口披薩，好找理由移開眼神。我慢慢的嚼，然後喝了一大口可樂，沒有抬頭。

「所以……」過一會後我說，迎上他焦慮的目光：「你的最愛是什麼？」

他抬起一邊眉毛，嘴角垮了下來，顯然不喜歡這個問題：「山獅。」

「喔。」我用漠不關心的聲調禮貌地說，再次望著汽水。

「當然——」他說，他的聲音反應我的情緒。「我們要很小心，不能因為任意的狩獵而影響環境。我們試著專注在肉食動物較多的區域，盡可能離這愈遠愈好。這裡有很多鹿跟麋鹿，其實也可以，但比較不有趣。」他揶揄地笑。

「的確是。」我低聲說，再吃一口披薩。

「早春是艾密特最愛的熊季——牠們剛從冬眠醒來，所以比較暴躁。」他似乎想起一些笑話而笑了。

「被激怒的灰熊再有趣不過了。」我同意，點點頭。

他搖著頭竊笑：「告訴我妳現在到底在想什麼，拜託。」

「我試著想像……但沒辦法。」我承認。「沒有武器你如何狩獵？」

「喔，我們有武器。」他露出一口白牙，頗具威脅性的微笑，我趕快控制身體的顫抖。「只不過不是你們列出來的那些武器。如果妳在電視上看過熊的攻擊，妳應該能夠想像艾密特的狩獵。」

我控制不住，顫抖傳過我的脊椎。我越過餐廳偷偷瞄一眼艾密特，感激他並沒有看著我，他的手臂和身軀厚實的肌肉現在看來更具威脅。

愛德華順著我的目光看去，竊笑著。

我氣餒地看著他。「你會像隻熊嗎？」我低聲問。

「比較像頭山獅，至少他們是這樣告訴我的。」他輕聲說著：「或許我們的喜好也是種象徵。」

我試著微笑。「或許。」我重覆他的話，但我的腦中充滿了各種血腥畫面，我無法思考。「我可能會看到這些事嗎？」

「絕對不能！」他的臉比平常更為蒼白，眼神突然變得強烈。我向後靠，目瞪口呆——雖然我從未對他承認過，但我真的被他的反應嚇到了。他也向後靠，將雙手交叉在胸前。

「怕我受不了？」等我能再次控制我的聲音時，我問他。

「如果真是那樣，我今晚就會帶妳出去。」他說，他的聲音很傷人。「妳需要好好被嚇一嚇，知道恐懼對妳有好處。」

「為什麼？」我不放棄地追問，無視於他憤怒的情緒。

他看著我好久好久。「以後再說吧。」他準備走了：「我們要遲到了。」

我四處張望，發現他是對的，餐廳的人已經快走光了。當我和他在一起時，時間和地方總是模模糊糊的，我完全不會注意到。我跳起來，從椅背抓起我的袋子。

「以後再說。」我同意，我不會忘記的。

chapter 11

複雜的糾葛

就在教室的燈變暗時，

我突然意識到愛德華坐在離我不到一吋的地方，

這突如其來的悸動彷彿有一股電流通過全身，令我震驚不已，

好奇地想著他會不會像我一樣察覺到這種情況。

我有一種瘋狂的衝動想觸摸他，

想在黑暗中偷摸一下他俊美的臉龐，

這個念頭幾乎快戰勝我的理智……

當我們一同走近生物課的實驗桌時，所有人都看著我們。我注意到他不再將椅子挪到離我最遠的角落，相反的，他坐得離我很近，我們的手臂幾乎可以碰到。然後班納先生走進教室，他進來的時機真剛好，拖著一個有輪子的金屬櫃，看來很沉重，上面放著舊式的電視機和錄放影機——電影日，整間教室的氣氛立刻熱烈起來。

班納先生將錄影帶塞進去，然後走到牆邊關上電燈。

就在教室的燈變暗時，我突然意識到愛德華坐在離我不到一吋的地方，這突如其來的悸動彷彿有一股電流通過全身，令我震驚不已，好奇地想著他會不會像我一樣察覺到這種情況。我有一種瘋狂的衝動想觸摸他，想在黑暗中偷摸一下他俊美的臉龐，這個念頭幾乎快戰勝我的理智。我將手臂緊緊交叉在胸前，手握成拳頭狀，腦中一片空白。

電影開始播放，教室又出現光芒。我的眼睛不時瞄向他，當我發現他的姿勢和我一樣時，我羞怯地笑了，他的手也緊握成拳，垂下眼偷瞄著我。他對我笑，眼睛內燃燒著熱情，即便在黑暗中也能感受得到，就在我快喘不過氣來時，他將目光轉開了，我覺得自己似乎快昏過去，這真是瘋狂。

這一小時很漫長，我沒辦法專心在電影上，我甚至不知道今天的主題。我試著放鬆但不成功，他的身體好像已經不再發出電流了，有幾次我允許自己朝他的方向迅速偷瞄一眼，他似乎一直都沒有放鬆。那種使人無法忍受，想要觸摸他的渴望也未曾消退，我用拳頭小心地壓著我的肋骨，直到我的手指因為用力而疼痛。

當放映結束後，班納先生打開燈，我才鬆了一口氣，嘆著氣將手臂在面前伸直，收縮我僵硬的手指。愛德華在我旁邊竊笑。

「嗯，真有趣。」他低聲說。他的聲音很曖昧，眼神充滿謹慎。

「嗯。」這是我唯一能回答的話。

「我們走吧？」他優雅地起身。

我幾乎要發出呻吟。體育課時間到了，我小心地站著，擔心我的平衡感可能會影響我們之間的新關係。

他沉默地陪我走到體育館，然後在門口停住。我轉身說再見，但他的表情嚇壞了我──他的臉上充滿痛苦，近乎絕望。那令人驚羨的俊美，使我想碰觸他的渴望比之前更強烈，我的再見說不出口。

他遲疑地舉起手，衝突的慾望在他眼中，手指輕輕撫過我的臉頰。他的手像冰一樣冷，但他的觸摸像火一樣炙熱。接著他不發一語轉身，大步離開我。

我走進體育館，頭腦昏沉、腳步不穩，茫然地走到更衣室，並未注意到身邊有沒有其他人，直到有人遞給我一支球拍才讓我回過神來，球拍不算太重，但在我手中顯得非常不安全。我看到課堂中其他幾個同學偷偷瞄我，克拉普教練命令我們兩兩一組練習。

仁慈的麥克仍有些許騎士精神，他站在我旁邊。

「妳要跟我一組嗎？」

「謝謝，麥克──你不用這樣做的，你知道。」我道歉地扮個鬼臉。

「別擔心，我會離妳遠遠的。」他笑著說。有時候要喜歡麥克一點也不難。

練習進行得並不順暢：我偶爾被自己的拍子打到頭，或打到麥克的肩膀。這堂課的其他時間我都待在教室後面，球拍安全地藏在身後。雖然我的運動神經不行，但麥克相當在行，四盤中贏了三盤。當教練終於吹哨子結束課程時，他給我一個不勞而獲的擊掌。

「所以？」當我們走出場地時他問。

「所以什麼？」

「妳和庫倫，啊哈！」他的聲調有種反對的語氣。我立刻覺得不高興。

「這不關你的事，麥克。」我警告他，心中臭罵潔西卡下地獄去吧。

「我不喜歡。」他還是低聲說。

「你不用喜歡。」

「他看妳的方式就像……就像妳是他的食物。」他不理會我，繼續說。

我歇斯底里的怒火眼看就要爆發，但一個小小聲的竊笑打斷我的努力。他看著我，我對他揮揮手走進更衣室。

我很快地換好衣服，但胃中像塞了一塊大石塊似的重擊著我，我和麥克剛才那場爭辯好像已經是很久遠的記憶了。我好奇愛德華是否真的在等我，還是我應該在車子旁邊跟他會合？他的家人也會在那邊嗎？這讓我感到害怕，他們會知道我在想什麼嗎？那我應該讓他們知道我已經知道了嗎，還是裝傻？

我走出體育館時還在決定是否要直接回家，不要去停車場。但我的考慮是多餘的，愛德華在等我，他隨意地靠在體育館牆邊，令人無法呼吸的俊美臉龐已經沒有怒氣了。當我走到他身邊時，感到特別輕鬆。

「嗨！」我低聲說，給他一個大大的微笑。

「哈囉！」他回我一個燦爛的微笑：「體育課如何？」

我的臉略略垮了下來：「很好。」我說謊。

「真的嗎？」他不太相信。眼珠轉動著，他從我的肩頭看過去，瞇著眼。我轉過身看到麥克的背影，他正往反方向走開。

「怎麼了？」我問。

他的視線轉回我，還是緊繃著：「紐頓惹毛我了。」

「你不會又偷聽了吧？」我很震驚，幽默感突然都消失了。

「妳的頭怎麼樣了？」他故作天真地問。

「你這人真是過分。」我轉身，踩著重重的腳步往停車場走，我怎麼沒有想到這一點。

他輕鬆地跟著我。

「妳說我沒在體育館看過妳——那讓我很好奇。」他聽起來不是真心悔悟，所以我不理他。

我們沉默地走著，往他車的方向走，沉默讓我感到強烈的困窘，但還差幾步我就停住了——到處都是人，所有的男孩都圍在那邊。然後我發現他們不是圍著富豪，而是羅絲莉那臺醒目的紅色敞篷車，所有男孩的眼光都充滿渴望，根本沒有人注意到愛德華穿過他們、打開車門。我很快地坐上車，也沒有人注意到。

「愛現。」他低聲說。

「那是什麼車？」我問。

「M3。」

「我不是專業的。」

「那是BMW。」他翻翻白眼，並沒有看我，試著在不撞到那些狂熱賞車分子的情況下把車開出去。

我點點頭——我聽過。

「妳還在生氣嗎？」當他小心地把車開出去後，他問我。

「當然。」

他嘆口氣：「如果我道歉，妳會原諒我嗎？」

「可能會……如果你是真心的話。而且你還要答應我，永遠不能再這樣做。」我堅持。

他的眼神突然狡猾起來：「那如果我是真心的，而且我同意星期天讓妳負責開車呢？」他跟我討價還價。

我想著，這應該是我所能談到最好的條件了。「一言為定。」我同意。

「我真的很抱歉讓妳生氣。」他的眼神有著熾熱的摯誠，讓我的心像打鼓似地跳個不停，然後他轉開話題：「我會在星期六一早就到妳家門口等妳。」

「嗯，一臺富豪突然出現在我家車道，可能會讓查理更糊塗。」

他露出充滿優越感的微笑：「我並不打算開車去。」

「那你要怎麼——」

他打斷我：「別擔心。沒車我也一樣到得了。」

我放過這個話題，因為我有更多別的問題。「以後到了嗎？」我意味深長地問。

他皺皺眉：「我想應該算是。」

我耐心地維持禮貌的表情，等著。

他停住車。我很驚訝的抬頭——我們已經到了查理的屋前，就停在我的卡車後面。我一直專心看他，沒發現已經到家了。當我轉過頭看他，他也用打量的眼神看著我。

「妳還是想知道為何妳不能看我狩獵？」他似乎很慎重，但我想我看到他眼中的一絲幽默。

「呃……」我澄清：「我只是好奇你的反應。」

「我嚇到妳了嗎？」沒錯，絕對是幽默。

「沒有。」我說謊，他根本不相信。

「我很抱歉嚇著妳。」他笑著，但突然間所有的戲謔都消失了。「只是想到如果妳在那邊……當我們狩獵時……」他有點緊張。

「那樣不好嗎？」

他咬牙切齒地說：「當然。」

「因為……？」

他深呼吸，看著擋風玻璃外面，厚重的雲層低得像要接近大地似的。「在我們狩獵的時候……」他緩緩地說，不太情願：「我們讓自己任由感官主宰，不用理智……特別是用我們的嗅覺。如果我們失去理智，而妳又在我們附近的話……」他搖搖頭，還是憂鬱地看著雲層。

我控制著自己的表情不動聲色，知道他不時瞄向我的目光正在打量我的反應。我的臉沒有表情，但我的眼睛有。沉默延續著，然後改變，當他緊緊凝視我的眼睛時，我今天下午感覺到的電流又出現了，氣氛整個都變了，直到轉開頭我才能呼吸。我猛力的呼吸聲打破了沉默，他閉上眼睛。

「貝拉，我想妳最好現在進去。」他低沉的嗓音很沙啞，眼睛看著雲層。

我打開門，冷空氣吹進車內，讓我的腦袋清醒了些。我很怕頭昏眼花的自己會摔倒，於是小心地跨出腳步，關上車門，並沒有回頭看，但車窗搖下的聲音讓我轉身。

「對了，貝拉──」他在叫我，聲音很平穩。他的頭探出窗外，唇邊帶著若有似無的微笑。

「什麼事？」

「明天換我了。」他說。

「換你做什麼？」

他咧開嘴笑得更燦爛，露出一口白牙：「問問題。」

然後他就走了，車子加速退出車道，開到街上，在我還沒搞清楚他說什麼之前，車子就消失在轉角。

我邊走進門邊笑，很顯然地，他打算明天繼續見我──如果沒有別的事發生的話。

那一晚，愛德華像平常一樣出現在我的夢中，但我夢到的內容卻與以往不同，出現像今天下午那種讓我顫抖的電流，我不安地翻身，時常醒過來。等我最後筋疲力竭睡著時已經快天亮了。

我醒來之後仍然很累，也很煩躁。我穿上棕色的套頭高領毛衣和牛仔褲，嘆息地懷念細肩帶T恤和短衫。早餐一如平常，比我想像的迅速，查理炒蛋給自己吃，我照舊一碗玉米片。我正在懷疑他是否已經忘記星期六的事，他卻在準備往洗碗槽去洗盤子時主動提起。

「關於星期六——」他開口了，走過廚房，打開水龍頭。

我有點畏縮：「是的，爸？」

「妳還是要去西雅圖嗎？」他問。

「那是計畫。」我做個鬼臉，希望他不會繼續追問下去，免得我要小心地編故事。

他擠些洗碗精到餐盤上，旋轉著在水龍頭下清洗。「妳確定妳不趕回來參加舞會嗎？」

「我不會去參加舞會的，爸。」我怒視著他。

「沒有人約妳嗎？」他問，試著隱藏他的關心，專心洗餐盤。

我小心地避開這個問題：「這次舞會是由女生邀請對象的。」

「喔。」他瀝乾盤子時皺著眉。

我很同情他。這一定很難，為人父親總會擔心他的女兒能不能遇見喜歡的人。如果查理知道一絲絲我打算要做的事，不知道會有多擔心，我想到都覺得害怕。

然後查理就出門了，他揮手跟我道再見，我上樓去刷牙，整理書包。當我聽見警車開走的聲音後，只等了幾秒就迫不及待探頭往窗外看，銀色的車子已經到了，停在查理平常停車的位置等著。我蹦蹦跳跳地下樓，走出前門，邊想著這種超乎尋常的搭便車約會能持續多久——我不希望結束。

他在車內等我，並沒有盯著看我關上大門——我懶得上鎖。我走向他，羞怯地打開車門、坐上車，他放鬆地笑了——跟平常一樣，還是那麼俊美，讓我更難以忍受。

「早安。」他的聲音像絲絨般輕柔：「今天好嗎？」他的目光在我臉上遊走，似乎想知道更多，而不僅僅是普通的問候。

「很好，謝謝。」我總是很好——比很好還要好——當我跟他在一起時。

他凝視我的黑眼圈好一會：「妳看起來很累。」

「睡不好。」我承認，一邊撥散我的頭髮。

「我也是。」他邊說邊啟動引擎。我已經逐漸習慣這部車低沉的引擎聲，我確定當我再次開我那臺卡車的時候，引擎聲應該會嚇到我。

我笑了：「我猜也是。我想我只比你多睡一點而已。」

「妳猜對了。」

「所以你昨天晚上做了什麼？」我問。

他竊笑：「別來這套，今天換我問問題了。」

「喔，對喔。你想知道什麼？」我皺起眉頭，想不出來他會對我哪一方面有興趣。

「妳最喜歡的顏色是？」他臉上毫無表情。

我給他一個白眼：「每天都不一樣。」

「那妳今天最喜歡的顏色是？」他仍然慎重地問。

「應該是棕色吧。」我通常是根據心情挑衣服。

他不以為然地哼聲回應我，嚴肅的神情不見了。「棕色？」他懷疑地問。

「當然。棕色很溫暖，我想念棕色。很多東西都應該是棕色的：樹幹、岩石、塵土……但這裡都是泥濘的綠色東西。」我抱怨著。

他似乎被我誇張的言行迷住了，想了一會，看著我的眼睛說：「妳是對的。」他又變得嚴肅。「棕色很溫暖。」他伸出手——很快但仍然有點猶豫——將我的頭髮撥到肩後，然後我們才出發到學校。他轉過身看著後面，將車倒出車道。

「妳現在聽的是哪一張CD？」他問，他的臉很陰鬱，好像剛承認謀殺罪似的。

我這才發現自己一直沒將費爾給我的CD從播放器中取出來。當我說出樂團的名字時，他又露出壞壞的帥氣笑容，眼中有著奇怪的表情。他彈開車內的CD盒，從大約三十張CD中拿出一張交給我。

「德布西？」他抬起眉毛。

那是張一模一樣的CD，我垂眼看著熟悉的封面。

那一天接下來的時間都像早上這樣，當他陪我走進英文課教室、當我們在西班牙文課後碰面，以及午餐時間，他不斷追問我一切生活上的小細節：我喜歡和討厭的電影、我去過的一些地方、我想去的地方、書——談不完的書……我不記得我們上次談這麼多話是什麼時候，但我不敢說太多，我覺得我的回答一定會讓他覺得很無聊。但他真的全神貫注地聆聽，而且還問了一堆問題逼我回答，他的問題大部分都很容易，只有幾個讓我一下就臉紅，當我真的臉紅時，會讓他接著問更多問題。

像是他問我最喜歡的寶石，我差點脫口而出說黃寶石。他突然用這樣的速度問這些問題，讓我覺得自己好像在做某種心理測試，因為你會回答腦海中最先想到的字眼。我很確定他會問完他心中預設表單上的所有問題，除了那些會害我臉紅的，而我會臉紅是因為以前我最愛的寶石是石榴石，但現在看到他金黃色的眼珠，我根本不記得石榴石，但我又說不出口。當然，他會不斷逼問，直到我承認我很糗。

「告訴我。」他用眼神勸誘我失敗後，改用命令的語氣要求我說。他會失敗是因為我的眼睛沒有望著他的臉。

「就是你今天眼珠的顏色。」我嘆口氣，投降了。我低頭看著自己的手，手指不自覺把玩著一小撮頭髮。「我得承認，如果你是在兩週前問我這個問題的話，答案會是石榴石。」我不自主地透露出更多不必要的資料，我擔心這會引發他強烈的憤怒，因為我又洩露出我對他深深著迷的感情。

但他只停了一下。「妳最喜歡什麼花？」他火力全開。

我放鬆地嘆口氣，繼續回答這些心理測驗。

生物課讓整件事變得更複雜。愛德華在上課前還不斷問我問題，直到班納先生又拖著視聽器材進入教室。當老師關上燈光，我注意到愛德華將他的椅子挪離我遠遠的，這一點幫助都沒有。當房間一變暗，同樣的電流火花再次出現，同樣渴望想觸碰他，我的焦躁一如昨天。

我靠著桌子，將我的下巴放在交疊的手臂上，藏在下面的手指緊緊抓著桌緣，努力忽視無法克制的愚蠢渴望。我沒有看他，擔心萬一他也在看我，會讓我更難控制，我試著專心看影帶，但完全不知道內容。

當班納先生開燈，我放鬆地嘆口氣，終於看了愛德華一眼，他正在看我，眼神充滿矛盾。

他打破沉默站起來，等著我，像昨天一樣，我們沉默地往體育館走去。而且跟昨天一樣，他又沉默地撫摸我的臉——但這次是用他冰冷的手背從我的太陽穴撫到下巴——然後轉身走開。

我看著麥克一個人的羽毛球單打表演，體育課很快就過去了。他今天沒有跟我說話，也沒有回應我茫然的表情，可能還在為我們昨天的口角生氣——我猜。在我心裡的某個角落，我知道這樣不好，但我沒法把注意力放在他身上。

課後我很快地更衣，覺得自己好像快要吐了，我知道這是因為跑得太快，又因為我想快點和愛德華在一起的壓力讓我比平常更笨手笨腳。最後我總算換好走出去，當我看見他站在那裡，我感到同樣的放鬆，臉上自動露出燦爛的笑容。他回我一笑，接下來是更多的測驗題。

但現在的問題有點不一樣，沒那麼容易回答。他想知道我最想念鳳凰城家鄉的什麼東西，在他的堅持下，我被迫描述他不熟悉的物品。我努力描述他想知道的細節，但其實很高興，像是：木焦油灌木的苦澀氣味──帶點樹脂的難聞味道；七月時高聲啼叫的知了；多葉卻無果的樹林；天空的各種樣子──從地平線延伸出去的白藍天際，幾乎沒有高山，一望無際；山上覆蓋著紫紅色的火山岩……比較難解釋的部分是，為何我覺得那些東西很美麗，不是因為它們稀少多刺或看起來很難存活，而是它們在那片土地上努力生長的方式：從陰暗的山谷盆地，到崎嶇的峭壁丘陵，它們努力在太陽底下生存著。

我發現自己不停揮舞著手勢向他比畫著。我們停在查理屋前好幾小時，直到天色變暗，滂沱大雨落下。他專注探索的問話方式，讓我忘情地說話，直到模糊的閃電一閃而過，我才發現自己竟然獨霸談話內容這麼久，這讓我感到困窘。最後，當我說完我房間的一切細節後，他總算停下來不再問問題了。

「你問完了？」我放鬆地問。

「差得遠呢，但妳爸快要回來了。」

我望向如黑墨的天空及大雨，但看不見東西。「多晚了？」我狐疑地看著鐘大聲問，很驚訝這麼晚了，查理竟然還沒回家。

「黃昏了。」愛德華低聲說，看著西方的地平線，烏雲滿布。他的聲音若有所思，心好像飄到很遠的地方，我看著他，他似乎失神地望著擋風玻璃。

然後他的眼睛突然轉向我，抓住我看他的眼神。「這是一天當中對我而言最安全的時候……」他回答我眼中的疑問。「……最放鬆的時候，但也是最悲傷的時刻，因為……一天又要結束了，夜晚即將來臨。黑暗是不可預期的，妳同意嗎？」他沉思地說。

「我喜歡晚上。沒有黑暗，就看不見星辰。」我皺眉：「像現在這樣就看不到。」

他笑了，心情突然變好。「查理很快就會到家，所以除非妳打算告訴他，星期六要跟我——」他揚起一邊眉毛。

「謝謝，但還是免了。」我抓起課本，發現自己因為坐太久有點僵硬。「所以明天輪到我了嗎？」

「當然不！」他的表情帶著頑皮的氣惱。「我跟妳說過我還沒問完，不是嗎？」

「還有？」

「妳明天就會知道了。」他靠過來為我打開車門，他突然的靠近讓我的心臟差點停止跳動。

但他將手停在門把上。「糟了……」他低聲說。

「怎麼了？」我驚訝地發現他的下巴緊繃，眼神很混亂。

他看了我一眼，憂鬱的說：「另一個難題。」

他很快地打開車門，然後畏縮地轉身背對著我。雨中的車燈光線抓住我的注意力，一輛黑色的車停在人行道上，面對著我們，只隔了幾步遠。

「查理越過轉角了。」他警告，望著傾盆大雨中開過來的另一輛車。

我走下車，帶著困惑和好奇。雨很大，我的夾克很快就濕了。我試著辨認出那輛黑車前座的人影，但太暗了看不清楚，透過第二輛車的車燈，我能清楚地看見愛德華，他坐著沒動，眼中有某種我不懂的神情，結合了沮喪和挑戰。然後他發動引擎，輪胎在人行道上尖叫，一秒內富豪就從我的視線消失了。

「嗨，貝拉。」一個熟悉的粗啞聲音從黑色車子的駕駛座傳來。

「雅各？」我問，在雨中瞇著眼看。正當此時，查理的警車繞過街角，他的車燈照亮我身前這輛車。

雅各已經下車了，他的笑容在黑暗中清晰可見。乘客座上坐著一位年紀挺大的男人，體格魁偉，有著令人印象深刻的臉，臉上刻滿了歲月痕跡，腮幫子的肉快下垂到肩膀，黃褐色的肌膚上滿是皺紋，像一件老夾克。但驚人的是那熟悉的眼神及黑色眼珠，搭配在他那張大臉，看起來又年輕又古老。那是雅各的爸爸——比利・佈雷克——我一眼就認出來，雖然距我上次看到他已經超過五年，而且我到這裡的第一天，當查理跟我提起他時，我還忘了他的名字。他看著我，仔細端詳我的臉，我試著對他擠出一個微笑。他的眼睛很大，但充滿震驚，或該說是恐懼，他大大的鼻孔擴張著。

我笑不出來了。「另一個難題」——愛德華說的。

比利仍然用極為焦慮的眼神看著我，我的內心呻吟著：比利已經認出愛德華了嗎？他真的相信他兒子說的那些不可思議的傳說嗎？

答案清楚展現在比利眼中——是的，沒錯，他相信。

chapter 12

平衡的界線

我的直覺告訴我——他應該也有同樣的感覺——明天將會是關鍵的一天。

我們之間的關係是否可以繼續，就算可以，也像在刀尖一樣，

我們會掉到哪一邊，都由他決定，或者說，由他的本能決定。

但無論如何，我心意已決，

早在察覺自己的心意之前，我便已決定要繼續下去。

沒有任何東西能嚇壞我或讓我苦惱，除了離開他這件事之外，

而我不會讓它發生的。

「比利！」查理一下車就喊著。

我轉身往屋內跑，跑到門廊下後向雅各招手。奔跑時我聽見查理在我身後大聲地歡迎他們。

「我會假裝沒看到是你開的車，雅各。」他開玩笑地說著。

「我們得到許可早點出院。」當我打開門、點亮門廊的燈時，雅各解釋。

「那當然。」查理笑著說。

「我要出門總得想個辦法。」我很容易認出比利的大嗓門。儘管這麼多年了，那洪亮的聲音還是會讓我覺得他很年輕，像孩子似的。

我走進屋內，讓門在我身後開著，先開燈再掛好夾克。然後我站在門旁，焦慮地看著查理和雅各一起把比利弄出車外，坐上他的輪椅。等到他們三個都進屋了，我才關上門。

「真是意外驚喜。」查理說。

「好久不見了。」比利回答：「我希望來拜訪的時機不算太差。」他黑色的眼珠再次瞄向我，但我猜不透他的表情。

「不，很好。我希望你留下來看球賽。」

雅各露齒而笑：「我想這也是此行的目的之一——我們的電視機上週壞了。」

比利對他兒子做了個鬼臉。「還有，雅各急著想再見到貝拉。」他補充。雅各沉下臉，低垂著頭，我則抗拒自責的念頭——可能我在海灘上做得太過頭了。

「你們餓了嗎？」我邊問邊轉身往廚房走，想逃開比利探詢的眼神。

「不會，我們來之前吃過。」雅各回答。

「你呢，查理？」當我走過轉角時，我轉過頭問。

「當然。」他回答，聲音在前廳和電視間遊移著。我能聽見比利的輪椅移動的聲音。

我將起司三明治放進鍋內煎，將蕃茄切片，然後發現有人靠近我身後。

「嗨，最近一切都好嗎？」雅各問。

「還不錯。」我笑著說，很難拒絕他的熱情。「你呢？車子弄好了嗎？」

「還沒。」他皺眉：「我還需要一些零件，所以我們先借來這輛……」他伸出大拇指比著前院的方向。

「對不起，我不是有意的……你在找的那個零件叫什麼？」

「主汽缸。」他笑了，突然又問：「卡車有什麼問題嗎？」

「沒有。」

「喔，我只是好奇問問而已，因為妳顯然有段時間沒開它了。」

我看著平底鍋，掀起三明治一角確認兩面的情況。「我搭朋友的便車。」

「真好。」雅各的聲音很羨慕：「不過我認不出駕駛，我還以為我認識這附近所有的孩子。」

我沒有表態地點點頭，讓我的眼睛盯著三明治，邊將它翻面。

「我爸好像認出他。」

「雅各，你能幫我擺餐盤嗎？就在水槽上面的碗櫥裡。」

「當然。」

他沉默的拿出餐盤，我希望他不會把盤子摔破。

「所以到底是誰？」他將兩個餐盤放在我旁邊的櫃檯上。

我挫敗地嘆口氣：「愛德華・庫倫。」

我很驚訝，出乎我意料之外——他笑了。我抬頭看他，他看起來有點困窘。

「怪不得。」他說：「我還在想我爸怎麼那麼奇怪。」

「沒錯。」我裝出無辜的表情：「他不喜歡庫倫。」

「迷信的老頭。」雅各低聲說。

「你覺得他會跟查理說些什麼嗎？」我忍不住脫口而出。

雅各看了我一會，我猜不透他烏黑眼睛內的表情。「我懷疑……」他最後終於回答：「查理上次跟他聊得很愉快，他們很久沒見了，自從我爸……今晚有點像老友重逢，我想……我不認為他會再提起。」

「喔。」我試著讓聲音聽起來自然。

我把食物端出去給查理，然後一起坐在前廳，當雅各喋喋不休跟我說話時，我假裝專心在看球賽。其實我想聽這兩人的談話內容，監測任何比利可能提起的訊號，想著萬一他提起的話該怎麼阻止他。

那是個漫長的夜，我其實有很多作業要做，但我不想讓比利單獨跟查理在一起。

終於，球賽結束了。

「妳和妳的朋友短期內會再去海灘嗎？」雅各推著他父親越過門檻時問我。

「我不確定。」我防備地說。

「今晚真有趣，查理。」比利說。

「下次球賽再來。」查理鼓勵。

「當然，當然。我們會再來的，晚安。」他的視線轉向我，微笑消失了：「妳要照顧好自己，貝拉。」他嚴肅地說。

「謝謝。」我低聲說，眼神望向遠方。

當查理從車道向他們揮手時，我走上樓。

「等一下，貝拉。」查理說。我退縮了一下，難道在我到客廳加入他們之前，比利已經告訴他了嗎？但查理一派輕鬆，仍為這意外的訪客感到高興，臉上充滿笑容：「我今晚還沒機會跟妳說話。妳今天過得如何？」

「很好。」我有點猶豫，一腳踩在樓梯上，腦中想著我能說出口的最安全內容：「羽毛球課我四局都打贏了。」

「哇，我不知道妳這麼會打羽毛球。」

「嗯，其實我不會打，是我的隊友很不錯。」我承認。

「是誰？」他這下有興趣了。

「嗯……麥克・紐頓。」我不情願地告訴他。

「喔，對——妳說過妳和紐頓家的孩子是朋友。」他振作起來：「很好的家庭。」他想了一下又說：「妳為什麼不邀請他參加這個週末的舞會？」

「爸！」我忍不住提高了音量：「他跟我的朋友潔西卡在約會。還有，你知道我不能跳舞的。」

「是喔。」他低聲說，然後給我一個抱歉的微笑。「所以，我猜妳星期六不去是明智之舉囉。我和局裡的夥伴約好去釣魚，天氣應該不會太熱，如果妳要延後妳的旅行，直到找到人陪妳去，我可以待在家。我知道我太常讓妳一個人在家……」

「爸，這樣很好。」我笑了，希望他不會發現我鬆了一口氣：「我不介意一個人——我很像你。」我對他眨眨眼，他笑得眼角都泛起笑紋。

我今晚睡得比較好，因為太累而沒有再作夢。當我醒來，天空是黑珍珠般灰濛濛的一片，我的心情卻快樂極了。比利和雅各來訪的緊張之夜，看來似乎沒有造成傷害，我決定將之完全忘記。我吹起口哨，編著頭髮，當我走下樓時又吹著口哨，被查理注意到了。

「妳今天早上心情很好。」他邊吃早餐邊說。

我聳聳肩說：「星期五囉。」

我盡量動作快，這樣才能接在查理之後出門。書包準備好了，鞋也穿了，牙也刷好了，即便我一確定查理離開我的視線，我就衝到門邊，但愛德華還是比我快。他已經在那輛閃亮的車內等我，窗戶搖了下來，但沒有發動引擎。

我這次沒有猶豫，很快地上車，想趕快看到他的臉。他那微微上翹的嘴角，又給了我一個令人心動的帥氣微笑，我的呼吸跟心臟都幾乎停了。我無法想像出比他更俊美的天使，他真是完美無瑕。

「睡得好嗎？」他問。我好奇他知不知道他的聲音對我造成的效果。

「很好。你呢？」

「很好。」他像是被我逗樂似的笑了，我覺得我好像錯過什麼笑話。

「我可以問你做了些什麼嗎？」我問。

「不行——」他笑：「今天還是我問。」

他今天想要瞭解我身旁的人，像是芮妮：她的嗜好、我們平常做些什麼等等。然後是我祖母，還有之前在鳳凰城少數幾個學校的朋友，當他問到跟我約會的男生時讓我很糗，因為我從未跟男孩約會過，所以這個特別的話題並沒有持續很久。他似乎和潔西卡及安琪拉一樣，很驚訝我竟然缺乏羅曼史。

「所以妳從未碰見妳喜歡的人？」他用嚴肅的聲音問，這讓我好奇他在想些什麼。

我不情願的說實話：「在鳳凰城沒有。」

他的唇抿成一條線。

此時我們坐在餐廳用午餐——日子變得模糊快速，像前幾天一樣。我趁簡短的空檔咬了一口我的貝果。

「我今天應該讓妳開車來的。」在我嚼著食物時，他適時地說。

「為什麼？」我不解地問。

「午餐後我要跟艾利絲先走。」

「喔。」我眨眼，困惑又失望。「那沒關係，走回家並不太遠。」

他不耐的皺著眉：「我不會讓妳走路回家的，我們會把妳的卡車弄來這邊給妳。」

「我沒帶鑰匙。」我嘆口氣：「我真的不介意走路。」我介意的是沒法跟他共度下午的時光。

他搖搖頭：「妳的卡車會在這，鑰匙也會在裡面——只要妳不擔心被偷。」他邊說邊笑。

「好吧。」我同意，但抿著嘴。我很確定我的鑰匙在我星期三穿過的牛仔褲口袋內，在洗衣房一堆待洗的衣物下面，就算他闖入我家，或不管他有什麼計畫，他都不可能找到的。他似乎感應到我的挑戰，露出一個超有信心的笑容。

「你們要去哪裡？」我盡可能用隨意的態度問。

「狩獵。」他嚴肅地說：「如果我明天要跟妳單獨在一起的話，我要採取一切可能的預防措施。」他的臉色很陰鬱，但帶著懇求的眼神：「妳知道妳隨時可以取消的。」

我低下頭，擔心他具說服力的眼神。我拒絕被說服，我才不要怕他，不管他有多危險，這些都不重要，我在腦中再次強調。

「不。」我低語，看著他的臉：「我不要。」

「或許妳是對的。」他低聲說，眼睛比我看過的還要黑。

我改變話題：「明天幾點見？」我已經因為他要離開而覺得沮喪。

「看情況……星期六耶，妳不想睡晚一點嗎？」他說。

「不。」我回答得太快。他努力忍住微笑。

「那……跟平常一樣的時間。」他決定。「查理會在家嗎？」

「不會，他明天要去釣魚。」我因為事情這麼順利解決而眉開眼笑。

他的聲音變得尖銳：「如果妳不回家，他會怎麼想？」

「我不知道。」我冷靜地說：「他知道我會去洗衣店，可能他會認為我掉到洗衣機裡吧。」

他沉著臉皺眉看我，我也看著他。他的憤怒比我的更令人生畏。

「你今晚要獵什麼？」當我很確定我在瞪人比賽中失利時，我開口問。

「看我們能在公園內找到什麼。我們不會跑很遠。」他似乎因為被我隨意套出他的祕密而愣住。

「為什麼是跟艾利絲去？」我好奇。

「艾利絲……最支持。」他邊說邊皺眉。

「那其他人呢？」我膽小地問：「他們的態度是……？」

他皺著眉毛好一會：「大半是不敢置信。」

我很快朝身後瞄一眼——看他的家人。他們和我第一次看到時一樣看著彼此，不過他們現在只有四個人，他那金髮的俊美兄弟坐在我對面的方向，金色的眼中充滿憂慮。

「他們不喜歡我。」我猜。

「不是。」他不同意，但他的眼睛裝出一副很天真的樣子。「他們只是不瞭解為何我離不開妳。」

我扮個鬼臉：「我也離不開你，這有什麼關係。」

愛德華慢慢地搖搖頭，朝天花板翻了翻白眼，然後迎上我的眼光：「我告訴過妳──妳並不真的瞭解妳自己。妳不像我認識的任何人，我為妳著迷。」

我瞪著他，確定他是在逗我。

當他認出我的表情時，他笑了。「我有優勢──」他低聲說，謹慎地觸摸前額。「我對人很瞭解，人類很容易預期。但妳……妳永遠超乎我的預期，妳永遠讓我驚訝。」

我望向別處，好奇地又看著他的家人，有點糗又不太滿意。他的話讓我覺得我像是科學實驗。我可能真的期望太多。

「這一部分很容易解釋。」他繼續說。我知道他正看著我的臉，但我還不敢看他，擔心他會讀出我眼中的懊惱。「但有些……不容易用言語表達……」

當他說話時，我還是盯著庫倫家的成員。突然，羅絲莉──他那位金髮又美麗得讓人無法呼吸的姊姊──轉過來看我……不，不是看，是瞪，她用又黑又冷的眼神瞪著我。我想轉開視線，但她的凝視讓我動彈不得，直到愛德華中斷話語，由喉嚨深處發出一個不高興的聲音。

羅絲莉轉過頭後，我才能動。我看著愛德華，知道他看出我眼中增強的困惑和恐懼。

他帶著緊繃的表情對我說：「我很抱歉她那樣做，她只是很擔心……妳知道的，不只是怕危及到我，萬一，我和妳的事曝光之後卻……」他低下頭。

「萬一？」

「萬一結局……不好。」他用雙手抱著頭，像那天在安吉拉斯港一樣。他的痛苦很明顯，我渴望安撫他，但我不知道該怎麼做。我本能地伸出手去觸摸他，但很快地，我就將手放回桌上，擔心我的觸摸可能讓事情更糟。我慢慢地瞭解，他的話照理應該會嚇壞我，我等著迎接恐懼到來，但我只是感受到他的痛苦……還有挫敗——羅絲莉的干涉打斷了他要說的話。我不知道該如何讓他振作，他仍然用手抱著頭。

我試著用正常的聲音說話：「你現在要走了嗎？」

「是的。」他抬起臉，在那一瞬間顯得極為嚴肅，然後他的情緒轉變，他笑了：「或許這樣最好——我們還有四十五分鐘的生物課要看電影，我想我不去比較好。」

我瞪著他。艾利絲突然就站在他身後，一頭黑色的俏麗短髮襯著她精緻淘氣的臉，她嬌小的骨架很苗條，就算站著不動還是很優雅。

他轉頭跟她打招呼：「艾利絲。」

「愛德華。」她回答，高亢的聲音和他一樣吸引人。

「艾利絲，貝拉——貝拉，艾利絲。」他幫我們介紹彼此，隨意地擺動著手勢，臉上露出諷刺的微笑。

「哈囉，貝拉。」她明亮的黑色眼珠不帶情緒，但她的微笑很友善：「真高興終於見到妳。」

愛德華給她一個陰鬱的眼神。

「哈囉，艾利絲。」我羞怯地低聲說。

「你準備好了嗎？」她問他。

他的聲音很冷漠：「馬上。我到車子那和妳會合。」

她不發一語走開，動作如此流暢優美，我感到一陣妒嫉的痛苦。

「我應該說『玩得開心』嗎？還是這並不適當？」我轉過頭看他。

「不會，『玩得開心』適用於一切場合。」他笑了。

「那麼，祝你玩得開心。」我真心地說。當然我騙不過他。

「我會努力。」他還在笑：「也麻煩妳盡量讓自己平安。」

「在福克斯平安……多大的挑戰。」

「對妳來說是一大挑戰。」他的下巴還是繃得很緊。「妳保證。」

「我保證一定試著讓自己安全。」我諷刺地回答：「我會今天晚上就先洗衣服——冒著生命危險。」

「別掉進去。」他模仿我諷刺的語氣嘲弄的說。

「我盡量。」

他站起身，然後我跟著站起來：「明天才能再看到你。」我嘆口氣。

「這對妳來說很漫長，是嗎？」他若有所思地說。

我悶悶不樂地點點頭。

「我明天早上會出現的。」他保證，嘴角上揚，露出動人的帥氣笑容。他伸出手越過桌面，觸碰我的臉，再次輕輕掃過我的臉頰，然後他轉身離開。我看著他，直到他消失在我的視線。

我痛苦地度過接下來的時間，直到最後一堂體育課，直覺本能的警告我，如果我下午也消失，麥克和其他人會假設我跟愛德華在一起。愛德華擔心如果大家知道我們在一起，萬一事情變糟的話……我拒絕去想最後一個念頭，專心在能讓自己安全的事情上。

我的直覺告訴我——他應該也有同樣的感覺——明天將會是關鍵的一天。我們之間的關係是否可以繼續，就算可以，也像在刀尖一樣，我們會掉到哪一邊，都由他決定，或者說，由他的本能決定。但無論如何，我心意已決，早在察覺自己的心意之前，我便已決定要繼續下去。沒有任何東西能嚇壞我或讓我苦惱，除了離開他這件事之外，而我不會讓它發生的。

我走去上課——出於本能。我不太知道生物課在上什麼，只是全神貫注想著明天的事。在體育課，麥克再次跟我說話，他希望我在西雅圖玩得愉快。我小心跟他解釋計畫取消了，因為擔心我的卡車撐不到那裡。

「妳要跟庫倫參加舞會嗎？」他突然繃著臉問。

「不，我絕對不會去舞會的。」

「那妳要做什麼？」他很感興趣地又問。

雖然我心中想叫他別多管閒事，但相反的，我開朗地說謊。

「洗衣服，然後溫習我的三角函數應付考試，不然我會被當掉。」

「庫倫要幫妳溫習嗎？」

「愛德華——」我強調：「不會幫我溫習。他整個週末都不在。」這個謊話說得比平常流利，我自己都很驚訝。

「喔。」他高興起來：「妳知道的，妳還是可以跟我們這群人一起參加舞會，這樣會很酷的，我們都會跟妳跳舞。」他承諾。

潔西卡的臉孔浮現腦海，讓我的聲音出現不必要的尖銳：「我不會去參加舞會的，麥克。好嗎？」

「好吧。」他又生氣了：「我只是提議。」

終於下課了，我不怎麼熱心地走到停車場，我並不想走路回家，但我不知道他有什麼辦法能將我的卡車弄過來。然後，再一次，我為他的無所不能而目瞪口呆。他真的無所不能——我的卡車就停在他富豪今早停的車位。我搖搖頭，無法置信，打開沒上鎖的車門，車鑰匙插在裡面。

座位上有一張折起的白紙，我拿起來，先坐進車裡，關上車門，再打開紙條。優雅的筆跡只寫了四個字：

注意安全

卡車引擎的噪音喚醒我，我不由得暗笑自己傻。

我回到家，門鎖還是鎖住的，並沒被打開，就跟我早上出門時一樣。走進屋內，我直接走到洗衣房──也和我出門前一樣，然後我開始找我的牛仔褲，找到之後，檢查口袋──空的。我想，可能我有把鑰匙掛在某處吧，我搖搖頭。

懷著促使我對麥克說謊的同樣本能，我打電話給潔西卡，藉口祝她舞會愉快。當她祝我和愛德華也愉快時，我告訴她取消了，身為旁觀者的她似乎比我更失望。我很快就跟她說再見。

查理吃晚飯時心不在焉，我猜是擔心工作上的事，或是棒球賽，或是享受千層麵……真不知該怎麼開口跟查理說。

「爸，你知道嗎……」我開口，打破他的沉思。

「什麼事，貝拉？」

「我覺得你說過關於西雅圖的事是對的，我想我會等到潔西卡或其他人有空時再陪我去。」

「喔……」他很驚訝地說：「喔，好吧。所以，那妳要我待在家陪妳嗎？」

「不，爸，不要改變你的計畫。我有一大堆事要做：作業、洗衣服，我還要去圖書館和雜貨店……我整天會跑來跑去，你自己好好去玩吧。」

「妳確定嗎？」

「當然，爸。再說冰箱的魚貨存量已經不太夠了，我們只剩兩年……可能只有三年的補給。」

「妳真的很好相處，貝拉。」他笑了。

「你也是。」我笑著說，但我的聲音中並沒有笑意，不過他似乎沒注意到。我因為欺騙他而覺得內疚，我幾乎要採納愛德華的建議：告訴他我的計畫……幾乎。

晚餐後，我折好衣服，從乾衣機拿出另一些。不幸的是，那些事只會讓雙手忙碌，我腦袋中有太多的自由時間，胡思亂想幾乎要失去控制。我在強烈渴望見到他與對他潛在的恐懼間徘徊不定，我必須一直提醒自己：我已經做出選擇，我不能再回頭了。我不時從口袋拿出他的紙條，看著他寫的那四個字，他要我注意安全，我一再告訴自己。到最後，我只能承認事實，我要他的慾望勝過其他，我的其他選擇是什麼：將他逐出我的生活？那令我無法忍受，自從我到福克斯，我的生活就只有他。

但在心中有一個小小的聲音在擔憂，好奇地想他對我做出的傷害是否會很嚴重……如果結局不好的話。

等到時間很晚該睡覺了，我才真的鬆了一口氣。我知道自己太緊張會睡不著，所以最好做一些我以前沒做過的事，我慎重的拿出感冒藥，這可以讓我好好昏睡八個小時。我通常不會讓自己採取這種行為，但明天太難對付，好好睡覺是目前最重要的一件事。我等著藥效發生，先吹乾頭髮，直到完全變乾，然後小題大作地煩惱明天該穿什麼。

當一切準備妥當後，我終於躺在床上，但我覺得有點焦躁，整個人忍不住翻動。我起身，在裝CD的鞋盒內翻找，找到蕭邦的鋼琴曲專輯，輕聲播放之後，我再次躺下，專心放鬆我的身體。慢慢的，感冒藥生效了，我逐漸陷入沉睡。

我很早就醒了，酣然恬睡一夜無夢，這都得感謝感冒藥。既然我已經睡夠了，我從前一晚同樣的位置上興奮激動地滑下床。很快地穿上衣服，換上棕褐色的毛衣，穿上牛仔褲。我從窗口偷看查理的車子——已經開走了。薄如棉絮的雲層遮住天空，看起來不會持久。

我很快地吃完早餐，沒有仔細品嚐味道，吃完後趕著清潔，我不斷將頭探出窗外看，但一切如舊。當我刷好牙走下樓，聽見安靜的敲門聲時，我的心砰一聲差點跳出來。

我飛奔到門邊，慌亂地轉動門鎖，當我猛一拉開門——他就在那邊，我一看到他的臉，所有的不安煩亂都消失了，心情一片平靜。我放鬆地嘆口氣，看到他就在眼前，昨天的恐懼焦慮真是傻。

他一開始沒有笑，表情很憂鬱，但當他看到我如此雀躍後，他的神情也輕快起來，他笑了。

「早安！」他低聲笑。

「怎麼了？」我看一下自己，確定沒有漏掉任何重要的東西，像鞋子或褲子。

「我們穿的顏色一樣。」他又笑了。我才發現他穿了一件很長、看來很輕柔的褐色毛衣、白色襯衫和藍色牛仔褲。我對他笑，隱藏懊惱的痛楚——為什麼他看起來像時尚模特兒，而我不是？

「我們說好的。」我得意地提醒他，爬上駕駛座，傾身過去打開另一邊的車門。

我鎖上身後的門，帶他走到我的卡車邊。他帶著明顯的犧牲表情站在乘客座旁。

「要去哪？」我問。

「妳先繫好安全帶。我已經開始緊張了。」

當我照做時仍不忘給他一個惡狠狠的眼神。

「去哪？」我嘆口氣再問。

「走一〇一公路往北。」他下令。

知道他看著我的臉，我很難專心看路，只好比平常開得更小心，雖然此時公路的車流量不大。

「妳要等到黃昏才開出福克斯嗎？」

「這輛卡車老得足以當你車子的祖父了——請尊重它。」我回嘴。

儘管他受不了我的龜速，但我們很快就離開小鎮了。濃密的矮樹叢和綠色的樹木取代了鎮上的草坪和房屋。

「右轉一一〇。」我正想問時他適時指示，我沉默地照做。

「現在一直開到路的盡頭。」

我能聽見他聲音中的笑意，但我實在擔心會偏離主要道路，證明他的先見之明，於是我好奇的問。

「路的盡頭是什麼？」

「小徑。」

「我們要健行嗎？」我有點擔心。感謝上帝——我穿的是網球鞋。

「有問題嗎？」他聽起來有點期望。

「沒有。」我試著讓謊話聽起來可信。但如果他認為我的卡車太慢……

「別擔心，只有五哩遠，我們也不趕時間。」

五哩……我沒有回答，所以他不會聽見我聲音中的痛苦。有五哩充滿危險的樹根和鬆散石頭的路，很可能會扭傷我的腳踝或其他無能的部位——這很丟臉。我們沉默地開了一會車，我仔細考量接下來可能發生的恐怖情況。

「妳在想什麼？」幾秒後他沒耐心地問我。

我再次說謊：「只是好奇我們要去哪裡？」

「當天氣不錯時我會想去的地方。」當他說話時，我們同時轉頭望向窗外厚重的雲層。

「查理說今天會是溫暖的天氣。」

「那妳有告訴查理妳和誰在一起嗎？」他問。

「沒。」

「潔西卡認為我們一起去西雅圖？」他聽起來對這個主意很興奮。

「不，我跟她說你取消了……這是真的。」

「沒有人知道妳跟我在一起？」現在他生氣了。

「要看……我想你告訴艾利絲了？」

「這真有幫助，貝拉。」他頓了頓。

我假裝沒有聽見。

「福克斯會讓妳心灰意冷到想要自殺嗎？」當我不理會他時，他追問。

「你說那可能會為你惹上麻煩——如果我們一起出現在公眾面前。」我提醒他。

「難道妳不認為那可能會為我帶來麻煩……如果妳沒有回家？」他的聲音還是非常生氣，同時帶點諷刺。

我點點頭，眼睛看著路。他低聲喃喃自語，但說得太快，我沒聽懂。接下來一路我們都沒說話，我能感到他生氣的情緒，但我又想不出任何話可說。

然後就開到路的盡頭了，道路變成細窄的小徑，有小小的木頭告示牌。我停在窄窄的路肩，走出車子，一邊擔心著，因為他還在生我的氣，既然已經停車了，我便找不到藉口不看他。天氣很溫暖，甚至比我到福克斯的第一天還溫暖，雖然天空都是雲但有點悶熱，我脫下毛衣綁在腰間，很高興我穿了件單薄、無袖的T恤……特別是前面還有五哩的健行路等著我。

聽到他把車門甩上的聲音，我看了他一眼，他也正脫下毛衣。他沒有看我，而是看著卡車旁邊的一大片森林。

「走這邊。」他說，轉過頭看我一眼，眼神還是很氣惱。他帶頭走進黑暗的森林。

「小徑呢？」我聲音中的痛苦很明顯——當我急著想趕上他時。

「我說路的盡頭有小徑，但沒說我們要走。」

「沒有小徑？」我絕望地問。

「我不會讓妳迷路的。」他轉身，帶著諷刺的微笑。我倒抽一口氣，他白色的襯衫也是無袖的，並沒有扣上，可以看見從他喉嚨直到胸口的光滑肌膚，他完美的肌肉曲線不再隱藏在衣服下。他太完美了……絕望深深地刺痛我，這個像神一樣俊美的生物怎麼可能對我有意思。

他瞪著我，對我深受折磨的表情感到困惑。

「妳要回家嗎？」他靜靜地問，聲音中露出與我不同的痛苦。

「不。」我往前走到他身邊，焦慮地不想浪費和他在一起的任何一秒。

「有什麼不對嗎？」他聲音很溫柔。

「我不是個很好的健行者……」我無精打采地回答：「你要很有耐心。」

「我可以很有耐心——如果回報很棒的話。」他笑了，迎上我的目光，試著振作我突如其來的沮喪。

我試著對他回以微笑，但不太令人信服。

他仔細端詳我的臉：「我會帶妳回家的。」他承諾。我不知道他的承諾有沒有條件，或是已經違背了他的意志。我知道他認為恐懼讓我沮喪，我現在很感激我是他唯一無法讀到想法的人。

「如果你要我在太陽下山以前穿越叢林走完五哩路的話，你最好趕快帶路。」我諷刺地說。

他皺眉看著我，想要瞭解我的聲調和表情。一會之後他放棄，帶路進入森林。

路很平，不像我之前擔憂的那麼難走，他為我撥開潮濕的蕨類和苔蘚。他可以輕鬆走過倒塌的樹木或大石頭，但他都會記得幫我——扶著我的手肘，等我沒問題後才又立刻放開。他冰冷的肌膚只要一觸碰到我，我的心就亂跳，有兩次，發生的時候我觀察他的臉，確定他有聽見我的心跳。

我試著讓自己盡可能不要看他俊美的臉，但我常做不到。每一次注視，他的美麗都讓我陷入憂傷的刺痛。多數時候我們沉默地走著，有時他會隨意問一些問題，他在前兩天質詢時沒問完的：我的生日、我學校的老師、我的童年寵物……我被迫承認當我連續害死三隻魚後，我就放棄養寵物了，聽完他笑了，比平常大聲，在空曠的森林中像鈴聲一樣地響徹雲霄。

步行花了一整個早上，但他沒有露出一絲不耐。許多老樹圍繞著我們，森林像迷宮一樣，我再次因為擔心找不到路出去而緊張。他卻一派輕鬆，悠閒、舒適地走在綠色的迷宮中，對該走的方向毫無懷疑。

幾小時後，樹叢頂端射下來的光芒改變了，由原本的黑暗橄欖色調轉成明亮的翠綠色——太陽出來了，就像他預言的一樣。我們進入森林以來，我首度開始感到興奮的顫慄，但很快又失去耐心。

「我們到了沒？」我纏著他問，假裝生氣。

「快到了。」他笑了，看出我轉變的心情。「妳看得到前方的亮光嗎？」

我凝視著濃密的森林：「嗯，我應該看得到嗎？」

他嘻嘻笑：「對妳的眼睛來說或許太遠了。」

「該去看驗光師了。」我低聲說。而他的笑聲更明顯了。

就在此時，大約一百碼之外，我看見前方有一片光亮，是黃色的光線而不是綠色的。我加快腳步，每走一步就更加渴望。他讓我走在前頭，自己則沉靜地跟在後面。

我到了一個閃著光芒的池塘邊，踏過蕨葉，走進我看過最美麗的地方。完美的圓形草地很小，到處都是野花：紫色，黃色和柔軟的白花。我可以聽見潺潺的溪流聲在附近某處，陽光就在頭頂，曬得整個圓形草地籠罩在一股薄霧中，洋溢著奶油糖色的陽光。我滿心歡喜慢慢地走著，走過柔軟的草地、穿過野花，感覺溫暖的金色空氣。途中我回頭想跟他分享這一切，卻發現他不在我身後，我轉身，擔心地四處尋找他的身影。最後我看到他了，他還站在草地旁由樹叢形成的濃密陰影下，帶著小心的眼神看著我。我才突然想起——剛才漂亮草地讓我失神了好一陣子——今天來這裡的目的：愛德華和陽光之謎，他答應要告訴我的，他今天將用實例向我展示。

我向他走近一步，充滿好奇。他的眼神既小心又不情願，我給他一個鼓勵的笑容，用我的手召喚他，再朝他走近一步。他舉起手彷彿想警告我，我有點猶豫，原地踱著腳。

愛德華做了個深呼吸，然後……走進正午的明亮陽光下。

chapter 13

坦白與渴望

當我和他如此靠近時，
他冰冷的呼吸吹拂在我的臉上——
——甜美、可口，那氣味引發我的渴望，
沒有任何東西可以與之相比。
本能地，我無法思考，
難以控制地靠他更近，
然後深吸一口氣……

看到愛德華站在陽光下的景象真令人震驚，雖然我整個下午一直盯著他看，還是無法習慣。即便經過昨天的狩獵，他的肌膚還是一樣白皙，但比平常略微泛紅。他的肌膚像千年之久的鑽石露出岩層似的閃著光芒，他躺在陽光直射的草地上動也不動，T恤敞開，可以看見強健光滑的胸膛，閃亮的手臂裸露在外，他淺紫色的眼皮閉著，同樣閃耀，當然他並不是在睡覺。一尊完美的雕像，彷彿由不知名的石頭刻成，像大理石一樣平滑，像水晶一樣閃亮。偶爾，他的唇會動一下，太快了好像在發抖。當我問他時，他告訴我他只是在哼歌，但聲音太小我聽不見。

我也享受著陽光，雖然空氣中還有一些濕意。平常我也喜歡仰臥——像他一樣——整個人沐浴在陽光下，但我現在只是坐著，下巴抵在膝蓋上，不願讓我的眼光離開他。風溫柔地撫過草地，揚起我的頭髮，但他動也不動。

一開始讓我覺得美麗驚豔的草地，和他的俊美相比也為之遜色。

帶點猶豫及永遠的害怕——即便是現在，都擔心他可能會像海市蜃樓一樣消失，他太美麗了，不可能是真的……我猶豫地伸出手指碰觸他閃亮的手臂，在我的觸摸下他還是維持不動的姿勢。那完美的肌膚質感再次讓我感到驚訝，像絲緞般柔滑，像石頭一樣冰冷。我向上望，他的眼睛睜開了，看著我，金蜜色的眼珠在狩獵之後顯得更明亮、更溫暖，他微笑的嘴角揚起一個完美的彎曲弧線。

「我沒嚇著妳？」他開玩笑地問，但我從他輕柔的聲音中聽出他的好奇。

「跟平常一樣。」

他笑得更大聲了，牙齒在陽光下閃耀。

我再靠近一點，這次伸出我整個手掌，用我的手指順著他前臂的曲線畫下來。我看到自己的手指在發抖，這點沒有逃過他的視線。

「你介意嗎？」我問，他已經又閉上眼。

「不。」他說，眼睛還是閉著。「妳無法想像那種感覺有多美好。」他嘆口氣。

我一隻手輕輕順著他手臂完美的肌肉直畫到手肘處藍色的血管，另一隻手將他的手翻過來，他似乎知道我要做什麼，主動舉起手掌，打斷他原本不動的姿態，這嚇到我，我的手指在他手臂上僵了好一會。

「抱歉。」他低聲說。我抬起眼剛好看到他把眼睛閉上。「跟妳在一起很放鬆。」

我舉起他的手，轉個方向，我看到太陽使他的手掌發光。我舉起他的手貼近我的臉，像要看出他肌膚被隱藏的那一面。

「告訴我妳在想什麼？」他低聲說，眼睛專注地看著我，突然充滿熱切：「這對我來說還是很奇怪，我完全不知道妳的想法。」

「你知道，我們其他人都是這樣的。」

「真是艱難的生活。」他聲音中的後悔是我自己想像的嗎？「但妳還沒告訴我。」

「我希望我也能知道你在想什麼……」我有點猶豫。

「而且……？」

「我希望我能相信你是真實的，我希望自己不會害怕。」

「我不希望妳害怕。」他輕柔地低語。我希望他能哄我，告訴我不需要害怕，沒什麼好怕的。

「嗯，我不是說那種恐懼，雖然我的確想到一些害怕的事。」

他的動作快得讓我來不及反應，他現在已經半坐起來，用右手撐著地，他的左手掌還在我的手中。天使般的臉龐離我不到幾吋，我可能會——應該會——因為他突然的靠近而退縮，但我無法移動，他金色的眼珠打量著我。

「那……妳到底在怕什麼？」他專注的低語。

我無法回答。當我和他如此靠近時，他冰冷的呼吸吹拂在我的臉上——甜美、可口，那氣味引發我的渴望，沒有任何東西可以與之相比。本能地，我無法思考，難以控制地靠他更近，然後深吸一口氣……

突然間，他不見了，他的手從我手中消失。我定神一看，他離我有二十呎遠，站在之前草地旁的大樹陰影下瞪著我，他的眼睛在陰影中仍然閃著黑亮，面無表情。

我知道自己臉上表現出受傷及驚恐的表情，空空的手掌讓我悵然若失。

「我……很抱歉……愛德華……」我低聲說，知道他能聽見。

「給我一點時間。」他說，剛好讓我不敏銳的耳朵足以聽見。我還是坐著。

經過漫長的十秒後，他走回來了，以對他來說很慢的速度。他在離我幾步遠的地方停住，慢慢坐在草地上，交叉著雙腿。他一直凝視我，做了兩次深呼吸，然後露出一個抱歉的微笑。

「我真的真的很抱歉。」他猶豫地說：「當我說我也只是個人時，妳真的瞭解我的意思嗎？」

我立刻點點頭，但對他的笑話還是笑不出來。腎上腺素讓我的血液沸騰，我終於慢慢瞭解突然出現的危險，從他坐的地方可以聞到危險的氣息。

他的微笑變成嘲弄：「我是全世界最棒的肉食動物獵捕者，不是嗎？我的每個表現都在誘惑妳——我的聲音、我的臉、甚至我的氣味……好像我需要這些似的。」出人意料的，他突然跳起來從我的視線消失，隨即出現在他之前站的樹下——在半秒內跑過草地。

「好像妳可以逃出我的掌心似的。」他痛苦不堪地笑。

他伸出一隻手，毫不費力地從雲杉樹上扯下二呎粗的樹枝，發出劈啪作響的噪音。他調整一下姿勢，然後以極快的速度丟向另一棵高大的樹——擊中，樹身一陣搖晃。

然後他又馬上出現在我面前，大約兩呎遠，像尊石像。

「好像妳可以擊退我似的。」他溫柔地說。

我坐著沒動，感覺比以前更怕他。在他小心的控制之下，我以前從未看過他這樣不受控制的行為，他從未如此動物性，卻也更俊美。我的臉色蒼白、眼睛睜大，就像落入毒蛇視線中的小鳥一樣動彈不得。

他可愛的眼中流露出急躁的熱切，幾秒之後又消逝了。臉上的表情慢慢地轉變，露出滄桑的悲傷。

「別害怕……」他低聲說，輕柔的聲音並非存心誘惑我。「我發誓——」他猶豫著：「我發誓絕不會傷害妳。」他似乎更急著說服他自己。

「別害怕。」他再次低聲說。他舉步靠近我，用過分誇張的慢動作，然後慢慢地坐下，他維持慎重、不疾不徐的移動，直到我倆的臉處於同樣的高度，相距只有一呎遠。

「請原諒我。」他正式地說：「我現在能控制自己了。妳逮到我不受控制的樣子，但我一定會規規矩矩的。」

他等著，但我還是沒說話。「我今天並不渴，真的。」他眨眨眼。

我笑了，雖然聲音發抖又急促。

「妳還好嗎？」他溫柔地問。慢慢伸出手，小心地將他冰冷的手放在我的手上。

我看著他平滑冰冷的手，再次望向他的眼睛，然後不慌不忙地看著罩在我手上那隻手的線條。我抬起眼，羞怯地微笑。他回我的微笑讓我醺醺然。

「所以……我們說到哪裡了，在我行為粗魯之前？」他用同樣溫柔、充滿抑揚頓挫，像上個世紀人的說話方式問。

「老實說我真的不記得了。」

他笑了，但一臉難為情：「我想我們在討論妳為何害怕，除了那些明顯的原因之外。」

「喔，對。」

「那……？」

我低頭看著他的手，心不在焉地在他平滑光亮的手掌上亂畫，時間滴答經過。

「看我多麼容易生氣沮喪……」他嘆口氣。我看進他的眼睛，突然瞭解，我們正面臨一個新的起點，他經歷過多少年我不知道的歷史，這對他來說一定也很難，我因為這個想法而鼓起勇氣。

「我害怕的事……嗯，最明顯的是……我怕不能跟你在一起。我怕我想要永遠跟你在一起，比我應該的更想。」當我說話時，我低頭看著他的手。要大聲說出這些話對我是件很困難的事。

「沒錯。」他緩緩地同意說：「這的確是該害怕的事——想跟我在一起，這不該是妳最大的希望。」

「我知道。我知道我應該試著控制自己，但我不認為我做得到。」

「我希望我能幫妳——我真的應該。」他流暢的聲音聽起來很誠懇、毫不遲疑：「我應該離開，我應該現在就走，但我不知道我做不做得到。」

「我不要你離開。」我低著頭用悲傷的聲音說。

「這正是為什麼我應該要離開的原因。別擔心，我是個自私的生物，我太渴望妳的陪伴。」

「我很高興。」

「別高興！」他抽回他的手，但這次溫柔多了，他的聲音也比平常刺耳嚴厲。跟平常比起來很刺耳，但還是比一般人來得優美，我一陣暈眩茫然，他心情的突然轉換總是讓我跟不上。

「我不只渴望妳的陪伴——永遠別忘記這點。永遠別忘記我對妳來說比任何人都危險。」他停下話語，我看著他，他若有所思地看著森林。

我想了一會。「我想我不太懂你的意思……最後那一部分。」

他看著我，淘氣地笑，他的心情又轉變了。「我要怎麼解釋呢？」他思索著：「而且不會嚇著妳……嗯……」

看不出來他是怎麼想的，他的手又蓋住我的，我緊緊抓住。他看著我們的手：「真令人驚訝，這麼舒適又如此溫暖。」他嘆口氣。他在腦中組合思緒，幾分鐘沉默過去。

「妳知道每個人喜歡的口味都不同？」他開口了：「有些人喜歡巧克力霜淇淋，有些人喜歡草莓？」

我點點頭。

「抱歉用食物比喻——但我想不出其他方法來解釋。」

我笑了。

他回我一個悲傷的笑容。「妳知道的，每個人的感官不同，喜歡不同的味道。如果妳將一瓶好酒藏起來，給酒鬼一瓶過期的啤酒，他還是會很高興的喝下去。但如果他知道有一瓶好酒並且想喝的話，他會拒絕啤酒。現在，假設妳在房間放了一瓶陳年白蘭地，最稀有、最好的年分，它溫醇的香氣充滿整個房間，妳覺得他怎麼可能捨得不喝？」

我們沉默地坐著，望著對方的眼睛，試著讀出對方的思緒。

他先打破沉默：「可能這不是正確的比喻。拒絕白蘭地說不定很容易，或許我應該把酒鬼改成吸毒者。」

「所以……你想說的是，我是你這個吸毒者的海洛因？」我逗他，試著讓心情好一些。

他很快地笑了，似乎很感激我的努力：「是的，妳的確是我這個吸毒者的海洛因。」

「這常發生嗎？」我問。

他望向樹梢，思考著如何回應。

「我跟我的兄弟們談過這點。」他還是望向遠方：「對賈斯柏來說，所有的人類都差不多。他是最後加入我們家的，要他戒掉需要經過一番掙扎，他還沒有成熟到瞭解每個人的不同——氣味或味道。」

他突然轉回來看著我，表情帶著歉意。「抱歉。」他說。

「我不介意。請不要擔心冒犯我或嚇到我，或其他……那只是你思考的方式，我能瞭解，或者至少我會試著瞭解。你只要盡力解釋就好。」

他深呼吸然後又望向天空。「賈斯柏不確定他是否能遇見某個……」他有點猶豫，思索著適當的字眼：「讓他動心的人——像妳對我一樣。我猜是沒有。至於艾密特，他加入這一行已經很久了，請容許我這麼比喻，所以他瞭解我的感受。他曾遇到過兩次，感覺一次比一次強烈。」

「那你呢？」

「從來沒有。」

這個回答在溫暖的微風中懸盪了好一會。

「艾密特做了什麼？」我打破沉默問。

這是個錯誤的問題，他的臉色變得陰暗，手在我手中握成拳狀。他望向遠方，我等著，但他沒有立刻回答。

「我想我知道了。」我打破沉默說。

他抬起頭，表情充滿留戀與懇求：「就算是我們當中最強壯的人也會有脆弱的時候，不是嗎？」

「那你還問什麼？我的允許？」我的聲音比預期的還要尖銳。我試著讓自己的聲音和善些，我知道他要為他的誠實付出代價。「我是說，完全沒有希望……是嗎？」我竟然如此平靜地討論我的死亡。

「不，不！」他立刻懺悔：「當然有希望！我是說，當然我不……」他最後一句話沒說完就止住。他的眼睛熾熱地看著我：「這對我們來說是不同的。艾密特……他碰巧遇到一些陌生人，很久以前，他沒有……做他該做……」他陷入沉默。

當我思索他的話時，他熱切地看著我。

「所以如果我們相遇在……嗯，在黑暗的小徑或某處……」我拋下引子。

「我努力克制自己，不能在滿是學生的課堂撲向——」他突然住口，看向遠方：「當妳經過我身旁，我幾乎當場毀了卡萊爾為我們建立的一切，如果我沒有在最後一分鐘忍住我的飢渴的話……這麼多年來，我第一次差點無法制止我自己。」他停下來，皺眉望著樹。

他嚴肅地看著我，我們兩人同時想起那一天。「妳一定覺得我瘋了。」

「我不能瞭解，你怎麼會那麼快就討厭我……」

「對我來說，妳就像是某種惡魔，被我自己從冥府中召喚出來毀掉我。妳肌膚散出的香味……那是妳讓我瘋狂的第一天，在那一個小時內，我想了一百種不同的方法要引誘妳跟我離開教室，好讓妳落單。但我又在腦海中將每個方法打敗，想到我的家人，我不能這樣對他們。我必須逃走，在我說出任何讓妳追隨我的話之前先離開……」

他抬起頭看到我畏縮的表情，我正在消化他痛苦的記憶。他金色的眼睛從睫毛下露出刺痛的神情，帶著致命的吸引力催眠我。

「妳會跟我走的。」他說。

我試著用平靜的語氣說：「絕對。」

他皺起眉，低頭看著我的手，解除了他對我的凝視魔力。「當我試圖要重新安排我的課程避開妳時，妳卻出現在那兒——那個溫暖的小房間，妳的香味讓我發狂。我差點就要殺了妳，那裡只有一個虛弱的人類在……太容易對付了。」

我在溫暖的陽光下顫抖，他的眼神喚起我的記憶，只是這次察覺到其中的危險。可憐的科普太太，我為差點不小心害死她而顫抖著。

「但我抗拒了，我不知道我是怎麼做到的。我逼迫自己不要等妳，不要跟著妳離開學校。在外面比較容易，因為我不會一直聞到妳的味道，可以冷靜思考，做出正確的決定。我離開家人，我羞於讓他們知道我如此虛弱，他們只知道事情很不對勁，然後我直接去醫院找卡萊爾，告訴他我要離開。」

我驚訝地瞪著他。

「我跟他換車，他的車已經加滿油，而我不想停下來加油。我不敢回家，不敢面對艾思蜜，她絕對不會讓我走的，她會說服我那是不必要的。」

「第二天早上我已經到了阿拉斯加。」他聽起來有點害羞，好像在承認自己是個膽小鬼。「我在那邊待了兩天，和一些老朋友一起。但我很想家，我討厭自己讓艾思蜜不開心，還有其他人——領養我的家人。在山裡的純淨空氣中，很難相信妳是如此讓人難以抗拒。我說服自己，逃跑是弱者的行為，我以前抵抗過誘惑，雖然沒有如此巨大，也沒有如此靠近，但我夠強壯。妳是誰啊，一個不重要的小姑娘罷了，要在我的地盤驅逐我？」他突然笑了：「所以我回來了。」他看向遙遠的天空。

我說不出話來。

「我採取了預防措施——狩獵，在見妳之前比以前吃得更多。我認為自己夠強壯，能將妳視同與一般人無異……我太自大了。」

「當我發現我無法讀出妳的思想，無法知道妳的反應時，這對我毫無疑問造成混亂。我不習慣間接的訊息——藉由聆聽潔西卡腦中關於妳說過的話，她的想法並不是最初版本——這讓我苦惱不已，而且我不知道妳說的話是不是真的……這真讓人難受。」他因為這些回憶而皺眉。

「我要妳忘記我第一天的行為——如果可能的話——所以我試著跟妳說話，像跟其他人一樣。但其實我很渴望，希望能破解妳某些思緒，妳太有趣了，我發現自己被妳的表情迷惑住。每次妳用妳的手或妳的髮撥動空氣，那些氣味都讓我驚嘆……

後來妳在我眼前差點被撞死。我為自己想到一個完美的藉口，解釋我為何會在那當下出手救妳——因為如果我不救妳，妳的血在我面前溢出，我不認為我有辦法不洩露一家人的身分。但這是我後來找到的藉口，在當下，我唯一的想法是——別是她。」

他閉上眼睛，迷失在自己痛苦的懺悔中。我超乎理性地聽著，正常情況我應該要害怕，但相反地，我因為終於瞭解而鬆了一口氣。即便是現在，當他懺悔他曾經渴望獲得我的生命時，我對他的遭遇仍然充滿同情。

我終於能開口說話，雖然我的聲音還是很虛弱：「……在醫院時？」

他的眼睛瞄了我一下：「我嚇死了。我不相信我讓我們一家人陷入險境，將我的力量曝露在大家面前——妳和這些人。這讓我有另一個動機想殺死妳。」我們兩人同時退縮了一下，當那個字從他口中吐出來時。

「但卻達到相反的效果。」他很快地繼續說：「我跟羅絲莉、艾密特和賈斯柏對抗，他們都建議那是最好的機會，這是有史以來我們吵得最嚴重的一次。卡萊爾站在我這一邊，還有艾利絲。」當他說出她的名字時，做了個鬼臉，我不知道原因。「艾思蜜支持我做任何我想做的事，只要我能留下來。」他搖搖頭。

「隔天，我竊聽跟妳說話的每個人腦中想法，很驚訝妳說的都一樣。我一點都不瞭解妳，但我知道我不能太涉入妳的生活，我盡可能地遠離妳。每一天，妳肌膚的香味、妳的呼吸、妳的髮……都像第一天一樣重擊著我。」

他再次迎上我的目光，變得極為溫柔。「在當時──」他繼續說：「我擔心我會連累我的家人洩露身分。但現在──在這裡，沒有證人也沒有東西可以阻止我傷害妳，我卻……」

我竟然有足夠的幽默問出問題：「為什麼？」

「伊莎貝拉……」他小心念出我的全名，然後用手揉亂我的頭髮，他漫不經心的觸摸讓我全身顫慄。「貝拉，如果我傷害妳，我也活不下去。妳不知道這對我來說是多大的折磨。」他低下頭，再次露出害羞的表情。「妳的思想……對我來說仍是一片空白。看到妳臉紅會讓我緊張，當妳看穿我的偽裝時，妳眼中的洞悉力讓我緊張，這些都令人無法忍受。」他燦爛的眼睛痛苦地凝望我：「現在，妳是我最重要的人──有史以來對我最重要的。」

因為對話內容的急速轉變讓我的頭都暈了──從我面臨死亡的主題，到他說出我們這個字眼。他等著，就算我低頭研究我倆的手，我仍然感覺得到他金色的眼眸正凝視著我。

「你已經知道我的感覺了。」我最後終於說：「我會在這裡……意思就是，我寧願死也不願離開你。」我皺著眉：「我是個大白痴。」

「妳真是個大白痴！」他用笑聲同意。我倆的眼光相遇，我也笑了。我們同時像白痴一樣大笑，為這絕對的不可能而大笑。

「所以獅子愛上了綿羊……」他低聲說。我轉過頭，因為他說的話而顫抖，想隱藏我眼中的懼意。

「愚蠢的小羊。」我嘆氣說。

「一隻有病、自討苦吃，有被虐傾向的獅子。」他瞪著森林陰暗處好久好久，我好奇他在想些什麼。

「為什麼……」我開口，又停住，不確定該如何繼續。

他看著我微笑，臉龐和白牙都在陽光下閃亮著：「關於？」

「告訴我為何你之前看到我要跑走。」

他的微笑消失了：「妳知道原因。」

「不，我是說，我到底做了什麼錯事？我要更小心，你知道的，所以我最好開始學習什麼不應該做。例如這個——」我敲著他的手臂：「好像沒問題。」

他又笑了：「妳沒有做錯任何事，貝拉。是我的錯。」

「但我想幫忙，如果可以的話，我希望讓你好過一點。」

「嗯……」他仔細考慮了一會：「多數人出於本能會遠離我們，排斥我們這群異類，但妳如此靠近我——我並沒期望妳會如此靠近。妳的氣息，還有妳喉嚨的氣味……」他停頓一下，看著我，想知道他是否讓我沮喪。

「瞭解，然後呢？」我沒禮貌地說，試著緩和突如其來的緊張氣氛。我縮起下巴：「不露出喉嚨？」

這招有效，他又笑了：「不，說真的，妳每次都讓我驚訝。」他舉起手，溫柔地放在我的脖子上。我還是坐著，因為他的觸摸而打了寒顫，這是種自然的警告——警告我應該害怕。但我一點都不怕，而是另一種感覺……

「妳瞧——」他說：「真完美。」

我的血液加速流動，我希望能讓它慢些，否則會讓一切變得更困難，他當然聽得見我的脈搏重重地跳動著。

「妳的臉頰泛紅時很美麗。」他低聲說。他溫柔地抽出被我握住的手，我的手無力地垂落在膝上。他輕柔的用手撫過我的臉頰，然後用兩隻冰冷的手捧著我的臉。

「別動！」他低聲說，其實我根本已經動彈不得。

他的眼睛仍然凝視著我，緩緩地傾身向我，突然他溫柔地將冰冷的臉頰貼在我喉際，我整個人僵住了，即便我想動也動不了。我聽著他均勻的呼吸聲，看著風吹過他的紅褐髮，他現在比任何時候都更像人類。他的手慎重緩慢地滑過我的頸子兩側，我顫抖著，聽到他壓抑他的呼吸，但他的手繼續移動，輕柔地在我的肩膀上移動，然後停住。他的臉摩擦著我的臉，鼻子撫過我的鎖骨，然後他溫柔地將臉停在我的胸口，聽著我的心跳。

「啊……」他嘆著氣說。

我不知道我們動也不動坐了多久，可能有好幾小時。最後，我脈搏的跳動終於平靜下來，但他還是沒動，也沒說話，一樣摟著我。沒有任何時候比得上此時此刻，也許我的生命即將結束——比我想的還要快——我卻一點都不害怕。我沒辦法思考，除了他的觸摸之外，我的腦中一片空白。

就在此時——時間過得太快了——他鬆開我，眼神很平靜。

「再一次就沒有那麼困難了。」他用滿意的口氣說。

「這對你來說很難嗎？」

「不會比我想像的難。妳呢？」

「不，不難……對我來說。」

他因為我的聲調而笑了：「妳知道我的意思。」

我也笑了。

「這裡——」他牽著我的手，讓我的手碰觸他的臉頰：「妳感受到這裡的溫暖嗎？」

真的，比起他平常冰冷的肌膚，那裡算是溫暖的了。但我並沒真的專心感受，因為我正在觸碰他的臉——從第一天看到他，我就一直夢想做的事。

「別動！」我低聲說。

沒有人能像愛德華一樣。他閉上眼睛，像石頭般固定，像是我手下的藝術品。我的動作比他剛才的觸摸還緩慢，小心地不要遺漏任何一處。我愛撫他的臉頰，輕輕地觸及他的眼皮、他眼下的黑眼圈。我畫過他完美鼻型的輪廓，然後，小心翼翼地撫過他完美的唇，我能感受他冰冷的呼吸吹拂過我的手指，所以我停住手、轉過身，不想一次就讓他太難受。

他睜開眼睛，眼神如此飢渴——不是那種讓我恐懼的飢渴，而是使我的胃一陣痙攣的緊張，我的脈搏再次重重地跳動。

「我希望……」他低聲說：「我希望妳能體會我感受到的……複雜……混亂。我希望能讓妳瞭解。」他舉起手撫摸我的髮，然後小心地撫過我的臉。

「告訴我——」我低聲說。

「我不認為我做得到。但另一方面，我告訴過妳那種飢渴……我是個悲慘的生物，我想要妳，在某種程度上，我認為妳應該瞭解這點。不過……」他似笑非笑地繼續說：「既然妳沒有對任何毒品上癮，妳可能無法瞭解或同情我的感覺。」

「但是——」他的手指輕柔地觸摸著我的唇，讓我再次顫抖。「還有一些其他的慾念——我不瞭解的慾念，對我來說是種陌生的渴望。」

「我可能比你以為的更瞭解。」

「我不習慣人類的這種感覺……都是像這樣的嗎？」

「我？」我停頓一下：「不，從未。我從未有過這樣的感覺。」

他用雙手緊握我的手，在他剛強有力的手中，我的手顯得如此嬌弱。「我不知道如何靠近妳。」他承認：「我不知道我能不能……」

我慢慢地傾身向前，用我的眼神暗示他。我將我的臉頰靠在他的胸膛，除了他的心跳，我聽不見其他聲音。

「這樣就夠了。」我嘆口氣，閉上眼睛。

以尋常人類的姿勢，他用手環抱著我，將臉埋在我的髮中。

「你做得很好，我對你有信心。」我說。

「我有人類的本能——可能被深埋著，但還是有。」

我們就這樣坐了不知多久，我好奇他是否和我一樣不願移動。但我看到天色逐漸變暗，樹林的陰影慢慢籠罩我們，我嘆口氣。

「妳必須走了。」

「我以為你無法讀到我的心。」我指控他。

「愈來愈清楚。」我能聽見他聲音中的微笑。

他摟著我的肩，我看著他的臉。

「我能讓妳看些東西嗎？」他問，眼中突然閃過興奮的光芒。

「給我看什麼？」

「讓妳看我在森林中如何移動。」他看到我的表情：「別擔心，妳會很安全的，這樣能快點到達卡車那邊。」他的嘴角上揚，又露出那動人的帥氣微笑，讓我的心差點停止跳動。

「你會變成蝙蝠嗎？」我謹慎地問。

他笑了，是我聽過最大聲的。「我以前好像沒聽過這種說法。」

「是喔，我確定你常聽到。」

「快！膽小鬼，爬到我的背上。」

我動也不動以為他在開玩笑，但很顯然他是說真的。他看出我的猶豫之後笑了，向我靠近，我的心立刻起了反應，雖然他讀不到我的心，但我的脈搏絕對會出賣我。他不費力地背起我，然後將我的腳和手臂緊緊環住他，這樣的背法照理說會使正常人窒息——好像纏在石頭上。

「我比你平常的背包重喔。」我警告他。

「哈！」他嗤之以鼻。我幾乎可以肯定他在翻白眼，我從沒看他那麼有精神過。

然後他突然抓住我的手，將我的手掌貼在他臉上，他深深地吸口氣，這舉動嚇了我一跳。

「永遠都很容易。」他低聲說，然後開始跑。

在他出現以前我害怕死亡，但就算是那種害怕可能也比我現在的感覺好。他敏捷地穿越黑暗濃密的森林，像子彈一樣快，也像鬼——完全沒有聲音，沒有證據能證明他的腳曾踩在地上。他的呼吸很平穩，一點都不費力，但樹叢在我們身邊快速地飛過，永遠只離我們一吋。

我嚇得半死，根本不敢閉上眼睛，雖然森林的新鮮空氣拂過我的臉，但我覺得自己像是飛行時把頭伸出機艙窗戶的大笨蛋。有生以來第一次，我因為移動而虛弱昏眩，覺得不舒服。然後一切都結束了，我們今天早上走了好幾小時才到達草地，現在不過幾分鐘，我們已經回到卡車邊。

「很刺激吧，是不是？」他的聲音很高昂，很興奮。

他站著沒有移動，等我爬下來。我試著，但我的肌肉沒有反應，我的手臂和腳緊夾著他，我的頭還在昏眩，整個人都不舒服。

「貝拉？」他焦慮地問。

「我想我得躺下來。」我上氣不接下氣地說。

「喔，對不起。」他等著我，但我還是無法移動。

「我想我需要幫助。」我承認。

他安靜地笑了，溫柔地鬆開我夾住他身子的手腳，他鋼鐵般的手勁讓人無力抗拒。然後他轉過我的身體，讓我面對他的臉，他的手像搖籃一樣，用抱著小寶寶的姿勢抱著我。他抱著我好一會後，才小心地把我放在充滿蕨葉的潮濕地上。

「妳現在覺得怎麼樣？」他問。

當我的腦中思緒發狂般地轉動時，我不太確定自己的感覺。「暈眩……我想。」

「把妳的頭放在膝蓋中間。」

我試著，有一點幫助。我緩慢地呼吸，讓我的頭腦靜下來。我知道他坐在我旁邊。一會之後，我終於能抬起頭了，雖然還在耳鳴。

「我想那不是個好主意。」他若有所思地說。

我試著開朗些，但我的聲音很微弱：「不，那很有趣。」

「啊！妳的臉蒼白得像鬼——不，妳像我一樣白！」

「我想我應該閉上眼睛。」

「下次記得。」

「下次……」我呻吟著。

他笑了，他的心情還是很好。

「真愛現。」我低語。

「睜開眼睛，貝拉。」他低聲說。

他就在那邊，他的臉靠我好近，俊美得讓我說不出話來，腦中一片空白——這麼強烈的渴望，超過我所能負荷。

「當我奔跑時，我在想……」他停下來。

「不要被樹傷到，我希望。」

「傻貝拉。」他竊笑：「奔跑是我的第二本能，我連想都不用想。」

「真愛現。」我再次低聲說。

他笑了。「不——」他繼續說：「我想到有件事我想試試看。」然後他再次用雙手捧著我的臉。我無法呼吸。

愛德華有點猶豫，但不像正常人類的那種猶豫——不像男人在親吻女人前的那種猶豫——衡量她的反應，猜測他是否能被她接受。或許他的猶豫是想延長此刻，期望的感覺可能比親吻本身更好。但愛德華的猶豫是在測試自己，想知道這樣是否安全，想確定他能控制自己的慾望。然後，他那冰冷的唇輕輕印在我的唇上。

我倆都沒預期到我的反應——血液在我的肌膚下沸騰，我的嘴唇灼熱，我的呼吸變成狂野的喘氣，我的手指揪著他的髮，將他壓向我，當我呼吸到他猛烈的氣息時，我的唇主動張開。同時間，我感覺他在我的唇下變成僵硬的石頭，他的手溫柔但不容我拒絕地將我的臉推開，我睜開眼，看到他警戒的表情。

「糟糕！」我低語。

「這樣的反應真含蓄。」他的眼睛睜得好大，下巴緊繃著，表示他正努力克制自己，他的唇並沒有像我一樣的反應。他捧著我的臉，我倆隔著一吋的距離，他看我的目光使我暈眩。

「我應該……」我試著讓自己抽離，給他一些空間。

他的手拒絕讓我離開這只有一吋的空間。

「不，我可以忍受。請等一下。」他的聲音很有禮貌，充滿自制。

我看著他，看著他眼中的激情消退成溫柔。然後他露出一個頑皮的微笑，讓我感到驚訝。

「這個……」他說，顯然很高興。

「可以忍受？」我問。

他笑得很開懷：「很高興知道我比自己想的堅強。」

「我希望我能說一樣的話。我很抱歉。」

「畢竟妳是我們之中唯一的人類。」

「真謝謝你。」我的聲音很苦澀。

他敏捷地移動，很快放下捧住我臉龐的雙手，將手伸向我，這出乎我的意料，我早已習慣我們之間那種小心翼翼不接觸到彼此的情況。我握住他冰冷的手，發現我的確需要他的支援，因為我的平衡感還沒恢復。

「妳還因為剛才的跑步而感到虛弱嗎？還是因為我的親吻功力？」當他笑著這樣說時，多輕鬆的語氣，多像人類，他天使般的臉龐無憂無慮。這不像我知道的愛德華，我被他搞糊塗了，又因為要離開他而讓我感到心痛。

「我不確定，我還是頭昏眼花的。」我勉強回答：「不過，我想兩個原因都有。」

「也許妳應該讓我開車。」

「你瘋了？」我抗議。

「跟妳的最佳表現相比，我還是能開得比妳好。」他語帶挑逗地說：「妳的反應能力很差。」

「這點我知道，但我不認為我的緊張，或我的開車技術與這有關。」

「信任我，貝拉。」

我的手還在口袋裡，緊抓住鑰匙。我抿著唇，慎重地，然後帶著緊張的笑容搖著頭：「不要。你想都別想。」

他不可置信地抬起眉毛。我繞過他，打算往駕駛座走去。如果我沒有微微搖晃的話，他可能會讓我過去，但我連路都走不穩，他當然不會同意。

「貝拉，我已經盡我所能讓妳活下去。當妳連路都走不穩時，我不會讓妳坐在方向盤前面的。還有，朋友不會讓朋友酒醉開車的。」他輕笑著說，他的手臂環著我的腰，讓我逃不了。我能嗅到他胸膛那令人心動的甜美氣息。

「酒醉？」我抗議。

「因為我的表現而陶醉。」他愉快地笑。

「這點我無法反駁。」我嘆口氣，我無法拒絕他說的任何事。我把鑰匙舉得高高的讓它落下，看著他的手敏捷地接住。「小心點——我的卡車上年紀了。」

「很明顯。」他同意。

「你沒被影響嗎？」我苦惱地問：「被我的……表現？」

再一次，他大理石般冰冷的臉孔融化了，表情變得輕柔溫暖。他一開始並沒有回答，只是將他的臉俯向我，用唇輕柔地撫過我的嘴角，然後沿著我的耳朵到我的下巴來回輕撫。我全身顫抖。

「不可否認——」最後他低聲說：「我的反應能力比妳好。」

chapter 14

心靈戰勝一切

我被自己突如其來的憤怒，
幾乎是狂怒的情緒嚇壞了，
我一開始沒體會出來。
我比平常更氣惱，因為我聽不見妳在想什麼，
不知道為什麼妳拒絕他？真的只是因為妳的朋友嗎？
還是妳已經有別人了？
我知道我沒有權利關心，
我也試著不要關心……

我必須承認，他的確開得很好，他讓車速一路維持穩定，就像做其他事一樣輕鬆。他幾乎沒有看路，但輪胎從未偏離中央線，一手握著方向盤，另一手握著我的手。有時他看一眼落下的太陽，有時他瞄一下我，我的臉、我的髮因為開窗被風吹拂著，我倆的手交纏在一起。

他將收音機轉到老歌電臺，哼唱著我沒聽過的歌，而他知道所有的歌詞。

「你喜歡五〇年代的歌？」我問。

「五〇年代的音樂才好，比六〇或七〇年代都好，噢——」他抖了一下：「八〇年代真令人無法忍受。」

「你到底要不要告訴我，你多老了？」我嘗試問，不想打壞他愉快的幽默心情。

「這很重要嗎？」他笑著說，讓我鬆了一口氣，他的心情還不錯。

「不，但我還是很好奇……」我做了鬼臉：「沒有什麼比得上不解之謎更讓人晚上失眠。」

「我想可能會嚇著妳。」他沉思著，望著太陽，幾分鐘沉默經過。

「說說看。」我打破沉默說。

他嘆口氣，望著我的眼睛，好像完全忘記看路，無論他看到什麼，必定鼓勵了他。他再望一眼太陽——落日讓他的肌膚像寶石般閃亮——然後開口：「一九〇一年我出生在芝加哥。」他停一下，從眼角瞄我。我小心裝出若無其事的樣子，耐心地等他繼續說。

他微微一笑，然後繼續說：「一九一八年的夏天，卡萊爾在醫院發現我。我那時十七歲，因為西班牙流感瀕臨死亡。」他聽見我猛吸氣的聲音，雖然低得連我自己都幾乎聽不見。

他再次望著我的眼睛：「我記不得全部的事，那是很久以前的事了，人類的記憶會消退。」他似乎失神了一會，然後才又繼續說：「我只記得當時卡萊爾拯救我的感覺，那不是件容易的事，不太可能會忘記的。」

「你的父母呢？」

「他們都因為那場流感疫病而死亡，只剩我一個人。這也是為何他選上我的原因，在傳染病的混亂期，沒有人會發現我不見了。」

「他是怎麼……救了你的？」

沉默幾秒之後他才回答，他似乎很小心地用字遣詞：「很困難。並不是所有人都有辦法克服其中的痛苦來完成。但卡萊爾永遠是最仁慈的──我們當中最慈悲的──我想妳找不到像他一樣的人。」他頓了頓：「對我來說，那是段非常非常痛苦的過程。」

我從他緊抿的唇瞭解到，他不想再談論這個話題了。我壓下好奇心，以後再找機會問吧，關於這個特別的話題，我也需要好好想想，對我來說事情才剛剛開始。我一點都不懷疑，以他的聰敏，應該已經猜到我所有的問題。

他輕柔的聲音打斷我的沉思：「他總是挑選孤獨一人的對象，那是他的主要考量。我是卡萊爾家的第一人，然後他很快又發現艾思蜜──她掉下懸崖，他們立刻將她送往醫院太平間，雖然她的心還在跳動……」

「所以垂死的你，也變成……」我們從未正面說過那個字，所以我說不出口。

「不能這麼說，我要感謝自己遇見卡萊爾。只要有別的選擇，他就不會那樣對你。」他聲音中帶著對父親深深的尊敬。「他說當生命力已經太過微弱時，這麼做比較容易一點。」他現在望著黑暗的道路，我能感受到這個話題將告一段落。

「那艾密特和羅絲莉？」

「卡萊爾接著帶回來的是羅絲莉。我後來才知道他希望羅絲莉跟我，而艾思蜜跟他自己配成一對──他很小心不讓我知道他的想法。」他翻翻白眼。「可是她對我來說一直就是姊弟關係。兩年後她帶回艾密特——她正在狩獵，我們那時在阿拉契亞山，發現一隻熊快要殺死他，她將他帶回卡萊爾的住處，路程超過一百哩，一路上她都在擔心自己能不能做得到。我能想像那段旅程對她來說有多艱難。」他迅速瞥了我的方向一眼，舉起我們倆相握的手，用他的手背掃過我的臉頰。

「但她做到了。」我鼓勵地說，轉過頭想避開他眼中令人無法呼吸的魔力。

「是的。」他低聲說：「她看到他臉上的神情，這讓她變得更堅強。從那之後他們就在一起，有時他們會跟我們分開住，像已婚的配偶。但因為我們都一直保持年輕，所以無法長時間停留在特定地方，福克斯似乎很完美，我們再次登記進入高中。」他笑了：「我想幾年後可能我們會再次參加他們的婚禮。」

「那艾利絲和賈斯柏？」

「艾利絲和賈斯柏是兩個特別的稀有生物，他們在沒有人帶領的情況下，竟然各自成為獨特個體。賈斯柏屬於另一個……家庭，不同物種的特殊家庭，這讓他極為沮喪，他對自己產生懷疑。艾利絲找到他，她像我一樣，也有某種天賦的超能力。」

「真的嗎？」我著迷地打斷他：「但你說你是唯一能聽見別人腦中聲音的人。」

「是真的。她的能力和我不同，她能看見事情——可能發生的事情、即將來臨的事情……但很主觀，畢竟未來並沒有刻在石頭上，事情隨時可能改變。」他緊繃著下顎說完這段話，然後瞄一眼我的臉，很快又轉開，我不確定那是否只是我的想像。

「她看見哪一類的事？」

「她看見賈斯柏，在他還不自覺前，就知道他在尋找她。她看見卡萊爾，還有我們家人，於是他們自己找到我們。她對非人類最為敏感，如果有另一群像我們一樣的生物靠近時，她能預先看見，也能知道他們可能帶來的威脅。」

「有很多像你們這樣的……？」

「不，不多。但他們多半不會固定在一個地方，除了像我們這樣已經放棄對人類狩獵的——」他會心地瞥了我一眼：「才能和人類長期共存。我們只發現過一個像我們一樣的家庭，在阿拉斯加的一個小村莊，我們共同生活了一段時間。但我們聚在一起太引人注目，而我們生活方式不盡相同，後來也不想繼續在一起。」

「那其他人呢？」

「多數是流浪者——我們以前也是那樣——無事可做，乏味透了。我們到處來來去去，但我們比較喜歡待在北方。」

「為什麼？」

不知不覺中，我們已經到家了，他將卡車熄火。沒有月光，四周安靜又黑暗，門廊的燈也沒開，我知道查理還沒回來。

「妳今天下午沒睜開眼好好看我嗎？」他意有所指地說：「妳覺得我可以在充滿陽光的街上大搖大擺走過，而不引起交通意外嗎？我們選擇奧林匹克半島是有原因的，這是全世界最沒有陽光的城市之一。白天也能夠外出是件快樂的事，妳不能體會八十多年只能在晚上活動是多麼讓人厭煩。」

「所以這是傳說你們在陽光下會毀滅的出來嗎？」

「可能。」

「艾利絲像賈斯柏一樣來自某個家庭嗎？」

「不，那是另一個謎團。艾利絲對她的人類生活完全沒有記憶，她也不記得是誰改變她的，當她醒過來時只有一個人。我們不知道是誰或什麼原因，害得她一路奔逃流浪，如果她沒有那種天賦的特別能力，如果她看不到賈斯柏和卡萊爾，並因此得知她某天會成為我們的一分子，她可能會退化成最原始的野蠻狀態。」

雖然他今天已經告訴我太多事，我仍然有許多問題想問，但我的胃這時咕嚕咕嚕叫了起來，害我很糗。我被他的故事吸引、著迷，根本沒注意到飢餓，現在才發現自己餓壞了。

「很抱歉，妳一整天都沒吃東西。」

「我沒事，真的。」

「我不應該讓妳這麼長時間沒吃東西，我忘了。」

「我想要跟你在一起。」在黑暗中比較容易說出真心話，我知道我的聲音洩露出我的感情，我絕望的聲調引誘著他。

「我可以進去嗎？」他問。

「你想進來嗎？」我無法想像這個像神一樣俊美的生物坐在我父親破舊的廚房椅子上。

「是的，如果可以的話。」我聽見門輕輕關上的聲音，就在同時，他已經打開我的車門在等我。

「特異功能。」我恭維他。

「這是應該的。」

他安靜地走在我身邊，我們一同走進夜色中，我必須不時偷看他才能確定他還在。在黑暗中，他看起來比較像普通人，雖然還是一樣蒼白，同樣俊美得令人難以置信，但肌膚已經沒有古怪的光芒，不再是陽光下會發光的生物。

他先我一步走到大門前，為我打開門，我躊躇了一會。

「門沒鎖？」

「不，我用屋簷下的鑰匙打開的。」

我走進屋內，將燈打開，轉過身挑眉望著他。我很確定我不曾在他面前用鑰匙開查理家的門。

「我對妳好奇。」

「你暗中監視我？」但我的聲音並沒有強烈譴責的意味，而是有點受寵若驚。

他似乎覺得這沒什麼大不了：「不然晚上要做什麼？」

我放過這個話題，穿過大廳進入廚房。他走在我前面，不需要我帶路，然後坐在廚房的老爺椅上，和我在腦海中想像的一樣。他的俊美讓整個廚房為之一亮，我看了好一會都捨不得移開目光。

我專心準備著晚餐，從冰箱拿出昨晚的千層麵，放進方形的餐盤在微波爐內加熱。當它轉動時，蕃茄和香草的味道飄散在廚房內，我開口說話，但眼睛緊盯著千層麵。

「多常？」我隨意地問。

「嗯哼？」他聽起來好像這是個需要思考的問題。

我還是沒轉身：「你有多常來這兒？」

「我幾乎每晚都來。」

我轉身向他，整個人愣住了：「為什麼？」

「妳睡覺時很有趣。」他用敘述事實的方式表達：「妳會說夢話。」

「不！」我喊了起來，熱氣衝上我的臉直達腦門，我抓著廚房流理臺撐著自己。我當然知道自己會說夢話，我媽取笑過我，但我沒想到過我需要擔心這件事。

他的表情立刻變得懊惱：「妳很生我的氣嗎？」

「看情況。」我的聲音聽起來就像是我快要昏過去似的。

他等著。

「嗯？」他催促著。

「你聽見什麼？」我哀號著。

無聲又快速地，他已經站到我身邊，小心地握住我的手。「別不開心。」他懇求。他蹲低些好和我面對面，他凝視我的雙眼，我覺得好糗，試著迴避他的眼神。

「妳很想念妳的母親。」他低聲說：「妳擔心她。當下雨時，雨聲讓妳煩躁。妳常提到家，但最近比較少。有一次妳說『太綠了』。」他輕柔地笑了，我看出他眼中的期盼神色，我正視他。

「還有呢？」我盤問他。

他知道我在問什麼：「妳的確喊過我的名字。」他承認。

我挫敗地嘆口氣：「很常嗎？」

「要看妳『很常』的定義。」

「喔不！」我遮住臉。

他輕柔自然地將我拉向他的胸膛。「別害羞。」他在我的耳邊低語：「如果我會作夢，夢中也一定都是妳。我不會羞於承認。」

然後我們聽見輪胎駛上車道的聲音，看到車燈掃過前窗、大廳和廚房。我在他的臂彎中變得僵硬。

「該讓妳爸知道我在這嗎？」

「我不確定……」我很快地思考這個問題。

「可能下一次……」

然後廚房內只剩下我一個人。

「愛德華！」我低聲喊他。

我聽見幽靈般的竊笑聲，然後歸於一片沉寂。查理已經拿出鑰匙開門。

「貝拉？」他喊著。以前這叫喊會讓我覺得很煩，這家裡還有可能是誰？但現在我又不覺得那麼煩了。

「在這。」我希望他不會聽出我聲音中的異常。

當他走進來時，我正從微波爐內拿出千層麵。當我與愛德華度過一整天之後，查理的腳步聲聽起來好吵。

「妳可以給我一點東西吃嗎？我又累又餓。」他扶著愛德華坐過的椅背支撐，將靴子脫下。

我先把我的晚餐擺好，鋪上餐巾，然後再幫他熱一份。飢腸轆轆的我迫不及待吃了一大口，滾燙的千層麵燙到我的舌頭，我趕忙吞了兩口牛奶。當我放下杯子時，我發現牛奶在抖動，然後才意識到是我自己的手在發抖。查理坐在椅子上，和前一位坐在那上面的人對比之下顯得頗為滑稽。

「謝謝。」當我把他的晚餐端到桌上時，他說。

「你今天過得如何？」我不加思索便脫口而出，其實我最想做的是逃回我的房間。

「很好。魚都上鉤……妳怎麼樣呢？想做的事都做完了嗎？」

「不太多。天氣太好，不應該一直待在屋內。」我再吃一口。

「天氣真的很好。」他同意地說。

我在腦中對自己說，我說得可真保守。吃完最後一口千層麵，我舉起杯子喝光剩下的牛奶。

查理敏銳地注意到這點，相當驚訝：「趕時間？」

「嗯，我很累。想早點上床。」

「妳看起來有點興奮，」他注意到了。為什麼，喔，為什麼，為什麼他非得在今晚注意我？

「我有嗎？」我盡可能控制自己的反應，迅速地抓起餐盤到水槽裡洗乾淨，然後放在餐架上晾乾。

「今天是星期六。」他若有所思地說。

我沒有反應。

「今晚沒有計畫？」他突然問。

「沒，爸，我只想早點睡覺。」

「呃，城裡沒有一個男孩是妳喜歡的型，是嗎？」他還是有點懷疑，但試著平靜地說。

「嗯，沒有一個我看得順眼。」我故意不提男孩這個字眼，希望查理不會發現。

「我以為麥克‧紐頓……妳說他很友善。」

「他只是朋友，爸。」

「嗯，他們都配不上妳，等妳上大學再看看吧。」所有父親的幻想──青春期過後女兒就會離家。

「聽起來是個好主意。」我邊往樓上走邊回答他。

「晚安，親愛的。」他對我說。我一點也不懷疑，查理會整晚聆聽我房裡的動靜，等著我半夜偷溜出去。

「明天早上見，爸。」你半夜來查房時見。

我走上樓梯時，盡量讓腳步聲聽起來又慢又累，我大聲關上門好讓他聽見，然後全速衝到窗邊、打開窗戶，傾身望著黑夜。我的眼睛在黑暗中搜尋樹叢的陰影。「愛德華？」我低聲喊，覺得自己完全像個白痴。

低低的笑聲在我身後回應：「怎麼？」

我驚訝地轉身，一隻手摀住嘴防止自己叫出來。

他躺在我的床上，咧開嘴大笑，手枕在頭後面，腳在床尾懸盪著，一派輕鬆。

「喔！」我低語，整個人重心不穩地跌坐在地板上。

「我很抱歉。」他抿著唇，試著隱藏他其實覺得這很有趣的神情。

「請給我一分鐘好讓心臟歸位。」

他慢慢地坐起來，試著不要再嚇到我。然後他向前傾，伸出長長的手臂把我從地板上拉起來。他抓著我的上臂，好像我是個幼兒。然後讓我和他一起坐在床邊。

「過來跟我坐。」他說，冰冷的手伸向我：「心臟如何了？」

「你說呢？我確定你的心臟比我強。」

我感覺他低沉的笑聲震動著床板。我們沉默地坐了一會，聆聽著對方的心跳。我不能相信愛德華竟然在我的房間，而我父親就在樓下。

「能給我一分鐘做些人類的事嗎？」我問。

「當然。」他騰出一隻手讓我可以行動。

「待在這別動。」我試著露出嚴厲表情。

「是的，夫人。」然後他就像尊雕像似地坐在我床邊動也不動。

我跳起來，從地上抓起睡衣，從桌上拿起盥洗袋，沒開燈就溜出去，然後關上房門。我聽見樓梯口傳來電視機的聲音，我砰的一聲關上浴室門，這樣查理就不會上來煩我。

我的動作很快，迅速地刷牙，盡量刷得乾淨又快——除去千層麵的殘留物和氣味。蓮蓬頭的熱水流量很小，但熱水逐漸放鬆我背部的肌肉、穩定我的脈搏，洗髮精的熟悉香味，讓我覺得自己又是早晨那個熟悉的我。我試著不要想愛德華正坐在我的房間等我，這樣我才能平靜地做完該做的事。最後，知道再也拖不下去了，我關起水龍頭、很快擦乾身體，穿上破舊的T恤和灰色睡褲，再次衝出去。早知道應該將媽在兩年前我生日時送我的維多利亞的祕密絲質睡衣帶來，那件衣服還在老家的抽屜內，連吊牌都還沒拆呢。

我把頭上包著的毛巾拿下來，很快的梳一梳頭髮，將毛巾丟在洗衣籃內，梳子和牙刷裝回盥洗袋，然後衝到樓梯口，讓查理看到我的睡衣和濕頭髮。

「爸，晚安。」

「晚安，貝拉。」他看了我一眼。也許這可以讓他今晚不會進來查房。

我一步兩階地跨上樓，試著安靜地溜進我的房間，將身後的房門緊緊關上。愛德華完全沒動過——像希臘神話中美男子阿多尼斯的雕像——躺在我破舊的棉被下。我笑了，他的唇角抽動了一下，這尊雕像是活的。

他睜開眼打量我潮濕的頭髮和破舊的T恤，然後揚起一邊眉毛說：「很好。」我做個鬼臉。

「不，妳穿起來很好看。」

「謝謝。」我低聲說，走到他旁邊，盤腿坐著，看著木頭地板上的花紋。

「怎麼了？」

「查理覺得我鬼鬼祟祟的。」

「喔。」他想了一下：「為什麼？」

連我都猜得出來，他卻一副好像完全不知道查理心中想些什麼似的。

「顯然我興奮過頭了。」

他抬起我的下巴，看著我的臉：「應該說妳看起來很熱情。」

他的臉緩緩傾向我，冰冷的臉頰貼著我的肌膚，我動都不敢動。

「嗯嗯……」他咕噥著。

當他觸碰我時，真的很難有條理地問他問題。我花了好一會才壓下心頭的混亂情緒，專心開始：「現在你似乎……比較容易，像……這樣貼近我。」

「對妳不也一樣嗎？」他低聲說，鼻子滑到我的唇邊。他的手比蛾的翅膀還要輕柔，撫摸著我背後的濕髮，他的唇碰觸我耳後的凹處。

「嗯……比較容易了。」我試著呼吸。

「嗯。」

「我好奇……」我試圖開口，但他的手指正慢慢地滑過我的鎖骨，我腦中立刻變成一片空白。

「嗯？」他低語。

「為什麼……」我的聲音顫抖著，有點糗。「你認為呢？」

他笑了，他的呼吸吐在我頸部讓我顫抖不已。「心靈能戰勝一切。」

我試著退開些，當我移動時，他並沒有動，我現在已經聽不見他的呼吸聲。我們小心地望著對方好一會，然後他緊繃的下巴逐漸放鬆，表情變得困惑：「我做錯什麼了嗎？」

「不，正好相反。你讓我瘋狂。」我解釋。

他想了一下，然後當他開口說話時，聽起來很有禮貌：「真的？」他臉上慢慢露出得意洋洋的笑容。

「需要我幫你鼓掌嗎？」我消遣他說。

他笑了：「我只是很高興也很驚訝。」他澄清。「在過去幾十年——」他的聲音很挑逗：「我從未想過這種事，我不相信竟然能找到我終於想在一起的人，不只是那種兄弟姊妹的情誼而已。然後又發現這對我來說是種全新的體驗，雖然我好像很擅長和妳在一起……」

「你擅長所有的事。」我指出。

他聳聳肩，好像默認了，我倆同時低聲笑出來。

「但怎麼能那麼容易？」我繼續盤問：「今天下午……」

「那並不容易。」他嘆口氣：「到今天下午，我還是……沒做出決定。我很抱歉，我的行為真是不可原諒。」

「我原諒你。」我說。

「謝謝妳。」他又笑了。「妳看——」他繼續說，但這次雙眼低垂，「我不確定我是否夠強壯……」他握住我一隻手，輕輕貼向他的臉：「我還是需要克服……」他聞著我手腕的氣息：「我……對自己還有懷疑。直到我確定我真的夠強壯之前，我可能……我不能……」

「心靈能戰勝一切。」他重述，笑了，潔白的牙齒在黑暗中閃亮。

我不曾看見他如此辛苦地搜尋用詞，真的很……很人類。「所以現在是不可能的？」

「哇，說來真簡單。」我說。

他仰頭笑著，雖然很小聲，但生氣勃勃。

「對我來說，容易才怪！」他更正，用他的指尖碰著我的鼻子。然後他的表情又變得非常嚴肅。「我會努力試。」他低語，聲音充滿痛苦：「如果事情太……過頭，我確定我會離開的。」

我沉下臉，我不想討論離開這個話題。

「明天會更難。」他繼續說：「我腦中有妳一整天的氣息，我對妳已經沒那麼敏感，但如果我離開的時間太久，我又會再度感受到妳對我的衝擊。不過，我想應該不至於像第一次那麼強烈。」

「那就別走。」我回應，無法隱藏聲音中的渴望。

「正合我意。」他回答，他的表情放鬆了，露出溫柔的笑容：「戴著腳鐐手銬——我是妳的囚犯。」他邊說邊用手在我的手腕圍成手銬狀，低沉的笑聲像音樂一樣悅耳，他今晚的笑聲比之前我跟他在一起的任何時間都多。

「你看起來……比平常樂觀。」我觀察到：「我以前沒看你這樣過。」

「不應該像這樣嗎？」他笑著說：「初戀的燦爛，這就是全部。真不可思議，不是嗎？讀到、看見和真正體驗是不同的？」

「很不同。」我同意：「比我想的更驚人。」

「例如——」他現在用字流暢許多，我必須專心聽。「妒嫉的情緒，我讀過幾百次，在幾百部不同的戲劇和電影中看過演員表演，我相信我已經相當瞭解，但還是讓我震驚……」他扮個痛苦的鬼臉：「記得麥克邀妳去舞會那天嗎？」

我點點頭，雖然我之所以記得那天是因為不同的原因：「那天你再次開口跟我說話。」

「我被自己突如其來的憤怒，幾乎是狂怒的情緒嚇壞了，我一開始沒體會出來。我比平常更氣惱，因為我聽不見妳在想什麼，不知道為什麼妳拒絕他？真的只是因為妳的朋友嗎？還是妳已經有別人了？我知道我沒有權利關心，我也試著不要關心。」

「然後愈來愈多人等著約妳。」他竊笑。我在黑暗中沉下臉。

「我等著，莫名其妙感到焦慮。我從他們腦中聽到妳的拒絕，也端詳妳的神情，我無法否認，當我看到妳回答他們時的惱怒神情，我鬆了一口氣，但我不確定。

那是我來看妳的第一晚。我每晚都和自己掙扎，望著妳沉睡的面孔，我心中的良知、道德，充滿人性的部分，和我實際渴望的分歧愈來愈大。我知道如果我堅持應該做的——繼續忽視妳，或是我先離開幾年，直到妳也離開這裡再回來，或許有一天妳會答應麥克，或某個像他一樣的人……這讓我憤怒。」

「然後……」他低語：「妳在睡夢中喊出我的名字，妳說得那麼清楚，一開始我還以為妳醒著。但妳只是不安地轉身，不停低語我的名字，不斷嘆氣。我整個人感到極度的緊張不安，我知道再也無法忽視妳。」

他沉默了一會，可能在聆聽我突然猛烈的心跳聲。

「但妒嫉……是件奇怪的事，比我想像的更為強大。還有氣惱，就算是現在，當查理問妳關於麥克·紐頓時……」他憤怒地搖搖頭。

「我就知道你在聽。」我呻吟著。

「當然。」

「那真的讓你感到妒嫉，真的？」

「這種感覺對我很新鮮，妳使我的人性復活，每件事都是新的，我的感受才會如此強烈。」

「但坦白說——」我挑逗他：「有件事也讓我像你一樣感到煩躁，當我聽到你和羅絲莉——她完全是美麗女神的化身——原本該是一對時，不管有沒有艾密特的存在，我根本比不上她……」

「妳不需要和她比。」他潔白的牙齒閃耀著。他將我的手拉到他背後環著他，讓我靠在他胸口。我完全不敢動，甚至連呼吸都很小心。

「我知道不用競爭。」我說話的氣息吐在他冰冷的肌膚上：「那正是問題。」

「當然羅絲莉有她自己的美麗，但就算她不是我的姊妹，就算沒有艾密特跟她在一起，她對我的吸引力仍不及妳的十分之一……不，百分之一都不到。」他現在很嚴肅，沉思著：「將近九十年來，我跟我們這種人，還有你們人類生活在一起，我一直希望讓自己更完整，卻根本不知道該追尋什麼，也從沒找到過

——因為那時妳還沒出生。」

「真不公平——」我低語，我的臉還是貼在他胸口，聽著他的呼吸。「我不用等。為什麼我這麼簡單就遇到你？」

「妳是對的。」他消遣我：「我應該讓妳難受些的……絕對。」他騰出一隻手，鬆開我的手腕，但小心地用另一隻手抓住我。他自由的那隻手輕柔地撫摸著我的濕髮，從頭頂到背、腰。「跟我在一起的每分每秒，妳只需要擔心妳的生命，這樣當然不夠。妳要自然地面對我，像面對其他人類一樣……這會很困難嗎？」

「不會，我不覺得被剝奪任何事。」

「還沒呢……」他的聲音突然帶著悲傷。

我試著推開他，想看他的臉，但他的手緊緊抓住我的手腕，讓我無法掙脫。

「什麼——」我開口要問，但他的身體傳來的警戒意味讓我不敢妄動，接著他突然鬆開我的手，人隨即消失了。我勉強自己不要垮下臉來。

「躺下！」他用氣聲說。我看不見他在哪個黑暗角落。

我躺在棉被下，捲得像球一樣，這是我平常睡覺的姿勢。我聽到門打開的聲音，查理來查看我是否真的在睡覺，我誇張地表演均勻的呼吸聲。這段時間可真漫長，我聽著，不確定是否聽見門關上的聲音，突然，愛德華冰冷的手臂環著我，在棉被下，他的唇貼著我的耳朵。

「妳真是個差勁的演員——妳的演藝生涯已經結束了。」

「真可惡。」我低聲說。心在胸膛中猛烈地跳動。

他哼著我沒聽過的旋律，像搖籃曲，然後停下來：「我應該唱歌哄妳睡覺嗎？」

「好啊！」我笑了：「好像你在這裡我睡得著似的。」

「妳常這樣做。」他提醒我。

「但我不知道你在這。」我冷淡地說。

「所以……如果妳不想睡……」他提議，不理會我的聲調。

我憋住呼吸：「如果我不想睡？」

他竊笑：「那妳想做什麼？」

我一開始沒有回答。

「我不確定。」我最後終於說。

「等妳決定好之後告訴我。」

我能感覺他冰冷的呼吸吹拂過我的頸子，感受他鼻子滑過我嘴角的氣息。

「我以為你已經麻木不仁了？」

「就算我能抗拒美酒，不表示我不能感受花的香味。」他低聲說：「妳聞起來像花一樣香，像薰衣草……或小蒼蘭……」他說：「讓我垂涎。」

「呀，我的死期到了，竟然有人說我聞起來多好吃。」

他竊笑，然後嘆了口氣。

「我已經決定我想做什麼了。」我告訴他：「我想要多聽一些你的事。」

「問我任何事。」

我盡量婉轉地問：「你為什麼要這樣做？」我說：「我還是不瞭解你究竟是如何辛苦地抗拒……當然，請別誤會，我很高興你做到了。我只是不懂，為什麼你剛開始會如此煩惱。」

他猶豫了一下才回答：「這是個好問題，妳也不是第一個問的人。我們之中的大多數人都相當滿足跟同類在一起，他們當然也懷疑我們是如何生存下來的。但妳看，只因為我們需要其他生物，不表示我們不能選擇克服——征服我們不想要的命運，試著讓自己維持基本的人性。」

我動也不動地躺著，帶著敬畏的沉默。

「妳睡著了？」他幾秒後低聲問。

「不。」

「妳對這個問題最好奇嗎？」

「那妳還想知道什麼？」

我翻翻眼：「不算是。」

「為什麼你可以讀到人的念頭，為什麼只有你？而艾利絲能看到未來……這是怎麼發生的？」

我感覺他在黑暗中聳聳肩。「我們也不知道。卡萊爾有個理論，他相信我們都帶著某種最強的人性特點進入新的生命，而那些特點被增強了——像是我們的心智或感官。他認為我以前一定就對身邊的思想極為敏感，而艾利絲可能具有某種先知。」

「他自己帶了什麼能力到新的生命？其他人呢？」

「卡萊爾帶來他的憐憫，艾思蜜帶來她的熱情與愛的能力，艾密特帶來他的強壯，而羅絲莉……則是韌性，或者妳可以說是頑固。」他竊笑：「賈斯柏非常有趣，他是人類時顯然很有魅力，能影響身邊所有人依他看事情的方式表現。他能操縱身邊人的情緒，例如，讓一屋子憤怒的人平靜下來，或相反地，讓一群索然無味的人興奮起來。這是非常不可思議的天賦。」

我思索著這些不可置信的內容，試著消化吸收。當我思考時，他耐心等著。

「所以這一切是怎麼開始的？我是說，卡萊爾改變你們，一定也有人改變他，或者……」

「嗯，妳來自何處？演化？宇宙？我們不都是從其他物種、掠食者或犧牲品這樣一路進化過來的嗎？妳不會認為這個世界是突然變成這樣的吧？我自己就很難接受，很難相信同樣的力量創造出嬌弱的神仙魚、兇猛的鯊魚、海豹寶寶和殺人鯨，又同時創造出我們。」

「讓我們開門見山吧——我是海豹寶寶，對嗎？」

「是的。」他笑了，某個東西碰觸著我的髮——他的唇？

我想轉向他，想看看他的唇是否真的印在我的髮上。但我試著守規矩，我不想讓他難受。

「妳要睡了嗎？」他打斷這短暫的沉默：「還是妳有更多問題？」

「大概只有一百或兩百萬個。」

「我們還有明天、後天、大後天……」他提醒我。我笑了，對這個說法感到心滿意足。

「你確定你不會在早上消失不見？」我要確定的答案。「你就像神話一樣。」

「我不會離開妳的。」他的聲音帶著承諾。

「那……再一個問題，今晚……」我滿臉通紅，黑暗也沒有幫助，我確定他能感覺到我肌膚突然湧現的灼熱暖意。

「怎麼了？」

「不，算了。我改變主意。」

「貝拉，妳可以問我任何問題。」

我沒有回答，他呻吟著：「我不斷叫自己不要因為聽不見妳的想法就沮喪，但只覺得愈來愈糟。」

「我很高興你無法聽到我的思想，你偷聽我的夢話已經夠糟了。」

「拜託……」他的聲音如此誘人，令人無法抗拒。

我搖搖頭。

「如果妳不告訴我，我只好假設是更糟的事。」他陰沉地威脅，然後再次懇求著。「拜託？」

「嗯……」我開口，很高興他看不見我的臉。

「是的？」

「你說羅絲莉和艾密特很快會結婚……他們的結婚……和人類一樣嗎？」

他笑了，完全瞭解我的想法：「這就是妳想知道的嗎？」

我很困窘，不知該怎麼回答。

「是的，我想應該很像。」他說：「我告訴妳，許多人性的渴望，都隱藏在最強的慾望背後。」

「喔。」這是我唯一能說的話。

「妳對這個問題好奇的背後有目的嗎？」

「嗯，我只是好奇……你跟我……有一天……」

他立刻變得嚴肅，我從他身體突然僵硬就能知道。我也一樣僵住了，自動的反射動作。

「我不認為這個……這個……對我們來說有可能……」

「因為這對你來說太難，當我……靠你很近時？」

「這的確是個問題，但我不是因為這點。只是妳如此柔軟，如此嬌弱，當我們在一起的時候，我無時無刻都要提醒自己注意行為，才不會傷害到妳。貝拉，我很容易就能殺死妳——簡單的意外。」他的聲音變成輕柔低語。他用冰冷的手掌撫摸我的臉頰：「如果我太草率，就算只有一秒沒留意，我就可能伸出手碰觸妳的臉，錯手壓碎妳的頭骨。妳不瞭解妳有多嬌弱，當我跟妳在一起時，我絕對、絕對不能失去我的控制力。」

他等著我做出反應，但我一直沒說話，他因此變得焦慮。「妳害怕嗎？」

我等了一分鐘才回答，這樣話才顯得真誠：「不，我很好。」

他似乎考慮了一下。「但我現在很好奇——」他說，聲音又變得輕快。「妳曾經……」他挑逗地欲言又止。

「當然沒有。」我滿臉通紅：「我告訴過你我從未有過這樣的感覺，從來沒有。」

「我知道。只是我知道其他人的想法，我知道愛和性是可以分開的。」

「但對我來說是同時存在的，像現在，對我同時存在。」我嘆氣。

「那很好，至少我們有一個共同點。」他聽起來很滿意。

「你人性的本能……」我開口，他等著。「嗯……你覺得我到底有沒有吸引力？」

他笑了，揉亂我快乾的頭髮。「我可能不是人，但我是個男人。」他向我保證。

我不由自主打了個哈欠。

「我已經回答妳很多問題，現在妳該睡覺了。」他堅持。

「我不確定我睡不睡得著。」

「妳要我離開嗎？」

「不！」我說得太大聲了。

他笑了，然後開始哼著同一首我不熟悉的搖籃曲旋律，聲音像天使般輕柔地傳入我的耳中。我比自己想像的更累，經歷一整天前所未有的身心壓力，我很快便沉睡在他冰冷的臂彎中。

chapter 15

庫倫一家人

「今天有什麼計畫？」我問。

「嗯……」我看著他小心構思詞句：「見見我的家人如何？」

我倒抽一口氣。

「妳害怕了嗎？」他抱著希望問。

「是的。」我承認，我怎能否認——他能從我的眼神看出來。

「別擔心。」他嘻嘻笑：「我會保護妳。」

翌日，又是個陰天，厚重雲層透出的微弱天色喚醒我。我躺著，手臂交叉遮住雙眼，渾身無力又昏眩，不時想起我作過的夢，又掙扎著想讓自己清醒。我呻吟著翻過身，希望能再睡一會……突然想起前一天的事。

「哎呀！」我坐起來的動作太快，腦子一陣暈眩。

「妳的頭髮看起來像稻草堆……不過我很喜歡。」他冷靜的聲音從角落的搖椅傳來。

「愛德華！你真的留下來了！」我欣喜若狂，想都沒想就衝過房間，跳上他的膝蓋。然後我的腦袋突然清醒，整個人僵住，不由自主的熱情震驚了自己。我看著他，擔心自己太過火。

但他笑了。「當然。」他回答，有點被我嚇到，但似乎又對我的反應很高興。他的手摩擦著我的背。

我將頭小心的靠在他的肩膀，聞著他肌膚的氣息：「我以為那是個夢。」

「妳沒那種創造力。」他嘲笑我。

「查理！」我突然想起來，想也沒想就跳下來，往門口衝去。

「他一小時前出門了，還幫妳車子的電瓶充好電。我必須承認我有點失望，妳真的決定不過來嗎？或只是暫停一下？」

我慎重地站著，很想跳回他身上，但擔心我早上的口氣不佳。

「妳早上通常不會那麼困惑。」他注意到，於是張開雙臂等我回去，完全讓人無法抗拒的邀請。

「我需要一點時間做人類的事。」我承認。

「我等妳。」

我溜進浴室，無法理解自己的情緒，我不認識自己了，無論是內在還是外表。鏡中的臉龐像個陌生人——眼睛明亮，興奮的紅潮泛在臉頰。我刷好牙，想辦法梳直我一頭亂髮，用冷水拍拍臉，試著正常呼吸，但不太成功，然後小跑步回到房間。像是奇蹟，他還在那邊，他的手臂還在等我，他向我伸出手，我的心猛烈跳動。

「歡迎回來。」他低聲說，邊將我拉進他的懷抱。

他沉默地抱著我搖了一會，直到我發現他換過衣服、梳過頭髮。

「你離開過？」我指控他，觸摸著他新衣服的衣領。

「我幾乎沒法離開回去換衣服，但我擔心鄰居會怎麼想？」

我板著臉，不高興地嘰著嘴。

「妳睡得很沉，我沒錯過什麼。」他的眼睛一閃：「妳很早就開始說夢話。」

我呻吟著：「你聽見什麼？」

他金色的雙眼洋溢著溫柔：「妳說妳愛我。」

「這你早就知道了。」我提醒他，頭鑽入他的胸膛。

「還是很高興能聽見妳說出來。」

「我愛你。」我低聲說。

「妳是我的生命。」他簡單回答。

這一刻無須多言。他坐在椅子上搖晃著，房間逐漸變亮。

「早餐時間。」他最後小心地說，向我證明他記得人類的所有弱點。

於是我用雙手握住自己的喉嚨，睜大眼睛瞪著他。他的臉閃過一陣驚駭。

「開玩笑的！」我竊笑：「你還說我不會演戲！」

他沉下臉：「這並不好笑。」

「這很好笑，你知道的。」但我看見他金色眼光中的小心神色，想知道他會不會原諒我……很顯然地，我被原諒了。

「我應該改變措詞嗎？」他問：「人類的早餐時間？」

「喔，好吧。」

他輕輕的把我扛在他石頭般強健的肩膀上，這讓我幾乎無法呼吸。當他輕鬆地把我扛下樓時，我抗議著，但他毫不理會，只是溫柔地把我放在椅子上。廚房很明亮、快樂，似乎吸收了我的好心情。

「早餐要吃什麼？」我禮貌地問。

那讓他想了一分鐘。「嗯，我不確定。妳想吃什麼？」他大理石般的額頭皺起。

我咧開嘴笑：「都可以，我會好好餵我自己。你等著看吧。」

我找出一個空碗和一盒玉米片。當我倒出牛奶、抓起湯匙時，我知道他在看我。我把食物放上桌，然後猶豫了一下。

「你需要什麼嗎？」我問，不想太無禮。

他翻翻眼：「快吃，貝拉。」

我坐在桌前，邊吃邊看他。他瞪著我，研究我每個動作，這讓我很害羞。我清清喉嚨打算說話，好讓他分心。

「今天有什麼計畫？」我問。

「嗯……」我看著他小心構思詞句：「見見我的家人如何？」

我倒抽一口氣。

「妳害怕了嗎？」他抱著希望問。

「是的。」我承認，我怎能否認——他能從我的眼神看出來。

「別擔心。」他嘻嘻笑：「我會保護妳。」

「我不是怕他們。」我解釋：「我是怕他們……不喜歡我。嗯……他們可能會很驚訝你竟然帶一個像我……這樣的人……去見他們？他們知道我知道他們的事嗎？」

「喔，他們知道所有的事。他們昨天還在打賭，妳知道的——」他笑了，但聲音很沙啞：「賭我會不會帶妳回去，雖然我無法想像怎麼會有人敢跟艾利絲對賭。不過，我們家沒有祕密，有了我的讀心術和艾利絲預見未來的能力，誰也別想有祕密。」

「別忘了，還有賈斯柏會讓人覺得溫暖和充滿勇氣。」

「妳有在聽。」他讚許地笑。

「我知道總有一天要去的。」我做個鬼臉：「艾利絲有看到我要去嗎？」

他的反應很奇怪。「差不多。」他不太自然地說，轉過身，讓我看不到他的眼睛。我小心地看著他。

「那東西好吃嗎？」他突然轉過身面對我，看著我的早餐，臉上露出戲弄的表情。「老實說，看起來讓人不太有胃口。」

「對啊，又不是暴躁的灰熊……」我低聲說，當他怒視我時，我故意不理他。我很好奇，當我提起艾利絲時，他的反應有點奇怪。我邊吃玉米片，邊思索著。

他站在廚房中央，俊美得像希臘神像，心不在焉地看著窗外。然後他又轉回來看我，給我一個令人屏息的微笑。「而且妳也應該將我介紹給妳父親。」

「他知道你。」我提醒他。

「我是說，以妳男朋友的身分。」

我猜疑地瞪著他：「為什麼？」

「習慣上不都是這樣？」他無辜地問。

「我不知道。」我承認。空白的約會歷史讓我毫無參考資料，此時似乎也不適用正常的約會規則。「那沒必要，你知道的。我不期望你……我是說，你不用為我假裝。」

他露出耐心的笑容：「我沒有假裝。」

我將剩下的玉米片推到碗邊，咬著唇。

「妳到底要不要告訴查理，我是妳的男朋友？」他盤問我。

「你是嗎？」我壓抑內心的畏縮，想到愛德華和查理，還有男朋友這個字眼，竟然同時在這個房間出現。

「我承認，男孩這個字不是太正確的詮釋。」

「事實上，就我印象所及你已經不是男孩了。」我望著桌子坦白說。

「嗯，我不知道我們是否該告訴他那些殘酷的細節。」他伸出手越過桌面，用冰冷修長的手指抬起我的下巴。「但至少讓他知道為什麼我常在這附近晃來晃去，我不希望史旺警長對我下禁制令。」

「你會嗎？」我突然覺得很焦慮：「你會一直在這嗎？」

「只要妳需要。」他向我保證。

「我永遠都要。」我強調：「永遠。」

他緩緩繞過餐桌，然後在離我幾步的地方停住，伸出手，用指尖碰觸我的臉頰。他的表情深不可測。

「這會讓你難過嗎？」我問。

他沒有回答，只是看著我的眼睛，不知過了多久。「妳吃完了嗎？」最後他終於說。

我跳起來說：「是的。」

「去換衣服——我在這等。」

很難決定要穿什麼。我懷疑有任何服裝禮儀的書會告訴你，當你去拜訪吸血鬼家時該穿什麼衣服。想到這個字眼讓我鬆了一口氣，我知道我又害羞了。最後我穿上唯一的卡其布休閒裙，和深藍色的上衣——他稱讚過的。很快看一下鏡中的自己，我的頭髮很不整齊，所以我綁了個馬尾。

「好了。」我走出房門準備跑下樓梯：「我看起來應該夠端莊吧？」

他就在樓梯口等著我，比我想的還近，所以我根本是直接衝向他。他穩住我、扶著我，原本小心地維持距離，但一下卻突然將我拉近他。

「又錯了！」他在我耳邊低語：「妳完全不端莊——沒人像妳這麼有吸引力，真不公平。」

「多有吸引力？」我問。「我可以換……」

他搖著頭嘆氣：「妳這個小笨蛋。」

他冰冷的唇微妙地、輕柔地貼在我前額，房間似乎在旋轉，他呼吸的氣息讓我無法思考。

「我應該跟妳解釋妳有多吸引我嗎？」他很誇張地說。手指緩緩滑過我的脊椎，呼吸吹撫過我的肌膚。我的手軟弱地撐在他胸前，我覺得頭昏眼花。他緩緩地低下頭，第二次吻我，小心翼翼地，他的唇緩緩張開……然後，我整個人就昏倒了。

「貝拉？」他及時抓住我，攙扶著我，聲音很緊張。

「你……讓……我……昏眩。」我昏沉沉地指控。

「我該拿妳怎麼辦？」他惱怒地呻吟：「昨天我親妳，妳攻擊我！今天我親妳，妳卻在我面前昏過去。」

我虛弱地微笑，腦袋還在旋轉，我無力地倚在他的臂彎讓他撐著我。

「是因為一切都太美好了嗎？」他嘆氣。

「那正是問題所在。」我還在昏：「你太棒了，太……太棒了。」

「妳覺得不舒服嗎？」他問，他之前看過我昏眩。

「不——這跟之前的暈眩不同。我不知道為什麼會這樣。」我抱歉地搖搖頭。「我想我可能忘記呼吸了吧。」

「妳這樣子我哪都不能帶妳去。」

「我很好。」我堅持：「反正你的家人一定以為我瘋了，有什麼差別？」

他打量我的表情好一會。「我特別喜愛妳肌膚現在這樣的顏色。」他出乎我意料地說。我高興得滿臉通紅，害羞地望著別處。

「聽著，我會努力試著不要胡亂擔心，我們可以走了嗎？」我問。

「妳的擔心，並不是擔心要去見吸血鬼家人，而是擔心那些吸血鬼會不會接受妳，是嗎？」

「沒錯。」我立刻回答，為他的直接感到驚訝，但我試著隱藏我的反應。

他搖搖頭：「妳真是不可思議。」

當他將車開出小鎮後，我發現自己並不知道他住在哪裡。我們經過卡拉瓦河，一路向北，小鎮離我們愈來愈遠，人煙漸漸稀少，土地愈來愈遼闊。然後我們經過一些村落，穿過迷霧森林，我不知該問他還要多久或是再耐心些，接著他突然轉進一條泥土路——隱藏在蕨葉間，很難認出是路——兩旁都是森林，路只有前方幾碼可以識別，車子彎來繞去地在古老的樹叢間前進。

車子又開了幾哩後，經過一些稀疏的樹林，我們突然到達一片草地，或者該說是一片修整過的草坪。這裡像森林中一樣陰暗，有六棵古老的香柏樹，巨大的樹幹和濃密的枝葉在草地上形成一大片陰影，樹木參天，屋子被樹蔭遮蔽住了，連一樓的門廊都被濃密的樹蔭遮掩，看起來很幽靜。

我不知道我本來期望看到什麼，但絕對不像這樣：這棟優雅的房子可能有幾百年的歷史，時光似乎在它身上停頓了，白色的外牆油漆已經褪色，三層樓高的建築物是長方形的，比例勻稱。窗戶和門可能經過完美的修整，或者也可能根本就是百年前的樣子。我的卡車是這裡唯一的車子，我能聽見不遠處的流水潺潺，就在陰暗的森林內。

「哇！」

「妳喜歡？」他笑了。

「這裡……好美。」

他笑著拉一下我的馬尾巴。

「準備好了嗎？」他為我打開車門。

「差得遠呢——我們走吧。」我想笑，但喉嚨似乎卡住了，我緊張地順著頭髮。

「妳看起來很可愛。」他脫口而出，輕鬆地牽起我的手。

我們走過樹蔭進入門廊。我知道他感受到我的緊張，他的大拇指在我的手臂上輕柔摩擦著，然後他為我開門。

屋內更令人驚訝，跟外觀比起來完全超乎我的想像：室內很明亮、開放，也很寬敞，可能是將好幾間房間打通，才有可能這麼大。南面整片牆被換成玻璃，可以看見香柏樹下的草地，一直延伸到寬廣的河邊。西邊有座巨大的螺旋樓梯，緊臨著牆壁、高高的天花板、木頭地板，還有濃密的香柏樹影。

站在門左邊等著歡迎我的，是愛德華的雙親，他倆站在一架壯觀的大鋼琴旁。當然，我以前見過庫倫醫生，但我再次因為他的年輕俊美而吃驚得說不出話來，他旁邊應該就是艾思蜜吧——這家人中我唯一沒看過的。和其他人一樣，她同樣有著蒼白美麗的體態，甜美的臉龐，波浪般的焦糖色秀髮，讓我想到默片時代電影中的純真少女。她很纖瘦，但不會骨瘦如材，比其他人還要勻稱，身上穿的衣服是休閒大方的顏色和款式，和屋內的氣氛很搭配。他們笑著歡迎我，但並沒有朝我走過來——試著不要嚇壞我……我猜。

「卡萊爾、艾思蜜。」愛德華的聲音打破短暫的沉默：「這是貝拉。」

「歡迎妳，貝拉。」卡萊爾小心地衡量腳步，當他走向我時。他有點猶豫地伸出手，我舉步向前，伸出手跟他握手。

「很高興再次見到你，庫倫醫生。」

「請叫我卡萊爾。」

「卡萊爾。」我對他笑，突然充滿信心。我能感到愛德華在我身邊鬆了一口氣。

艾思蜜也笑著走向我，伸出手跟我握手。她冰冷、石頭般的力道跟我想的一樣。「很高興認識妳。」她真誠地說。

「謝謝妳，我也很高興認識妳。」我好像遇見童話故事中的人物——白雪公主，而且是活的。

「艾利絲和賈斯柏呢？」愛德華問，但沒人回答，因為他們正從大樓梯下來。

「嗨，愛德華！」艾利絲開心地喊著。她跑下樓梯，黑色的秀髮和白皙的肌膚一晃而過，突然間優雅地在我面前停住。卡萊爾和艾思蜜警告地看著她，但我很喜歡，這很自然——很像她。

「嗨，貝拉！」艾利絲說，她跳向前親吻我的臉頰。如果卡萊爾和艾思蜜之前很小心在看的話，他們現在應該會動搖一下。我的眼中也有震驚，但我很高興，這似乎表示她接受我了。愛德華在我身邊整個人僵住倒是嚇壞我，我瞄了他一眼，猜不透他的表情。

「妳聞起來好棒，我之前都沒注意到。」她評論著，讓我相當糗。

好像大家都不知道該說什麼，然後賈斯柏出現了，像獅子一樣高大的他，輕鬆感立刻傳遍我全身，我突然感到安心。愛德華瞪著賈斯柏，抬起一邊眉毛，然後我想起賈斯柏的特異功能。

「哈囉，貝拉。」賈斯柏說。他和我保持著距離，並沒有打算握手，但靠他這麼近並不會讓人感到奇怪。

「哈囉，賈斯柏。」我害羞地對他微笑，然後對其他人說：「很高興看到你們大家，你們家很漂亮。」我照慣例稱讚著。

「謝謝。」艾思蜜說：「我們很高興妳能來。」她充滿感情地說，我知道她認為我很勇敢。

我大概知道這次見不到羅絲莉和艾密特了，想到之前當我問愛德華其他人喜不喜歡我時，他露出無辜的否定表情。卡萊爾的表情轉移了我的沉思，他意味深長地看著愛德華，臉上帶著熱切的表情。從眼角餘光，我看見愛德華點了點頭。

我四處張望，想表現得有禮貌些。我再度看著漂亮大門旁的美麗器材，突然想起我童年的夢想：如果我贏了樂透，我要為我媽買一架大大的鋼琴。她彈的是二手的直立式鋼琴，雖然琴藝不佳，但我喜歡看她彈——她那高興、全神貫注的神情，對我來說像個全新神祕的人，一個不像媽媽的人。當然她也有逼我上一些鋼琴課，但就像其他孩子一樣，我不想學，花了很大功夫才讓她放棄。

艾思蜜注意到我入神的表情。「妳會彈嗎？」她問，同時臉斜向鋼琴。

我搖搖頭：「完全不會。它很漂亮，這是妳的？」

「不。」她笑了：「愛德華沒告訴妳，他是個音樂家？」

「沒有。」我瞇著眼看著他無辜的表情。「我想，我應該知道的。」

艾思蜜困惑地抬起一邊眉毛。

「愛德華無所不能，不是嗎？」我解釋。

賈斯柏竊笑，而艾思蜜給了愛德華一個責備的眼神。

「我希望你沒有太愛現，那不禮貌。」她責備他。

「只有一點點。」他隨意地笑，表情和聲音一樣柔和，他們交換一個我不瞭解的眼神，雖然艾思蜜的臉看起來很得意。

「其實，他太謙虛了。」我更正。

「嗯，為貝拉彈奏一曲吧。」艾思蜜鼓勵。

「妳剛剛才說愛現是不禮貌的。」他反對。

「每個原則都有例外。」她回。

「我很想聽你彈。」我補充。

「就這麼說定了。」然後艾思蜜將他推向鋼琴。

他拉著我跟他一起坐在椅上，給我一個意味深長，惱火的眼神，然後才開始彈奏。當他的手指流利地在黑白琴鍵上滑動，房間充滿複雜豐富的樂曲，很難相信這是一個人彈出來的。我的下巴快掉下來了，我的嘴因為驚訝而張得大大的，他則因為我的反應低聲笑著。

愛德華隨意地看著我，音樂還是像海浪般湧出沒有停歇，他向我眨眨眼：「妳喜歡嗎？」

「你做的？」我倒抽一口氣，瞭解了。

他點點頭：「這是艾思蜜的最愛。」

我閉上眼，搖著頭。

「有什麼不對嗎？」

「這樣的音樂讓人感覺渺小。」

音樂慢了下來，變成輕柔的節拍，我驚訝地認出這是他之前哼過的搖籃曲。

「這是妳給我的靈感。」他輕柔地說。音樂有種讓人無法呼吸的甜美。

我說不出話來。

「他們喜歡妳，妳知道的。」他隨意地說：「特別是艾思蜜。」

我向他身後一瞥，整個大房間空無一人。

「他們去哪了？」

「相當巧妙地給我們一些隱私空間。」

我嘆口氣：「他們喜歡我，但羅絲莉和艾密特……」我沒把話說完，不確定該如何表達我的疑惑。

他皺著眉。「別擔心羅絲莉。」他眼睛睜得老大，帶著說服力：「她會讓步的。」

我懷疑地抿緊唇：「艾密特？」

「嗯，他認為我瘋了，這是真的。但他對妳沒有意見，他只是試著跟羅絲莉講道理。」

「什麼事讓她不開心？」我不確定我想知道答案。

他深深地嘆口氣：「羅絲莉最掙扎的是──我們的身分，讓外面的人知道真相對她來說很難接受，而且她有點妒嫉。」

「羅絲莉妒嫉我？」我懷疑地問。我很難想像羅絲莉這樣美的人，竟然會對我這樣平凡的人感到妒嫉。

「妳是人類。」他聳聳肩說：「她希望自己也能是人。」

「喔。」我低聲說，還是目瞪口呆。「那賈斯柏，他也……」

「那是我的錯──」他說：「我告訴過妳，他是最後加入的，還在適應我們的生活方式。我警告他保持距離。」

我想了一下，然後聳聳肩。「艾思蜜和卡萊爾？」我很快地問，好讓他繼續說。

「只要我開心他們就開心。事實上，艾思蜜不在乎妳是否有三隻眼或腳上長蹼。她這段時間擔心我是怕我的本性迷失，因為卡萊爾改造我時我還太年輕。她似乎很高興我找到妳，每次我觸碰妳，她就發出滿足的哽咽。」

「艾利絲似乎很……熱情。」

「艾利絲看事情有她自己一套。」他從緊閉的唇中說出。

「而你不打算解釋，是嗎？」

一陣沉默。他知道我發現他有些事不想讓我知道。我瞭解他不想說這些事——不是現在。

「那卡萊爾剛剛跟你說什麼？」

他眉頭皺在一起：「妳注意到了？」

我聳了聳肩：「當然。」

他看著我，想了一會才回答：「他告訴我一些事，他不知道我要不要告訴妳。」

「你會嗎？」

「我必須。因為我會變得比較……在未來幾天，或幾週，我的行為可能會出現過度反應，我不要妳以為我是天生的暴君。」

「怎麼了？」

「沒什麼。事實上，只是艾利絲看到一些未來的景象，他們知道我們在這兒，他們很好奇。」

「訪客？」

「是的。嗯，他們跟我們不一樣——我是說他們狩獵的習慣。他們可能不會進入城市，但在我確定他們離開之前，我不會讓妳離開我的視線。」

我顫抖著。

「總算有個正常的反應！」他低語：「我快要以為妳連一點自我防衛機能都沒有呢。」

我不理會他，眼睛搜尋著寬敞的屋子。

他跟著我的眼光：「和妳期望的不一樣，是嗎？」

「不太像。」我承認。

「沒有棺材，角落沒有一堆人骨，我想應該也沒有蜘蛛網……這一定讓妳很失望。」他狡猾地繼續說。

我不理會他的嘲弄：「這裡很亮……很寬敞。」

他的口氣比平常更為嚴肅：「這是我們唯一不需要隱藏自己的地方。」

他還在彈奏屬於我的歌，歌曲接近尾聲，最後的旋律轉換成憂鬱的情緒。最後一小節結束後，強烈的情緒在沉默中起伏。

「謝謝你。」我低聲說。我發現眼中有淚，困窘地連忙擦掉。

他輕觸我的眼角，捕捉到我遺漏的一顆淚珠。他用手指碰觸潮濕的淚珠，沉思了許久。然後，很快地——我甚至不確定他真的做了——他將手指放入口中嚐了一下。

我帶著疑問望著他，他意味深長地看了我好一會兒，然後笑了：「妳想參觀我家其他地方嗎？」

「沒有棺材？」我譴責似的，聲音中的諷刺並沒有掩飾住我的焦慮。

他笑了，牽著我的手，帶我離開鋼琴。「沒有棺材。」他保證。

我們走上巨大的樓梯，我的手摸著平滑的扶手。樓梯和二樓長長的大廳地板都是蜂蜜色的木頭。

「羅絲莉和艾密特的房間……卡萊爾的辦公室……艾利絲的房間……」他比畫著，帶我經過那些房門。

他想繼續，但我死命地站在大廳，不可置信地看著頭頂上懸吊的裝飾。愛德華偷偷竊笑我迷惑的表情。

「妳可以笑——」他說：「那很諷刺。」

我並沒有笑。我的手不自覺地舉起來，一隻手指伸得長長的，想碰觸那大大的木頭十字架，深褐色的它和牆上明亮的顏色形成對比。但我碰不到，雖然我好奇那上了年齡的木頭是否真像看起來那般柔軟。

「那一定很老了。」我猜。

他聳聳肩：「大概是一六三〇年左右吧。」

我轉頭將眼光從十字架移開，看著他：「你們把這個留在這裡做什麼？」我好奇。

「懷舊——那是卡萊爾父親的東西。」

「他收集古董？」我懷疑地暗示。

「不。他自己刻的。這原來是掛在牧師講道的講臺牆上。」

我不確定我的臉上是否洩露出我的想法，但我只是簡單地回過頭，再次望向那古老的十字架。我很快心算，這個十字架大概有三百七十年之久，當我努力在心中思索這到底是多久時，沉默延續著。

「妳還好嗎？」他擔心地問。

「卡萊爾到底多老了？」我安靜地問，無視於他的問題，還是仰頭看著十字架。

「他剛慶祝他三百六十二歲的生日。」愛德華說。我將眼光轉回他身上，眼中有一百多萬個問題。

他邊說邊小心地看著我：「卡萊爾認為自己一六四〇年出生在倫敦，時間並沒在他臉上留下痕跡，跟一般人不一樣。電影碰巧演過同樣的故事。」

當我聽他說話時，試著讓臉上維持鎮靜的表情，因為我知道他在觀察我。只要我說服自己那不是真的，就能夠輕易地維持冷靜。

「他是英國國教聖公會牧師家族的唯一子嗣。他的母親生下他後就死了，他的父親是個讓人無法忍受的男人，當新教徒掌權時，他很熱心地幫忙迫害羅馬天主教和其他宗教的信眾。他強烈地相信惡魔的存在，他帶頭獵殺女巫、巫師，以及……吸血鬼。」我因為他的話而僵住。我確定他注意到了，但他接著說：「他們燒死很多無辜的人，當然他認為真正的怪物並不那麼容易捕獲。」

「當牧師年老後，他讓他順從的兒子帶隊繼續搜捕。一開始卡萊爾很沮喪，他被指控不夠快速，無法看到不存在的惡魔。但他很有毅力，也比他父親聰明，他發現真正的吸血鬼是躲藏在城市的下水道內，而且只在晚上出來狩獵。在那段日子裡，吸血鬼不僅是神話和傳說，而是真正存在的生物。」

「人們帶著武器和火把聚集——」他陰鬱地笑了笑：「在街上等著看卡萊爾能否找到怪物存在的地方。最後，有一個怪物出現了……」

他的聲音很低很低，我努力捕捉他說的話：「他一定已經很老了，因過度飢渴而虛弱，當卡萊爾帶著群眾追捕時，聽到他用拉丁語對其他人喊叫。他跑過街道，行動敏捷的卡萊爾——那時他才二十三歲——指揮著追捕行動，那生物可能逃不過了，但或許因為太飢渴，所以他轉身攻擊人類。他先攻擊卡萊爾，可是後面有更多暴民湧上來攻擊他，他轉身防衛，殺死了兩個人，其他人逃走，留下卡萊爾渾身是血躺在街上。」

他停下來。我知道他在小心地選擇用字遣詞，希望不會嚇到我。

「卡萊爾知道他的父親會怎麼做——他會被燒死，任何被怪物碰到的東西都要銷毀。卡萊爾出於本能要保住自己的生命，他從小巷爬出去，知道暴民會跟蹤惡魔和他的犧牲品，於是他躲在地下室，用腐爛的馬鈴薯蓋住自己達三天之久。最不可思議的是，他竟然沒有發出半點聲音，因此沒被發現。之後他就變身了。」

我不確定我的表情是否了洩露什麼，但他突然停口。

「妳覺得怎樣？」他問。

「我還好。」我向他保證，雖然我猶豫地咬了一下唇。他一定從我的眼中看到一些好奇的光芒。

他笑了：「我想妳有一些問題要問。」

「有幾個。」

他的笑容變大，露出明亮的牙齒。他往後看著大廳，牽著我的手。「那來吧！」他鼓勵地說：「我帶妳去看看。」

chapter 16

卡萊爾

「當他知道他變成什麼之後……」愛德華平靜地說：

「他再次反抗，試著毀滅自己，但那不容易。」

「怎麼做？」我無意叫這麼大聲，但我的語氣明顯透露出我的震驚。

「他從高處跳下來……」

愛德華告訴我，他的聲音很平靜：

「他試著在海中淹死自己，但他的新生命還太年輕，也很強壯。

更令人驚奇的是，他能抵抗進食，他還這麼新，

本能應該更為強烈，應該能超越一切事，

但他抵抗自己，想餓死自己。」

他帶我回到他剛剛介紹過的卡萊爾的辦公室，我們在門外躊躇著。

「請進。」卡萊爾的聲音邀請我們。

愛德華打開門，屋內同樣是高高的天花板，面向西邊的大窗戶，牆壁是用黑色的木頭。牆面大多被高大的書架填滿，大約跟我一樣高，有很多書，像圖書館一樣。卡萊爾在一張很大的桃花心木書桌後面，他坐在皮椅上，剛在一本厚重的書冊上別上書籤。就連我想像中的大學都比不上這間屋子，但卡萊爾看起來太年輕，跟這裡不是很協調。

「有什麼需要幫忙的嗎？」他禮貌地問，從椅子上起身。

「我想讓貝拉看一些我們的歷史……」愛德華說：「嗯，事實上，是你的歷史。」

「我們不想打擾你。」我道歉。

「不會。你們想從哪開始？」

「流浪的故事。」愛德華回答，一手輕柔地搭在我的肩上，將我轉向我們剛走進來的門後方。

每次他碰到我，就算是最隨意的方式，我都能聽見自己的心跳聲，但卡萊爾也在就讓我覺得很糗。我們面對的這面牆和其他牆不同——沒有書架，反而掛滿大大小小的照片，有些是明亮的彩色照，有些是模糊的黑白照。我試著找出一些邏輯，有些主題很平常，我草草瀏覽後找不出任何規律。

愛德華把我拉到最左邊，有一張小小正方形的油畫，樸素的木頭框，在其他一大堆大張又明亮的照片中，它並不明顯。畫中是一個城市的縮小版，用不同的墨色表達，充滿險峻傾斜的屋頂，點綴些許細長的螺旋尖塔，前景是一條寬廣的河流，上面有橋，旁邊有些像教堂的建築。

「一六五〇年的倫敦。」愛德華說。

「我年輕時的倫敦。」卡萊爾補充，他站在我們身後幾呎。我退縮了一下，我沒聽見他走過來。愛德華壓住我的手。

「你願意說這個故事嗎？」愛德華問。我轉身看卡萊爾的反應。

他微笑迎上我的目光。「我很樂意。」他回答：「但現在有點晚了，醫院今早來電，史諾醫生今天請假。再說，你跟我一樣清楚這個故事。」他對著愛德華微笑。

吸收這一切資訊是種奇怪的感覺，每天關切整個城鎮的醫生站在屋內中央，跟我們討論十七世紀早期的倫敦生活。更令人不安的是，他說得很大聲，好讓我能聽見。

給我另一個溫暖的微笑後，卡萊爾離開這個房間。我看著卡萊爾家鄉的照片好一會。「後來發生什麼事了？」我最後終於問，看向愛德華時，他也正在看我。「當他瞭解自己身上發生的事之後？」

他回頭看一眼照片，我順著他的視線想知道是什麼抓住他的目光——那是一張比較大的風景照，模糊的秋天景色，除了森林、樹蔭、草地，以及遠方崎嶇的山峰外，空無一物。

「當他知道他變成什麼之後……」愛德華平靜地說：「他再次反抗，試著毀滅自己，但那不容易。」

「怎麼做？」我無意叫這麼大聲，但我的語氣明顯透露出我的震驚。

「他從高處跳下來……」愛德華告訴我，他的聲音很平靜：「他試著在海中淹死自己，但他的新生命還太年輕，也很強壯。更令人驚奇的是，他能抵抗進食，他還這麼新，本能應該更為強烈，應該能超越一切事，但他抵抗自己，想餓死自己。」

「這有可能嗎？」我的聲音很虛弱。

「不，我們很不容易被殺死。」

我張開嘴想問，但我還沒開口他就先說了：「所以他非常飢渴、虛弱地成長。他盡可能遠離人群，因為他知道自己的意志力也很薄弱。幾個月後，他在夜間流浪，尋找孤獨的地方……討厭他自己。

一天晚上，一群野生的鹿經過他藏身之處，充滿野性又飢渴的他，想也沒想就展開攻擊。他的力量回來了，他瞭解到這是另一種選擇，他能決定自己要不要變成討厭的怪物，也許他前一世吃過鹿肉？接下來幾個月，他發展出一套新哲學，他可以選擇不要變成惡魔，再次找回自己。

他開始習慣他的時間。他是如此聰慧熱切地學習，現在他有無限的時間。他晚上研讀，白天計畫，然後他遊蕩到法國……」

「遊蕩到法國？」

「人們航海不是嗎？貝拉。」他耐心地提醒我。

「這倒是，只是聽起來挺可笑的。請繼續。」

「游泳對我們來說很簡單——」

「每件事對你都很簡單。」我發著牢騷。

他等著，表情若有所思。

「我保證不再打岔。」

他陰鬱地笑了，說完剛才那句話：「因為，技術上來說……我們不用呼吸。」

「你——」

「不，不，妳答應過的。」他竊笑，冰冷的手指堵在我的唇上：「妳到底要不要聽完這個故事？」

「你不能這樣跳來跳去，然後期望我一聲不吭。」我在他的手指下低聲說。

他鬆開手，移到我的頸上，我的心跳得飛快，但我堅持：「你不用呼吸？」我追問。

「不必，只是習慣性呼吸。」他聳聳肩。

「你可以憋多久？」

「我想應該是……無限久，我不知道。聞不到味道會令人有點不舒服。」

「有點不舒服。」我重述著。

我沒注意自己的表情，但他顯得更為憂鬱。他的手垂了下來，僵硬地站著，他緊張地看著我的臉，沉默了好久好久，動也不動的像座石像。

「怎麼了？」我低聲問，觸摸他冰冷的臉。

他的臉在我的撫觸下柔軟，他嘆口氣：「我一直在等著它發生。」

「發生什麼？」

「我擔心有時我告訴妳的一些事對妳來說太過沉重，然後妳會從我身邊逃走，充滿驚嚇地逃走。」他似笑非笑，但眼神很嚴肅：「我不會阻止妳，因為我要妳安全。雖然我很想跟妳在一起，但這兩個願望是不可能共存的……」他沒把話說完，只是看著我的臉，等我回應。

「我不會跑走。」我保證。

「我們等著瞧。」他又笑了。

我皺眉看著他：「所以，繼續……卡萊爾到法國。」

他停了一會，回到他的故事，他的眼光轉到其他的畫，讓我鬆了口氣。他看著其中色彩最豐富、裝飾最華麗，也是最大的一幅，比旁邊的大上兩倍。油畫洋溢著明亮的筆觸，畫面上充滿雕飾過的長長石柱和大理石陽臺，我不知道那是否代表希臘神話，還是某個聖經中的故事。

「卡萊爾遊蕩到法國，繼續遊歷整個歐洲，也上了大學。他研習音樂、科學、醫術，因此找到他的天命、他的救贖——拯救人類的生命。」他的表情變得敬畏，幾乎是虔誠。

「我無法適當地描述他的奮鬥過程，那花了卡萊爾兩百年的努力，才讓他達到完美的控制。現在他對人類的血已經完全免疫了，他能毫不苦惱地做他想做的工作，他在醫院找到他的使命……」

愛德華瞪著空氣好一會，突然，他似乎回想起他的目的，他輕輕敲打著我們面前那幅巨大的畫。「他一開始在義大利學習，因為他發現那裡的人比較文明也受過教育——比起倫敦下水道的鬼影來說。」

他嚴肅地輕觸占據畫面四分之一高的陽臺，平靜地望著畫中描繪的圖案。我小心地看著這群人，然後突然靈機一動，我知道這金髮的男人是誰。

「名畫家索利梅納覺得卡萊爾和他的朋友給他最多靈感，他常把他們畫成神。」愛德華竊笑：「厄洛、馬庫斯、凱撒——」他一一指著其他三人，兩個黑髮，一個白髮。「藝術的夜間守護神。」

「他們怎麼了？」我好奇地問，指尖指著油畫中央。

「他們還在那邊。」他聳聳肩：「他們已經活了好幾百年，卡萊爾只和他們相處很短的時間——只有幾十年。他非常羨慕他們的文明、他們的教養，但他們堅持說服卡萊爾治癒他的狩獵本能。他們試著說服他，他試著說服他們，但沒有用。於是卡萊爾決定試試新世界，他希望能找到像他一樣的人，他非常寂寞，妳知道的。

很長一段時間他都沒找到任何人，當怪物逐漸變成人類熟知的童話故事後，他發現他能與沒有猜疑的人類互動，好像他也是人類的一分子。他開始行醫，但他渴望的伴侶一直未曾出現，他無法承擔與人類過於親密的風險。

當流感疫情蔓延時，那時他晚上在芝加哥醫院服務，他腦中這個想法已經有好幾年——既然他找不到伴侶，他要自己創造一個——他幾乎決定要行動。他不確定自己的轉化過程是如何發生的，所以他有點猶豫，而且他必須竊取人類的生命，他也不願意。此時他發現了我，我被判定沒救了，被丟在病房等死，他照護過我的雙親，所以他知道我是孤家寡人，他決定試試看……」

他的聲音輕得近乎低語，茫然望著西邊的窗戶。我好奇他腦中現在是哪一幅影像：卡萊爾的記憶還是他自己的？我安靜的等著。

當他轉過身面對我時，臉上揚起如天使般溫柔的微笑：「於是我們就在一起了。」他做出結論。

「那之後你就一直跟卡萊爾在一起？」我好奇地問。

「幾乎……」他的手輕柔地放在我的手腕上，拉著我跟他一起走出門。我轉頭望著掛滿照片的那面牆，好奇我還有沒有機會聽到其他的故事。當我們走下樓進入大廳，愛德華依舊沉默，所以我只好主動發問：「幾乎？」

他嘆口氣，不太情願地回答：「嗯，我也有難控制的青春期，當我……重生……被改造——無論妳怎麼稱呼它——的第十年，我不想接受他的生活制約，我恨他控制我的飲食，所以我常會跑走。」

「真的？」我的好奇更甚於恐懼，雖然我應該害怕。

我大概知道我們正走向另一段樓梯，但我沒怎麼注意周圍的環境。

「這沒讓妳厭惡得退避三舍？」

「沒有。」

「為什麼？」

「我想是因為……聽起來很合理。」

他爽朗地笑了，比以前大聲。我們現在站在樓梯頂，在另一個大廳的門口。

「從我獲得新生命之後——」他低聲說：「我便獲得能聽到別人腦中聲音的能力，無論是人類或非人類，這也是讓我到第十年才抗拒卡萊爾的原因——我知道他是真誠的，也瞭解為何他要用這樣的方式生活。

幾年後我回到卡萊爾身邊，重新接受他的方式。我原本以為我不會有良知上的譴責，因為我能聽見我選中的受害者腦中的想法，我會放過無辜的人，只獵捕壞人。如果我殺害的是某個在暗巷內跟蹤年輕女孩的人，因為我能拯救女孩，我就不算太壞。」

我顫抖著，他清晰的描述在我的腦海中呈現出畫面：黑夜、暗巷、恐懼的女孩、身後跟蹤的男子。而愛德華——擁有年輕神祇般的動人俊美——當他狩獵時卻那麼恐怖，那女孩，會感激還是更害怕？

「但隨著時間經過，我開始發現眼中的自己是個怪物，無論我怎麼自圓其說，我仍無法逃離人類的猜疑。於是我回到卡萊爾和艾思蜜身邊，他們歡迎我這個浪蕩子回來，遠超過我應得的。」

我們現在停在大廳最後一扇門前。「我的房間。」他向我介紹，為我打開門，拉著我走進去。

他的房間面向南邊，與整面牆一樣大的落地窗——和樓下房間一樣——可以俯視整個後院的草坪，遼闊的梭都河遠遠流經奧林匹克山脈的濃密森林，高山比我想的更為接近。

西邊的牆全都是ＣＤ架，他的收藏比唱片行還豐富。角落有個智慧型環繞音響，我不敢碰，因為我確定我會打破東西。房內的布置還不壞，只有一張大大的黑色真皮沙發，地板鋪著厚重的金色地毯，牆壁懸掛著沉重的紡織品，投下略微陰暗的倒影。

「這樣是為了讓音響效果更好嗎？」我猜。

他輕笑著點點頭，拿起搖控器啟動音響，流洩出輕柔的爵士樂，像房間內有個樂團似的。

我檢視他的音樂收藏。「你怎麼分類的？」我問，無法從其中找出任何邏輯。

他沒怎麼注意。「嗯，照年份，然後照個人喜好。」他心不在焉地說。

我轉身，他用奇怪的表情看著我。

「怎麼了？」

「我有一種……很放鬆的感覺。妳知道所有事，我在妳面前沒有祕密，這樣對我來說就很夠了。我喜歡，這讓我……很快樂。」他掙扎了一下，露出淡淡的笑容。

「我也很高興。」我說，回他一笑。我原本擔心他可能會後悔告訴我這些事，很高興知道他沒有。

但接著他用雙眼仔細端詳我的表情，他的微笑消失，前額皺了起來。

「你還在等我跑開和尖叫嗎？」我猜。

他的唇露出一抹若有似無的笑容，但他點點頭。

「我不想打破你的幻想，但你真的不像你自己想的那樣恐怖。事實上，我不覺得你恐怖。」我小心地說謊。

他完全不相信地抬起眉毛，然後突然露出一個大大的淘氣笑容：「妳真的不該那樣說的。」他輕聲笑著。

他笑著，喉嚨傳出低低的聲音，唇微翻露出牙齒，身體突然微微半蹲，像獅子準備突襲前的緊繃。

我瞪著他，向後退。「你不可以。」

我沒看見他跳向我——他太快了——我只發現自己突然騰空，然後我們便倒在沙發上，沙發被他的衝力推到牆邊。他的手臂像鐵籠一樣保護著我，我和他貼得很近，但我還是倒抽一口氣，努力試著平衡自己。

他沒這樣做過——讓我像球一樣蜷在他胸前，他安全地抱著我。我原本警戒地看著他，但他似乎能完全控制自己，當他笑時他的下巴很放鬆，眼中閃著幽默的光芒。

「妳說什麼？」他淘氣地喊著。

「你是一個非常……非常糟糕的怪物。」聲音太輕，破壞我想要表達的諷刺意味。

「好極了。」他同意。

「嗯。」我掙扎著：「我可以起來了嗎？」

他只是笑。

「我們能進來嗎？」輕柔的聲音從大廳傳來。

我掙扎著想讓自己起身，但愛德華只重新調整我的姿勢，讓我變成坐在他的腿上。我先看見艾利絲，然後她後面是賈斯柏，他們站在門口。我的臉頰發燙，但愛德華似乎很自在。

「請進。」愛德華還在輕聲地竊笑。

艾利絲似乎沒從我們的困窘中發現任何不尋常，她走進來——幾乎是跳舞的姿態，她的移動如此優雅——到房間中央，她交叉雙腳坐在地板上。但賈斯柏還站在門口，他的表情有點驚駭，他瞪著愛德華的臉，我好奇他是否在用他不尋常的特異功能感受房內的氣氛。

「看起來你好像要拿貝拉當午餐，所以我們過來看看你要不要與我們一起分享？」艾利絲宣布。

我立刻僵住，直到我發現愛德華在笑，我不知道是因為她說的話還是我的反應。

「真抱歉，我想沒有多的可以分給你們。」他回答，手臂繼續緊摟著我。

「事實上——」賈斯柏邊走進房間內邊說：「艾利絲是說今晚會有暴風雨，艾密特想打球。你要參加嗎？」

這些字眼很普通，但放在一起讓我混淆，我想艾利絲比氣象局更可靠。愛德華抬起頭，但他有點猶豫。

「當然你應該帶貝拉一起來。」艾利絲說話了。我想我看見賈斯柏很快給她一個眼神。

「妳想一起來嗎？」愛德華興奮地問我，他的表情充滿活力。

「當然。」我無法讓這樣的臉龐失望：「嗯，我們要去哪裡？」

「我們要等到打雷才能打球，等妳看見就知道為什麼了。」他承諾。

「我需要帶傘嗎？」

他們全都大聲的笑了。

「她需要嗎？」賈斯柏問艾利絲。

「不用。」她很肯定：「暴風雨會襲擊城內，林中的空地會很乾的。」

「很好，那就這樣。」賈斯柏的聲音帶著熱切。我發現自己很渴望，而不僅是害怕。

「我們去問問卡萊爾要不要一起參加。」艾利絲跳起來，用會讓芭蕾舞者心碎的優雅腳步走向門口。

「好像妳不知道似的。」賈斯柏開玩笑說，他們一起轉身離開。賈斯柏輕輕地關上門。

「我們到底要玩什麼？」我問。

「妳就等著看吧——」愛德華解釋：「我們要打棒球。」

我翻翻白眼：「吸血鬼喜歡棒球？」

「這是美式消遣。」他用帶著嘲弄的正經口吻回答我。

chapter 17

棒球比賽

「他們聽見我們打球，這改變了他們的步調。」

她懊悔地說，好像她要為這件嚇到她的事負責似的。

七對眼睛很快地看向我又轉開。

「多快？」

卡萊爾問，轉身看愛德華，

緊張的神情在他臉上一閃而過。

「不到五分鐘，他們用跑的——他們也想參加。」

當愛德華將車駛進我住的那條街時，天空開始飄起毛毛雨。那一瞬間，我毫不懷疑他會留下來跟我在一起，雖然我今天已經跟他共度了許多時光。然後我看到一輛黑色大車——老舊的福特——停在查理家的車道上，愛德華粗啞低聲喃喃著我聽不懂的話。

倚在門廊下的是雅各・佈雷克——站在他父親的輪椅後面。比利的臉像石頭一樣面無表情，當愛德華將我的卡車停在他們車邊時，雅各低著頭，一副很丟臉的樣子。

愛德華的聲音很低但很憤怒：「這太過分了。」

「他來警告查理？」我猜，更多害怕而不是生氣。

愛德華點點頭，瞇著眼回應比利的凝視。當我發現查理還沒回來時，感到虛弱的放鬆。

「讓我來處理。」我建議。愛德華憤怒的注視讓我焦慮。

讓我驚訝的是，他竟然同意了：「這樣可能最好。但要小心，那孩子一點都不知道。」

我因為他用孩子一詞而感到好笑：「雅各又沒比我小多少。」我提醒他。

他看著我，臉上的憤怒突然消失：「喔，我知道。」他給我一個微笑。

我嘆著氣，手伸向車門把。

「叫他們進屋內——」他指示：「這樣我才能離開。我會在黃昏回來。」

「你要開我的卡車嗎？」我建議，同時心想我要如何跟查理解釋卡車不在的事。

他翻個白眼：「我走路回家都比這輛卡車來得快。」

「你不用離開的。」我渴望地說。

他因為我悶悶不樂的表情而笑了：「事實上，我必須離開。等妳處理好他們。」他對佈雷克的方向投以陰鬱的一瞥：「妳還要準備讓查理見見妳的新男朋友。」他咧開嘴笑，露出一口白牙。

我呻吟著：「謝啦。」

他露出一個我最愛的帥氣笑容：「我很快就會回來。」他答應，眼光又移回門廊，然後他傾身在我的唇邊印上一吻。我的心狂熱地跳著，我也瞄一眼門廊，比利的臉不再面無表情，他緊抓著輪椅的扶手。

「很快。」我邊打開車門走進雨中邊對他說。當我在車燈的照射下跑進門廊時，我能感到他的眼光在我背後。

「嗨，比利。嗨，雅各。」我盡可能以高興的聲音問候他們。「查理出門了，我希望你們沒等很久。」

「不太久。」比利用壓抑的聲音說，他黑色的眼神很銳利。「我只是把這個帶來。」他指著膝上一個棕色紙包著的東西。

「謝謝。」我說，雖然我不知道那是什麼。「你們要不要進來弄乾？」我假裝對他的緊張注視不以為意，先打開門鎖，然後招手要他們進來。

「來，這讓我來。」我轉身打算關上門，但讓自己再看愛德華一眼，他還在等著，完美地動也不動，眼神很嚴肅。

「妳最好把這個放到冰箱去。」比利邊把那個包裹交給我邊說：「這是哈利・克利爾沃特的家常菜——特製炸魚——查理的最愛。冰箱能讓它乾得快些。」他聳聳肩說。

「謝謝。」我不帶感情地說。「我已經快想不出新的煮魚方法了，他今晚應該會帶更多魚回來。」

「又去釣魚了？」比利眼中閃過一絲微妙的瞭解：「還是去以前那個地方嗎？也許我們該過去那邊看他。」

「不！」我很快地說謊，臉色有點難看：「他去了某個新的……但我不知道在哪裡。」

他看著我的表情，想了一會。

「雅各——」他還在打量著我。「你幫我把車上那幅麗貝卡的新畫拿來，我也想留給查理。」

「在哪？」雅各問，他的聲音很陰沉。我瞥他一眼，但他還是瞪著地板，眉頭皺在一起。

「我想我看見它在行李廂內。」比利說：「不過你可能得找一下。」

雅各無精打采地衝進雨中。比利和我則沉默地看著對方，幾秒之後，沉默逐漸變成尷尬，所以我轉身走進廚房，我能聽見他的輪椅滑過地毯跟著我進來的聲音。我把包裹隨意放在冰箱上層的架上，然後轉身面對他，他深沉的臉色不帶表情。

「查理應該不會很快回來。」我的聲音近乎粗魯。

他同意地點點頭，但沒說話。

「謝謝你的炸魚。」我暗示著。

他還是點點頭。我嘆口氣，手臂環繞在胸前。

他似乎體會到我想要放棄這段談話，於是他開口了：「貝拉……」但有點猶豫。

我等著。

「貝拉——」他再次開口：「查理是我最好的朋友之一。」

「我知道。」

他小心地用顫抖的聲音說著每一個字：「我注意到妳和庫倫家其中一個人在一起。」

「是的。」我簡短地回答。

他瞇起眼：「也許這不關我的事，但我不認為這是個好主意。」

「你說對了——」我同意：「這不關你的事。」

他挑起灰白的眉毛：「妳可能不知道，但庫倫家族在保護區的名聲不佳。」

「事實上，我知道。」我用堅硬的聲音回答他，這讓他驚訝。「但那有點不應該，不是嗎？因為庫倫家人從未踏入保護區，不是嗎？」我知道自己微妙地提起兩邊的協定及對他部落的保護，這讓他退縮了一下。

「是沒錯。」他同意，他的眼神很小心：「妳知道所有關於庫倫家的事……比我以為的更多。」

我沉著臉望著他：「也許比你知道的更多。」

他抿起厚實的唇，思考著。「有可能。」他同意，但他的眼神很敏銳：「查理知道嗎？」他找到我盔甲的漏洞了。

「查理很喜歡庫倫家。」我沒有直接回答。他清楚我的遁詞，臉上露出不太高興的表情，但不驚訝。

「這不關我的事。」他說：「但關查理的事。」

「既然這是我的事，我認為也不關查理的事，對嗎？」

我好奇他是否聽懂我似是而非的辯解，但我掙扎不要說出任何妥協的話。他似乎懂了，他想了一會。雨打在屋頂是沉默中唯一的聲音。

「是的。」他放棄地說：「我想這是妳的事。」

我放鬆地嘆口氣：「謝謝你，比利。」

「但好好想想妳在幹什麼，貝拉。」他力勸。

「好的。」我很快地說。

他皺著眉：「我的意思是說，別繼續做妳現在做的事。」

我望進他的大眼睛，滿滿都是對我的關切，這讓我說不出話來。此時，前門砰的一聲被推開，我嚇得跳了起來。

「車子裡找不到圖畫……」雅各人還沒進來，抱怨的聲音已經傳進來。他的肩膀都被雨淋濕了，當他跑過來時，頭髮的水滴在地板上。

「嗯。」比利咕噥著，突然將輪椅轉向他兒子：「我想我放在家裡了。」

雅各戲劇性地翻翻白眼：「很好。」

「嗯，貝拉，請告訴查理——」比利停了一下才又說：「我是說……我們來過。」

「我會的。」我低聲說。

雅各很驚訝：「我們要走了嗎？」

「查理要很晚才會回來。」比利邊轉著輪椅邊跟他兒子說。

「喔……」雅各看來相當失望：「嗯，那我想我們下次見了，貝拉。」

「好的。」我說。

「小心照顧自己。」比利警告我。我沒有回答。

雅各推著他父親走出門，我隨便地揮揮手，很快瞄一眼我的卡車，愛德華已經離開了，然後我在他們離開前就關上門。

我在門口站了一會，聽著比利的車退出車道的聲音。我等著，等著憤怒和焦慮平息，當緊張感最後終於消退後，我走上樓換衣服。

我試穿好幾款上衣，不太確定對今晚有什麼期望。我專心想著即將到來的今晚，覺得那似乎對我愈來愈重要。現在我沒有賈斯柏和愛德華的影響，但我仍然不覺得害怕。我很快放棄對衣服的精挑細選，抓起破舊的法蘭絨衫和牛仔褲——反正今晚會穿防雨夾克。

電話響起，我衝下樓去接。我只想聽到一個人的聲音，其他人都會讓我失望，但我知道如果他想跟我說話，他可能會直接出現在我房間。

「喂？」我憋住呼吸。

「貝拉？是我。」潔西卡說。

「喔……嗨，小潔。」我掙扎了一會回到現實。我和潔西卡上次說話不過是幾天前的事，卻好像隔了幾個月之久。「舞會如何？」

「太棒了！」潔西卡滔滔不絕地說著，根本不用我問，她不停說著前一晚的事。我只是嗯嗯啊啊不時回應著，並不專心，潔西卡、麥克、舞會、學校……此刻似乎很不對題。我的眼睛持續掃瞄窗戶，試著判斷厚重雲霧中的燈光。

「妳聽到我剛說的嗎，貝拉？」潔西卡興奮地說。

「我很抱歉，妳說什麼？」

「我說，麥克吻了我！妳能相信嗎？」

「那很棒，小潔。」我說。

「所以妳昨天做了什麼？」潔西卡問，仍因為我的不專心而不高興，或可能是因為我沒問細節而不開心。

「沒什麼，我只是在外面晃晃享受陽光。」

我聽見查理車子停在院子的聲音。

「妳知道更多關於愛德華・庫倫的事嗎？」

前門砰一聲開了，我聽見查理坐在椅上的聲音，正放下他的釣具。

「嗯……」我猶豫著，不確定我知道的故事算不算。

「嗨，丫頭！」查理走進廚房喊我，我向他揮揮手。

潔西卡聽見聲音說：「喔，妳爸在。沒關係，我們明天談。三角函數課見。」

「明天見，小潔。」我掛上電話，然後轉頭對查理說：「嗨，爸。魚在哪？」

他在水槽洗手。「我放進冰箱了。」

「在牠們被冰凍前先抓幾條新鮮的出來……比利今天下午來過，帶了幾尾哈利・克利爾沃特的特製炸魚。」我試著用熱情的聲音說。

「他來過？」查理睜大眼：「那是我的最愛。」

我準備晚餐時，查理幫忙清理，這並沒花很多時間，然後我們一起坐在桌邊，沉默地吃著。查理很享受他的晚餐，我絕望地想著該如何完成我的使命，掙扎著想出方法談到這個主題。

「妳今天做了些什麼？」他的問題打斷我的白日夢。

「嗯，今天下午我在屋子附近晃晃。」只是今天下午的一小部分。我試著讓自己的聲音愉悅，但我的胃像穿了一個大洞似的。「早上我去了庫倫家……」

查理的叉子掉了下來。「庫倫醫生家？」他驚訝地問。

我假裝沒注意到他的反應：「是呀。」

「妳在那邊做什麼？」他沒有撿起叉子。

「嗯，我跟愛德華・庫倫在約會，他想把我介紹給他父母親……爸？」

查理看起來好像中風一樣。

「爸，你還好嗎？」

「妳和愛德華・庫倫約會？」他顫聲問。喔喔，聽起來不妙。

「我以為你喜歡庫倫家。」

「他對妳來說太老了。」他嚷著。

「我們都是高中生。」我更正他，雖然他其實說對了。

「等一下……」他停下來：「愛德溫是哪一個？」

「愛德華是最小那個，紅褐髮那個。」最俊美的那個，像神一樣的……

「喔，嗯，那……」他掙扎著：「很好，我想。我不太喜歡最大那個的長相，我知道他是個好孩子，但他長得太……對妳來說太成熟。愛德溫是妳的男朋友嗎？」

「是愛德華，爸。」

「他是嗎？」

「算是吧，我猜。」

「昨天晚上妳才說妳對城內所有男孩都沒興趣。」他撿起叉子，所以我知道他已經不擔心了。

「嗯，愛德華不住在城裡，爸。」

他邊吃邊給我一個不太贊成的眼神。

「再說──」我繼續說：「我們才剛開始，你知道的，爸。不要用那一套男朋友的談話讓我出糗，好嗎？」

「他會來家裡嗎？」

「他等一下就會到了。」

「他要帶妳去哪？」

我大聲地呻吟著：「爸，希望你不要用員警審問那一套來盤問我，我們要和他的家人打棒球。」

他的臉皺起來，最後他笑了：「妳會打棒球？」

「嗯，我想大半時間我應該都是旁觀吧。」

「妳一定很喜歡這個男孩。」他發現了。

我嘆氣然後給他一個白眼。突然我聽見屋外傳來引擎聲，我跳起來，開始收拾餐盤。

「別收了，今晚我可以自己來。妳太寵我了。」

門鈴響起，查理大步去應門，我則在他身後半步。我不知道屋外雨下得多大，愛德華站在門廊的燈光下，看起來像穿著雨衣的男模特兒。

「請進，愛德華。」

因為他說對他的名字，讓我放鬆地嘆了口氣。

「謝謝，史旺警長。」愛德華用尊敬的聲音說。

「請進，叫我查理就行了。這邊，讓我幫你放夾克。」

「謝謝您，先生。」

「找個位子坐，愛德華。」

我對他扮個鬼臉。

愛德華優雅地坐在唯一的一張椅子上，迫使我要跟查理一起坐在沙發，我迅速地狠狠瞪他一眼，而他的反應是在查理背後對我眨眨眼。

「我聽說你要帶我女兒去打棒球。」這只有在華盛頓才會發生——下著大雨還能進行戶外運動。

「是的，先生，這是我們的計畫。」他似乎不感到驚訝我告訴父親實話。當然，他可能有在聽。

「嗯，可以讓你更有力量，我猜。」查理笑了，愛德華也笑了。

「好了。」我站起身：「開我的玩笑開夠了。走吧。」我走出客廳，穿上我的夾克，他們倆跟著。

「別太晚回來，貝拉。」

「別擔心，查理，我會早點送她回來的。」愛德華承諾。

「好好照顧我女兒，可以嗎？」

我呻吟著，但兩人都沒理我。

「她和我在一起會很安全，我保證，先生。」

查理絲毫不懷疑愛德華的誠意，他說的每個字都很真誠。

我跺腳走出去，兩人都笑著，然後愛德華跟出來。我在門廊停住，那裡——在我的卡車後方，是輛大大的吉普車：輪胎比我的腰部還高，頭燈和尾燈有金屬的橫桿，保險桿上有四個大大的聚光燈，紅色的車身。

查理低聲吹了個口哨。「繫好安全帶。」他喊著。

愛德華跟著我，然後走到我旁邊，幫我打開車門。我衡量座位的距離，準備要跳上去，他嘆口氣，用一隻手舉起我，我希望查理沒注意到。他以人類的步伐繞過駕駛座，我試著拉上安全帶，但有太多扣鎖。

「這是什麼？」當他打開車門時我問。

「越野安全帶。」

「喔……」

我試著在一堆扣子中找出正確的安全帶扣，但一下子找不到，他再次嘆氣，傾身過來幫我。我很高興雨很大，雖然查理還站在門廊前，但他應該看不見愛德華的手逗留在我的頸子、撫過我的鎖骨。我放棄幫助他的念頭，努力專心呼吸。

愛德華轉動鑰匙，引擎吼叫著，車子駛離房子。

「這真是一臺……嗯……大吉普。」

「這是艾密特的。我不認為妳想用跑步的。」

「一路用跑的？我們還要用跑的嗎？」我的聲音提高八度。

他緊張的笑：「妳不用跑。」

「平常這輛車停在哪裡？」

「我們改建了一棟建築當車庫。」

「你不繫上安全帶嗎？」

他給我一個不可置信的眼神，然後我聽見喀擦一聲。沒多久，車子開始震動得很厲害。

「我快不舒服了。」

「閉上眼睛，妳會沒事的。」

我咬緊唇，和痛苦奮鬥。他傾身親吻我的額頭，然後呻吟著，我看到他露出迷惑的表情。

「妳在雨中聞起來很棒。」他說。

「是好的還是不好的？」我小心的問。

他嘆口氣：「都有，永遠是兩種都有。」

我不知道他在黑暗和傾盆大雨中是如何找到路的，但他真的找得到路，幾乎不算路，更像是山徑。長長的一陣沉默，我在椅子上跳動得像電鑽一樣，他似乎很享受這樣的路，但一路都沒笑。然後我們到了路的盡頭，樹在吉普的三面圍成牆。雨變成毛毛雨，幾秒才落下一滴，雲層上的天空顯得明亮。

「抱歉，貝拉，從這開始要用走的。」

「你知道嗎？我在這等好了。」

「妳的勇氣到哪去了？妳今天早上就很勇敢。」

「我沒忘記上一次的經驗。」真難想像那只是昨天的事。

他突然就出現在我座位邊，開始解開我的安全帶。

「我在這等，你自己去。」我抗議著。

「嗯……」他很快地想了一下：「看起來我好像得竄改妳的記憶。」

我還來不及反應，他就把我拉下吉普，讓我雙腳著地。地上幾乎是乾的，艾利絲說對了。

「竄改我的記憶？」我緊張地問。

「大致上。」他小心緊張地看著我，但眼中閃著某種幽默。他面對吉普車，將手環過我的頭，傾身向前，將我壓向車門。他靠得更近，臉離我只有一吋，我無處可逃。

「現在——」他低語，氣息成功地讓我分心。「妳到底在擔心什麼？」

「嗯……撞到樹——」我倒抽一口氣：「瀕死，或不舒服。」

他露出一個微笑，然後低下頭，將冰冷的唇靠在我喉嚨上。

「妳現在還會擔心嗎？」他在我肌膚上低語。

「是的。」我試著專心：「擔心撞到樹和不舒服。」

他的鼻子從我的喉嚨畫到下巴，冰冷的呼吸讓我的肌膚發癢。

「那現在呢？」他的唇在我的下巴低語。

「樹……」我喘著氣：「……移動時的不舒服。」

他抬起頭親吻我的眼皮：「貝拉，妳不是真的認為我會撞到樹吧？」

「不，但我可能會……」我的聲音沒有信心。他嗅出勝利的味道。

他輕柔地在我的臉頰親吻，停在我的嘴角：「妳覺得我會讓樹傷到妳嗎？」他的唇撫過我顫抖的下唇。

「不……」我低語。我知道自己應該守住這部分，但我做不到。

「妳看——」他部分的唇撫過我的：「這裡沒有東西值得害怕。」

「對……」我嘆氣，放棄堅持。

然後他猛地用雙手捧起我的臉，他的唇吻上我的，真摯地親吻我。顯然我現在懂得更多了，但我還是像第一次一樣不知道如何控制自己的反應。我應該要維持安全不動的姿勢，但我反而伸出手臂緊緊勾住他的頸子，整個人柔軟地緊貼著他的胸膛，我嘆口氣，我的唇再次張開。他蹣跚地往後退，毫不費力就脫離我的環繞。我的行為實在不可原諒。

「該死，貝拉！」他喘著氣說：「妳會害死我，我發誓妳會。」

我挺直身子，將雙手放在膝上撐著。

「你是長生不死的。」我低聲說，試著恢復我的呼吸。

「在我遇見妳之前我相信這點。現在讓我們離開這裡，在我真的做出蠢事之前。」他喊著。

他像之前一樣將我背起來，我看出他盡量溫柔。我讓雙腿環繞他的腰，為了安全，我的手臂緊緊勾著他的頸子。

「別忘了閉上眼睛。」他嚴肅地警告。

我很快地將臉埋進他肩膀的凹處，緊閉雙眼。我幾乎完全感覺不到他的移動，我能感覺到他的呼吸，就像在人行道上漫步一樣平穩。我很想偷看，想知道他是否真的像之前一樣飛過森林，但我打消念頭，這不值得，會造成可怕的暈眩。我讓自己傾聽他的呼吸和平穩的移動。

我不太確定我們停下來，直到他伸手撫摸著我的頭髮。

「到了，貝拉。」

我鼓起勇氣睜開眼，很確定我們停下來了。我僵硬地鬆開手腳從他背上下來，卻笨拙地用背部著地。

「喔！」當我跌在潮濕的地面時，我發出懊惱的聲音。

他不可置信地看著我，以為我在搞笑。我迷惑的表情顯然讓他覺得更有趣，他笑得很大聲。我起身，逕自拍著身上的塵土和夾克上的樹葉，不想理會他，這讓他笑得更大聲。我惱怒地瞪著森林，感覺他的手臂環著我的腰。

「妳要去哪裡？貝拉？」

「去看棒球賽。你似乎沒興趣參加比賽，但我確定其他人就算沒有你也會玩得很開心。」

「妳走錯方向了。」

我轉身走往相反的方向，故意不看他。

他抓住我。「別生氣，我真的忍不住。妳應該看看妳的臉。」他還是忍不住笑。

「喔，就只有你可以生氣？」我挑起眉毛。

「我不是對妳生氣。」

「貝拉，妳會害死我？」我酸酸地用他剛說的話。

「那是事實。」

我試著轉身不看他，但他緊緊地抓著我。

「你生氣了。」我堅持。

「是的。」

「但你剛說——」

「我不是對妳生氣。妳看不出來嗎？貝拉。」他突然很緊張，所有的玩笑都不見了。「妳不瞭解嗎？」

「看出來什麼？」我問，被他突然的情緒轉換弄迷糊了。

「我永遠不會對妳生氣──我怎麼可能對妳生氣？妳是那麼勇敢、值得信任……和溫暖。」

「那為什麼……？」我低聲問，還記得他抽身離開我的擁抱時呈現的陰鬱和沮喪情緒……為了我的軟弱、我的遲緩、我任性的人性反應而沮喪……

他用雙手捧著我的臉：「我在生自己的氣。」他溫柔地說：「我不能讓妳陷入任何危險──我的存在讓妳危險。有時我真的很討厭我自己，我應該要更堅強，我應該要能……」

我將手放在他的唇上：「不要說了。」

他抓住我的手，將我的手從他的唇移到臉上。

「我愛妳。」他說：「這不是個好理由，但是真的。」

這是他第一次說我愛妳──用這麼多字解釋。他可能無法理解，但我能。

「現在，試著別再出事。」他繼續說著，低頭輕柔地吻著我。

我全身僵硬，然後嘆口氣：「你答應過查理會早點送我回家的，記得嗎？我們最好快點走。」

「遵命，夫人。」

他露出渴望的微笑，一手牽著我，帶我穿過高聳茂密又潮濕的蕨葉和地表覆蓋的青苔，越過濃密的鐵杉，然後我們就到了──奧林匹克高峰山腳一大片寬廣的空地，比任何棒球比賽場地大上兩倍。

其他人都到了：艾思蜜、艾密特和羅絲莉坐在突出的岩石上，離我們很近，大概只有一百碼，更遠些是賈斯柏和艾利絲，至少有二十五哩遠，他們在丟著東西，但我看不見球。卡萊爾好像在做壘包，但他們有可能打那麼遠嗎？

當我們走近點後，岩石上三個人都站起身。艾思蜜看著我們，艾密特則望著羅絲莉的背，羅絲莉優雅地走進球場，並沒有看我們。我的胃不斷抽搐。

「我們剛聽見的是你嗎，愛德華？」艾思蜜走近我們問道。

「聽起來像是熊的叫聲。」艾密特說。

我對艾思蜜猶豫地笑：「是他。」

「貝拉不是故意搞笑。」愛德華解釋，很快地結束這個話題。

艾利絲從遠方跑——或該說以優美的舞姿朝我們而來。她跑得很快但優雅地停在我們面前：「比賽要開始了。」她說。

她才剛說完，雷聲轟隆打在我們身後的森林，然後往西邊打向城鎮。

「真令人毛骨悚然，不是嗎？」艾密特用輕鬆的口吻說，向我眨眨眼。

「我們走吧。」艾利絲牽住艾密特的手，兩人帶頭走進廣大的球場，她像羚羊一樣跑著，雖然艾密特不怎麼優雅，但一樣很快——不比羚羊差。

「妳準備好要看球賽了嗎？」愛德華問，明亮的眼睛充滿渴望。

我試著讓聲音聽起來帶有適當的熱情：「加油！」

他輕笑，揉亂我的髮，跳向其他兩人。他的跑步更具活力，像印度豹而不是羚羊，他很快趕上他們。他的優雅和力道讓我無法呼吸。

「要開始記分了嗎？」艾思蜜用她音樂般的聲音問，我才發現自己張大嘴看著愛德華，我很快調整我的表情，點點頭。艾思蜜離我有好幾步距離，我猜想她可能試著小心地不要嚇到我。她用穩定的步伐向我走來。

「妳不跟他們一起玩？」我羞怯地問。

「不，我當裁判——我得讓他們維持誠實。」她解釋。

「他們喜歡作弊嗎？」

「喔，當然——妳應該聽聽他們吵架的內容！事實上，我希望妳沒機會聽到，妳會以為是一群狼大叫。」

「妳的話聽起來像我媽一樣。」我驚訝地笑了。

她也笑了：「嗯，在許多地方我都覺得他們像是我的孩子。我從不掩飾我的母性本能……愛德華有告訴妳我失去過一個孩子嗎？」

「沒有。」我低聲說，僵住了，慌亂地想著她終生都將帶著那個記憶。

「我第一個也是唯一的孩子。他生下來幾天後就死亡了，可憐的小東西。」她嘆口氣：「這讓我的心都碎了——所以我才會跳下懸崖，妳知道的。」她用不帶感情的口吻說。

「愛德華只說妳跌下去。」我結結巴巴地說。

「永遠那麼體貼。」她笑了。「愛德華是我們重生後的第一個孩子——我一直這樣認為，雖然某方面來說，他比我老。」她給我一個溫暖的微笑。「這也是為什麼我很高興他找到妳，親愛的。」這聲親愛的從她口中自然地說出。「他落單太久了，看到他孤單讓我心痛。」

「妳不介意？」我有點猶豫地問：「我這樣對他是……不好的？」

「不。」她說：「妳正是他要的，總有方法可以解決問題。」但她的眉頭皺了起來，明顯露出擔憂。

另一記雷聲響起。艾思蜜停下來，顯然我們已經走到球場邊緣了。看來他們已經組好隊：愛德華在左外野，卡萊爾防守一、二壘，艾利絲投球——站在應該是投手區的土堆。艾密特轉著鋁棒，揮動時在空氣中發出難以形容的口哨聲。我等著他走向本壘，但當他做出擊球姿勢時，我才發現原來他站的地方就是本壘板——離投手位置比我想的還遠。賈斯柏站在他身後，準備接球。當然，他們都沒戴手套。

「好了。」艾思蜜用清亮的聲音喊著，我知道連最遠的愛德華都能聽見。「打擊手預備。」

艾利絲站得筆直，動也不動，但其實是一種欺敵戰術，她並沒有大動作地投出球，反而很鬼祟，她用雙手握球，舉在腰間，然後，宛如眼鏡蛇的攻擊方式，她的右手突然地甩動，球就進了賈斯柏手中。

「這算好球嗎？」我低聲問艾思蜜。

「如果他們沒打中，就算。」她告訴我。

賈斯柏猛力將球投回艾利絲等候的手中，她露齒一笑，然後再次投出。此時打擊者擊中這顆我根本沒看見的球，擦棒的聲音像雷聲般響亮，在山谷內迴響——我立刻知道為何要等到打雷時了。球像流星一樣畫過球場，飛向周圍的森林。

「全壘打！」我低聲說。

「等一下——」艾思蜜小心緊張地聽著，一隻手舉起來。艾密特在本壘間徘徊，卡萊爾尾隨著他，我發現愛德華不見了。

「出局！」艾思蜜高聲喊著。我不可置信地看著愛德華從樹叢內走出來，手上拿著球，大聲笑著。

「艾密特最會打擊。」艾思蜜解釋：「但愛德華跑得最快。」

球賽繼續，在我的眼前，不可能有任何球員的速度像他們一樣快，他們在球場中奔跑。然後我知道他們等打雷才能玩球的另一個理由，當賈斯柏試著躲開愛德華堅固的防守時，擊出一個滾地球飛向卡萊爾，卡萊爾跑向球，然後賈斯柏跑到一壘，當他們相撞時，聲音像兩顆大石頭掉落一樣響亮。我關心地跳起來，但他們似乎毫髮未傷。

「好球！」艾思蜜清亮的聲音宣布。

羅絲莉趁著艾密特的中外野高飛球奔回本壘，艾密特這一隊以一分領先。愛德華在第三局出局，他帶著興奮衝向我。

「妳覺得怎麼樣？」他問。

「有件事我很確定，我再也不能看大聯盟球賽了。」

「說得好像妳以前常看似的。」他笑了。

「不過我有一點失望。」我逗他。

「為什麼？」他困惑地問。

「嗯，如果我能找到一件你們做得比地球上其他人差的事會更好。」

他露出招牌的帥氣笑容，差點又讓我無法呼吸。

「我要上場了。」他說，轉頭走向球場。

他是個聰明的球員，擊出低飛球，低於羅絲莉在外野防守的高度，在艾密特接到球回傳前跑上二壘。卡萊爾擊出一個外野高飛球——隆隆聲讓我耳朵受不了——他和愛德華合作無間，艾利絲和他們優雅地擊掌。

球賽繼續進行，積分不斷改變，他們互相嘲弄對方，有種街頭球賽的氣氛，偶爾艾思蜜會叫他們規矩些。雷聲隆隆，但此地完全無雨，一如艾利絲的預測。

輪到卡萊爾打擊，愛德華防守，艾利絲突然大聲地倒抽一口氣。我的眼光和平常一樣停在愛德華身上，我看到他轉過頭去看她，他倆的眼光相遇，有一股暗潮流動。他在其他人還沒開口問艾利絲怎麼了之前趕到我旁邊。

「艾利絲？」艾思蜜的聲音很緊張。

「我看不見——我說不出。」她低聲道。

此時其他人已經聚集過來。

「艾利絲，怎麼了？」卡萊爾用帶著權威的平靜口氣問。

「他們旅行的速度比我想的快，我發現之前看到的是錯的。」她低聲說。

賈斯柏傾身向她，露出保護的姿勢。「事情發生變化了嗎？」他問。

「他們聽見我們打球，這改變了他們的步調。」她懊悔地說，好像她要為這件嚇到她的事負責似的。七對眼睛很快地看向我又轉開。

「多快？」卡萊爾問，轉身看愛德華，緊張的神情在他臉上一閃而過。

「不到五分鐘，他們用跑的——他們也想參加。」

「你做得到嗎？」卡萊爾問愛德華，他的眼睛又看了我一下。

「不，就算沒背……」他簡短地回答。「再說，我們最不應該做的事就是讓他們聞到氣味想狩獵。」

「有幾個人？」艾密特問艾利絲。

「三個。」艾利絲簡潔的說。

「三個？」他藐視地嘲笑：「讓他們來。」強健的肌肉鼓起在他粗壯的手臂上。

這段時間似乎很漫長，卡萊爾慎重地思索著。只有艾密特似乎未受到干擾，極為鎮定，其他人帶著焦慮的眼神望著卡萊爾的臉。

「我們繼續比賽。」卡萊爾最後決定，他的聲音很冷靜：「艾利絲說他們只是好奇。」

這些對話不到幾秒。我小心地聽著，想聽懂其中的意含，我看見艾思蜜用唇語問著愛德華，他沉默地搖搖頭，臉上出現輕鬆的神情。

「妳當捕手，艾思蜜。」他說：「現在——開始。」

愛德華站在我身前像要保護我。其他人轉身進入球場，用尖銳的眼神仔細巡視著森林。艾利絲和艾思蜜似乎以我站的地方為圓心。

「把妳的頭髮放下來。」愛德華用低沉平靜的聲音說。

我順從地將馬尾放下來，搖搖頭鬆開。

我看著他：「其他人要來了？」

「是的，待著別動，保持安靜，千萬不要從我身邊走開。」他隱藏聲音中的壓力，但我聽得出來。他將我的長髮往前撥，遮住我的臉。

「這沒有幫助——」艾利絲輕柔地說：「我在球場這頭都聞得到她。」

「我知道。」他的聲音有明顯的沮喪。

卡萊爾站在本壘，其他人意興闌珊的加入球賽。

「艾思蜜問你什麼？」我低聲問。

他猶豫了幾秒才回答：「他們是否飢渴。」他不情願地低聲回答。

時間滴答經過，球賽無趣地進行著。沒有人敢用長打，艾密特、羅絲莉和賈斯柏的眼神徘徊在內野。儘管我懷著恐懼，我還是注意到羅絲莉的眼睛看著我，他們都面無表情，但她的表情讓我覺得她在生氣。愛德華根本沒注意球賽，目光和心思都關切著森林內的動靜。

「我很抱歉，貝拉。」他激動地說：「這樣愚蠢、不負責任地讓妳曝光，我真的很抱歉。」

我聽到他憋住呼吸，眼光盯著右外野。他向前半步，擋住我。卡萊爾、艾密特和其他人都轉向同一個方向，我的耳朵聽見某種東西穿過的聲音。

chapter 18

狩獵行動

「你們的狩獵範圍？」羅倫特隨意地問。

卡萊爾不理會這個問題背後的目的。

「主要是奧林匹克半島附近山脈，視情況延伸到海岸山脈。

我們固定居住在這裡，

還有另一群跟我們類似的住在阿拉斯加的丹奈利國家公園區。」

他們一個接一個從森林邊出現，大約離我們有十二哩遠。第一位男性出現後立刻側身，讓另一位男性站在前面，顯然第二位高大黑髮的男子是這個團體的領袖。第三位是女性，從這樣遠的距離，我只能看到她的紅色長髮。他們小心地走向愛德華家人，排成一列，展現自然的部落尊重——當掠食者遇到一個不熟悉族群時的姿態。

當他們接近時，我能看出他們和庫倫家族的不同：他們走起路來像山貓，步伐很大，隨時可轉變成蹲伏狀。他們的穿著類似一般的背包客：牛仔褲和休閒式的有扣襯衫，材質是某種沉重的防水布料，衣料都磨損了，還赤著腳。兩個男人都是短髮，女人明亮的紅髮上滿是樹葉和樹木的碎片。

他們銳利的眼神小心打量著，卡萊爾彬彬有禮地站在打擊區，側面是艾密特和賈斯柏，兩人往前走迎接他們。他們之間似乎不用溝通，舉止自然。

前方的男人是三人中最漂亮的，橄欖色的肌膚底層其實一樣蒼白，頭髮油亮烏黑，體態中等，肌肉強健——當然還是比不上艾密特。他展現一個輕鬆的微笑，露出尖銳的白牙。女性比較狂野，她的眼神反覆看著迎向他們的這兩位男性，以及我身邊的這群人，亂髮因微風而飄揚，姿勢像貓一樣。第二位男性不引人注意地在後頭徘徊，比他們的領導瘦，明亮的棕髮和正常的體態，他的眼神雖然自然，卻似乎充滿警覺，他的眼睛也不同，不像我期望的金色或黑色，而是深沉的酒紅色，邪惡又讓人心神不寧。

黑髮的男子帶著微笑走向卡萊爾。「我們認為聽到了球賽。」他用帶點法國腔的輕鬆語調說：「我是羅倫特，這是維多利亞和詹姆斯。」他指著他身後的吸血鬼。

「我是卡萊爾，這是我的家人：艾密特和賈斯柏、羅絲莉、艾思蜜和艾利絲、愛德華和貝拉。」他指出每一個人，慎重地不讓任何人顯得突出。當他說出我的名字時，我感到震驚。

「你還有位置容納更多球員嗎？」羅倫特和藹可親地問。

卡萊爾用同樣友善的聲調回答：「其實我們才剛結束，但下次我們當然有興趣，你們打算在這附近待很久嗎？」

「事實上，我們要一路往北，但我們很想來看看鄰居。我們很久都沒遇到同伴了。」

「這一區通常沒人，除了我們偶爾會來之外，只有少數的訪客──像你們。」

緊張的氣氛緩慢退去，變成尋常的客套寒暄，我猜賈斯柏用他特別的能力在控制環境。

「你們的狩獵範圍？」羅倫特隨意地問。

卡萊爾不理會這個問題背後的目的。「主要是奧林匹克半島附近山脈，視情況延伸到海岸山脈。我們固定居住在這裡，還有另一群跟我們類似的住在阿拉斯加的丹奈利國家公園區。」

羅倫特輕輕地轉動腳踝。「固定住在這？你們是如何做到的？」他的聲音中有真誠的好奇。

「你們何不到我家，我們可以舒適地談談。」卡萊爾邀請。「說來話長。」

詹姆斯和維多利亞似乎因為他說出「家」這個字眼而交換一個驚訝的眼神，但羅倫特比較能控制他的表情。

「這聽起來很有趣，也很吸引人。」他的微笑很親切。「我們從安大略一路狩獵過來，還沒機會好好打理一下自己。」他感激地看著卡萊爾優雅的外表。

「無意冒犯，但如果你們能不在這地區狩獵我們會很感激。我們必須不引人注意，你知道的。」卡萊爾解釋。

「當然。」羅倫特點點頭：「我們不會侵犯你的領土，我們只會在西雅圖以外的地方。」他笑了。我的脊椎一陣顫慄。

「如果你們願意跟我們一起跑，我們可以帶路。艾密特和艾利絲，你們和愛德華及貝拉一起搭吉普車。」

他小心地補充。

當卡萊爾一說完，三件事似乎同時發生：我的頭髮被微風吹亂；愛德華整個人僵住；第二個男人——詹姆斯——突然盯著我、仔細端詳，他的鼻孔張得大大的。

當詹姆斯踏前一步蹲伏時，現場所有人都呈現某種緊張的氣氛。愛德華張大口，也蹲伏防備著，他的喉嚨發出野性的吼聲，和我今天早上聽到的不同，是種我沒聽過的威脅聲調，我整個人從頭涼到腳。

「這位是？」羅倫特的聲音中有掩不住的驚訝。詹姆斯或愛德華並沒有鬆懈他們進攻的姿勢。詹姆斯佯裝移向旁邊，愛德華迅速地回應。

「她和我們一起。」卡萊爾用堅定的口吻面對詹姆斯。羅倫特似乎聞到我的氣息，但不像詹姆斯，他臉上只露出疑惑的表情。

「你們的點心？」他的表情不太相信，往前走了一步。

愛德華發出的聲音更為兇猛粗啞，他的唇嘛起，露出牙齒。羅倫特退了回去。

「我說過她是我們一夥的。」卡萊爾用同樣堅定的語氣更正他。

「但她是人類。」羅倫特反駁。這字眼不具攻擊性，但帶著驚訝。

「是的。」艾密特顯然站在卡萊爾這一邊，他的眼睛盯著詹姆斯。詹姆斯緩緩取消蹲伏的姿勢，但他的眼睛並沒有離開我，他的鼻孔還是噴著氣。愛德華像獅子一樣站在我前方保持警戒。

當羅倫特說話時，他的聲調很平靜，試著消除突然的敵意。「顯然我們彼此有許多需要學習的。」

「的確。」卡萊爾的聲音還是很冷靜。

「我們還是願意接受你的邀請。」他的眼睛瞄一下我，然後轉回卡萊爾：「當然，我們不會傷害人類的女孩，我們不會在你們的範圍內狩獵，我說過的。」

詹姆斯不可置信地看著羅倫特，他和維多利亞交換一個簡短的眼神，他的眼睛和表情閃過惱怒。

卡萊爾打量羅倫特的表情好一會之後才說話：「我們會帶路。賈斯柏、羅絲莉、艾思蜜？」他喊著。

他們本來集合在一起擋住我，現在艾利絲站在我旁邊，艾密特緩緩地退後，當他退向我們時，他的眼睛還是鎖定在詹姆斯身上。

「我們走，貝拉。」愛德華的聲音既低沉又陰冷。

整個過程我像被釘在地上似的，被這一切嚇壞了，愛德華必須抓住我的手肘拉著我走，因此打斷我的恍惚，艾利絲和艾密特緊跟在我們後面掩護我。我蹣跚地跟著愛德華，還是充滿恐懼而動彈不得，我聽不見這些人走了沒。當我們以人類的速度到達森林邊時，愛德華的耐心顯然用盡了。

我們一進入森林，愛德華立刻將我背在背上，但並沒有停下腳步。當他大步疾行時，我盡可能緊緊抓住他，其他人緊跟著我們。我垂下頭，但我的眼睛帶著恐懼睜得大大的並沒有閉上。他們像鬼魂一樣進入現在一片漆黑的森林，當愛德華健步如飛時，他平常該有的愉快心情完全消失了，取而代之的是盛怒，這讓他走得更快，就算背著我，其他人還是遠遠落後。

我們很快就到達吉普車，愛德華快速地將我丟在後座。「把她綁好。」他對坐在我旁邊的艾密特下令。

艾利絲已經坐在前座，愛德華啟動引擎，車子吼叫著突然後退、轉向，面對迂迴的小徑衝出去。愛德華吼叫著一些我聽不懂的話——很像是髒話。顛簸的路比來時更糟，黑暗讓我更加恐懼，艾密特和艾利絲擔憂地看著我。當我們加速開上主要道路後，我才覺得好些。我們一路向南，遠離福克斯。

「我們要去哪？」我問。

沒有人回答，也沒有人看我。

「該死，愛德華！你要把我帶去哪裡？」

「我們得讓妳遠離這裡——愈遠愈好。」他沒有回頭看我，他的眼睛盯著路。時速表顯示一〇五哩。

「回頭！你得帶我回家！」我喊著，試著掙脫愚蠢的安全帶，因為被綁起來而落淚。

「艾密特！」愛德華嚴厲地喊著。然後艾密特用他鋼鐵般的手按住我。

「不！愛德華！你不可以這樣做。」

「我必須，貝拉，現在請安靜。」

「我不要，你要帶我回家！否則查理會通知聯邦調查局，他們會到你家——卡萊爾和艾思蜜，他們會被迫離開，永遠躲藏！」

「安靜，貝拉。」他的聲音很冷靜：「我們以前也流浪過。」

「但不要因為我，不行！不要因為我毀了一切！」我猛烈地掙扎著，但完全沒用。

「愛德華，把車停到路邊。」艾利絲第一次開口說話。

他給她一個堅毅的眼神，然後加速。

「愛德華，讓我們談一談。」

「妳不瞭解——」他的聲音很沮喪，我從未聽過他如此大吼，聲音在車內迴響著。時速表現在是一一五哩。「他是個追蹤客，艾利絲，難道妳沒看到嗎？他是個追蹤客。」

我感到艾密特在我身邊僵住了，我好奇他對這個字的反應。這個字對其他三個人比對我更有意義，我想要瞭解，但沒有機會讓我發問。

「愛德華，把車停到路邊。」艾利絲的聲音很理性，有種我沒聽過的權威。時速表現在是一二〇哩。

「聽話，愛德華。」

「聽著，艾利絲，我知道他們想的。追蹤是他們的激情，他已經對追蹤入迷了，他要她，艾利絲，特別是她。他今晚就會狩獵。」

「他並不知道——」

他打斷她：「妳覺得他需要多久才能聞出她在鎮上的味道？他已經有了決定，在羅倫特開口之前。」

我倒抽一口氣，知道我的氣味會帶領那個追蹤客……「查理！你不能把他留在家裡！不能留下他一個人。」我更激烈地掙扎著。

我注意到速度慢下來了，然後車子尖叫著停在高速公路路肩。我掙脫安全帶，癱軟地靠在椅背。

「讓我們看看有哪些選擇。」艾利絲哄著他。

「她是對的。」艾利絲說。車子略微減速。

「沒有選擇！」愛德華嘶吼著。

「我不能棄查理不顧！」我也喊著。

「閉嘴，貝拉。」

「我們得帶她回去，」艾密特最後說。

「不！」愛德華很堅定。

「他打不過我們，愛德華。他碰不到她的。」

「他會等。」

艾密特笑了：「我也能等。」

「你沒看見——你不瞭解。一旦他立志成為狩獵者，他就不會改變主意。我們必須殺死他。」

艾密特看起來對這個主意不太在乎：「這是另一個選擇。」

「還有那個女的，她是跟他在一起的，如果變成大戰，那個首領也會加入他們的陣營。」

「我們有足夠的人手。」

「那是另一個選擇。」艾利絲安靜地說。

愛德華轉身用狂怒的眼神看她，他的聲音憤怒咆哮：「沒——有——其——他——的——選——擇！」

艾密特和我都用震驚的眼神看著他，但艾利絲似乎並不驚訝。愛德華和艾利絲互相瞪著對方，沉默了好久好久。

我打破沉默：「有沒有人要聽聽我的計畫？」

「沒有。」愛德華再度咆哮著。艾利絲看了他一眼，終於生氣了。

「聽著——」我懇求著：「你載我回家。」

「不！」他打斷我。

我看他一眼繼續說：「你載我回家，我告訴我爸我要回去鳳凰城的家，然後打包行李，等到追蹤客監視我們後，我們就跑走。他會跟著我們，留下查理一個人。查理就不會打電話給聯邦調查局去你們家搜索，然後你可以帶我到任何你想去的該死地方。」

他們全都目瞪口呆地望著我。

「這主意不壞，真的。」艾密特的驚訝對我來說真像是侮辱。

「這可能有效。我們不能讓她父親暴露在危險下，你知道的。」艾利絲說。

每個人都看著愛德華。

「這很危險，我不要他出現在她方圓百哩之內。」

艾密特超有自信：「愛德華，他無法經過我們這關的。」

艾利絲想了一會：「我沒看見他攻擊，他在等我們讓她落單。」

「他很快就會知道這不可能發生。」

「我要求你送我回家。」我試著讓聲音聽起來堅定。

愛德華將他的手壓在太陽穴上，眼睛無奈的閉起。

「求你……」我更小聲說。

他沒有看我。當他開口時，他的聲音很乾澀：「妳今晚就得離開，無論追蹤客是否出現。妳要告訴查理妳無法在福克斯再待下去，一分鐘都待不下去——無論妳編出什麼故事。手邊拿到什麼就打包什麼，然後跳進卡車，我不管他怎麼說。妳有十五分鐘——妳聽到我說的了嗎？從妳進門開始十五分鐘。」

吉普車發動，他調頭，輪胎發出尖銳的聲音，時速表的指針幾乎衝破最高限速。

「艾密特？」我看著我的手。

「喔，抱歉。」他鬆開我。

接下來除了引擎的吼聲之外沒有人說話。然後愛德華開口了：「計畫是這樣的——當我們到達後，如果追蹤客不在那兒，我會陪她進門，然後她有十五分鐘。」他從照後鏡看我一眼：「艾密特，你監視屋外。艾利絲，妳先上卡車。我會一直在屋內，等到她出來，之後你們兩個把車開回家，回報卡萊爾。」

「我不同意！」艾密特打斷他：「我要跟著你。」

「想一想，艾密特。我不知道我們要離開多久。」

「直到我們知道要走多遠為止，我都會跟著你。」

愛德華嘆口氣：「如果追蹤客真的在那邊——」他繼續說著：「我們就繼續開。」

「我們會在他行動之前逮到他的。」艾利絲信心滿滿地說。

愛德華似乎接受這個說法。無論他跟艾利絲之間有什麼問題，他現在選擇相信她。

「那吉普車怎麼處理？」艾利絲問。

他的聲音很嚴厲：「妳把它開回家。」

「不，我才不要。」她平靜地說。

難以理解的緊張情緒又浮現。

「我的卡車載不下我們幾個。」我低聲說。

愛德華似乎沒聽見。

「我想你應該讓我一個人離開。」我說得很小聲。

他聽見了。「貝拉，請依我說的做，就這一次。」他從牙縫中擠出話來。

「聽著，查理並不是笨蛋。」我抗議說：「如果你明天不在城裡，他會起疑心的。」

「這不重要。我們只要確定他安全就夠了。」

「那追蹤客怎麼辦？他看到你們今天的表現，他會認為你和我在一起，無論你是不是。」

艾密特看著我，再次展現無禮的驚訝。「愛德華，聽她的——」他爭辯著：「我想她是對的。」

「是的，她是。」艾利絲也同意。

「我做不到。」愛德華的聲音很冰冷。

「艾密特也應該留下來。」我繼續說著：「他當然會盯著艾密特。」

「什麼？」艾密特轉身瞪著我。

「如果你留下來對他來說是個誘餌。」艾利絲同意地說。

愛德華不敢相信的看著她：「妳以為我會讓她一個人走嗎？」

「當然不——」艾利絲說：「賈斯柏和我會照顧她。」

「我做不到。」愛德華再次說著，但這次聲音中有點挫敗的味道，他認可我的邏輯。

我試著勸服他：「在這待一週……」我從鏡子看到他的表情然後更正：「或幾天，讓查理知道你沒有綁架我，讓詹姆斯徒勞無功地追捕不到我。確定他完全沒辦法找到我之後，就過來跟我會合——當然，你得不斷繞圈子——那時賈斯柏和艾利絲就能回家了。」

我知道他開始思考這個想法。

「在哪裡跟妳會合？」

「鳳凰城。」當然。

「不，他會聽見妳要去那邊。」他不耐煩地說。

「你會讓他以為這是詐術，顯然他知道我們知道他在聽，他不會相信我真的去我說的地方。」

「她是個惡魔。」艾密特竊笑。

「萬一不成功呢？」

「鳳凰城有幾百萬人口。」我告訴他。

「很容易找到電話簿。」

「我不會回家的。」

「喔？」他詢問著，聲音中有著不安。

「我已經夠大了，可以自己找住的地方。」

「愛德華，我會跟她在一起的。」艾利絲提醒他。

「妳們在鳳凰城要做什麼？」他嚴厲地問她。

「待在屋內。」

「我滿喜歡這個主意的。」艾密特想將詹姆斯逼入絕境——毫無疑問。

「閉嘴，艾密特。」

「聽著，如果我們跟她在一起，跟詹姆斯決鬥比較可能會造成傷害，她可能受傷，或者你因為要保護她而受傷。如果我們讓他落單……」他話沒說完，但緩緩低聲竊笑。我是對的。

然後吉普車減速了，緩緩開進城內。儘管我說出這些勇敢的話，但我知道我的汗毛直豎，不過我又想到查理獨自待在屋內，所以我試著更勇敢些。

「貝拉——」愛德華的聲音很溫柔，艾利絲和艾密特各自望向窗外。「如果妳出事——任何事，我個人要負全責。妳瞭解嗎？」

「是的。」我喘不過氣來。

他轉向艾利絲：「賈斯柏能做到嗎？」

「對他有點信心，愛德華。他能做得非常、非常好，他會考慮一切的。」

「妳能應付得來嗎？」

優雅的小艾利絲將她的唇噘成可怕的鬼臉，從喉嚨發出咆哮，我嚇得在座位上發抖。

愛德華對她微笑。「把妳的意見留給自己。」他突然低聲說。

chapter 19
告別

「走開，愛德華。」

我對他大喊，當著他驚愕的臉甩上大門、衝進屋內。

「貝拉？」查理衝進客廳。

「不要煩我！」

我含著淚對他尖叫——這方法真是無情。

快的事。查理正在等我，全屋子的燈都亮著。我試著想出能讓我離開的方法，但腦中一片空白，這不會是件愉快的事。

愛德華緩緩將車停在我的卡車後面。他們三人都保持警戒，在座位上僵直地聽著周圍樹木的聲音，檢視每個陰影，嗅聞著所有氣味，尋找可能出現的東西。引擎熄火後，我動也不動地坐著，他們繼續小心地聆聽周遭的動靜。

「他不在這邊。」愛德華緊張地說：「我們行動吧。」

艾密特幫我解開安全帶。「別擔心，貝拉。」他用低沉但輕快的聲音說：「我們會很快處理好一切的。」

我坐在後座，看著艾密特，眼淚禁不住滑落。我才剛熟悉愛德華，我想要更瞭解他，但今晚之後，我不知道要等多久才能再見到他，這念頭讓我痛苦不堪。說再見的痛楚將會啃噬我接下來的逃亡時光，這念頭讓我淚如雨下。

「艾利絲，艾密特。」愛德華一下令，他倆立即無聲地衝入黑暗中，隨即消失。愛德華為我打開車門，握住我的手，將我拉向他，用手臂環繞著我像要牢牢保護我似的。然後他摟著我轉身走向屋子，眼睛不斷搜尋著夜幕之下的動靜。

「十五分鐘。」他低聲警告。

「我可以的。」我哽咽地說，我的眼淚給了我靈感。

我停在門廊前，用雙手捧住他的臉，熱烈地望進他的眼中。「我愛你。」我用輕聲但強烈的感情說：「無論發生什麼事，我都永遠愛你。」

「妳什麼事都不會發生的，貝拉。」他也熱烈地說。

「就依計畫進行好嗎？為了我，一定要讓查理平安。雖然經過今晚之後，他應該不會再喜歡我了，我希望以後能有機會說抱歉。」

「進去吧，貝拉，我們得快點。」他的聲音既急迫又堅持。

「再一件事——」我低聲說：「別聽進我今晚說的任何話！」

他靠著屋子，所以我踮起腳尖，出乎他意料之外地，盡我一切的力量，親吻他冰冷的唇。然後我轉身打開門。

「走開，愛德華。」我對他大喊，當著他驚愕的臉甩上大門、衝進屋內。

「貝拉？」查理衝進客廳。

「不要煩我！」我含著淚對他尖叫——這方法真是無情。我跑上樓進入房間，大聲甩門並上鎖。接著衝向床，撲身從地板撿起我的旅行包，轉身在床墊下搜出我的舊襪子，裡面藏著我的私房錢。

查理大力敲著我的房門。

「貝拉，妳還好嗎？怎麼了？」他的聲音很震驚。

「我要回家！」我大喊，明顯的心碎聲調。

「他傷害妳了嗎？」他的語氣近乎憤怒。

「沒有！」我高八度地大喊。我轉向衣櫃，愛德華已經在那邊了，沉默地用一隻手隨意地拉出衣服丟向我。

「他跟妳分手了嗎？」查理困惑地問。

「不！」我大喊，微喘著氣把東西丟進背包內。愛德華將另一個抽屜內的東西丟向我，背包快滿了。

「貝拉，到底怎麼了？」查理隔著門大喊，用力鎚著門。

「我跟他分手了！」我大喊，使勁想拉上背包拉鍊。愛德華將我推開，替我輕鬆拉上。將背包斜背過我的肩頭。

「我會在卡車上——走！」他低聲說，將我推向門口，便從窗外消失。

我打開門，粗魯地推開查理，背著沉重的背包急忙跑下樓。

「發生什麼事了？」他喊著，就跟在我後面。「我以為妳喜歡他？」

他在廚房抓住我的手肘，雖然他很迷惑，但抓得很緊。他讓我轉身面對他，我能看到他臉上的表情，他不會讓我離開的。情急之下我想出一個方法，但這將會傷他至深，我討厭地想著：之前怎麼會沒想到？但我沒有時間了，我得讓他平安才行。

我怒視著我的父親，眼淚不斷湧出，正符合我的需要。「問題就是我真的喜歡他。但我不能！我不要在這生根！我不想要像媽一樣在這個愚蠢無聊的小鎮終此一生！我不要再犯跟她一樣的錯誤！我討厭這裡——我一分鐘都待不下去了。」

他的手臂垂下來，好像我全身通了電似的。他鬆開對我的抓握，我趁此機會轉身，不敢再看他震驚受傷的臉，急衝向大門。

「貝拉，妳不能現在走，現在很晚了。」他在我身後喊著。

我沒有回頭：「如果我累了會睡在卡車上。」

「再多等一星期。」他懇求，仍然滿臉震驚。「芮妮那時會過來。」

這超乎我的計畫。「什麼？」

看到我的猶豫，查理急切、帶著放鬆的口吻滔滔不絕：「妳出門時她來過電話。他們在佛羅里達所有事情都進行得很順利，萬一費爾本週末還是沒簽約的話，他們就會回到亞歷桑那來，響尾蛇隊的助理教練說他們可能有另一個游擊手的位置可以給他。」

我搖搖頭，試著重組我困惑的思緒。每多留一秒，查理就多一分危險。

「我有鑰匙。」我低聲說，同時轉開門把。他和我站得很近，一隻手攔住我，他的神情茫然。我不能再浪費時間跟他爭辯，我要進一步打擊他來完成我的計畫。

「請讓我走，查理。」我重複著我媽多年前走出這扇門時說過的話，我盡量用最憤怒的口吻說出來，我邊打開門邊說：「這是沒辦法解決的，好嗎？我真的、真的很討厭福克斯。」

我殘酷的措詞生效了，查理整個人僵在門階前，望著我衝往屋外的夜幕。這短短幾碼路都令我恐懼，我發狂似的衝上卡車，不敢想像身後的黑暗會有什麼。我把背包丟在卡車後頭、拉開車門，鑰匙已經在插孔上等著我。

「我明天會打電話給你的！」我喊著，希望今晚之後能有機會向他解釋清楚，向他說明我絕不是有意這樣做的。我啟動引擎衝出去。

愛德華碰觸我的手。「開到路邊。」當房子和查理都消失在後方之後他說。

「我能開。」我說著，眼淚還不斷滑落臉頰。

他修長的雙手突然抓住我的手腕，他的腳將我的腳推離開油門踏板，然後將我拉到他的膝上，我的手鬆開方向盤，突然之間他人就坐在駕駛座了，但卡車完全沒偏離方向，一吋都沒有。

「妳根本找不到我家。」他解釋。

我們身後突然出現燈光，我恐懼地回頭看。

「是艾利絲。」他向我保證，握住我的手。

我的腦中還充滿著查理站在門口的景象。「追蹤客呢？」

「他聽見妳最後的表演內容了。」愛德華嚴肅地說。

「查理?」我害怕地問。

「追蹤客正在跟蹤我們,他現在就在我們後面。」

我全身打著冷顫:「我們跑得過他嗎?」

「不。」但他邊說邊加速,卡車引擎發出哀鳴聲抗議著。

我的計畫看起來突然沒那麼聰明了。當卡車顛簸著在路上加速飛馳時,我轉過身望著後頭艾利絲的車燈,突然一個黑色陰影出現,我嚇得毛骨悚然尖聲大叫,直到愛德華用手遮住我的嘴。

「那是艾密特!」他鬆開我的嘴,用他的手臂摟著我的腰。「沒事了,貝拉。」他承諾:「妳會安全的。」

我們加速穿過安靜的小鎮,朝北方高速公路開去。

「我不曉得妳覺得小鎮生活如此無聊。」他隨意地說,我知道他是想讓我分心。「看起來妳適應得很好——特別是最近。也許我該歸功於我自己,讓妳的生活變有趣了。」

「我剛做得很過分。」我懺悔著,無視於他試圖轉移話題的努力,我低頭望著膝蓋。「那是我媽當初離開他時說過的話,我用這種在傷口上撒鹽的方法根本是再次痛擊他。」

「別擔心,他會原諒妳的。」他硬擠出一絲微笑。

我絕望地看著他,他看到我眼中流露的痛苦。

「貝拉,一切都會沒事的。」

「但如果我沒能跟你在一起,就不叫沒事。」我低聲說。

「我們幾天之後就會在一起。」他的手臂緊緊環著我。「別忘了這是妳的計畫。」

「既然這是最好的計畫——當然是我的。」

他回我一個悽涼的微笑,一閃而逝。

「但這是怎麼發生的？」我問，我想要弄清楚：「為什麼是我？」

他臉色陰鬱地看著前方的道路：「都是我的錯——我太蠢了，不該讓妳曝光的。」他聲音中的盛怒來自內心。

「我不是這個意思。」我堅持：「我在那邊又怎樣？另外兩個就不覺得我特別。為何只有詹姆斯想要殺我？整個城鎮有多少人，為什麼是我？」

他有點猶豫，想了好一會才回答：「我今晚仔細地看了他的想法——」他用低沉的聲音說：「當他看到妳之後，我不確定我能做任何事避免這件事。這應該算是妳的錯……」他的聲音帶著諷刺：「如果妳不是聞起來如此美味，他可能不會想要妳。再加上我們挺身保護妳……嗯，這讓情況更惡化。無論目標人小，他都不會輕易認輸，他認為自己的天命就是狩獵者，他的存在就是為了追蹤、捕食犧牲者，他喜歡挑戰。我們突然呈現一個美麗的挑戰給他——一個具有強大作戰力的家族挺身保護一個脆弱的小東西。妳不會瞭解他現在的心情有多雀躍。這本來就是他最喜歡的遊戲，我們讓他對這個遊戲更加興奮。」他的聲調帶著憎惡。

他停頓一會。「如果我讓開，他會立刻殺死妳。」他帶著無比的絕望挫敗。

「我以為……其他人聞到我的感覺，和你聞起來不一樣。」我猶豫地說。

「的確。但這並不表示妳對他們就不具誘惑，如果妳出現在追蹤客面前——任何時候——像妳出現在我面前一樣時，他都會立刻攻擊妳。」

我顫慄著。

「我想我沒有其他選擇，只能殺死他。」他低聲說：「卡萊爾不會喜歡這樣的。」

我聽見車子開過橋上，雖然在黑暗中我看不見河。但我知道我們快到了，我得現在問他：「你要怎麼樣才能殺死吸血鬼？」

他用深不可測的眼神看我一眼，聲音突然變得沙啞：「唯一的方法是將他撕扯分裂，然後徹底燒毀。」

「另外兩個會為他而戰嗎？」

「那個女的會。羅倫特——我不確定，他們之間並沒有很緊密的連結，他只是為了方便才跟他在一起的，他在草地時為詹姆斯的表現感到困窘……」

「但詹姆斯和那個女的也都會想殺你？」

「貝拉，我不准妳花時間擔心我。妳只要專心讓自己安全——求妳，千萬不要魯莽行動。」

「他還在跟蹤我們嗎？」

「是的，不過他不會攻擊我們……不會在今晚。」

車子轉向，雖然我完全看不見路，艾利絲在後面緊跟著。

他在屋前停好車。屋內的燈光如此明亮，稍微減輕周圍森林的黑暗威脅性。艾密特在卡車還沒完全停妥前就已經為我拉開車門，他把我拉出椅子，將我像橄欖球一樣夾在他寬廣的胸前，帶著我跑進門。我們衝進白色的大房間，愛德華和艾利絲在我們兩邊。其他人都在，立刻圍在我們身邊，羅倫特站在中央。當艾密特將我放在愛德華旁邊時，我能聽見他喉嚨中傳來隆隆的咆哮聲。

「他在追蹤我們。」愛德華宣布，雙眼炯炯有神地瞪著羅倫特。

羅倫特的臉色也不怎麼高興：「我想是的。」

艾利絲優雅地走到賈斯柏身邊，對著他的耳朵低語，她的唇抖動快速地說著，然後他們一同走上樓梯。羅絲莉看著他們，然後很快地走到艾密特旁邊，她漂亮的眼睛充滿緊張，而且當她不情願地看我時，明顯帶著憤怒。

「他想做什麼？」卡萊爾用令人心寒的聲調問羅倫特。

「我很抱歉。」他回答：「我想，當你的男孩出面保護她時，就已經激起他非行動不可的決心了。」

「你能制止他嗎？」

羅倫特搖搖頭：「當他決定後，沒有人能制止他。」

「我們會制止他。」艾密特保證。沒有人懷疑他的意思。

「你打不贏他的。在這三百年內，我從未看過他這樣，他是絕對致命危險的，這是為什麼我會歸順他的原因。」

歸順他，我想著，當然，在林中的首領身分只是一場秀。

羅倫特搖著頭，帶著困惑瞥了我一眼，再望向卡萊爾：「你確定這值得嗎？」

愛德華憤怒的吼聲響遍整個屋子，讓羅倫特不禁畏縮起來。

卡萊爾嚴肅地看著羅倫特：「我想你恐怕要做出選擇。」

羅倫特瞭解他的意思，他慎重地想了一會，眼睛巡過每一張臉龐、掃射明亮的房間：「我很好奇你們在此地的生活，但我無法融入其中。我不想當你們的敵人，但我也不會反對詹姆斯。我會一路向北走──去德納利部落。」他有點猶豫：「別低估詹姆斯，他有顆很聰明的腦袋，具有無比的感官能力。就像你們看見的，他最喜歡在人類世界狩獵，他不會在你們守候時出現的。我很抱歉這樣說，真的很抱歉。」他彎身行禮，但我看到他困惑的眼神再次投向我。

「一路平安。」卡萊爾回答。

羅倫特意味深長地看著他，然後走出門外。

沉默不到一秒。「多近？」卡萊爾看著愛德華。

艾思蜜已經動作了，她的手觸碰牆上一個不顯眼的按鈕，機械嘎吱聲響起，大片的金屬百葉窗落下來罩住落地玻璃窗。我看得目瞪口呆。

「大約三哩，剛過河，他在附近繞著圈圈要跟那女的會合。」

「計畫是？」

「我們引他離開，賈斯柏和艾利絲會帶她一路往南。」

「然後呢？」

愛德華的聲調相當致命：「一等貝拉安全後，我們就獵殺他。」

「我想我們別無選擇。」卡萊爾同意，帶著冷酷的神情。

愛德華轉向羅絲莉。「帶她上樓換衣服。」愛德華下令。

她轉身背對他，帶著生氣又不可置信的神情。「為什麼是我？」她不滿地說：「她對我算什麼？除了威脅——你選擇將危險帶給我們所有人？」

她聲音中的惡毒怨恨讓我不禁畏縮向後。

「羅絲……」艾密特一手搭著她的肩低聲說。她甩開他。

我小心地看著愛德華，知道他的脾氣，擔心他將如何反應。但他讓我驚訝，他不理會羅絲莉，好像她剛才根本沒說過話似的，好像她並不存在。

「艾思蜜？」他平靜地問。

「當然。」她低聲說。

艾思蜜就在我旁邊，她馬上挽著我的手，在我還沒從震驚中回復前就帶我走上樓。

「我們要做什麼？」當她把我帶進二樓某間漆黑的房間內，我屏息地問。

「試著混淆味道——只能發揮暫時的功能，但也許能幫助妳脫身。」我聽見衣服掉在地板上的聲音。

「我想可能不合身……」我有點猶豫，但她猛地將我的T恤拉過頭，我很快地脫下我的牛仔褲。她遞給我一些衣服，感覺像是T恤，我掙扎著讓手臂穿過正確的位置穿好。我剛穿好，她便將長褲遞給我，我一拉穿上，但發現我的腳出不來——褲子太長了，於是她幫我將褲管捲了好幾折，讓我能夠站立，此時她已經穿上我的衣服。她牽我走到樓梯口，艾利絲已經站在那邊等我了，手上拎著小小的皮包，她們倆分別抓住我兩邊手肘，半抬著我飛躍下樓。

我換衣服的這段時間內，所有事都已經準備妥當。愛德華和艾密特正準備要離開，艾密特肩上背著沉重的背包。卡萊爾將一個小東西交給艾思蜜，然後轉身交給艾利絲一樣的東西——銀色的手機。

「艾思蜜和羅絲莉會照顧妳的卡車，貝拉。」當他經過我身邊時說。

我點點頭，小心地看著羅絲莉，她帶著怨恨的表情看著卡萊爾。

「艾利絲，賈斯柏，你們開賓士，在南方需要深色。」

他們同時點頭。

「我們開吉普。」

我很驚訝卡萊爾決定跟愛德華一起走。我突然瞭解到——帶著深深的恐懼——他們做好展開狩獵大會的決心了。

「艾利絲——」卡萊爾問：「他們會中我們的圈套嗎？」

當她閉上眼睛突然變得專注、僵硬時，所有人都看著艾利絲。最後她終於睜開眼睛：「他會跟蹤你，那女的會跟著卡車。我們應該能在那之後脫身。」她的聲音很確定。

「走吧！」卡萊爾朝廚房走去。

但愛德華在我身旁逗留了一會，他將我拉向他，緊緊地擁抱我。當他將我的臉拉向他、我的腳離開地板時，他似乎沒發覺全家人都在看。他的唇冰冷僵硬地貼在我的唇上，只有短短的一秒，然後就結束了。他放下我，但還是捧著我的臉，他熾烈的雙眼炯炯凝視著我。然後他轉身，眼神變得茫然死寂。接著他們就都走了。

我們站在客廳，其他人都轉頭沒看我，我的淚靜靜地滑落。沉默延續著，然後艾思蜜的電話在她手中震動，她火速接聽。

「走！」她說。

羅絲莉走向前門，沒有再看我一眼，但艾思蜜經過時碰了一下我的臉頰。

「一切平安。」她低聲說隨即從後門消失。我聽見我的卡車發出轟隆吼聲，然後車子消失之後又歸於平靜。

賈斯柏和艾利絲等著。艾利絲似乎在電話還沒響之前就拿到耳邊了。

「愛德華說那女的去跟蹤艾思蜜了。我先上車。」她從愛德華離開的方向消失。

賈斯柏和我看著對方，他小心地從門口走向我。「妳知道嗎？妳是錯的。」他安靜地說。

「什麼？」我倒抽一口氣。

「我知道妳現在的感覺……但妳值得的。」

「我不值得。」我低聲說：「如果他們任何一個人出事，那都太不值得了。」

「妳錯了。」他再說一次，對我和善地笑笑。

我沒聽見聲音，只見到艾利絲從前門走了進來，帶著微笑走向我，伸出手臂。

「可以嗎？」她問。

「妳是第一個問可不可以的。」我擠出一個笑臉回應她。

她像艾密特一樣輕鬆地用她修長的手臂挾起我，緊緊保護著我，然後我們一同走出門，留下身後的燈光。

chapter 20

心急如焚

「有什麼不對嗎，艾利絲？」我問。

「沒有。」她的眼睛睜得很大、很誠實——我相信他們。

「我們現在要做什麼？」

「等卡萊爾打電話來。」

「他應該在這時候打過來嗎？」

我想我猜中了，艾利絲的眼神從我移到她皮包上的電話，然後又看回我。

我醒過來時有點困惑，腦中昏昏沉沉一片模糊，惡夢和殘存夢境徘徊不去，我花了很長時間才終於清醒。我在一個普通的旅館房間內。房內除了燈、床、桌椅，只有一堆過期贈品、和床罩同材質的窗簾，以及牆上普通的水彩畫。

我試著回想我是怎麼到這裡的，一開始腦中一片空白。

我只記得一輛保養良好的黑色轎車，窗戶比一般車子還暗，引擎幾近無聲，即便我們用兩倍正常速度開過幽暗的高速公路，還是很安靜。

然後我想起來了，艾利絲和我一起坐在黑暗中，在後座皮椅上。漫長的黑夜旅程間，我的頭慢慢傾斜倚著她冷硬的頸肩，她對我的親密靠近似乎不以為意，冰冷堅硬的肌膚給我一種奇特的舒適感。她身上薄薄的棉衫也很冰，因為我的淚而濕透，我一直哭到雙眼紅腫疼痛，淚都流乾為止。

我睡不著，哭紅的雙眼睜得大大的，直到黑夜過去，黎明出現，我們已經到達加州。灰色的光線從無雲的天際射下，讓我睜不開眼，但我不能閉上，只要一閉上，影像就鮮活地出現在腦中，像幻燈片一樣在眼底一張張播放著，讓人無法忍受：查理心碎的樣子、愛德華齜牙咧嘴的咆哮、羅絲莉怨恨的眼神、追蹤者渴望的表情、愛德華最後一次親吻我的絕望神態……我無法忍受看到那些畫面，所以我和我的疲倦奮鬥著。

太陽逐漸升起，我們在陽光下趕路，我還是一直保持清醒，經過低矮的山脈區，我們身後是太陽谷社區，斜斜的屋簷下被陽光投射出一大片陰影。我沒有心情驚訝原本該是三天的行程竟然只花一天就到了，只是茫然地看著面前熟悉的鳳凰城：棕櫚樹、矮小茂盛的木焦油樹、雜亂無章的交叉公路、綠色的高爾夫球場、藍綠色的游泳池……都隱沒在薄薄的煙霧及山脈中，雖然那低矮多岩的山脊不能真的算是高山。

棕櫚樹的陰影斜映在高速公路上，絕對比我記憶中還要稀疏也更為薄弱。在這樣的陰影下什麼都藏不住，明亮寬廣的高速公路可能會讓追蹤者現形，對我們似乎很有利，但我不覺得輕鬆，也沒有回到家的感覺。

「到機場怎麼走，貝拉？」賈斯柏問。我看著他，雖然他的聲音很輕柔也沒有警戒的意味，但這是出發到現在——除了汽車聲之外的聲音——首次有人打破沉默。

「走十號州際公路。」我反射性回答：「靠右。」我的腦筋因為缺乏睡眠而運作得極為緩慢。

「我們要搭飛機到哪去嗎？」我問艾利絲。

「沒有，但近一點比較好，預防萬一。」

我想著鳳凰城天港國際機場的外環線……之後就完全失憶了，顯然我是那時睡著的。現在我都想起來了，我依稀記得是如何離開車子的——太陽剛隱沒在地平線沒多久，我的手臂搭在艾利絲肩上，她的手臂環著我的腰，拖著我蹣跚地帶我走過溫暖乾燥的室內……

但我不記得是怎麼走進這個房間的。

我看著床頭櫃上的數字鐘，紅色的數字告訴我現在是三點，但不知道是半夜還是下午。房間內開著燈很明亮，但厚重的窗簾遮住屋外一切光線。

我僵硬地起身，掙扎走到窗戶前拉開窗簾。

外面一片黑暗，那就是凌晨三點囉。我的房間面對高速公路及新的長方形機場專用停車場，我大概知道自己在哪裡。我望望自己，身上還穿著艾思蜜的衣服，不是很合身。我環顧屋內，很高興看到我的旅行包在矮櫃上。

我正在旅行包內翻找衣服時，輕微的敲門聲響起，嚇了我一大跳。

「我能進來嗎？」艾利絲問。

我深呼吸一口氣：「當然。」

她走進來，小心地看著我說：「妳看起來應該再睡一會。」

我只是搖搖頭。

她沉默地拉上窗簾，然後轉身看著我。「我們要待在屋內。」她告訴我。

「好。」我的聲音很沙啞。

「口渴嗎？」她問我。

我聳聳肩：「我沒事。妳呢？」

「一切都在掌控中。」她笑了：「我幫妳點了些東西——在客廳。愛德華提醒我，妳比我們更需要不時吃點東西。」

我立刻警戒起來：「他來過電話？」

「沒有。」她說，看著我的臉垮下來。「在我們出門之前。」

她小心牽著我的手，帶我穿過門，進到套房的客廳。我聽見低低的聲音從電視傳來，賈斯柏動也不動地坐在角落的桌子旁，雙眼不怎麼感興趣地盯著電視新聞畫面。咖啡桌上放了個裝滿食物的餐盤，我坐在桌旁的地板上努力吃著食物，但完全沒注意自己到底吃進了什麼。

艾利絲坐在沙發的扶手上，像賈斯柏一樣面無表情的看著電視。

我緩緩地吃著，邊看著她，不時很快瞄一眼賈斯柏，他們動也不動地盯著電視，而現在是廣告時間，這讓我覺得有點不對勁。我將餐盤推開，因為胃很不舒服。艾利絲轉頭看著我。

「有什麼不對嗎，艾利絲？」我問。

「沒有。」她的眼睛睜得很大、很誠實——我相信他們。

「我們現在要做什麼？」

「等卡萊爾打電話來。」

「他應該在這時候打過來嗎？」我想我猜中了，艾利絲的眼神從我移到她皮包上的電話，然後又看回我。

「這代表什麼？」我的聲音顫抖著，試著控制自己：「如果他還沒打來的話？」

「那表示他沒有事情要告訴我們。」她的聲音太平靜，這氣氛讓人喘不過氣來。

賈斯柏突然站在艾利絲旁邊，比平常靠我更近。「貝拉——」他用非常平順的聲音說：「妳什麼都不用擔心，妳在這裡絕對安全。」

「我知道。」

「那妳在怕什麼？」他困惑地問。他能感受到我情緒中的高亢，但他讀不出背後的意義。

「你們都聽到羅倫特說的話。」我的聲音很低，但我確定他倆都能聽見：「他說詹姆斯不會手下留情，萬一事情不對，他們走散的話呢？萬一他們其中一個人出了事，卡萊爾、艾密特……愛德華……」我猛吸氣：「萬一那個野女人攻擊艾思蜜……」我的聲音變得尖銳又歇斯底里：「這都是我的錯，我怎麼能獨活？你們不應該因為我而陷入危險——」

「貝拉，貝拉，別這樣。」他打斷我，他的話說得很快，很難瞭解：「妳不用擔心這些事情，貝拉。相信我，我們都不會有危險。妳太緊張，不要再給自己那些不必要的壓力。聽我的！」他喊著，但我只是轉過頭。「我們家人都很強壯，我們只擔心失去妳。」

「為什麼你們要——」

這次是艾利絲打斷我，她用冰冷的手指輕觸我的臉頰：「愛德華已經孤單近百年了，現在他找到了妳，妳不知道我們看到他的那些轉變。我們跟他在一起很久了，如果他失去妳，我們要如何面對他？」

當我望進她烏黑的雙眼時，我的內疚感消退了。但即便此刻我已平靜，我知道自己仍無法完全相信賈斯柏的話。

真是漫長的一天。我們待在房間內，艾利絲打電話給櫃檯，要求他們不要提供清潔服務。窗簾一直是拉上的，電視雖然開著，但沒有人看，食物依三餐時間規律地送進來給我。銀色的手機放在桌子上，隨著時間一小時一小時經過，電話在我眼中彷彿變得愈來愈大。

我的褓姆控制焦慮的能力比我好得多，每當我坐立不安在屋內走來走去時，他們只是像兩尊雕像似的動也不動，只有眼神細微地緊跟著我的移動。我試著欣賞房內的物品來讓自己分心：沙發的條紋圖案有褐色、蜜桃色、奶油色、暗金色，然後又是褐色。有時我瞪著抽象畫，隨意找出其中的內容，像我童年時喜歡看雲聯想圖畫一樣，我找到藍色的手、一個女人梳著她的髮、一輛汽車……但當淺紅色的圓圈變成瞪著我的眼睛後，我只好移開視線。

下午過後，我回到床上想找點事做，希望能在黑暗中放下腦中那些可怕的想法，但賈斯柏小心地監視我，而艾利絲也若無其事地觀察著我，好像她和我同時對客廳感到厭倦。我開始好奇愛德華給了她什麼指示。我躺在床上，她盤腿坐在我旁邊，我一開始沒理她，突然襲來的疲憊讓我很想睡。但幾分鐘後，賈斯柏的出現讓我睡意全消，我坐起來，環抱著我的腿。

「艾利絲？」我問。

「怎麼？」

我盡量用平靜的聲音說：「妳覺得他們現在在幹什麼？」

「卡萊爾想讓追蹤客盡量往北，等他靠近後，他們會回頭伏擊他。艾思蜜和羅絲莉應該是往西，讓那個女的盡可能跟著她們，如果她回頭，她們會搶在她之前趕回福克斯保護妳父親。既然他們沒打來，我想事情應該和計畫一樣。因為那表示追蹤客離他們很近，他們不想讓他聽見。」

「那艾思蜜呢？」

「我想她應該已經回到福克斯。她不想打電話來，以免有機會讓那女的聽見。我想他們都非常小心。」

「妳真的認為他們都很安全？」

「貝拉，我們要告訴妳多少次，妳才會相信沒有東西能傷害我們？」

「妳跟我說的都是實話？」

「是的，我永遠都會跟妳說實話。」她的聲音很誠摯。

我慎重地想了一會，決定相信她。「那告訴我……妳是怎麼變成吸血鬼的？」

我的問題讓她措手不及。她沉默著，我轉身看著她，她的表情很矛盾。

「愛德華不會希望我告訴妳這些的。」她堅定地說，但我知道她並不贊同。

「那不公平，我想我有權利知道。」

「我知道。」

我看著她，耐心等著。

她嘆口氣：「他會非常非常生氣的。」

「這不關他的事，這是我跟妳的事。艾利絲，身為朋友，我求妳。」我們現在是朋友了，她知道我們會是永遠的朋友。

她用明亮的大眼睛望著我，心中躊躇著。「我會告訴妳技術部分。」她最後說：「但我不記得自己的改造過程，我從未做過或看過其他人被改造，所以請記得我告訴妳的純屬理論。」

我等著。

「身為掠食者，我們全身上下擁有大量的武器——遠遠超過我們所需——像是力量、速度、敏銳的感官，更別提像愛德華及我所擁有的獨特天賦。但就像捕蠅的豬籠草一樣，我們在生理上會被我們的犧牲者吸引。」

我全身僵住，記起愛德華是如何在草地上向我展示相同的概念。

她露出一個神祕的笑容。「我們還有一項不常使用到的武器——我們是有毒的。」她說，潔白的牙齒閃耀著。「毒液並不會殺死人，只會使犧牲者軟弱無力。毒液必須透過血管慢慢發生作用，因此，一旦咬下，我們的犧牲者會感到無法忍受的疼痛，因此動彈不得。但就像我說的，我們不太使用這項武器，因為只要我們靠得夠近，犧牲者是絕對逃不掉的。當然，永遠都有例外，卡萊爾就是。」

「所以……如果毒液留在血管內擴散……」我低聲說。

「要花幾天才能完成整個轉變過程，視血中有多少毒液，及多少毒液流入心臟而定。只要心臟還在跳動，毒液就會一直擴散，能治癒、改變它所流經的體質。最後，心臟停止，轉化也同時結束。但這期間的每一秒，犧牲者都會面臨痛苦欲死的折磨。」

我顫慄著。

「這並不愉快，妳知道的。」

「愛德華說這很難……我當時無法瞭解。」我說。

「我們有點像鯊魚，一旦品嚐過血，甚至聞到，就很難不吸，有時根本控制不住自己。所以說，要極度激動才能讓我們真的咬下去品嚐鮮血，這對雙方都是件困難的事——血液渴求者的飢渴痛楚，及對方中毒後求生不得求死不能的折磨。」

「妳認為妳為什麼不記得？」

「我不知道。對所有人來說，這樣的轉變痛苦是人類生活中的深刻記憶，但我不記得我還是人類時的一切事情。」她的聲音很留戀。

我們沉默地躺著，各自沉思。時間滴答經過，我幾乎忘了她的存在，完全沉浸在自己的思緒中。然後，無預警地，艾利絲突然從床上跳起來，輕巧地降落在地板上。我目瞪口呆地望著她。

「事情發生變化了。」她的聲音很急切，但並不是在跟我說話。

她和賈斯柏同時走到門邊，賈斯柏顯然是聽到我們的對話和她突然的叫喊而走進來。他伸出手搭住她的肩，將她帶回床邊，坐在床緣。

「妳看到什麼了？」他望著她的雙眼熱切地問。她出神地凝望遠方。

我坐靠近她，傾身聽她快速的低語：「我看到一個房間……很長，四周都是鏡子，木頭地板，他在屋內……等著。金色的……金色的欄杆圍住鏡子。」

「那房子在哪？」

「我不知道。有什麼東西不見了……他還沒做另一個決定。」

「還有多少時間？」

「很快，他今天就會到那個鏡子房，或是明天，看情況。他在等某個東西，他人在黑暗中。」

賈斯柏的聲音很冷靜，很實際地問：「他在做什麼？」

「他在看電視……不，他在另一個黑暗的地方看影帶。」

「妳看得出來他在哪嗎？」

「沒辦法，太暗了。」

「那間鏡子房呢？裡面還有其他東西嗎？」

「只看得到鏡子和金色的欄杆，有一圈欄杆圍著房間，黑色的桌子上有臺大音響和電視機。他在找影帶，但跟他在黑暗房間不一樣——他沒有看，這是他在等待的房間。」她的眼神集中了，現在專心看著賈斯柏的臉。

「還有別的嗎？」

她搖搖頭。他倆對望一眼，動也不動。

「這表示什麼？」我問。

一開始沒人回答，好一會之後，賈斯柏看著我：「這表示追蹤客的計畫改變了，他決定要到鏡子房，還有那個黑暗的房間。」

「但我們不知道那些房間在哪裡？」

「是的。」

「但我們知道他應該不會在華盛頓北邊的山區，他避開狩獵行動了。」艾利絲的聲音悽苦。

「我們應該打電話嗎？」我問。他倆交換一個嚴肅的眼神，無法決定。

然後電話響了，艾利絲在我還沒起身之前就穿過房間接了起來。她按下鈕，將電話靠近耳朵，但她並沒有先開口。

然後她低呼：「是卡萊爾。」她似乎不像我以為的那麼放鬆。

「是的。」她瞄著我回應，好長一會沒作聲。

「我剛看到他。」她再次描述她剛看到的景象：「……不管他為什麼改變計畫，他都會去那些房間。」她停了一下。「是的。」艾利絲對著電話說，然後喊我：「貝拉？」她將電話遞向我，我跑過去接。

「哈囉？」我低聲說。

「貝拉。」是愛德華。

「喔，愛德華！我好擔心。」

「貝拉——」他沮喪地嘆口氣：「我告訴過妳只要擔心妳自己，別擔心其他的。」聽見他聲音的感覺真好，當他說話時，我覺得頭頂上的烏雲都散開了。

「你在哪？」

「在溫哥華市外。貝拉，我很抱歉，我們把他跟丟了。他似乎對我們起了疑心，我們的距離剛好讓我聽不見他想的事。他現在不見了，看來他似乎有別的計畫。我們認為他會回去福克斯重新開始。」我能聽見艾利絲跟賈斯柏在我身後談話的聲音，她快速的說話聲，像噪音一樣嗡嗡響著。

「我知道。艾利絲看到他離開。」

「但妳別擔心，他沒辦法帶走妳的。妳就待在那邊，直到我們找到他。」

「我沒事。艾思蜜在查理附近嗎？」

「是的。那野女人在城內，她進過屋子，但那時查理出門上班去了。她不可能靠近他的，所以別擔心，他在艾思蜜和羅絲莉的監視下很安全。」

「她做了什麼？」

「可能想找些線索。她晚上都在城鎮遊蕩，羅絲莉一直在跟蹤她，她到過機場、鎮上每條路、學校……她在挖掘線索，貝拉，但她不會找到的。」

「你確定查理很安全？」

「是的，艾思蜜不會讓他離開視線的。我們很快就會回去，如果追蹤客靠近福克斯，我們會逮到他的。」

「我想你。」我低聲說。

「我知道，貝拉。相信我，我知道。妳就像把半個我帶走一樣。」

「那快點來見我。」我大膽地說。

「很快，我會盡可能快。但妳的安全第一。」他的聲音很嚴厲。

「我愛你。」我提醒他。

「儘管發生這一切，但妳要相信——我也愛妳。」

「是的，我相信，我真的相信。」

「我很快就會到妳身邊的。」

「我等你。」

電話很快就斷了，絕望的烏雲又籠罩在我頭頂。我轉身打算將電話交給艾利絲，發現她和賈斯柏圍在桌邊，艾利絲正快速地用旅館文具繪著草圖。我傾身越過她的肩頭，從他倆的背後看著。

她畫出一個房間：長方形的屋子，後半部有塊方形的隔間，木頭地板讓房間看來更為修長。四面牆都是鏡子，牆面在腰部高度的地方圍著一圈欄杆，艾利絲說欄杆是金色的。

「這是芭蕾舞教室。」我突然想起這個熟悉的地方。

兩人驚訝地看著我。

「妳知道這個房間？」賈斯柏的聲音聽起來很平靜，但有股我無法形容的暗潮洶湧。艾利絲低著頭，手在紙上繼續飛快地畫著：緊急出口對著後面巷子，音響和電視機在右前方角落的矮桌上。

「看起來像我以前上舞蹈課的地方——大約是我八、九歲時——就像這個形狀。」我指著圖中房間後半部的正方形區域：「那是浴室……這道門通往另一間舞蹈教室，但音響在這邊……」我指著左邊角落：「應該更舊，以前也沒有電視機。等候室有窗戶，能從那邊直接看到教室內。」

艾利絲和賈斯柏瞪著我。「妳確定是同樣的房間？」賈斯柏還是用平靜的聲音問。

「不，不太確定。我想所有的舞蹈教室都長得差不多——都有鏡子和欄杆。」我的手指沿著芭蕾教室到鏡子。「只是這個形狀很熟悉。」我指著門，和我記憶中的是同樣的位置。

「妳現在有任何理由要去那邊嗎？」艾利絲問，打斷我的回想。

「沒有，我應該有十年以上沒去那邊了。我是個差勁的舞者，他們永遠把我放在後面伴舞。」我承認。

「所以這個地方跟妳沒有關係？」艾利絲急切地問。

「沒有，而且我想應該不是同一間。我很確定應該是其他的舞蹈教室……別地方的。」

「妳去的那個舞蹈教室在哪？」賈斯柏隨口問道。

「在我媽媽家附近的轉角，我常在下課後走到那邊……」我突然停住。我沒有錯過他倆交換的眼神。

「在鳳凰城，是嗎？」他的聲音還是很自在。

「是的。」我低聲說：「五十八街和仙人掌街交叉口。」

我們沉默地坐著，眼睛盯著圖。

「艾利絲，電話安全嗎？」

「是的。」她讓我放心：「號碼只能追蹤到華盛頓州。」

「那我能用它打給我媽嗎？」

「我以為她在佛羅里達。」

「她是——但她很快就會回來，她不能回到家，萬一……」我的聲音顫抖著。我想到愛德華說的一些事，關於紅髮野女人在查理家和學校尋找線索。

「妳要怎麼跟她聯絡？」

「除了家中電話他們沒有固定號碼，她應該會定期聽電話留言。」

「賈斯柏？」艾利絲問。

他想了一下：「我想應該無妨，但當然別說出妳在哪裡。」

我熱切地拿起電話，按下熟悉的號碼。響了四聲，我聽到媽媽微風般的聲音要我留言。

「媽——」我在嗶聲之後說：「是我！聽著，我要妳做一件事，很重要。一旦妳聽到留言請打這個號碼……」艾利絲已經在我旁邊，在她的圖畫底下寫上電話號碼，我小心念出來——兩次。「在妳跟我通話之前哪都別去。別擔心，我很好，但我要馬上跟妳說話，無論妳多晚聽到這通留言，好嗎？我愛妳，媽，拜拜。」

我閉上眼睛，祈禱不會有任何意外，希望能讓她在回家前先聽見我的留言。我坐在沙發上，小口吃著水果，知道這將會是個漫長的夜晚。我想要打電話給查理，但我不確定我何時可以回家。我專心看著新聞：佛羅里達的新聞，還有春季訓練……留意是否有事故、暴風雨，或是恐怖分子攻擊——任何事都可能讓他們提早回家。

就算是長生不死的人也有耐心用盡之時，無論是賈斯柏或艾利絲，似乎都覺得需要做些事。此時，透過電視影像的燈光，艾利絲繼續畫著她腦中看見那個黑暗房間的模糊線條。當她畫完時，她只是坐著，用她永恆的眼睛望著空白的牆面。賈斯柏似乎一刻也待不住，一下掀開窗簾往外看，一下很快衝出門，像我之前一樣。

我期待著電話響起，最後應該是在沙發上睡著了。艾利絲冰冷的手將我搖醒，她把我抱到床上，但我頭還沒碰到枕頭就失去意識了。

chapter 21

電話響起

「媽？」

「小心不要說出任何話，直到我叫妳說為止。」

我聽見意料之外的陌生男聲。一個男高音，有禮、普通——在豪華汽車廣告中常會聽見的聲音。他說得很快。

「聽好，我不會傷害妳母親，只要妳照我說的做，她就會沒事。」

他停頓一分鐘，我沉默恐懼地聽著。

「非常好。」他很高興：

「現在跟著我說，試著聽起來自然些。

請說：『不，媽，留在那邊。』」

當我醒過來時，我知道時間應該還很早，而且現在我的日夜時間都顛倒了。我躺在床上，聽著艾利絲和賈斯柏在隔壁房間的談話聲，他們的聲音大得連我都聽得到，這讓我感到不習慣。我很快翻過身、雙腳落地，蹣跚地走向客廳。

電視上的鐘顯示目前是凌晨兩點。艾利絲和賈斯柏兩人一起擠在沙發上，艾利絲畫著圖，賈斯柏靠在她身邊看。當我進去時，兩人都沒抬眼看我，全神貫注在艾利絲畫的圖上。

我躡手躡腳走到賈斯柏旁邊。「她看到更多東西嗎？」我悄聲問。

「是的。某件事讓他回到有影帶的房間，但那間屋子現在亮多了。」

我看著艾利絲畫出一個四方形的房間，低矮的天花板下有黑色的橫樑。四周是木板牆面，有點陰暗過時，地上鋪著黑色的花紋地毯。南邊牆上有扇大窗戶敞開，可以看見西邊的客廳。入口的一面牆有著巨大的褐色壁爐，另一邊同時可通往兩個房間，從這個入口可以看到房間的西南角，一個窄小的木頭櫃上有電視機和錄影機。老舊的組合式沙發在電視機前面，中間有張圓形的咖啡桌。

「電話在這邊。」我低聲說，手指著圖。

兩對永恆的眼睛看著我。

「那是我媽家。」

艾利絲從沙發上起身，手上拿著電話正在撥號。我瞪著這幅圖，精準畫出我媽的房間。非比尋常地，賈斯柏靠近我身旁，用他的手輕觸我的肩頭，他的平靜透過身體上的接觸使我感到強壯。痛楚變得模糊，逐漸消退。

艾利絲的唇快速地說話，低低的嗡嗡聲我無法辨認——我無法專心。

「貝拉。」艾利絲叫我，我茫然地看著她。

「貝拉，愛德華就要來接妳了。他和艾密特、卡萊爾會過來，帶妳到別的地方，把妳藏起來一陣子。」

「愛德華要來？」這個名字像救生圈，我整個人回過神來。

「是的，他會從西雅圖搭早班機來。我們和他們在機場會合，妳要跟他一起走。」

「但是我媽……詹姆斯來這是因為我媽，艾利絲！」賈斯柏的影響失去效用，我的聲音變得歇斯底里。

「賈斯柏和我會待到她完全安全為止。」

「我贏不了的，艾利絲。妳無法看守我認識的每一個人。妳看不出來他的計畫嗎？他並不是追蹤我而已，他會找到所有人，他會傷害我愛的每一個人……艾利絲，我不能──」

「我們會逮到他的，貝拉。」她向我保證。

「那萬一妳受傷了呢，艾利絲？妳認為我能接受嗎？妳認為他只會傷害我的人類家人嗎？」

艾利絲意味深長地看了賈斯柏一眼。我突然感到沉重的睡意，我的眼皮不由自主地闔上，我的腦和困惑爭戰，想瞭解現在發生的事。我強迫我的眼睛睜開、身體站直，從賈斯柏手中掙脫。

我走回房間、關上門，幾乎是甩上的，讓自己擁有獨處的片刻。這一次艾利絲並沒有跟著我。整整三個半小時我都瞪著牆，身體蜷起來，前後搖晃著。腦海中胡思亂想，試著為這夢魘找出一個解法方法……無處可逃，一點機會都沒有。我只想得出一個方法能解決這場夢魘，唯一的問題是在我真的做出來之前，會有多少人受到傷害。

唯一的慰藉……唯一的希望是：我知道馬上就能離開此地，很快就能看到愛德華。也許，如果我能再次看到他的臉，我就能想出其他的解決方法。

當電話響起時，我回到客廳，為自己剛才的行為感到羞愧。我希望沒有冒犯到他們，他們會感激我的犧牲，為我記上一筆的。艾利絲很快地說話，但我突然發現賈斯柏竟然不在房間，我望著鐘──早上五點半。

「他們剛上飛機。」艾利絲跟我說：「會在九點四十五分到。」只剩幾小時，我還能活著等他來見我。

「賈斯柏去哪裡？」

「去退房。」

「你們不待在這？」

「不，我們要找一個離妳媽媽近一點的地方。」

我的胃因為她說的話抽搐著，但電話又響了，讓我分心。她驚訝地看著我，我走向她，充滿希望地伸出手要接過電話。

「哈囉？」艾利絲問。「不，她在這。」她將電話遞給我，無聲地說：妳母親。

「哈囉？」

「貝拉？貝拉？」是我媽的聲音，我童年時聽過無數次的熟悉聲調，任何時候只要我靠近馬路或在擁擠的地方離開她的視線，就會聽見這種驚慌的叫聲。我嘆口氣。我等很久了，雖然我試著讓留言聽起來沒事，不要引起她的緊張。

「冷靜，媽。」我用最平靜的聲音說，緩緩地走離艾利絲，我不確定我能否在她的注視下說謊。「每件事都很好，好嗎？只要給我一分鐘解釋一切，我保證。」

我停一下，驚訝她竟然沒打斷。「媽？」

「小心不要說出任何話，直到我叫妳說為止。」我聽見意料之外的陌生男聲。一個男高音，有禮、普通——在豪華汽車廣告中常會聽見的聲音。他說得很快。

「聽好，我不會傷害妳母親，只要妳照我說的做，她就會沒事。」他停頓一分鐘，我沉默恐懼地聽著。

「非常好。」他很高興：「現在跟著我說，試著聽起來自然些。請說：『不，媽，留在那邊。』」

「不，媽，留在那邊。」我的聲音近乎低語。

「我知道這有點難。」那聲音很愉快，仍然輕快而友善：「妳為什麼不走到另一個房間，才不會讓妳的表情毀了一切，沒有理由讓妳媽受罪，是吧？當妳往房間走時，請說：『媽，請聽我說。』──現在說。」

「媽，請聽我說。」我讓自己的聲音帶著懇求，然後緩緩地走進臥室，感覺到艾利絲擔憂地看著我的背影。我關上身後的門，恐懼占據我所有的思緒，但我仍試著思考。

「很好，妳現在是一個人嗎？只要回答是或不是。」

「是。」

「但他們還是聽得見妳，我很確定。」

「是。」

「很好，那麼──」愉快的聲音繼續說：「說：『媽，相信我。』」

「媽，相信我。」

「這比我想的還順利。我本來打算耐心等待，但妳媽比預定時間早回來，這樣一來事情就變得很簡單，不是嗎？妳不用再擔憂、焦慮了。」

我等著。

「現在我要妳小心聽著。我要妳離開妳的朋友，妳覺得做得到嗎？回答是或不是。」

「不。」

「我不想聽到這樣的答案，我希望妳能有點創意。如果這會影響到妳母親的生命，妳覺得妳做得到嗎？」

一定有辦法的。我記得我們要去機場——天港國際機場：人多、擁擠、像迷宮一樣……

「是。」

「這樣好多了。我知道這並不容易，但如果讓我察覺到妳有同伴，嗯，妳母親的下場可能就不太好了。」這個友善的聲音強調：「妳對我們這種生物應該有一定程度的瞭解，我想妳應該知道，如果妳試著帶任何人跟妳來的話，我馬上就會知道。無論我跟妳母親共處的時間有多短，我都能立即殺死她。妳瞭解了嗎？」

「是。」我的聲音像心碎般痛苦。

「很好，貝拉。現在妳要這麼做——我要妳獨自到妳母親家，妳會找到下一個地方的號碼，打電話給我，我會告訴妳該怎麼去。」

我已經知道該去哪裡，而屆時一切都將結束，但我別無選擇跟隨他的指示。

「妳做得到嗎？回答是或否。」

「是。」

「中午以前，貝拉。我時間不多了。」他禮貌地說。

「費爾在哪？」我簡潔地問。

「喔，要小心，貝拉，除非我問妳，否則不要說話。」

我等著。

「這很重要，現在——當妳回去時別讓妳的朋友起疑，告訴他們妳母親來電，妳告訴她暫時別回家。現在跟著我說：『謝謝妳，媽。』——現在說。」

「謝謝妳，媽。」淚無聲地滑落，我試著忍住。

「說：『我愛妳，媽，我很快就會見到妳。』——現在說。」

「我愛妳，媽……」我聲音沉重：「我很快……就會見到妳。」我保證。

「再見，貝拉。我等著再見到妳。」他掛斷電話。

我握著電話貼在耳旁，僵硬的關節讓我無法鬆開手指放下電話。我知道自己得好好想想，但我的腦海中充滿我母親痛苦的聲音。隨著時間經過，我試著努力控制情緒。

緩緩地，非常緩慢地，我的思緒打破痛苦，計畫成形了，此外我別無選擇——到那個鏡子屋內等死。我想不出其他方法能保住我母親的性命，我只希望詹姆斯贏得這場戰役後會覺得滿意，打敗愛德華應該已經足夠。絕望吞噬了我，沒有任何討價還價的機會，我提不出任何條件改變他的決心。我別無選擇，只能姑且一試。

我努力壓下恐慌，既然心意已決，就沒必要浪費時間想結果了。我必須仔細計畫，因為艾利絲和賈斯柏在等我，最基本也最不可能做到的就是躲開他們。我突然感激起賈斯柏不在屋內，如果他察覺到我最後五分鐘的痛苦，他一定會起疑。我忍住懼怕、焦慮，試著隱藏我的情緒，我不能失去這個機會，我不知道他幾時會回來。我專心想著該如何逃脫，希望我對機場的熟悉能對我有利。但首先，我得讓艾利絲出門……

我知道艾利絲在另一個房間等著我，對來電感到好奇。我得在賈斯柏回來前處理好一件事，我必須接受我再也見不到愛德華的事實，無法帶著看他最後一眼的記憶到鏡子屋。這會傷害他，我永遠無法對他說再見，這絕望的痛楚折磨著我好一會兒，然後我壓下這些念頭，走出去面對艾利絲。

我唯一能做的是面無表情。我看到她警戒的神情，我不能等她發問。我只有一個腳本，但我以前從未即興表演過。

「我媽很擔心，她本來要回家。但現在沒事了，我說服她留下來。」我的聲音無精打采。

「我們確定她會沒事的，貝拉，別擔心。」

我轉過身，不能讓她看見我的表情。眼睛看著桌上的文具，我緩緩走過去，想出一個計畫，這兒也有信封，很好。

「艾利絲——」我緩緩開口，沒有轉身，努力讓我的聲音聽起來很平靜：「如果我寫封信給我媽，妳可以拿給她嗎？我是說，把信留在她家。」

「當然，貝拉。」她的聲音充滿關切。她可能會看出我的心碎，我得控制情緒。

我走回房間，就著床頭桌寫著。

愛德華：

我的手在發抖，字跡很亂很難辨識。

我愛你！我很抱歉，他抓住我媽媽了，我必須賭一賭，我知道可能不會成功。我真的，真的很抱歉。

別對艾利絲和賈斯柏生氣。如果我能從他們身邊逃開那應該算是奇蹟，幫我跟他們說謝謝，特別是艾利絲。

請答應我，千萬不要去追他——我想那正是他要的。萬一任何人因為我而受到傷害，我都無法承受，特別是你。求你，這是我對你的唯一要求，為了我。

我愛你！請原諒我。

貝拉

我小心地折好信紙，封入信封。他終究會看到的，我只希望他能瞭解，聽我這一次。
然後我仔細地封緘，同時也封上我對他的愛。

chapter 22

捉迷藏

門在我身後一關起來我就開始跑。

我記得上次在這間廁所走失過，因為有兩個出口。

遠遠另一個門的出口離電梯很近，

如果賈斯柏站在他說的地方等就看不見我。

我一路跑著並沒有回頭看，

就算他看見我，

這也是我唯一的機會，

我要繼續下去。

時間分秒流過，似乎比平常更慢，但其實沒那麼久，所有的驚恐、絕望、心中的不安……讓我感覺很難捱。當我回到艾利絲身邊時，賈斯柏還沒回來。我不敢跟艾利絲處在同一個房間，擔心她會看出我的異樣，擔心自己要怎麼在她面前隱藏計畫。

我知道我沒有出人意料的本領，我的思緒混亂、不停折磨著我，當我看到艾利絲彎下身，兩手緊抓住桌緣時，我相當驚訝。

「艾利絲？」

我大喊她的名字，但她完全沒有反應，只見她的頭緩緩地搖來搖去，我看到她的表情。她的眼神茫然、沒有焦點……我立刻想到我媽，我晚了一步了嗎？我衝到她身邊，伸出手抓住她。

「艾利絲！」賈斯柏的聲音猛地傳來，接著他立刻出現在她身邊，他的手抓住她的，讓她鬆開桌緣。房間的另一頭，門低聲關上。

「怎麼了？」他問。

她轉身把臉埋在他的胸膛。「貝拉？」她說。

「我在這兒。」我說。

她的頭抽動著，眼睛盯住我，他們的表情帶著怪異的茫然。我立刻瞭解她不是在跟我說話，她是在回答賈斯柏的問題。

「妳看到什麼？」我問，平靜而心不在焉的口氣並沒有帶著熱切的疑問。

賈斯柏尖銳地看了我一眼，我面無表情的等著，他的視線在我和艾利絲臉上遊移著，有著困惑與混亂──他認為我猜到艾利絲看到的景象。

我感到平靜的氣氛包圍著我，我喜歡這種氛圍，可以讓我的情緒變得穩定、受到控制。

艾利絲慢慢恢復。

「沒事，真的。」她終於回答，她的聲音充滿平靜和說服力：「只是同樣的房間。」

她最後終於看我，她的表情平靜又沉默：「妳要吃早餐嗎？」

「不，我到機場吃。」我也很平靜。

我走回浴室淋浴。就算我沒有超能力，我也知道艾利絲現在瘋狂、絕望地——雖然她不露痕跡——想要我離開那個房間，她才能單獨和賈斯柏在一起，好告訴他事情變糟了，他們會失敗……

我條理井然地換好衣服，專心在每一件小事上，把頭髮放下，遮住我的臉。賈斯柏營造出的和平情緒讓我的思路更澄清、透澈，幫助我的計畫更具體。我在背包內翻找著，直到我找到裝滿私房錢的襪子，將它放進我的皮包。

到機場的一路上我都很焦慮，當我們七點提早抵達時也感到很高興。我獨自坐在大黑車的後座，艾利絲靠著椅背，臉轉向賈斯柏，但在太陽眼鏡下的大眼睛，每隔幾秒就朝我一瞥。

「艾利絲？」我用平靜的聲音問。

她小心翼翼回應：「是的？」

「那是怎麼發生的？妳看到的事？」我瞪著窗外，聲音聽起來了無生氣：「愛德華說那並不是絕對……所以事情會改變？」說出他的名字比我想的更難，這似乎讓賈斯柏起了警戒心，有種暴風雨前的寧靜氣氛充塞在車內。

「是的，事情會改變……」她低語：「有些事比其他事更容易確定，像天氣。人類比較難預測，要等到他們真的行動我才能看見。一旦他們改變主意——做出新的決定，無論多細微——整個未來就改變了。」

我深思地點點頭：「所以妳看不見詹姆斯在鳳凰城，直到他決定過來這邊。」

所以她本來沒看見詹姆斯跟我一起在鏡屋內，直到我決定去那邊見他。我試著不要想，以免她又看見。我不希望我的痛苦讓賈斯柏更猜疑。在艾利絲看到我可能會發生的景象後，他倆小心地盯著我，要逃跑簡直是不可能。

我們到達機場。我很幸運，或可能只是剛巧，愛德華搭乘的飛機將降落在第四航廈——最大、最多航班降落的那個，所以他降落在那邊也不值得驚訝。但那正是我需要的航廈：最大、最混亂的。三樓的門可能是唯一的機會。

我們停在四樓最大的停車場，由我帶路，因為我對周圍環境比他們熟悉。我們搭電梯到三樓，乘客還沒出來。艾利絲和賈斯柏花了很長時間瀏覽航班時刻表，我聽見他們討論紐約、亞特蘭大、芝加哥的優缺點，都是我從未去過的地方……也永遠沒機會去了。

我不怎麼有耐心地等著機會來臨，我的腳尖不自主打著拍子。我們坐在金屬偵測器旁的一列長椅上，賈斯柏和艾利絲假裝張望著人群，但其實是在看我。每一次我移動位置，他們就很快地從眼角瞄我。沒希望了，我應該跑嗎？他們敢在公眾場合攔住我嗎？還是他們只會跟蹤我？

我從背包內拿出封好的信封塞進艾利絲的黑色皮包內。她看著我。

「我的信。」我說。她點點頭，塞進更裡面。他很快就會看到信。

時間分秒經過，愈來愈接近愛德華抵達的時間了，我驚訝地發現身體內每個細胞似乎都知道他快到了，全在期待他的到來，這讓事情變得更難。我發現自己在找藉口留下來，想看他最後一眼，然後再逃走，但我知道那樣就更沒有機會離開了。

艾利絲好幾次問我要不要吃早餐。晚一點，我告訴她，晚一點。

我瞪著降落航班表，看著每個航班到達的時間。從西雅圖起飛的航班終於出現在班次表的最上面了，這時候，我只剩三十分鐘執行我的逃跑計畫，接著數字改變，他的飛機會提早十分鐘到達——我沒有時間了。

「我想我現在要吃點東西。」我很快地說。

艾利絲站起來：「我跟妳一起去。」

「妳介意讓賈斯柏去嗎？」我問。「我覺得有點……」我沒把話說完，我的眼睛睜得大大的足以傳達我沒說出的話。

賈斯柏起身。艾利絲的眼中有著困惑，但我鬆了一口氣——沒有猜疑。她一定認為她看見的情景是追蹤客耍的花招，而不是我的背叛。

賈斯柏沉默地走在我旁邊，他的手輕扶著我的背，好像他在帶領我。我假裝對前幾個機場咖啡廳都沒有興趣，搜尋著我要的——就在那邊，轉角處，艾利絲看不見的地方：三樓的女廁。

「你介意嗎？」當我們經過時我問：「我只要一下。」

「我在這等。」他說。

門在我身後一關起來我就開始跑。我記得上次在這間廁所走失過，因為有兩個出口。遠遠另一個門的出口離電梯很近，如果賈斯柏站在他說的地方等就看不見我。我一路跑著並沒有回頭看，就算他看見我，這也是我唯一的機會，我要繼續下去。人們看著我，但我不予理會，我繞過轉角，電梯門剛好開著，我將手伸進去擋住逐漸關起來的電梯門，電梯幾乎全滿，但我還是硬擠進去。我側身擠壓著惱怒的乘客，想確定一樓有沒有人按，燈是亮的，電梯門慢慢關起來。

當電梯門再度開啟，我率先衝出去，聽見身後氣惱的竊竊私語。通過行李輸送帶旁的安檢員時我略微放慢腳步，然後再次衝向出口。我不知道賈斯柏是否已經在找我，我只有幾秒的時間，他馬上會跟著我的味道來找我。我衝出自動門，因為門開得太慢，還差點撞到玻璃。

平常擁擠的計程車道竟然沒有計程車。我沒時間了，艾利絲和賈斯柏一定已經發現我不見了，他們很快就能找到我。

一輛到凱悅飯店的接駁巴士就在離我幾步前，剛剛關上車門。

「等一下！」我喊著，用跑的過去，向司機揮手。

「這是到凱悅的巴士。」司機打開門時用困惑的聲音說。

「是的。」我氣惱地說：「我正要去那邊。」我走上階梯。

他懷疑地看著我，因為我沒帶行李，但最後只是聳聳肩，沒多說什麼。

多數座位都是空的，我盡可能離其他乘客遠遠的，看著窗外，眼神遊移著，先是人行道，然後是機場。我不由自主想到愛德華，當他順著氣味找我時，只會找到剛才那裡。我現在不能哭，我告訴自己，還有好長一段路要走。

我的好運持續著，在凱悅前面，一對疲憊的夫妻正從計程車後車廂內拖出他們最後一個行李。我跳下巴士，衝進計程車，關上車門，那對疲憊的夫妻和巴士駕駛都瞪著我。

我告訴那位被嚇到的司機媽媽家的地址。「我要盡快趕到那邊。」

「那在史考司代爾區。」他抱怨著。

我丟出四張二十美元鈔票給他。

「這樣夠嗎？」

「夠了，孩子，沒問題。」

我靠在後座椅背，雙手交叉放在腿上。我身邊這個熟悉的城市車潮逐漸開始洶湧，但我沒有望向窗外，我告訴自己要維持自制，我絕對不能失敗。現在我的計畫幾乎完全成功，沒有理由縱容自己感到驚恐、焦慮。我的計畫已定，只要照著做即可。

懷著痛苦，我閉上眼睛，花二十分鐘想愛德華。我想像著自己本來能留在機場和愛德華見面，我想像著自己踮起腳尖張望，想快點看到他的臉。想像他快速優雅地穿越擁擠的人群向自己奔來，然後我們不顧一切衝向對方相擁，我在他強健的臂彎內，我終於安全了。

我想著他會帶我去哪裡，可能是北邊某個地方，這樣他才能在白天到外面活動。或者是更遠更偏僻的地方，我們能再次一起躺在陽光下。我想像他在海邊，他的肌膚像海水一樣閃亮。無論我們要躲藏多久，就算和他一起困在旅館內也像天堂。我還有好多問題要問他，我想和他一直談個不停，不要睡覺，永遠不要離開他……

我能清楚地看到他的臉，幾乎能聽見他的聲音，儘管懷著恐懼也知道這是不可能發生的，但我還是覺得快樂。這樣的想像讓我陷入逃避現實的白日夢，我差一點就迷失在我的想像中。

「嗨，幾號？」計程車司機的問題刺破我的幻想，我心愛的身影從腦海中消逝，我的腦中一片空白，只剩下恐懼、陰冷和艱難。

「五十八街，二十一號。」我的聲音聽起來像哽住了。計程車司機看著我，不安地以為我是否在演戲或怎麼了。

「那我們到了。」他焦慮地看著我下車，可能希望我不要跟他拿零錢。

「謝謝你。」我低聲說。

我提醒自己沒必要害怕，屋內並沒有人。我要快點，我母親在等我，充滿恐懼的，她的生命全賴我的行動。

我衝進門，從屋簷下摸出鑰匙，打開門鎖。屋內很暗，空無一人——很正常。我衝過電話，打開廚房燈照亮我的路，找到了！在白板上，小小的、乾淨的字跡寫著十位數的電話號碼。我的手指笨拙地按著電話鍵……錯了！我得振作一點，我小心翼翼地，一次一個鍵地按完所有號碼……成功了！我用顫抖的手將電話移到耳旁，只響了一聲。

「哈囉，貝拉。」那輕快的聲音說：「妳很快，我很佩服。」

「我媽還好嗎？」

「她相當好。別擔心，貝拉，我不會對她怎麼樣。當然，除非妳不是一個人來。」輕快、頑皮的聲音。

「我是一個人。」我一輩子從沒這樣孤單過。

「很好。現在，妳知道妳家轉角的芭蕾舞教室嗎？」

「是的。我也知道怎麼過去。」

「很好，那我們待會見囉。」

我掛斷電話，衝出房間，走出大門，衝進戶外的酷熱中。我甚至沒時間回頭再看一眼我的家，我也不想現在看，現在空無一人、充滿恐懼，不是以往那個庇護我的地方，最後一個走進這間屋子的人是我的敵人。

從我的眼角，我彷彿看見母親站在大桉樹的陰影下，就像我童年時一樣在跟我玩，或是跪在郵箱旁的土地上，打理著花草……這些記憶似乎比我今天看到的一切都更為真實，但我只是一路向前跑，跑過轉角，將一切記憶拋在腦後。

我覺得似乎跑了很久，像在沙地上奔跑似的，找不到堅穩的混凝土地，我絆到東西好幾次，跌倒一次，手擦過人行道。我東倒西歪地向前行，但至少我走到轉角了，轉入另一條街，我改成小跑步，汗從臉上流下來，我大口喘著氣。太陽將我的肌膚曬得發燙，灰白的混凝土塵埃四處飄揚，讓我睜不開眼睛。我知道自己曝露在極度的危險中，比我想的更為恐怖，我懷念福克斯那綠色、充滿保護的森林……和福克斯的家。

我繞過最後一個轉角，進入仙人掌街，我已經看見舞蹈教室了，跟我印象中一模一樣：前面的停車格全都是空的，窗戶全都拉上了窗簾。跑不動了，我喘不過氣來，恐懼和努力一路撐著我到這裡，我想到我的母親，我的腳才能繼續移動，一步步往前。

當我更靠近後，我能看到屋內的標誌，亮粉紅色紙上寫著：舞蹈教室因為春假休息。我握著門把，小心地拉開，門並沒有鎖。我試著控制呼吸，打開門。漆黑的大廳空無一人，冷氣嗡嗡響著，室內很冷。塑膠製的座椅排列在牆邊，地毯聞起來有股洗髮精的味道。從打開的窗戶望過去，西邊的教室也是一片漆黑，只有最大的那個房間，也就是東邊的教室有燈亮著，但百葉窗都放了下來遮住窗戶。

我感到無比的恐慌，我正逐步踏入陷阱。我幾乎走不動了，然後母親的聲音呼喊著我。

「貝拉？貝拉？」同樣歇斯底里的痛苦聲音。我轉身看著門，她的聲音是從那邊傳過來的。

當我衝進有著挑高天花板的長方形房間，仍然聽見她的聲音繼續說著：「貝拉，妳嚇死我了！妳敢再這樣試試看！」

我環顧屋內，試著找出她的聲音來源。我聽見她的笑聲，我跟著聲音到處尋找。然後我看見她了——在電視螢幕上，正帶著放心的表情揉亂我的頭髮。那是我十二歲時的感恩節，我們一起去看加州的祖母，祖母在隔年就過世了。那一天我們到海邊玩，我跑到太遠的碼頭邊，她看到我的腳搖搖晃晃地試著維持平衡。「貝拉？貝拉？」她慌張地叫著我……然後電視畫面就消失了。

我緩緩轉過身。他動也不動站在房間後方的緊急出口處，難怪我一開始沒注意到他。他手中拿著搖控器，我們瞪著彼此好久好久，然後他笑了。他安靜地走過我身邊，將搖控器放在錄放影機旁邊。我轉過身小心地看著他。

「很抱歉，貝拉。但如果妳媽沒有捲入這件事，對妳不是比較好嗎？」他的聲音很有禮、很和善。

突然一個念頭閃過：我母親平安無事，她還在佛羅里達州，她沒收到我的留言。她沒有被我前面這位蒼白面孔、深紅雙眼的瘋狂變態嚇到，她很安全。

「是的。」我回答，我的聲音很放鬆。

「妳沒有因為我的詭計而生氣。」

「沒必要。」我的勇氣突然來了，那已經不重要了！很快就會結束。查理和媽都不會受傷，永遠不用恐懼。我覺得有點暈眩，腦中某個充滿邏輯的部分警告我，我正處在極度的危險中，恐懼的壓力會讓人崩潰。

「真奇怪，妳是真的這樣想。」他黑色的眼睛帶著興味打量我。他的眼珠現在近乎全黑，只有邊緣帶著一圈紅寶石的色彩——代表他的飢渴。「妳真是不可思議，妳的幽默感很有趣，我很想進一步瞭解妳。真不可思議，竟然會有人類對自己的命運如此漠不關心。」

他站得離我很近，只差不到幾吋，他雙手環胸，好奇地看著我，臉上沒有威脅或準備攻擊的樣子。他的長相很普通，身材或臉孔都不醒目，我逐漸習慣他蒼白的肌肉和圓圓的眼睛。他穿著淺藍色長袖衫和褪色的藍色牛仔褲。

「我想妳打算告訴我，妳的男朋友會來為妳復仇？」他充滿希望地問我。

「不，我不認為……至少，我要求他不要。」

「他的回答是？」

「我不知道。」和這個彬彬有禮的狩獵者進行輕鬆的談話真是件奇怪的事。「我留了封信給他。」

「多麼羅曼蒂克，最後一封信。妳認為他會守信用嗎？」他的聲音現在多了一絲嚴厲，有禮的聲調充滿諷刺。

「我希望是。」

「嗯嗯，我們的希望不同。妳看，這有點太容易，太快了，老實說，我有點失望。我期望更偉大的挑戰，而且，畢竟我只用了一點點運氣。」

我沉默地等著。

「當維多利亞無法把妳父親弄到手時，我交待她找出更多關於妳的資料。到處亂跑搜尋妳的下落是件既蠢又無意義的事，我只要在我選定的地方舒適地等著妳就好。所以當我跟維多利亞談過後，我決定到鳳凰城拜訪妳的母親——我聽見妳說妳要回家。剛開始我以為妳只是隨便說說，但我後來想到：人類是極易預測的，人類喜歡到熟悉安全的地方——真是個完美的缺點，妳最後躲藏的地方，竟然就是妳說妳要去的地方。

當然我不確定，這只是我的直覺，我對我要狩獵的犧牲品有種感覺——第六感。當我進入妳母親的屋內，聽到妳的留言，雖然我不知道妳是從哪打的電話，但得到妳的電話號碼很有用，不過妳可能會在南極洲之類的地方，除非妳來到這附近，否則這遊戲就玩不下去了。

維多利亞為我監視他們，所以我知道妳男朋友搭飛機到鳳凰城來。遊戲需要攻守雙方，我一個人是玩不成的。他們的舉動讓我確認，妳人一定在此地。我等著，我已經看過妳家中所有迷人的家庭影帶，我立刻想出這個簡單的小詭計。很簡單，但妳知道，這不符合我的標準，所以，我希望妳對妳男朋友的看法是錯的。他叫愛德華，是不是？」

我沒有回答，我的勇氣逐漸流失，我知道他即將要結束這場洋洋得意的演說。我算什麼？一個虛弱的人類，打敗我一點都不光榮。

「如果我留個訊息給妳的愛德華？妳會非常介意嗎？」他向後退一步，拿出一臺巴掌大的數位相機，小心地放在音響上，小小的紅燈閃著，表示已經開始在錄影了。他調整畫面解析度，我恐懼地瞪著他。

「我很抱歉，但我想，當他看過這個之後，他一定會來追捕我，我不要他錯過任何事。當然，一切都是因為他，我不得不說，妳只不過是在錯誤的地方、錯誤的時間和那一群人在一起，因而遭遇這場不幸。」

他笑著朝我踏前一步：「在我們開始之前……」

當他說話時，我感到一陣反胃噁心，這一點我之前沒預想到。

「讓我再解釋清楚一點。原因很簡單，我本來擔心愛德華會先我一步行動，那會毀了我獵殺的樂趣。這之前發生過一次……嗯，很多年以前，我選中的犧牲品唯一一個逃過我的獵殺。吸血鬼不應該愛戀上讓他著迷的犧牲者，但妳軟弱的愛德華卻犯了這個錯誤。

多年前，當某個古老的吸血鬼知道我在跟蹤他的小朋友時，他從他工作的精神病院將她偷走。我永遠無法瞭解，為何會有吸血鬼對你們人類那麼的入迷與著魔。他很快改變了她，好讓她永遠安全，這可憐的小東西，她甚至沒有感到痛苦。她之前被關在黑暗的小房間很長一段時間，要是早個幾百年，她可能會被燒死，因為她看見的影像而受到火刑，但在十九到二十世紀，人們只把她當做精神病患收留在精神病院。等她睜開眼，她已經獲得新生，充滿年輕強健的體力。那古老的吸血鬼將她變成一個強壯的吸血鬼，我就沒有理由再追捕她了。」他嘆口氣：「但我後來毀了那個老的以洩心頭之恨。」

「艾利絲。」我低沉的聲音充滿驚訝。

「是的，就是妳那位小朋友。我很驚訝在林中空地看見她，所以我知道她的女巫能力會讓這次狩獵的經驗更為有趣。我得到妳，但他們得到她。老實說，她幾乎可以說是從我手下逃走的犧牲品。她聞起來如此可口，我還是很後悔自己沒有機會品嚐，她聞起來比妳還好……抱歉，無意冒犯，妳聞起來也不錯，像花……」

他朝我再走進一步，我們之間只隔了一吋，他捧起我的頭髮，深深地嗅聞著。然後他溫柔地將我的頭髮撥向身後、撫平，他冰冷的指尖抵在我的喉嚨上，用大拇指輕拍我的臉頰，臉上充滿好奇。我很想逃走，但我整個人僵住動彈不得，甚至無法退縮半步。

「不——」他低聲對自己說，垂下手。「還不行。」他嘆口氣：「嗯，我想我們應該快點開始。我會打電話給妳朋友，告訴他們哪裡可以找到妳，還有我錄的這段小小訊息。」

我現在感到非常不舒服，全身充滿驚恐的煎熬。我能從他的眼中看到，他覺得贏得太過容易，他想要更多，這場遊戲一點都不像我之前想像的，並不會就此結束。我的膝蓋開始顫抖，我擔心我會昏過去。

他後退一步，開始隨意地繞圈走著，好像他在博物館內，試著找出最好的角度來欣賞雕像。然後他身體前屈，像我之前看過的獵殺姿勢，微笑的唇逐漸扭曲，他露出長牙，齜牙咧嘴地看著我。

我忍不住，我一定要想辦法逃走，就算逃不了也要試，就算恐懼讓我的膝蓋如此無力我也要試——我衝向緊急出口。

他一下就閃到我面前，一拳擊中我的胸口——我完全沒看見他是用手還是用腳，他的速度太快了——我感到自己凌空飛向後方，然後聽見我的頭撞到鏡子的聲音。玻璃破裂，一些碎片掉落在我身旁的地板上，我大吃一驚，一開始沒感覺到疼痛，但接著我完全無法呼吸。

他緩緩地走向我。「效果很好。」他看著碎裂的玻璃說，聲音再次變得很友善：「我想這個房間對我的小小影片會有很大的視覺效果，這是我選擇在此地與妳見面的原因。真完美，不是嗎？」

我不理他，慌亂地手腳並用爬向另一扇門。他馬上攔在我面前，用腳踩住我的腿，我聽見不舒服的斷裂聲，然後我知道我的腿斷了，我止不住痛苦地尖叫。我掙扎著想碰觸我的腳，他俯視我，不斷笑著。

「妳想不想有最後的要求？」他彬彬有禮地問，用腳趾輕踢我斷裂的腿，我聽見尖銳的喊叫聲，然後震驚地發現，那是我自己的尖叫聲。

「妳不希望愛德華找到我嗎？」他迅速地說。

「不！」我沙啞地喊著：「不！愛德華，不要——」然後某樣東西擊中我的臉，我整個人又被凌空丟向後方的鏡子。

這比斷腿還要疼痛，破裂的鏡子碎片插入我頭皮，產生了撕裂的痛楚，然後溫暖的液體沿著我的髮際快速流溢。我感到血液流下來，弄濕了肩頭的衣服，聽見鮮血滴在木頭地板上的聲音，血的味道讓我的胃不斷抽搐。

在陣陣嘔吐和暈眩的感覺中，我看到打碎我最後一線希望的東西——他的眼睛，眼神比之前更熱切，充滿無法控制的熾熱。血將我的白色T恤染成紅色，不斷湧出流到地板上，這讓他變得更為飢渴。無論他原本的計畫為何，他很快就會讓這段過程結束。

那就讓它快點結束吧，血從我的頭部不斷湧出，我逐漸昏厥的意識只能想到這一點。我閉上眼睛，整個人像是陷入水底，我聽見水底傳來狩獵者的最後一聲咆哮。從我逐漸瞇起的眼睛細縫，我看見他的尖牙朝我而來。我孤注一擲地，立刻舉起雙手來保護我的臉。我的眼睛整個閉上，然後，我陷入昏迷……

chapter 23
遇見天使

「不，我要睡覺。」

我抱怨著。

「妳可以睡覺。甜心，我會照顧妳的。」

愛德華哄著我。

然後我就在他的臂彎中——

像嬰兒一樣倚在他的胸口——

搖晃著，所有的疼痛都不見了。

「好好睡，貝拉。」

是我聽見的最後一句話。

當我昏過去後，我作了一個夢。

我飄浮在黑暗的水底，我聽見心中所能召喚出的最快樂的聲音，如此美麗，如此令人開心。但伴隨著另一個恐怖至極的聲音，一種深沉狂野的咆哮怒吼……我掙扎著，似乎能浮起來了，但我高舉的手感到一陣尖銳的疼痛，我完全睜不開雙眼。

然後我知道我死了。在沉重的水底，我聽見天使叫喚我的名字，從我知道的天堂中呼喚我……

「喔，不，貝拉，不！」天使的聲音悽厲地呼喊著。

在天使淒涼的聲音背後有一些噪音——讓我想逃避的可怕喧嘩：兇猛的男低音咆哮著、狂烈的撲咬聲、高亢淒厲的慟哭聲，突然這一切都靜止了……我試著專心聽天使的聲音。

「貝拉！貝拉，聽我說，求妳……求妳，貝拉！」他乞求著。

是的，我想要說話，任何話都行，但我開不了口。

「卡萊爾！」天使呼喊，他悅耳的聲音中充滿痛苦：「貝拉……貝拉，不，喔不！」然後天使心碎地啜泣。

天使不該如此哭泣，這是不對的。我試著開口，想告訴他沒事了，但水好深，壓著我向下沉，我無法呼吸……某樣尖銳物品壓著我的頭，好痛！然後，這疼痛終於打破黑暗的深淵，更多疼痛感布滿全身，強烈的痛楚讓我脫口而出大叫，我喘不過氣來。

「貝拉！」天使喊著。

「她失血過多，但頭部傷勢還好。」一個冷靜的聲音說：「小心她的腿……斷了。」

從天使口中傳來一陣嚎啕哭聲。我全身都是尖銳的疼痛，這不可能是天堂，可能嗎？太多痛楚了。

「我想，有些肋骨也斷了。」冷靜有條理的聲音繼續說著。

尖銳的疼痛逐漸消退，但出現新的疼痛——我的手上有一種像燙傷一樣的痛楚，比其他疼痛都還要劇烈……有東西在燒我。

「愛德華……」我試著喊他，但我的聲音低沉又微弱，連我自己都聽不見。

「貝拉，妳會沒事的。妳聽得到我嗎，貝拉？我愛妳。」

「愛德華。」我再試一次，這次聲音比較清楚了。

「是的，我在這裡。」

「好痛……」我低聲說。

「我知道，貝拉，我知道。」那就想辦法讓痛楚遠離我吧，我痛苦地想著。「你能想想辦法嗎？」

「我的袋子，麻煩……艾利絲憋住呼吸，那樣會有幫助的。」卡萊爾說。

「艾利絲？」我呻吟著。

「她在這兒，她帶我們找到妳的。」

「我的手好痛！」我試著告訴他。

「我知道，貝拉，卡萊爾會幫妳，等一下就會止住痛苦的。」

「有東西在燒我的手！」我尖叫，終於打破最後的黑暗，我的眼睛啪地睜開了。我看不到他的臉，某樣漆黑但溫暖的東西蓋住我的雙眼。為什麼他們沒看見火，怎麼不趕快滅了它？

他的聲音很恐慌：「貝拉？」

「火！趕快滅火！」當火燙著我時，我再度尖叫著。

「卡萊爾！她的手！」

「他咬了她。」卡萊爾的聲音不再平靜，而是嚇呆了。

我聽見愛德華惶恐的喘氣聲。

「愛德華，你非做不可。」那是艾利絲的聲音，就在我的頭旁邊。冰冷的手指撫去我的眼淚。

「不！」他大吼著。

「艾利絲……」我呻吟著。

「那可能有機會。」卡萊爾說。

「怎麼說？」愛德華乞求著。

「看你能不能把毒液吸出來，傷口目前還算乾淨。」卡萊爾說的時候，我能感到頭部傳來更多壓力，某個東西戳拉著我的頭皮，剛才暫時消失的痛楚現在又回來了。

「有用嗎？」艾利絲的聲音很緊張。

「我不知道。」卡萊爾說：「但我們要快些。」

「卡萊爾，我……」愛德華很猶豫：「我不知道我做不做得到。」他悅耳的聲音中再次充滿痛苦。

「由你決定，愛德華，但只有這兩個選擇，我無法幫你決定。她的頭部血流不止，我要想辦法趕快止血。」

烈火燃燒的折磨讓我痛苦地扭動身軀，但扭動讓我腿部的疼痛變得更嚴重。

「愛德華！」我尖叫。我發現我的眼睛又閉上了，我再次睜開，絕望地想尋找他的臉。然後我找到了，終於，我能看見他俊美的臉龐，他瞪著我，臉上滿是猶豫和痛苦的神情。

「艾利絲，幫我找些東西固定她的腿！」卡萊爾彎身向我，在我的頭部忙碌著。「愛德華，你要就現在做，不然就來不及了。」

愛德華的臉扭曲著，我看到他眼中充滿懷疑，接著突然湧起堅定的決心。他的下巴緊繃，我感到他冰冷強壯的手指鎖定在我被火燃燒的手上，然後他低下頭，冰冷的唇貼在我的肌膚上。

一開始，痛楚變得更劇烈，我大聲尖叫，揮舞著手想掙脫，但他冰冷的手緊緊箝制我。我聽見艾利絲在說話，她要我冷靜。有人扶住我的腳放到地板上，卡萊爾將我的頭緊緊扶在他強壯的手中，像老虎鉗一樣固定住我。

然後，慢慢地，我不再扭動，我的手失去感覺變得麻木，不再有灼熱感了。烈火不見了，剩下比較輕微的刺痛。當疼痛退去，我的意識再次清醒，我擔心自己會再次落入黑暗深淵，擔心會在黑暗中失去他……

「愛德華……」我想要說話，但我聽不見自己的聲音。

不過他們聽得見我。

「他就在這，貝拉。」

「別走，愛德華，不要離開我……」

「好的。」他的聲音充滿疲憊，但又有某種成功的欣喜。

我安心滿足地嘆口氣。火終於滅了，其他的疼痛也終於退去，一陣睡意襲來。

「都吸出來了嗎？」卡萊爾從遠遠的地方問。

「她的血嚐起來很乾淨了。」愛德華平靜地說：「我甚至可以嚐到嗎啡止痛劑的味道。」

「貝拉？」卡萊爾喊我。

我試著回答：「嗯？」

「火退去了嗎？」

「是的。」我嘆氣：「謝謝你，愛德華。」

「我愛妳。」他回答。

「我知道。」我低語，覺得好累好累。

然後我聽見全世界我最愛的聲音——愛德華的低笑聲，充滿鬆了口氣的虛弱。

「貝拉！」卡萊爾又問。

我皺著眉，一心只想睡覺。「什麼事？」

「妳媽媽在哪裡？」

「在佛羅里達。」我嘆氣：「他騙了我，愛德華。他看過我們家的錄影帶。」我虛弱的聲音中充滿憤慨，但這同時提醒了我。

「艾利絲——」我試著睜開眼睛：「艾利絲，影帶——他認識妳，他知道妳從哪來的。」我想要很快說完，但我的聲音還是很虛弱。「我聞到汽油的味道……」我補充說，驚訝自己意識不清的腦袋竟然還能知道。

「該把她移出去了。」卡萊爾說。

「不，我要睡覺。」我抱怨著。

「妳可以睡覺。甜心，我會照顧妳的。」愛德華哄著我。

然後我就在他的臂彎中——像嬰兒一樣倚在他的胸口——搖晃著，所有的疼痛都不見了。

「好好睡，貝拉。」是我聽見的最後一句話。

chapter 24

死裡逃生

「妳從二樓撞破窗戶摔了下來。」

他停了一下：

「妳要承認，這是有可能發生的。」

我嘆口氣，好痛。看著被單下的身體，腿部腫了一大塊。

「我有多糟？」我問。

「斷了一條腿和四根肋骨，頭骨有一些傷口，

皮膚上到處都是擦傷，還有，妳失血過多，

他們得為妳輸血。我不喜歡——

這讓妳的味道有一陣子會聞起來很糟。」

睜開眼睛，看見一片明亮，我在一間不熟悉的白色房間內。我旁邊的牆上掛著長長的窗簾，頭頂閃耀的白色燈光讓我幾乎睜不開眼。我被安置在堅硬不平坦的床上，四周有鐵欄，枕頭又扁又硬。周圍傳來一種吵雜的嗶嗶聲，我希望這代表我還活著——死亡應該不會那麼不舒服。

我的雙手都被纏上滴管，臉上從頭頂到鼻子下面都被包裹住，我想抬起手把它撕下來。

「不！不行。」冰冷的手指抓住我的手。

「愛德華？」我微微轉過頭，他俊美的臉只離我一吋遠，他的下巴倚在我枕頭邊上。我發現我真的活著，我滿懷感激和喜悅：「喔，愛德華，我真抱歉！」

「噓！」他叫我安靜。「現在都沒事了。」

「發生什麼事？」當我試著回想時，我的腦袋抗議著，我什麼都想不起來。

「我差點來不及……我可能會來不及的……」他低聲說著，聲音充滿痛苦。

「我真笨，愛德華。我以為他抓走我媽。」

「他騙過我們所有人。」

「我得打電話給查理和我媽。」我朦朧地想起。

「艾利絲已經打過電話給他們了。芮妮人在這……嗯，這是醫院。她去買些東西吃。」

「她在這兒？」我試著坐起來，但腦中天旋地轉得更為嚴重，他的手溫柔地將我壓回枕頭。

「她馬上就會回來了。」他說：「妳得躺著別動。」

「但你要怎麼跟她說？」我驚恐地問。他這樣哄我沒用，我媽在這，我剛從吸血鬼的攻擊下恢復。「你要怎麼告訴她我為什麼會在這？」

「妳從二樓撞破窗戶摔了下來。」他停了一下：「妳要承認，這是有可能發生的。」

我嘆口氣，好痛。看著被單下的身體，腿部腫了一大塊。

「我有多糟？」我問。

「斷了一條腿和四根肋骨，頭骨有一些傷口，皮膚上到處都是擦傷，還有，妳失血過多，他們得為妳輸血。我不喜歡——這讓妳的味道有一陣子會聞起來很糟。」

「這對你來說應該是好的改變。」

「不，我喜歡妳原來的味道。」

「你是怎麼做到的？」我低聲問。他立刻瞭解我的意思。

「我不確定。」他避開我好奇的眼光，溫柔地舉起我包著紗布的手握住，小心地不要纏繞到監視器的電線。

我耐心的等著。

他嘆口氣，還是避開我的目光。「我差點……停不下來。」他低聲說：「差點失敗。但我還是做到了。」他終於抬頭，似笑非笑的：「我一定很愛妳。」

「我嚐起來跟聞起來一樣好嗎？」我笑著回應，這表情拉扯到我的臉，好痛！

「更好——比我想的更好。」

「我很抱歉。」我充滿歉意地說。

他抬起眼看著天花板：「妳是該為這件事道歉。」

「我應該為什麼道歉？」

「為妳的莽撞害我差點失去妳。」

「我很抱歉。」我再次懷著歉意說。

「我知道妳為什麼這麼做，當然。」他的聲音很令人欣慰。「但這很荒謬，妳應該等我，妳應該告訴我。」

「你不會讓我去的。」

「是不會。」他用無情的聲調回答我：「我不會同意的。」

我開始回想起一些不快樂的回憶。我顫抖著，整個人抽搐。

他立刻變得焦慮：「貝拉，哪不舒服？」

「詹姆斯怎麼了？」

「我把他從妳身上拉下來之後，艾密特和賈斯柏就解決掉他了。」他的聲音中帶著遺憾。

這把我弄糊塗了：「我沒看見艾密特和賈斯柏。」

「他們得離開那個房間……太多血了。」

「但你留下來了。」

「是的，我留下來了。」

「還有艾利絲，還有卡萊爾……」我好奇地說。

「他們倆人都愛妳，妳知道的。」

我回想起一些痛苦的片段，我得提醒艾利絲。「艾利絲看了影帶了嗎？」我焦慮地問。

「是的。」他的聲音再度充滿陰鬱，充滿憎恨。

「她一直被關在黑暗中，所以她才會記不得。」

「我知道。她現在也瞭解了。」他的聲音很平靜，但他的臉充滿憤怒。

我想用手觸摸他的臉，但某樣東西阻止了我，我向下看，原來是點滴管。

「喔……」我退縮著。

「怎麼了？」他焦慮地問，這讓他暫時分心，但他眼中的痛苦並未完全消失。

「針……」我解釋，不敢再看我的手。我專心盯著天花板，試著深呼吸，雖然這會讓我的肋骨更加疼痛。

「怕針的膽小鬼。」他搖頭，低聲喃喃自語：「喔，一個殘酷的吸血鬼快把她折磨致死，當然，是她自己要跑去見他的。但結果，卻是點滴……」

我翻翻白眼，至少我很高興發現痛苦已經消退了。我決定改變話題。「那你在這幹麼？」我問。

他瞪著我，一開始很困惑，然後雙眼出現受傷的神情。他皺起眉頭：「妳要我離開嗎？」

「不！」我馬上抗議，被這個念頭嚇壞了。「不，我是說，你在這兒我媽會怎麼想？在她回來之前我要有個故事才行。」

「喔。」他糾結的眉心舒展開來：「我到鳳凰城來找妳，要跟妳理性地談談，想說服妳回去福克斯。」他大大的眼中充滿誠摯和真心，我幾乎要相信他了。「妳同意見我，當時我和卡萊爾還有艾利絲在一起——當然我是在父母的監督之下。妳開車離開旅館……」他生動地描述：「但妳要走到我房間時，從樓梯上摔了下去……嗯，接下來妳都知道了。妳不用記得所有的細節，因為妳有很好的藉口，就說頭昏腦脹什麼都想不起來就行了。」

我想了一會：「這故事有幾個瑕疵，例如：窗戶沒破。」

「不見得。」他說：「艾利絲挺熱衷於製造證據，所有證據都安排好了，如果妳想要的話，妳還能控告旅館……不過妳不用擔心這些。」他輕輕撫摸著我的臉頰。「妳現在唯一要做的事就是趕快好起來。」

疼痛或藥物並沒有影響我的本能，我對他的撫摸立刻起了反應。監視器的嗶嗶聲變成不穩定的尖銳警戒聲，現在他不是唯一可以聽見我心跳聲的人了。

「真是丟臉死了。」我對自己喃喃自語。

他竊笑，眼中出現思索的神色。「嗯，我很好奇……」他緩緩地傾向我，在他的唇還沒碰到我之前，嗶嗶聲狂野地大響，但當他的唇貼上我的之後，雖然他只是輕柔的壓上，嗶嗶聲卻突然全停了。

他猛地抽身，滿臉焦慮，但當他看見監視器上的心跳恢復正常時，便露出放鬆的表情。「看來我得比平常更小心地照顧妳。」他皺著眉說。

「我還沒親夠。」我抱怨著：「不要逼我起來。」

他笑了，傾身將唇輕柔地印在我的唇上……監視器又狂野地大響。突然間，他的唇變得緊繃，他抽身離開我。

「我想我聽見妳媽回來了。」他又笑了。

「別丟下我。」我呼喊著，想像他離開的痛苦像浪般湧向我。我不能讓他走——他可能會再度從我生命中消失。

他馬上瞭解我眼中的恐懼。「我不會。」他嚴肅地保證，然後又笑了：「我會睡個午覺。」

他從我身邊的硬塑膠椅離開，坐到床腳邊藍綠色假皮的活動躺椅上，背靠著椅背，閉上眼，完全動也不動。

「別忘了呼吸。」我諷刺地低聲說。他做了個深呼吸，還是閉著眼。

我現在也聽見我媽的聲音了，她在和某人說話，可能是護士，她聽起來既疲累又心煩意亂。我想要從床上跳起來，跑向她，讓她放心，告訴她一切都沒事了。但我沒法移動，只好不耐地等著。

門被打開一條縫，她小心地探頭進來。

「媽！」我低聲喊著，聲音充滿愛意和放心。

她瞄一眼愛德華，他仍然靠在躺椅上動也不動，然後她躡手躡腳走到我床邊。

「他一直沒離開過，是嗎？」她低聲對自己喃喃自語。

「媽，真高興看到妳！」

她彎下身給我一個溫柔的擁抱，我感到溫暖的淚滑過我的臉頰。

「貝拉，我真是擔心死了。」

「我很抱歉，媽。但一切都沒事了，妳放心。」我安慰著她。

「我真高興看到妳醒過來。」她坐在床邊。

我突然發現我不知道時間：「我在這多久了？」

「今天是星期五，親愛的，妳昏迷了好幾天。」

「星期五？」我嚇了一跳，試著回想那是哪一天……但我抗拒去想起。

「他們讓妳睡了幾天，親愛的，妳傷勢不輕。」

「我知道。」我感覺得到。

「妳很幸運剛好遇到庫倫醫生在那邊，他真是個好人，雖然很年輕。他看起來比較像模特兒而不是醫生……」

「妳見到庫倫家的人了？」

「還有愛德華的姊姊艾利絲——真是位可愛的女孩。」

「她的確是。」我全心全意同意。

她轉頭看著愛德華，他還是閉著眼靠在椅背上。「妳沒告訴我妳在福克斯有這些好朋友。」

我呻吟著瑟縮。

「哪兒痛？」她焦慮地問，轉過來看我。愛德華的眼睛也睜開看著我。

「沒事。」我向她保證。「我只是要記得叫自己別動。」

他閉上眼睛，重新回復假睡狀態。

我趁這個機會將我媽的注意力轉移到另一個話題：「費爾在哪？」我很快地問。

「佛羅里達——喔，貝拉！妳猜不到。就在我們打算要離開的時候，我們收到最棒的消息。」

「費爾要簽約了？」我猜。

「是的！妳怎麼猜到的？太陽隊，妳相信嗎？」

「那真是太好了，媽。」我努力用最大的熱情回應著，雖然我對這件事的意義一點都不瞭解。

「還有妳會喜歡傑克遜維市的。」我茫然地看著她滔滔不絕說著：「當費爾談到亞克朗市時我有點擔心，會下雪什麼的，妳知道我不喜歡寒冷，但現在，是傑克遜維耶！永遠都是太陽，濕度也剛好。我們找到一棟很漂亮的房子：黃白色調，門廊就像老電影一樣，還有大大的橡樹，離海邊只有幾分鐘，妳可以有妳自己的浴室——」

「等一下，媽！」我打斷她。愛德華的眼睛還是閉著，但他看起來很緊張，一點都不像睡著的人。「妳在說什麼？我不要去佛羅里達，我要住在福克斯。」

「傻瓜，妳現在不用住那邊了。」她笑著說：「費爾會比現在更常待在同一個地方。我們談了很多，我想利用客場比賽的時間來取得一點平衡，一半時間陪妳，一半時間陪他。」

「媽……」我猶豫著，努力想著該如何婉轉地告訴她：「我想要住在福克斯。我已經熟悉學校了，也交了幾個朋友……」當我提到朋友這個詞時，她再次看向愛德華，所以我試著用另一個方法：「而且查理需要我。他一個人在那邊，飯又煮得不好……」

「妳想留在福克斯？」她問，被我搞糊塗了。她似乎無法相信，然後她的眼睛又看了一眼愛德華。「為什麼？」

「我跟妳說過了……學校、查理……哎喲！」我剛聳了聳肩，又把自己弄痛了。這不是個好藉口。

她的手無助地輕撫著我，試著找出不會弄痛我的地方來撫慰我。她撫拍我的前額——唯一沒綳帶的地方。

「貝拉，親愛的，妳討厭福克斯。」她提醒我。

「其實那地方還不壞。」

她皺著眉，第四次回頭看向愛德華，這次非常慎重：「是因為這個男孩嗎？」她低聲說。

我張開嘴想說謊，但她的眼睛仔細盯著我的臉，我知道她會看穿的。

「某部分。」我承認，不需要坦白這部分有多大。「妳跟愛德華說過話了嗎？」我問。

「是的。」她猶豫著，看著他動也不動的睡姿。「我要跟妳談談。」

「談什麼？」我問。

「我想這個男孩愛上妳了。」她指責，但聲音很低。

「我想是的。」我吐露。

「那妳對他有什麼感覺？」她努力壓抑聲音中強烈的好奇。

我嘆口氣，不敢看她。無論我多愛我媽，我都不想和她進行這類的談話。「我為他瘋狂。」這真……像是青少年交第一個男朋友時會說的話。

「嗯，他看起來人很不錯，而且，我的老天，他長得真不是普通的帥，但妳還這麼年輕，貝拉……」她的聲音很不確定，就我記憶所及，從我八歲以後就沒聽過她用父母的權威口吻對我說話。我知道她努力用理性但堅持的聲調和我談論這個男人。

「我知道，媽。別擔心這些，應該只是一時的迷戀。」我哄著她。

「也對。」她同意……沒想到這麼容易。然後她嘆了口氣，內疚地瞄了一眼牆上的大鐘。

「妳要走了嗎？」

她咬緊唇：「費爾等一下可能會打電話來，我不知道妳會醒過來……」

「我沒事的，媽。」我試著用冷靜的聲音安撫她，免得傷到她的感情。「我又不是一個人。」

「我很快就會回來，而且我會一直睡在這邊陪妳的。」她帶點驕傲地說。

「喔，媽，妳不用這樣做的！妳就在家裡睡就好——我也不會注意到。」止痛藥讓我頭腦暈眩很難專心，很顯然我睡了好幾天了。

「我太緊張了。」她羞怯地承認：「家附近有犯罪分子，我不想一個人在家。」

「犯罪分子？」我緊張地問。

「有人闖入轉角那間舞蹈教室，放火將它夷為平地——燒得精光，一點渣都沒留下，還在屋前留下一輛贓車。妳記得嗎？妳以前在那邊學過跳舞，親愛的。」

「我記得。」我抽搐顫抖著。

「我可以留下來的，寶貝，如果妳需要我的話。」

「不用了，媽，我沒事。愛德華會陪著我的。」

她一副那正是她要留下來的原因。「我晚上會回來。」這聽起來比較像是警告而不是承諾，她邊說邊瞥向愛德華。

「我愛妳，媽。」

「我也愛妳，貝拉。當妳走路時，試著更小心，親愛的，我不想失去妳。」

愛德華的眼睛閉著，但臉上閃過一絲笑意。

護士進來了，忙碌地檢查我的點滴和電線。媽親一下我的前額，輕拍我被紗布包著的手，然後就離開了。護士將心跳監視器上的數字記在紙上。

「妳感到焦慮嗎，親愛的？妳的心跳有點過快。」

「我很好。」我向她保證。

「我會告訴妳的值班護士妳已經醒了。她等一下會來看妳。」

她才剛關上門離開，愛德華就已經在我旁邊了。

「你偷了一輛車？」我抬起眉毛問。

他笑了，一點悔意都沒有：「那是輛好車，很快。」

「午睡如何？」我問。

「很有趣。」他瞇著眼。

「怎麼說？」

他垂下眼說：「我很驚訝。我以為佛羅里達，還有妳母親……嗯，我以為那是妳要的。」

我不理解地瞪著他：「但你在佛羅里達要整天待在屋內，你只能在晚上出來，像一般的吸血鬼一樣。」

他幾乎笑了出來，然後他面無表情的說話：「貝拉，我會留在福克斯，或是一個像福克斯一樣的地方……」他解釋：「一個我無法傷害妳的地方。」

我一開始沒聽懂，只是茫然地瞪著他，當他說的話一字字地進入我的腦中，像恐怖的拼圖拼湊完成後，我意識到我的心跳聲因為呼吸過度而加快，我的肋骨用疼痛在抗議。

他很沉默，只是小心看著我的臉，我的疼痛不是來自斷裂的肋骨，而是想到他要離開，那無止盡的孤寂讓我幾乎崩潰。

然後另一個護士走了進來。護士先熟練地檢查我的表情，才轉身察看監視器，愛德華動也不動地坐著。

「親愛的，再給妳打點止痛藥好嗎？」她和善地問，檢查著點滴管。

「不，不。」我低語，試著隱藏聲音中的痛苦。「我什麼都不需要。」我不能讓眼睛閉起來。

「不用裝勇敢，親愛的。妳放輕鬆會好得快些，妳需要休息。」她等著，但我只是搖頭。

「好吧。」她嘆口氣：「如果妳需要的話就按叫人鈴。」

她嚴厲地看了愛德華一眼，又焦慮地看一眼儀器，然後才離開。

他冰冷的手放在我的臉上，我睜大眼睛瞪著他。

「噓，貝拉，別激動。」

「不要離開我！」我用心碎的聲音說。

「我不會。」他保證。「現在休息，不然我會叫護士回來，好讓妳鎮靜下來。」

但我的心跳不肯慢下來。

「貝拉——」他焦慮地輕撫我的臉：「我哪都不會去。只要妳需要我，我會一直在這。」

「你發誓你不會離開我？」我低聲問。我試著控制喘氣，肋骨抽痛著。

他雙手捧著我的臉，他的臉貼近我，眼睛睜得大大的，很嚴肅。「我發誓。」

聞到他的呼吸讓我平靜，也讓我的呼吸變得平順。他繼續捧著我的臉，他的凝視讓我全身慢慢放鬆，嗶嗶聲回復正常的速度。他的眼珠很黑，接近黑色而不是金色。

「好點了？」他問。

「是的。」我小心地說。

他搖搖頭，然後低聲喃喃自語些我聽不懂的話。我只聽懂其中幾個字「過度反應」。

「你為什麼要這樣說？」我低聲問，試著讓我的聲音不再顫抖。「因為一直救我讓你覺得厭倦嗎？你要離開我嗎？」

「不，我不要離開妳，貝拉，當然不。講講道理。就算要一直救妳我也甘之如飴，但事實上是我害妳陷入危險的，是我害妳變成現在這樣的……」

「對，你是那個原因——」我皺著眉：「我在這裡——還活著的原因。」

「差一點點。」他的聲音好低好低：「但妳包著紗布和石膏動彈不得。」

「我不想討論我最近的瀕死經驗。」我的聲音中漸漸起了怒意：「我想說的是其他重點——隨便你要不要聽——如果不是你，我早就躺在福克斯的墓地腐爛了。」

他因為我說的話退縮，清澈的眼裡滿是荊棘。「但這還不是最糟的部分……」他繼續低聲說，一副我剛才沒說話的樣子。「最糟的不是看見妳在地板上，被擊倒和打斷骨頭。」他的聲音很惱怒：「最糟的不是擔心我可能來不及，最糟的不是聽見妳的尖叫……所有這些令人無法忍受的記憶，我都將永遠記得。最糟的部分是——知道我有一天可能會忍不住……我自己可能會殺死妳。」

「但你沒有。」

「我可能會。那很簡單。」

我知道我需要冷靜，但他試著要從我生命中離開，那種痛苦充塞在我的胸腔，我快要崩潰了。

「答應我。」我低聲說。

「什麼？」

「你知道的。」我開始憤怒地瞪著他。他還是倔強地不肯改變他可能在某天會殺死我的這個念頭。

他聽出我憤怒的聲調，眼神變得很緊張。「我不夠堅強，無法離開妳，所以我希望妳能主動離開……無論那樣會不會害死妳。」他粗暴地說。

「很好。」雖然他還沒答應——我沒忽略這一點事實。我壓抑痛苦，但還是有點憤怒。「告訴我你為什麼要停下來？現在我要知道為什麼。」我問。

「什麼？」他小心地問。

「你為什麼要這樣做？你為什麼不讓毒液蔓延？這樣我就會跟你一樣了。」

愛德華的眼珠幾乎轉為全黑，我記起這是他一直不想讓我知道的部分。艾利絲一定之前就知道了，或是她很小心不讓他聽見她腦中的想法——顯然，他不知道艾利絲告訴我關於吸血鬼轉化的這段對話。他很驚訝，充滿憤怒，他的鼻孔擴張，嚴厲地抿著唇。很顯然，他不打算回答。

「我承認我對男女關係沒有經驗……」我說：「但照理說……男人和女人應該有同等的地位，不能老是其中一個人拯救另一個人。他們應該彼此拯救。」

他坐在床邊，交叉手臂環抱著，下巴頂在手臂上。他的表情很平靜，顯然已經控制住他的憤怒，不生我的氣了。我希望我有機會能在他發現是艾利絲告訴我的之前，先警告她。

「妳有拯救我。」他安靜地說。

「我不能永遠當露意絲。」我堅持：「我也想當超人。」

「妳不知道妳在要求什麼。」他的聲音很輕柔，眼睛專心看著枕頭邊。

「我想我知道。」

「貝拉，妳不知道。我花了快九十年想這個問題，到現在仍然不確定。」

「你希望卡萊爾沒有救你嗎？」

「是的，我不希望他救我。」他停了一會繼續說：「不過那時我已經瀕臨死亡，所以我並沒有放棄任何事。」

「你是我的生命。如果失去你，我也活不下去。」我現在已經能順利說出口了，承認我需要他是如此容易。

但他還是很冷靜。他的心意已決：「我做不到，貝拉。我不會那樣對妳的。」

「為什麼？」我用粗啞的聲音問，不如我想的那樣大聲。「不要告訴我那很難！經過今天……或前幾天發生的這件事，那不算什麼。」

他看著我，諷刺的問：「那疼痛呢？」

我滿臉蒼白。我忍不住，但我試著壓抑我的表情，不要流露出我記得，我很清楚那種感覺——血管中有火在燒的疼痛。

「那是我的問題。」我說：「我能忍的。」

「那種痛苦會把妳逼瘋，會奪走妳所有的勇氣。」

「那不是問題。三天而已，沒什麼大不了。」

愛德華因為我說的話做了個鬼臉，我的話提醒他：我瞭解一切他不打算讓我知道的事。我看著他壓抑憤怒，看著他重新出現思索的神情。

「查理？」他唐突地問：「芮妮？」

我掙扎了好幾分鐘想著該如何回答他的問題。我張開嘴，但發不出聲音，只好閉上。他耐心等著，表情因為勝利而出現喜悅，因為他知道我無法誠實回答。

「聽著，這不是問題。」我最後低語，我的聲音聽起來不具說服力，就像我每次說謊一樣。「芮妮一向選擇對她最好的，她一定希望我也是。而查理，他會恢復的，他習慣一個人了，我不能永遠照顧他，我有我自己的生活要過下去。」

「那正是重點——」他厲聲說：「我不要妳的生命結束！」

「如果你在等著我的臨終時刻到來，那我告訴你——我正在接近。」

「妳會好的。」他提醒我。

我深呼吸讓自己冷靜，無視呼吸引起肋骨疼痛所造成的抽搐。我瞪著他，他也瞪著我，完全不肯妥協的表情。

「不！」我緩緩地說：「我不要。」

他的眉頭皺起來：「當然妳會。妳可能會有一兩個疤痕……」

「你錯了。」我堅持：「我會死。」

「說真的，貝拉。」他現在很焦慮了：「妳只需要在醫院待幾天……最多兩週。」

我怒瞪著他：「我可能不會現在死，但某天會。每天的每一分鐘，我都更接近死亡，而且我會變老。」

我情緒低落地說這些話，讓他皺起眉，修長的手指按壓著太陽穴，他閉上眼睛。「那本來就會發生……應該要發生，就算我不存在也會發生——而且我不應該存在。」

我哼地一聲讓他驚訝地睜開眼。「那很笨。就像某人贏了樂透彩，你卻拿走他贏得的錢，然後說：『聽著，我們讓事情回到過去，這是最好的方法。』我才不相信。」

「我不是樂透！」他咆哮著說。

「沒錯，你比那更好。」

他翻翻眼咬緊唇：「貝拉，我們不要再討論這個話題了，我不會讓妳活在黑暗的永生不死世界，這話題到此結束。」

「如果你覺得這樣就結束了，那你根本不瞭解我。」我警告他：「你不是我認識的唯一一個吸血鬼。」

他的眼珠又變成黑色：「艾利絲不敢。」

那一瞬間他臉上的神情嚇壞我，我想像不出有誰能忤逆他。

「艾利絲已經看到了，是不是？」我猜：「這就是她讓你心情不好的原因。她知道我會變成像你一樣……終有一天。」

「她錯了。她也看到妳死了，但並沒有發生。」

「我會讓艾利絲看到的事情成真，你無法阻止我的。」

我們瞪著對方好久好久，房間內一片沉默，只有機器的嗡嗡聲、嗶嗶聲、點滴滴落聲，和牆上時鐘的滴答聲。最後，他的表情變得溫柔。

「所以我們現在的結論是？」我好奇地問。

他輕笑著說：「我想是無解了。」

我嘆口氣：「喔……」

「妳現在覺得怎麼樣？」他眼底帶著緊張。

「我很好。」我說謊。

「我不相信妳。」他溫柔地說。

「我不會回去睡覺的。」

「妳需要休息，這些爭辯對妳不好。」

「那就聽我的。」我提醒他。

「妳想得美。」他伸手按鈴。

「不要！」

他不理我。

「有什麼需要幫忙的？」牆上的對講機傳來粗啞的聲音。

「請幫我們準備些止痛藥。」他平靜地說，無視我憤怒的表情。

「我會請護士過去。」那聲音平淡地說。

「我不會吃的。」我保證。

他看著流進我身體的點滴：「我想他們不會要妳吞任何藥丸。」

我的心跳速度開始爬升。他讀出我眼中的恐懼，沮喪地嘆口氣：「貝拉，妳還在痛，妳需要休息，這樣才會好得快。妳為什麼這麼難相處？他們現在不會再替妳打針了。」

「我不怕針。」我低語：「我怕閉上眼睛。」

然後他露出招牌的帥氣笑容，雙手捧住我的臉：「我跟妳說過我哪都不會去。別擔心，只要能讓妳高興，我會留在這裡。」

我回他一個微笑，無視我臉頰拉扯的痛楚。「你知道，你說的是永遠。」

「喔，妳會度過的——那只是迷戀。」

我不可置信的搖著頭，這動作讓我昏眩。「我很驚訝芮妮這麼容易就相信了。我知道你會懂的。」

「身為人類，其中一件美麗的事就是——」他告訴我：「事情會改變。」

我瞇起眼：「別期望太高。」

當護士走進來時他正在笑，護士手上拿著注射器。

「抱歉。」護士唐突的對愛德華說。

他起身走到房間角落，倚在牆上，交叉著手臂等著。我眼睛盯著他，還是很擔心，他平靜地迎上我的凝視。

「親愛的，沒事了。」護士對我微笑，一邊將針打進點滴管。「妳馬上就會覺得好多了。」

「謝謝。」我並不怎麼熱情的低聲說。很快地，我就感到一陣倦意。

「這是應該的。」她對我逐漸閉上的眼睛說。

她一定是離開房間了，因為某個冰冷平滑的東西貼著我的臉。

「別走。」我含糊地說。

「我不會走的。」他承諾。他的聲音如此悅耳，像催眠曲。「就像我說的，只要能讓妳高興……只要對妳是最好的。」

我試著搖頭，但好沉重。「那不一樣。」我低語。

他笑了：「現在什麼都別擔心，貝拉。等妳醒過來再跟我爭辯。」

我想我笑了：「好。」

我能感到他的唇貼在我的耳邊。「我愛妳。」他低語。

「我也是。」

我緩緩轉過頭，尋找著……他馬上知道我要什麼，他的唇輕柔地吻上我。

「謝謝。」我嘆息著說。

「不客氣。」

我逐漸失去意識，但我試著跟恍惚作戰，我只想再跟他說一件事。

「愛德華？」我掙扎著清楚念出他的名字。

「是的？」

「我賭艾利絲贏。」我低聲說，然後閉上眼睛，放任自己被黑暗籠罩。

epilogue 盛典

「如果有什麼誤會的話，我很抱歉，但貝拉今晚沒空。」

愛德華的聲調變了，

聲音中的威脅突然變得強烈，他繼續說：

「老實說，除了我以外，她沒空跟任何人出去。無意冒犯，很抱歉讓你今晚失望了。」

他聽起來一點都不抱歉。

然後他掛上電話，咧大嘴笑著。

愛德華扶我進入他的汽車，小心地不夾到我身上雪紡紗禮服的花邊和蕾絲，還有他精巧地別在我髮上的花。我笨拙地坐好，他不理會我低聲的憤怒話語。當他幫我坐定後，他坐上駕駛座，一路往狹長的道路開去。

「你到底要不要告訴我，我們要去哪裡？」我粗魯地問。我很討厭愚蠢，他知道這一點。

「我很驚訝妳還沒猜出來。」他給我一個嘲弄的笑容。我喘不過氣來，我要怎麼才能習慣他的俊美？

「我跟你說過——你看起來很帥嗎？」我說。

「是的。」他露齒而笑。

我以前從未看過他穿黑色，在他蒼白肌膚的對照之下，他的俊美顯得更超乎現實。我無法否認，他穿著禮服讓我更緊張。除了衣服讓我緊張之外，還有鞋子，我腳上只穿了一只鞋子，因為我另一隻腳還打著石膏。那只緞面有蝴蝶結的細高跟鞋，在我跛行時當然一點幫助都沒有。

「艾利絲和艾思蜜把我打扮成芭比娃娃要幹麼？」我發著牢騷。

我很確定，我穿這樣的衣服絕不會有什麼好事，除非……但我害怕說出我的猜疑，就算只在我的腦中浮起都讓我擔心。然後我的沉思被電話響聲打斷，愛德華從外套口袋中拿出手機，先看了一下來電顯示號碼才接起。

「哈囉，查理。」他小心翼翼地說。

「查理？」我皺起眉頭。

兩個月前發生的意外折磨對我的生活造成了一些影響，其中一個是我對我愛的人超級敏感。我和芮妮間的角色對調了，至少在保持聯絡方面，如果她沒有每天看郵件，我就睡不著，直到打電話找到她為止。我知道那不必要，她現在在傑克遜維很快樂。

同時，每天早上，當查理出門去上班時，我都帶著不必要的焦慮和他說再見。

而愛德華小心翼翼的語氣，則來自於另一個影響。自從我回到福克斯後，查理變得……有點難相處。對於我的意外他有截然不同的兩種反應：對卡萊爾，他幾乎是充滿誠敬的感激，但在另一方面，他頑固地相信愛德華是造成意外的原因——如果不是因為他，我不會離開家。當然我不同意這一點，但這段時間查理對我的生活制定了嚴格的規範，這是以前沒發生過的，特別是宵禁。

愛德華看著我，看出我眼中的擔憂。他的表情很平靜，讓我突如其來的惱怒焦慮獲得舒緩，但他的眼神有著奇怪的痛苦。他瞭解我的反應，也一肩承擔我的改變。查理告訴他的某件事讓他分心，他的眼睛不可置信地睜得大大的，讓我興起另一陣恐懼，直到他露齒而笑。

「您是開玩笑吧？」他笑了。

「怎麼了？」我好奇地問。

他不理我。「您為什麼不讓我跟他說？」愛德華用愉快的聲音說，然後他等了一下又說：「哈囉，泰勒，這是愛德華・庫倫。」他的聲音表面上聽起來很友善，但我很清楚藏在背後的威脅。泰勒在我家幹什麼？殘酷的事實震醒了我。我垂下眼看著一身優雅的深藍禮服，是艾利絲替我打扮的。

「如果有什麼誤會的話，我很抱歉，但貝拉今晚沒空。」愛德華的聲調變了，聲音中的威脅突然變得強烈，他繼續說：「老實說，除了我以外，她沒空跟任何人出去。無意冒犯，很抱歉讓你今晚失望了。」他聽起來一點都不抱歉。然後他掛上電話，咧大嘴笑著。

我的臉和頸子因為憤怒而整片緋紅，我能感到狂怒的淚水溢滿眼中。

他驚訝地看著我：「最後一段太過分了嗎？我無意冒犯妳。」

我不理會他的話。

「你要帶我去舞會？」我沮喪地喊著。

這種狀況顯然很糗，但如果我有留心的話，我確定自己應該會注意到今天的日期，就貼在學校大樓的海報上。但我從未想過他會想到這件事，他到底認不認識我呀？

顯然我的反應出乎他的預料。他抿著唇，瞇起眼：「別使性子，貝拉。」

我的眼睛望著窗外，我們已經在往學校的路上了。「你為什麼要這樣對我？」我恐懼地問。

「老實說，貝拉，妳以為我們要幹麼？」他指著身上的禮服。

我感到羞愧，因為我顯然沒觀察到，雖然有些模糊的猜疑，但當艾利絲和艾思蜜試著把我打扮成美麗的公主時，我想到的其實是一些滿離譜的念頭，這跟我想的根本相差十萬八千里。

我猜這計畫醞釀很久了，但舞會？這是我腦中最不可能想到的事。憤怒的淚水順著我的臉頰流下，我氣餒地想起，我今天還非比尋常地塗上了睫毛膏，我很快抹去淚水，以免造成汙跡。但當我擦拭時，手上並沒有染上汙黑，也許艾利絲知道我需要防水睫毛膏。

「這真是太瘋狂了，妳為什麼要哭？」他沮喪地說。

「因為我氣瘋了！」

「貝拉……」他金色的眼睛加倍專注地看著我。

「什麼？」我低語，完全被他迷惑。

「遷就我這一次。」他堅持。

他的眼神溶化我所有的憤怒。當他這樣哄我時，我完全無力抵抗，只好順著他。

「好——」我噘著嘴，無法再像我希望的那樣怒視他。「我就乖乖跟你去。但你等著看！」我警告：「我的壞運還沒結束，我可能會跌斷另一條腿。你看這雙鞋子！根本就是死亡陷阱！」我抬起我完好的腿當做證據。

「嗯……」他看著我的腿很久很久：「提醒我謝謝艾利絲。」

「艾利絲也會在那邊嗎？」這讓我稍微好受一些。

「和賈斯柏，還有艾密特和……羅絲莉。」他承認。

輕鬆的感覺不見了。我和羅絲莉間的關係仍然沒有進展，雖然我現在對她的丈夫充滿好感。艾密特認為我很好笑，羅絲莉則還是對我視若無睹。我搖著頭想驅散腦中這些負面想法，我得想點別的才行。

「查理也參與這個計畫嗎？」我突然起疑。

「當然。」他露齒竊笑。「不過很顯然泰勒沒有。」

我咬緊牙，無法想像泰勒怎麼會如此自大。在學校、在查理無法介入的地方，愛德華和我幾乎是形影不離——除了那些非常陽光的日子。

我們已經到達學校了，羅絲莉的紅色敞篷車在停車場極為醒目。今天的雲層很薄，西邊有幾束光芒射下。

他走下車，繞過車子為我開門，朝我伸出手。我倔強地坐在車上，手臂環胸。這一身衣服讓我覺得不安，還好停車場充滿穿著正式服裝的人——目擊者——因此他無法強迫我從車內出來，我知道如果只有我們兩人的話，他一定會這樣做的。

他嘆口氣：「當某人想殺死妳，妳像頭獅子般勇氣十足，然後當某人提到跳舞時……」他搖搖頭。

我大口吸氣——跳舞？

「貝拉，我不會做出任何傷害妳的事，包括妳自己可能造成的傷害。我絕對不會放開妳的，我保證。」

我想一想，突然覺得好過多了。

他能從我的臉上看出我的心情。「別擔心。」他溫柔地說：「不會有事的。」

他傾身向我，一手環過我的腰。我握住他另一隻手，讓他抬起我下車。他的手緊緊的環著我，支撐我一瘸一拐地走進學校。

在鳳凰城，舞會會在飯店大廳舉行，這裡的舞會則是在體育館進行，當然，這可能是鎮上唯一大得足以當做舞會場合的地方。當我們進去後，我忍不住笑出來，真的有舞會的拱門和粉彩皺紋紙做的花環裝飾在牆上。

「這看起來像是恐怖電影場景，有某些事即將發生。」我竊笑著。

當我們緩緩走向入口票亭時，他「嗯」了一聲。他幾乎撐著我全部的體重，但我還是拖著腳向前走。

「這兒的吸血鬼真多。」我看著體育館內大大的舞池中央，兩對佳偶優雅地旋轉。其他的人圍在旁邊留給他們足夠的空間——沒有人想跟這兩對美麗的佳偶靠得太近。

艾密特和賈斯柏穿上完美的古典禮服後變得更具威脅性，艾利絲穿著黑色緞面禮服，大大的三角形幾何圖案，襯托她完美的雪白肌膚，甚為顯目。而羅絲莉……嗯，羅絲莉，她真是不可思議，一身活潑的鮮紅色禮服讓背部曲線畢露，喇叭狀的裙擺像波浪般隨舞姿搖曳，領口直開到腰部。我為全場所有女性感到可悲，包括我自己。

「要不要我為你關上大門，讓你好好屠殺那些毫無疑心的鎮上男孩？」我不懷好意地說。

「那妳扮演什麼角色？」他怒視著我。

「喔，我跟吸血鬼是一夥的，當然。」

他勉強地笑笑：「反正妳今天是跳定了。」

「不要。」

他買好票，轉身帶著我朝舞池走。我瑟縮著抗拒他手腳並用對我的拉扯。

「我有一整晚的時間。」他警告著。

最後他終於成功地拖著我走過舞池，經過他的家人，他們正在舞池內優雅地旋轉……現在的時間和音樂完全不適宜，我驚恐地看著他。

「愛德華——」我的喉嚨很乾，只能低語：「我真的不會跳舞！」我全身泛起一陣恐懼。

「別擔心，小傻瓜。」他也低語：「我會跳。」他讓我的手臂環著他的頸子，將我抬起，讓我踩著他的腳。然後我們也旋轉起來。

「我覺得我像是五歲的小女孩。」幾分鐘不費力的華爾滋後，我笑了起來。

「妳看起來不像五歲。」他低語，將我拉得更貼近他，這樣我的腳幾乎完全遠離地板。

轉身時，艾利絲抓住我的眼神，給了我一個鼓勵的微笑，我也回她一個微笑。我很驚訝地瞭解到我竟然真的很享受這時光……一點點。

「好吧，這還不算太壞。」我承認。

但愛德華瞪著門，臉色十分憤怒。

「怎麼了？」我好奇地大聲問，順著他的凝視搜尋，旋轉讓我失去方向感，但最後我終於看到讓他心煩的原因了——雅各‧佈雷克。雖然沒穿禮服，但他穿著長袖的白襯衫和領帶，頭髮滑順向後梳成他平常的馬尾，正越過舞池向我們走來。

雖然剛開始很震驚，但之後我發現雅各似乎很不好受——充滿痛苦。當他的目光迎上我時，他臉上露出抱歉的神情。

愛德華低聲咆哮。

「規矩點！」我噓聲說。

愛德華的聲音很嚴厲：「他想跟妳談談。」

雅各走到我們身邊，臉上抱歉和困窘的表情更嚴重了。「嗨，貝拉，我正希望能在這找到妳。」但聽起來剛好相反。他的微笑像平常一樣溫暖。

「嗨，雅各。」我回他一笑。「什麼事？」

「我能借一下你的舞伴嗎？」他猶豫地先瞄一眼愛德華然後問著。我驚訝地注意到雅各並不需要往上看，從我們上次見面後，他應該至少長高一吋半了。

愛德華的臉很鎮靜，面無表情。他唯一的答案是退後一步，讓我的腳自由。

「謝謝。」雅各溫和地說。

愛德華只是點點頭，熱切地看著我，然後才轉身離開。

雅各將手放在我的腰上，我將手放在他的肩上。「哇，雅各，你現在多高呀？」

他沾沾自喜地說：「六呎二。」

我們其實沒在跳舞——我根本不會跳——我的腿只是笨拙地左右搖擺，但這樣也好，雅各最近快速的成長讓他看起來修長多了，整個人也不太協調，他可能和我一樣是個不怎麼樣的舞者。

「說吧，你今晚來幹麼？」我不怎麼好奇地問。想到愛德華的反應，我猜得出來。

「妳能相信我爸付我二十元要我到舞會來找妳嗎？」他有點羞怯地承認。

「是的，我能。」我低語：「嗯……至少，我希望你很享受這裡。看到任何喜歡的人嗎？」我挑逗他，看向那一群穿著各式禮服站在牆邊的女孩。

「有。」他承認：「但她有伴了。」他向下望迎上我好奇的目光，四目交會一秒——然後我們同時轉頭，很糗。

「對了，妳看起來很可愛。」他羞怯地補充。

「嗯，謝謝。對了，比利為什麼要付錢讓你來這？」我很快地問，雖然我已經知道答案。

雅各似乎不感激我改變話題，他轉開目光，再次出現不好受的神情。「他說這是一個能跟妳安全談話的地方。我發誓這老頭神志不清了。」

我們兩個一起露出無力的微笑。

「無論如何，他說如果我跟妳說些事，他會給我改車子需要的主汽缸。」他帶著羞怯的笑容坦承。

「那就跟我說吧。我希望你能趕快把車子弄好。」我回他一笑。至少雅各不相信任何事。這讓情況變得比較容易些。

站在牆邊的愛德華盯著我看，他的臉上還是面無表情。我看到一位穿著粉紅色禮服的二年級生帶著羞怯的表情看著他，但他似乎沒注意到。

雅各再次移開目光，羞怯的說：「別生氣，好嗎？」

「我不會對你生氣的，雅各。」我向他保證：「我甚至不會對比利生氣。你只要把你該說的說出來。」

「嗯……這真的很蠢，我很抱歉。貝拉，他希望妳跟妳的男朋友分手。他要求我告訴妳『麻煩妳』。」他厭惡地搔著頭。

「他還是很迷信，是嗎？」

「嗯，他……當妳在鳳凰城受傷時他的反應有點過火。他不相信……」雅各有點難為情所以沒把話說完。

我瞇起眼：「我跌倒了。」

「我知道。」雅各很快地說。

「他認為愛德華害我受傷。」這不是問題，也違反我的承諾，我生氣了。

雅各不敢直視我的雙眼。我們根本懶得跟著音樂搖動，雖然他的手一直在我的腰上，我的手也環著他的脖子。

「聽著，雅各，我知道比利可能不相信，但就像你知道的——」他現在看著我，聽出我聲音中的誠摰：「愛德華真的救了我的命。如果不是愛德華和他父親，我可能已經死了。」

「我知道。」他說，聽起來像是我的誠摯影響了他。也許他能說服比利。

「嗨，我很抱歉你要來做這件事，雅各。」我抱歉著。「但這樣你就可以得到零件了，不是嗎？」

「是呀。」他低語，但看起來還是很尷尬……又沮喪。

「還有別的事嗎？」我懷疑地問。

「不管了。」他低語：「我會找個工作自己存錢的。」

我看著他，直到他迎上我的目光。「說出來吧，雅各。」

「那很不好。」

「我不在乎，告訴我吧。」我堅持。

「好吧……但，天呀，這聽起來很糟。」他搖著頭。「他要我告訴妳，不，是警告妳——這是他說的，不是我——」他舉起一隻手，在空中畫出一個問號邊說：「……『我們會好好盯著妳的』。」他謹慎地觀察我的反應。

這活像是黑手黨電影中的對白讓我笑了。

「很抱歉你得做這件事，雅各。」我低聲笑著。

「我不介意。」他鬆了一口氣看著我，眼睛快速打量著我的禮服。「所以我應該跟他說，妳說滾開點？」他滿懷希望地問。

「不。」我嘆口氣：「幫我跟他說謝謝。我知道他是好意。」

這首樂曲結束，我鬆開我的手。他的手在我的腰間猶豫著，看了一下我疼痛的那隻腳。「妳想再跳一曲嗎？或是要我幫妳拿點什麼飲料？」

愛德華幫我回答了：「不用了，雅各。接下來交給我就行了。」

雅各呆住，大大的眼睛瞪著愛德華——他就站在我們後面。

「嗨，我沒看見你。」他低聲說：「我猜我們以後見了，貝拉。」他退後一步，鬱悶地揮手道別。

我笑了：「嗯，下回見。」

「對不起。」他轉身之前又補一句。

當下一首樂曲響起時，愛德華的手臂環著我的腰。慢舞讓我的心跳加速，但他似乎不關心。我將頭傾向他的胸膛，感到心滿意足。

「覺得好些了嗎？」我哄著他問。

「不太好。」他簡潔地說。

「別對比利生氣。」我嘆氣：「他是因為查理的緣故為我擔心，不是針對你。」

「我不是對比利生氣。」他嚴厲地更正我：「但他兒子惹惱我了。」

我退後一步看著他，他的表情很嚴肅。

「為什麼？」

「首先，他害我打破承諾。」

我困惑地看著他。

他隱隱笑著。「我答應今晚不會放開妳的。」他解釋。

「喔，嗯，我原諒你。」

「謝謝。但還有別的原因。」愛德華皺著眉。

我耐心等著。

「他說妳可愛。」他最後終於說，眉皺得更深了：「那幾乎是侮辱，妳看起來……美麗動人極了。」

我笑了：「你有一點偏見。」

「我不認為。再說，我眼光好得很。」

我們又開始旋轉，他抱緊我，讓我的腳踩在他腳上。

「你到底要不要解釋這一切？」

他低下頭望著我困惑的表情，我意味深長地看著裝飾用的皺紋紙。他想了一會，改變移動方向，帶著我轉出人群，朝體育館後門方向過去。我隱約看見潔西卡和麥克在跳舞，他們小心地看著我，潔西卡向我揮手，我很快回她一笑。安琪拉也在，充滿幸福喜悅的歡樂，陶醉在小班錢尼的臂彎中，他比她低一個頭，她完全沒抬起頭看我。李和莎曼莎、蘿倫和康納——但她瞪著我們。我幾乎可以叫出從我們身邊轉過的每張臉孔的名字，然後我們就到了屋外，在朦朧的夕陽下。

一旦我們獨處，他便把我抱起來走過黑暗的花園，直到我們到達大樹陰影下的長椅，他坐著，讓我躺在他的懷中靠著他的胸膛。透過薄薄的雲層可以看見月亮已經升起，他的臉在白色的月光下洋溢著熱情，但嘴唇嚴厲地抿成鋼毅的線條，眼中閃著困擾。

「重點是？」我輕柔地催促他。

他不理我，抬眼望著月亮。「又是黃昏……」他低語：「又是一天的結束，無論這一天多完美，終將結束。」

「有些事不會結束。」我立刻感到緊張，低聲說。

他嘆口氣。「我帶妳來舞會——」他緩緩地說，總算願意回答我的問題：「因為我不希望妳錯過任何事，我不希望我的出現讓妳無法享受某些事。如果我能幫忙的話，我要妳像個人類，我要妳的生活繼續下去，就像我真的在一九一八年死亡一樣。」

我因為他的話而顫抖，然後憤怒地搖著頭：「你覺得我有可能自動自發來參加舞會嗎？要不是你比我強壯一千倍，我才不會讓你帶我到這來。」

他嘴角擠出一個笑容，但眼中沒有笑意。「這還不壞——妳自己說的。」

「那是因為我跟你在一起。」

我們沉默了一會，他看著月亮，我看著他。我希望有方法向他解釋我的人類生活多麼無趣。

「妳能告訴我一些事嗎？」他問，帶著微笑低下頭來看著我。

「我不總是這樣嗎？」

「只要答應妳會告訴我。」他笑著堅持。

我知道我會立刻後悔的：「好。」

「當妳最後發現我是要帶妳來舞會時，妳似乎真的很驚訝。」他開始。

「我是。」我打斷他。

「沒錯。」他同意：「妳一定有其他念頭……我很好奇，妳認為我們穿成這樣要去哪裡？」

沒錯，我立刻後悔了。我咬緊唇，猶豫著：「我不想告訴你。」

「妳答應過的。」他提醒我。

「我知道。」

「有什麼問題嗎？」

我知道他認為我不說話只是因為不好意思。「我說出來你會生氣的……或是難過。」

他皺起眉，想了一會：「我還是想知道，可以告訴我嗎？」

我嘆口氣。他等著。

「嗯……我以為是某種……盛典。我不認為是一般人類的平庸活動，像舞會……」我嘲弄地說。

「人類？」他平靜地問，同時注意到最主要的字眼。

我低頭望著身上的衣服，煩躁地玩弄散落的雪紡紗。他沉默地等了一會。

「好吧。」我沙啞地坦白：「我希望你可能會改變心意……願意改變我。」

他的臉上閃過好多種不同的表情。有些我認得出來：憤怒、痛苦……然後他似乎整理好他的表情，露出一副被我逗樂的樣子。

「妳以為那是一種需要穿禮服的盛典，是嗎？」他逗著我說，摸著禮服外套的翻領。

我沉下臉想掩飾我的困窘：「我又不知道這些事是怎麼進行的……至少，對我來說，比舞會合理些。」

他還是笑著看我。

「這不好笑。」我說。

「妳是對的，那不好笑。」他同意，同時微笑退去：「我寧願把它當做笑話，而不是相信妳是認真的。」

「但我是認真的。」

他深深地嘆氣：「我知道。妳真的願意？」

他眼中再度出現痛苦的神情。我咬緊唇，點點頭。

「準備好讓一切結束？」他低語，幾乎是對他自己說：「這將會成為妳人生中的黃昏。妳的人生才剛開始，妳卻準備要放棄一切。」

「那不是結束，而是開始。」我低聲反駁他。

「我不值得。」他悲傷地說。

「你記得有次你告訴我，我並沒真的看清我自己嗎？」我揚起一邊眉毛。「你顯然有相同的盲點。」

「我知道我是什麼。」

我嘆口氣。但他易變的情緒讓我也跟著轉變。他抿著唇，眼中出現探索神色，端詳我的臉好久好久。

「那……妳真的準備好了？」他問。

「嗯。」我大口吸氣：「是的。」

他笑了，頭緩緩地傾向我，直到他冰冷的唇撫過我唇角的肌膚。

「現在？」他低語，他的呼吸冰冷地吹過我的頸部。我不由自主地顫抖。

「是的。」我低語，這樣我的聲音才不會毀了一切。萬一他認為我是虛張聲勢，他會失望的。我已經做了決定，我很確定，雖然我的身體像木頭一樣僵硬，我的手握成拳狀，呼吸飄忽不定……

他隱隱地笑著，抽開身，露出挫敗的表情。「妳不會真的相信我就這樣輕易讓步吧？」他用揶揄的聲音嘲弄說。

「每一個女孩都有夢想。」

他抬起眉毛：「這是妳的夢想？變成怪物？」

「不盡然。」我說，因為他的措詞而皺眉——怪物，這倒是。「我的夢想是永遠和你在一起。」

我聲音中微弱的痛苦，使得他的表情改變了，他露出友善和悲傷。「貝拉——」他的手指輕柔滑過我的唇部線條。「我會留在妳身邊——這樣不夠嗎？」

我在他的指尖下微笑：「現在足夠。」

他皺起眉頭對我的固執不太高興，今晚沒有人會讓步。他吐出一口氣，聽起來特別像咆哮。

我摸著他的臉。「聽我說——」我說：「我對你的愛超過全世界一切事物的加總，這樣夠嗎？」

「是的，足夠。」他笑著回答：「足夠到永遠。」

然後他傾身，將冰冷的唇再一次貼上我的喉嚨。

special features

初次見面——愛德華篇

這些我不想理會的嗡嗡聲讓我覺得厭倦，
都是身旁人們腦中的思緒，
我以前就能聽見，
但今天，所有人的腦中思緒都集中在一件無聊的小事：
新來的轉學生。
這麼容易就讓大家如此激動，
我從不同人的腦海中看見這張新面孔……
各種角度。

我從來沒有這麼強烈希望自己能睡著。

高中生活……還是應該說是煉獄？如果有任何方法懲罰我犯的罪過，應該就是現在了。我不習慣這樣單調無聊的生活，日復一日，了無生趣。我認為這是我的睡覺方式——如果睡眠指的是一連串活動期間出現的無生命狀態的話。

我瞪著餐廳遠遠角落裂開的水泥縫，將那些花紋想像成其他東西，這樣能讓我不理會腦中聽見的嗡嗡聲。這些我不想理會的嗡嗡聲讓我覺得厭倦，都是身旁人們腦中的思緒，我以前就能聽見，但今天，所有人的腦中思緒都集中在一件無聊的小事：新來的轉學生。這麼容易就讓大家如此激動，我從不同人的腦海中看見這張新面孔……各種角度。只不過是個平凡無奇的人類女孩，大家對她到來的興奮之情應該很快就會減弱，不過就是一時新鮮罷了。半數以上的男孩已經開始想像和她陷入熱戀，但這只是因為她是個新面孔。我努力試著不理會這些思緒。

只有四個聲音我很禮貌地不聽，我身邊的家人：兩個兄弟和兩個姊妹，他們對我可能侵犯他們隱私權的能力早已習以為常，所以他們也不太想事情。我盡量給他們隱私，努力不要聆聽他們的想法。但無論我如何努力，我還是聽得見。

羅絲莉，和平常一樣，只想到自己，她在審視自己反映在某人太陽眼鏡上的身影，一心只想著她自己有多完美。羅絲莉挺膚淺的。

艾密特很氣惱，因為昨晚的摔角比賽他輸給賈斯柏了，他等不及今天下課後要再跟賈斯柏比劃一番。我從來不用真正侵入艾密特的思緒，因為他想到什麼就會馬上脫口而出或立刻行動。如果羅絲莉的思想很膚淺，那艾密特的腦根本就是一片透明。但我對於聽到另外兩人的想法有點內疚，可能是因為我知道他們有些事不想讓我知道。

賈斯柏……他很苦惱。我壓下對他的嘆惜之情。

愛德華！艾利絲在她的腦中叫著我，立刻抓住我的注意力，這跟她大聲喊出我的名字有相同的效果。我很高興我的名字最近已經不太流行——不然每次只要有人想到愛德華三個字，我的頭就會自動轉向對方，煩死了。

但我的頭現在沒有轉過去。艾利絲和我對這樣的祕密談話已經很熟練了，幾乎不會被發現。我讓我的眼睛一樣盯著水泥裂縫。

艾利絲問我：**他控制得了嗎？**

我皺著眉，但只是小小的暗示，絕對不會引起其他人的注意，我常常因為無聊就皺眉。

艾利絲腦中的聲音充滿警戒，我從她的腦中聽見，她用她的預見能力在審視賈斯柏。**有沒有危險？**

我緩緩將頭轉向左邊，一副在看牆上磚塊的模樣，嘆著氣，然後再轉向右邊，回到天花板上的裂縫。只有艾利絲知道這代表我在搖頭。

她鬆了一口氣。**萬一情況變糟要趕快告訴我**。

我移動著眼珠，先看上面的天花板，再往下望。

多謝啦。

我很高興我不用出聲回答她，不然我要怎麼說？「不客氣。」好像太生疏了些。我其實不太喜歡聽賈斯柏腦中的掙扎，真的有必要去經歷那樣的試煉嗎？為什麼不乾脆承認：他就是沒辦法像我們其他人一樣忍住飢渴算了，那樣不是更自然，為什麼要挑戰自己的極限呢？為什麼要引起災難？

從我們上次狩獵到現在已經有兩週了。對我們其他人來說，這段時間不算什麼，雖然有點不太好受——萬一人類離我們太近、如果風向不對……但人類通常不會到我們附近，他們的直覺會告訴他們不瞭解的事：我們是危險的。賈斯柏現在就很危險。

一個小女生在離我們最近的餐桌停了一會，邊跟朋友聊著天，邊撥弄她黃棕色的短髮，用她的手指梳理著。暖氣將她的氣味吹向我們的方向，我已經很習慣這種氣息帶來的生理影響：喉嚨渴望的痛楚、胃中空洞的飢餓感、肌肉收縮，口中自動分泌出毒液……這些都很平常，很容易就能克制。但現在變得更難，因為當我監視著賈斯柏的反應時，我的感覺變得比平常敏銳兩倍——兩倍的飢渴，不只是我自己的渴望。

賈斯柏的思緒奔馳，他正在想像：想像他從艾利絲旁邊起身，站到那女孩身旁。想像著自己傾下身，好像要親吻她的耳朵似的，讓他的唇貼上她的喉嚨。想像著他的唇感覺到她脈搏的跳動，熱血滾滾流出……

我踢了一下他的椅子。他迎上我的眼神，我們對望了一分鐘，然後分別移開目光。我能聽見他腦中羞愧和自責的心聲。

「對不起。」賈斯柏低聲喃喃地說。

我聳聳肩。

「你不會做出那些事的。」艾利絲對他低聲說，希望他懊惱的心情能好過些。

我忍住想對她的話做鬼臉的衝動。我們兩個要團結起來——我和艾利絲——這不是件簡單的事，可以聽見人們腦中的聲音、看見人們的未來，我們兩個都是怪胎中的怪胎，我們要保護對方的祕密。

「如果你能用人類的角度去看他們，會比較有幫助。」艾利絲建議，她壓低原本高亢悅耳的聲音，話說得很快，這樣普通人類不會聽見。「她是惠妮，她很崇拜她姊姊。她的母親還邀請艾思蜜參加花園舞會，記得嗎？」

「我知道她是誰。」賈斯柏簡短回答。他轉過頭望著另一扇屋簷下的小窗戶，他的聲音很明顯表示：他不想再談論這個話題。

他今晚一定要去狩獵。不應該再冒險測試他的定力、訓練他的耐力，這樣太可笑了。賈斯柏應該要接受他自己的極限，想辦法和這些限制和平共處。他之前的習慣沒辦法讓他很快融入我們選擇的生活方式，他不應該這樣逼迫自己。

艾利絲輕輕嘆口氣，然後站了起來、端起餐盤——她的道具——離開這裡，留下他。她知道她已經盡力鼓勵他了。雖然羅絲莉和艾密特對他們的關係比較公開，但其實艾利絲和賈斯柏對彼此的情緒才能完全瞭解與掌握，好像他們也能聽見對方腦中想法似的——但只有彼此的。

愛德華・庫倫。

自然而然地，我朝喊我名字的方向看去，雖然並非真的有人出聲叫我，她只是在腦中想到我的名字。

我的眼睛迎上一雙人類的大眼睛，短短一秒鐘，我看到她巧克力般的紅棕髮、白皙的瓜子臉，我知道她是誰，雖然我之前沒看過她。今天所有跟她同年級的學生腦中幾乎都是她——伊莎貝拉・史旺——新來的轉學生，本鎮警長的女兒，因為監護權之類的問題而回到此地。貝拉——她糾正每個叫她全名的人。

我無聊地移開眼光，但馬上就發現不是她在腦中喊我的名字，我聽見那個提到我的聲音繼續說著：**當然她已經迷戀上庫倫家的人了……**

我知道這個「聲音」是潔西卡・史丹利，她腦中的思緒煩了我好長一段時間，當她終於放棄這個錯誤的迷戀後，總算讓我鬆了一口氣。我幾乎快被她無時無刻的白日夢給弄瘋了，我差一點就想告訴她，一旦我的唇和我的利牙靠近她的話會發生什麼事，那樣肯定能讓她瘋狂的想像馬上平息。一想到我告訴她之後，她可能的反應，我就忍不住發笑。

她迷戀庫倫家的人只是白費力氣，潔西卡還在絮絮叨叨說個不停。**而且她根本一點都不漂亮，我真不**

知道艾瑞克是怎麼看上她的……或是麥克。她特別強調麥克，她最新的迷戀對象，學校的大眾情人——麥克・紐頓——卻完全忽視她，但顯然他對新來的轉學生很感興趣，像是找到一個新目標。這個念頭在潔西卡腦中盤旋著，雖然外表上她對這個新轉學生很熱忱。潔西卡現在正在向她解釋我們一家人，新學生一定是問起我們。

每個人今天都在看我，潔西卡腦中沾沾自喜地想著：**貝拉有兩堂課和我一起，我真是太幸運了，我敢說麥克一定會來問我關於她的事……**

我想要在這個女人的聒噪廢話把我弄瘋之前，先一步將她愚蠢的念頭逐出我的腦海。「潔西卡正在說一些庫倫家的祕密……跟新來那個叫史旺的女生。」我低聲對艾密特說，好讓自己分心。

艾密特低聲笑著。他腦中想：**我希望她說的是好話**。

「其實很無趣，都是一些大家早就知道的事，一點都不恐怖，我挺失望的呢。」

那個新女孩怎樣？她對這些無聊的八卦也覺得無趣嗎？

我聆聽這位新來的女孩——貝拉——腦中對於潔西卡說的故事的反應，當她看見我們這一群大家避之唯恐不及的奇怪家庭時，她會有什麼反應？

通常我要負責瞭解大家的反應，我就像是監視者，儘管大家對我們這家人不會有什麼好話，為了保護全家人，一旦任何人對我們起了疑心，我就能提早警告家人，好及時撤退。這偶爾會發生，有些人類具有豐富的想像力，以為我們是某種電影或書本中的角色，通常他們想的都是錯的，但我們還是寧願搬走，免得夜長夢多。只有極少數人會猜對，但我們不會讓他們有機會證實他們的懷疑，我們只是很快地消失，免得留下驚恐的回憶……

但我沒聽見任何想法，雖然我很仔細的聆聽，除了潔西卡滔滔不絕的無趣獨白之外，完全聽不見她的想法，好像沒有人坐在潔西卡旁邊似的。這很少見，難道那女孩離開了嗎？這不太可能，如果她走了，潔西卡到底在跟誰說話？我往那邊看了一眼想確認，再一次遇上那對棕色的大眼睛，她還是坐在剛才的位置，一樣望著我們這家人，不出所料，我想著，潔西卡還在談論當地人對庫倫家的看法。

她對我們一定會有想法的，這很正常。但讓我詫異的是，我一點都聽不見她腦中的聲音。她垂下頭，臉頰泛起一股誘人的紅豔，像是偷窺被逮到而感到困窘似的。還好賈斯柏還是望著窗戶。要不然她臉上這股泛紅可能會讓他控制不住。

她臉上的表情很容易猜透，就像是把她心中的想法清楚刻畫在額頭似的：驚訝——她不自覺地專注研究她和我們之間的微妙差異；好奇——當她聽著潔西卡的敘述時；還有陶醉——這不是第一次，對我們的獵物來說，我們有種俊美的魅力；但最後，當她發現我盯著她看時，卻覺得有點糗。

雖然我可以從她古怪的大眼睛猜透她的想法，棕色的眼珠通常看起來很平淡，古怪是因為她眼中的深奧神情，但她腦中的聲音卻只是一片沉默，我什麼都聽不見，我感到有點心神不寧。我以前沒碰過這樣的事，我有什麼不對嗎？我覺得自己跟之前沒有不同。

出於擔憂，我更用心地聆聽，所有被我驅逐出去的聲音現在全都回到我的腦中：

……不知道她喜歡哪種音樂……也許我可以跟她討論一下我的新ＣＤ……麥克·紐頓在兩張桌子遠的地方想著，他對貝拉·史旺念念不忘。

瞧他看她的樣子，學校中有一半以上的女生喜歡他難道還不夠嗎……艾瑞克·約基怨毒地想著，腦中也想著那新來的女孩。

……真噁心，她以為自己是名人還是什麼呀，連愛德華·庫倫都盯著她看……蘿倫·馬洛里妒嫉她的美麗，氣得臉色鐵青，**潔西卡誇耀著自己的新朋友。真可笑……**這女生的腦子裡不斷產生尖酸刻薄的念頭。

……我敢打賭所有的男生都會約她。但我也想跟她說話，我得想一個更特別的問題……艾許莉・道林沉思著。

她可能會跟我上同一堂西班牙文課……瓊・理查森希望著。

……今晚要做好！明天有三角函數和英文測驗。我希望我媽……安琪拉・韋柏想著，一個安靜的女生，她的念頭很友善，是那張桌子上唯一沒想著貝拉的人。

我能聽見屋內所有人的想法，聽見他們腦中的大小念頭，但這個新來的轉學生腦中一片空白，我聽不見任何一點聲音，只能從她的眼中知道她可能的想法。當然，當她跟潔西卡說話時，我能從潔西卡腦中聽見她的話，我不必讀她的想法，就能聽見她開朗的低聲私語，從長屋的另一頭傳來。

「那個紅褐色頭髮的男生是誰？」我聽見她問，一邊用眼角餘光瞄著我，當她發現我也在看她時，很快地移開目光。

如果我能聽見她真正的聲音，我應該就能從她的聲調中知道她的想法，但我聽不見所以無法評估，這讓我感到沮喪。通常，人們的念頭可以從聲調中略知一二，但這文靜羞怯的聲音我不熟悉，和屋內千百種縈繞的噪音都不同，我很確定，這對我完全是新的體驗。

喔，祝妳好運，妳這個笨蛋！潔西卡在腦中先評論了一下，才回答那女孩：「那是愛德華。他很帥，但不用浪費時間在他身上，他不約會的，顯然他覺得這邊所有的女孩都不夠美。」她嗤之以鼻地說。

我轉過臉，隱藏我的竊笑。潔西卡和她的同學們完全不知道，她們對我一點吸引力都沒有，這對她們而言是件多麼幸運的事。莞爾一笑之後，對那個我完全無法瞭解的女孩，我湧起一股奇特的衝動。那新女孩並沒有察覺出潔西卡話中的惡意，我卻有股奇怪的衝動，想擋在她跟潔西卡之間，想保護貝拉・史旺不要受到潔西卡不懷好意的煽動。這是一種很奇怪的感覺，我試著找出自己這股衝動背後的原因，於是我再次仔細地端詳她。

可能只是被埋藏已久的保護天性，因為她的虛弱而被勾起罷了，那女孩看來比其他同學都還要嬌弱，她的肌膚白皙，讓人覺得她似乎無法抵禦外界的一切。我能看到白皙肌膚下的泛紅血管，感到血液與脈搏的律動……我不該想這些的，我對目前選擇的生活方式很滿意，但現在我和賈斯柏一樣飢渴，我不能讓自己陷入誘惑。

她皺著眉頭，好像有點被弄糊塗了。我可以明顯看出來，她滿懷緊張跟這群人坐在一起，努力跟陌生人說話，知道自己是話題焦點。我能從她薄弱的肩膀微微隆起的樣子，猜到她有點害羞，因為害怕受到別人的回絕或冷落。但我還是只能用猜的、用看的、用想像的，這真是前所未有的挫折！這個出乎我意料的女孩，我仍然聽不見她腦中的想法……完全聽不見，為什麼？

「我們可以走了嗎？」羅絲莉低聲問著，打斷我的專心。

我鬆了一口氣，移開對那女孩的凝望。我不喜歡這種挫敗的感覺，這讓我很氣惱。我之所以對她的思想有興趣，完全是因為我聽不見，等我破解她的想法後——我對這點毫不懷疑，我一定會找到方法的——我知道她的想法應該會和其他人一樣，都是些瑣碎無聊的念頭，不值得我花費力氣。

「所以那個新來的也一樣害怕我們嗎？」艾密特問我，像以前一樣等著我的回答。

我聳了聳肩。其實他對這個問題一點都不感興趣，我也不該有興趣。我們一同起身，離開餐廳。

艾密特、羅絲莉和賈斯柏都裝成高年級生，這樣的角色遠比他們真正的年齡年輕多了，他們走向他們的教室，我則往一年級的生物課教室走去，準備迎接又一堂無聊的課程。生物老師——班納先生——一個中等智商的男人，不管他多努力授課應該都變不出什麼新把戲讓有雙碩士學位的人吃驚。

走進教室，我坐在座位上，打開書攤在桌上，其實他說的我早就全都會了。我是唯一獨占一張桌子的學生，那些人類不夠聰明，不知道自己在懼怕我，但他們的直覺讓他們下意識遠離我。

學生三三兩兩吃完午餐進來，教室快坐滿了。我靠著椅背，等著時間經過，再一次，我真希望我能睡著。當安琪拉・韋柏陪著這位新轉學生走進教室時，可能因為我一直在想她，她的名字立刻抓住我的注意力。安琪拉心想：**貝拉似乎和我一樣害羞，我想她今天一定很不好受。真希望我能對她說些什麼……但可能會是一些蠢話**。

好耶！麥克・紐頓想著，轉過身看著這兩位女孩走進來。

我努力聆聽貝拉・史旺站的位置，但跟中午一樣，還是什麼都聽不見，她的腦中還是一片空白，這讓我既惱怒又氣餒。

她朝我走近，穿過我身旁的走道向老師走去。可憐的小女孩，只剩下我旁邊的空位。很自然地，我挪動書本，將屬於她的桌面空出來，但我懷疑她是否真能在這兒感到舒適，因為她是學期中才加入的。坐在她旁邊或許能讓我破解她的祕密，我以前不用這麼接近……但我可能會發現根本沒有值得聽的內容。

貝拉・史旺朝我走來，暖氣將她的氣息吹向我，她的味道像一記大鐵球、或一記攻城錘似的擊向我，那一剎那，沒有任何方法能說明我受到的猛烈衝擊。直覺告訴我，我不能太靠近這個人類，我殘存的人性不多，我擔心我會把持不住。我是個掠食者，她是我的獵物，這個真實的念頭強烈地衝擊著我，但這個房間有太多目擊者，這很麻煩。我忘記我想要瞭解她腦中念頭這件事了，她的想法一點都不重要，反正她不會有多少時間可以再想。

我是個吸血鬼，她血中的味道是我在過去八十多年來聞過最甜美的，我從沒想過人間竟然有這樣的美味存在。如果我早知道，我會一直尋找，我會走遍全世界尋找她，我能想像她的美味……慾望像火一樣灼燒著我的喉嚨，我的嘴巴一片乾渴，口內分泌的毒液無法驅趕這種飢渴。我的胃因為飢渴而抽搐著，像是回應我的渴望，我的肌肉緊繃，隨時準備出擊。

我的胡思亂想不到半秒，她仍然走向我，空調將她的氣息吹向我。她邊走過來，眼睛邊偷瞄著我，顯然是打算偷偷坐下。然後她的目光迎上我的，我在她的大眼睛中看到自己的反應，她臉上震驚的表情救了她自己一命，我頓時清醒過來。但事情還沒結束，當她看見我的表情，她的臉頰再次泛紅，讓她的肌膚變得比之前更為誘人——是我看過最美麗的。她的氣息讓我整個腦袋混沌不清，完全不能思考，我強烈地渴望著，拒絕控制自己，整個人混亂極了。

她現在走得更快了，好像她知道該逃走似的。她急忙的行動暴露出她的笨拙，她被絆了一下，踉踉蹌蹌地往前走，差點摔倒在我前面那個女生的座位上——嬌柔又虛弱，比一般人還好對付。我試著專心在她眼中看到的我，我發現自己的表情帶著強烈的反感與嫌惡——我體內怪物的表情——我花了數十年努力與堅定的決心想要隱藏的表情，竟然會在此刻如此輕易地流露出來！

她的味道再次包圍著我，驅散我腦中的沉思，幾乎讓我衝動地想推開椅子站起來……不行，我的手緊緊抓住桌緣，我試著控制自己坐在椅子上。這張椅子承受不住我的衝動，我的手壓擠著桌子的支柱，整個手掌都是刺入的木屑，我的手指深深嵌入木頭內。

要破壞證據——這是基本規則。我很快把指尖的木屑化成粉末，一點不留，只剩手上的小洞和地板上的屑片，我用腳將之抹散。

破壞證據，還有附帶的損害……

我知道現在發生什麼事了，如果那女孩一直坐在我旁邊，我一定會殺了她。但教室中那些無辜的旁觀者怎麼辦，一共有十八位無辜的學生和一位教師，都不能活著離開教室，他們會看到一切。

我一想到我即將做出的事就讓我瑟縮不已，就算在我最糟的時期，我也從未做出太過殘暴的行為。在過去八十幾年來，我從未獵殺無辜的人，但現在我卻計畫要屠殺現場這二十個人……我腦中浮現我自己那怪物的嘴臉，似乎在嘲諷著我。

雖然一部分的我因為這怪物的嘴臉而顫慄，但一部分的我卻仍在策畫著：如果我先殺了這個女孩，我只有十五到二十秒的時間在其他人類反應之前殺光他們。這段時間應該夠，因為他們一開始可能搞不清楚發生什麼事，她也不會有時間尖叫或感到疼痛，我不會殘暴地殺死她，我只需要吸一小口我渴望的這個陌生人的血。然後我要阻止其他人逃跑，我不用擔心窗戶——太高也太小，沒有人能利用窗戶逃出去，只有門——只要關上門，誰也逃不掉。

但當他們亂成一團痛苦尖叫時，要花很多時間才能一一擺平所有人。這計畫不可行，而且會很吵，太多尖叫聲會引起注意，我在接下來的時間會被迫不斷殺害所有前來關心的無辜者……她的味道折磨著我，讓我的喉嚨益發疼痛乾渴，但等到我殺光所有人時，她的血都已經冰涼了……那還是先殺目擊者算了。

我在腦海中模擬計畫：我坐在教室中央那一排，我可以先攻擊右邊的人，我衡量著，一秒約可攻擊四到五人的頸部，而且安靜無聲。右邊的人是最幸運的，因為他們沒有機會看到接下來發生的事。然後攻擊前排、後排，接著是左邊，我估算著，大概五秒就能解決整間教室的人。但這段時間夠長了，能讓貝拉．史旺看到一切，知道她會是接下來的目標，足以讓她感到懼怕，就算她一開始嚇呆在座位上，這段時間也久得足以讓她回過神來尖叫——任何一聲尖叫都會引發其他人跑過來。

我做個深呼吸，她的味道像灼熱的火流過我全身的靜脈，灼燒著我的胸口，讓我更衝動、更想採取行動。她已經過來了，才幾秒，她坐下了，離我不到幾呎。我腦中的怪物帶著期望微笑著。

某人掉了個檔案夾到我腳邊，我根本懶得抬頭看是哪個該死的蠢人做的。但這個檔案夾的移動刮起一陣微風，冷風撫過我的臉龐。那短短的一秒足夠讓我清醒，在那寶貴的一秒內，我看見心中有兩張面孔：

一個是我之前也沒看過的——能殺死人的紅眼怪物，我已經不去算可能殺死多少人了。我為自己找藉口，不過就是謀殺罷了，一個殺手中的殺手，一個兇手，一個軟弱的怪物，充滿錯綜複雜的情緒，我竟然在這邊決定別人的生死。我跟自己妥協，我不過是喝人類的血，但那是最粗略的定義，我的受害者將變成像我一樣的怪物，永世停駐在黑暗中。另一張臉是卡萊爾的臉。

這兩張面孔沒有任何相似之處。一個是明亮的日，一個是黑暗的夜。卡萊爾並不是我真正的父親，我們沒有血緣關係，所以我們之間並沒有什麼相似的地方，除了肌膚和眼珠。我們雖然都有蒼白的肌膚，但那只因為我們都是吸血鬼——所有的吸血鬼都擁有冰冷蒼白的肌膚。我們眼珠的顏色相似只是反映出我們的選擇。

雖然我們的本質截然不同，我卻在腦中想像他的身影，並開始反射他的行為，在某種程度上，經歷過這七十多年來的歲月，我接受他的選擇，進而跟隨他的腳步。即便我依然是我，但他的智慧似乎改變了我某些外表：我的唇線隱藏著和他一樣的同情，我的眉頭擁有像他一樣的耐心。

但這些微小的改變都消失在這張怪物的臉上。只要再幾個月，我就會變回帶著獸性的我，我的創造者——也是我的導師和我的父親——對我多年的改造將完全功虧一簣。我的眼睛將再次變成惡魔的紅眼珠，我跟他之間的相似點將完全消逝，再也不會出現了。

卡萊爾在我腦中用和善的眼神望著我，但他並沒有批評我，我知道他會原諒我，即使我做出這場可怕行為。因為他愛我，他認為我比自己想的更為善良，就算我現在證明他的觀點是錯誤的，他還是會一樣愛我。

貝拉·史旺在我旁邊的椅子坐了下來，她的移動近乎笨拙和僵硬，是因為恐懼我嗎？她泛紅的雙頰讓血液的香氣無情地籠罩我全身，我馬上就要向我的父親證明：他看錯我了——這個痛苦的事實像火一樣灼燒著我的喉嚨，讓我全身痛苦不堪。

帶著厭惡自己的情緒，我將座椅轉向，避開她。連我自己都討厭這個即將要殺死她的怪物。她為什麼要來這邊？為什麼她要存在？為什麼她要毀了我僅有的一點平靜？為什麼這個讓我惱怒的人會出生？她會毀了我！一股激烈又不理性的仇恨突然湧起，傳遍我的全身，我轉過臉不願意看她。

這個怪物是誰？為什麼要是我？為什麼要是現在？為什麼只因為她恰巧選中此地、出現在這個小鎮，就要逼得我失去一切嗎？為什麼她要來這裡？我不想變成怪物！我不想殺害這間屋子內所有無辜的孩子！我不要失去我花了一輩子的犧牲和抗拒才取得的一切。我不能這樣做！我不能把她變成像我一樣的邪惡怪物。

她的味道是最主要的問題，她血中的香味不斷飄向我，如果有方法可以抵抗的話，如果有另一股清淨的強風吹進我的腦中，或許能消退我殘酷不堪的念頭……貝拉．史旺甩著她濃密的長髮，紅褐色的秀髮往我的方向飄揚。她是不是瘋了？她似乎在鼓勵我這個吸血鬼，在嘲諷我。沒有任何風能將她的氣味從我身旁吹散，很快我就會失去一切。

不，就算沒有風能幫助我，但我可以不要呼吸。我閉住呼吸，讓空氣不要再流經我的肺，我馬上感到輕鬆許多，但並不完全有效。我的腦中仍然殘留著她的芬芳，我的舌頭彷彿可以嚐到似的。我擋不了多久的，但也許我可以撐過這一小時，只要一小時，等到下課，所有的學生都會離開教室，他們就不會變成無辜的受害者。只要我能撐過這短短的一小時。

不呼吸是種相當難受的感覺，雖然我的身體並不需要氧氣，但這違反我的本能。在壓力下，我特別依賴感官能力，狩獵時能為我引導方向，在危險即將發生時，能讓我在第一時間產生警戒。雖然我不常遇到危險，但自我保護是我們這類生物的天性，和人類一樣。

雖然難受，但我要挺住，只要忍住，我就不會再聞到她的氣味，我的舌尖就不會一直渴望想品嚐在她白皙清亮皮膚下沸騰溫熱的血液。一小時——只要一小時！我不能再想她的氣息和味道。

這沉默的女孩將她的秀髮放下，擋在我倆之間，她傾身向前，頭髮散落在文件夾上。我看不到她的臉，無法從她的眼睛——她那深邃的大眼睛——讀出她現在的感覺。這就是為什麼要解開髮辮、弄散頭髮的原因嗎？不讓我看到她的眼神？是因為恐懼？還是因為害羞？還是想在我面前隱藏她的祕密？

之前因為聽不見她腦中想法而興起的氣惱正逐漸消退，我現在湧起的情緒偏向需要和惱恨——我惱恨身邊這個嬌弱的女生，厭惡她身上熱氣傳出的氣味緊緊依附在我身上，我愛我的家人，我的夢想是讓自己變得更好，所以我討厭她，討厭她讓我變成這個樣子……這對阻止我一點幫助都沒有。是的，我之前的氣惱已經消退，但對我沒有幫助，我滿腦子仍然想像著她的滋味該有多好，這念頭一直揮之不去。

我的腦海中充斥著厭恨和氣惱，我的耐心即將耗盡，這一小時到底結束了沒？當這一小時結束後，她就會走出教室，那時我該怎麼辦？我會走向她，向她自我介紹：嗨，我是愛德華・庫倫。我可以跟妳一起走到下一堂課的教室嗎？

她會說好，基於禮貌，就算她怕我——像我懷疑的那樣——她還是會基於禮貌跟著我走，走在我旁邊。我很容易就能帶她走到錯誤的地方，停車場後面那一片濃密的森林，我只要編個簡單的藉口告訴她，我把書忘在我的車內……會有人注意到我是最後跟她在一起的人嗎？和平常一樣的雨天，兩個穿著暗色雨衣的身影走到錯誤的方向，應該不會引起任何人的好奇或興趣，應該也看不出是我。

只不過，我並不是今天唯一注意到她的學生——但沒有人像我有那麼強烈的感受。麥克・紐頓是最注意她的人，看著她在座位上一副坐立不安的樣子，腦中想的也不過就是她承受的壓力——可憐的小東西，緊挨著我所以坐立難安——和其他人想的一樣，在她的氣味還沒有毀了我的仁慈之心之前，我也這麼以為。

麥克·紐頓可能會注意到她是和我一起離開教室的。

如果我能撐過這一小時，我能再撐過下一小時嗎？這念頭讓我像被火燒到一樣退縮了一下。她下課後會回到空無一人的家中——史旺警長要工作一整天。我知道她家在哪，我知道鎮上所有人的家，她家旁邊就是濃密的森林，附近沒什麼鄰居，就算她有時間尖叫——當然這不可能——也不會有人聽見的。如果我繼續屏住呼吸，我可以撐上兩個小時，我可以等到她落單，這樣不會傷害到其他人，這可能是比較負責任的方法。我已經七十多年沒嚐過人血了，我也可以不用急著品嚐，我腦中的怪物挺同意這個想法的。

這是詭辯！我絞盡腦汁企圖想出方法拯救這間教室的十九條人類生命，但當我殺死這個無辜的女孩後，我還是一樣變回怪物。所以我才會厭恨她，我知道這對她是不公平的，我知道其實我該恨的是我自己。當我殺死她後，我會更恨我們兩個。

我這整個鐘頭都在計畫，想找到一個殺害她的最佳方法。我試著不要想像細節的執行層面，免得自己承受不住，我怕自己會按捺不住，馬上殺光所有在我眼前的人類。所以我只是計畫大方向而已，這讓我撐過了一小時。

她從髮隙間很快地偷瞄了我一眼。當我看見她的凝視，不自覺湧起厭恨的情緒，我能從她的眼睛裡看到我自己的反應。她來不及用頭髮隱藏她泛紅的雙頰，我幾乎要採取行動了……幸好，下課鈴及時響起，千鈞一髮的救命鈴聲——多麼陳腔濫調的說法。我們兩個人都得救了：她不會死，而我免於成為我最恐懼也最不願意變成的大怪物。

我很快地離開教室，沒辦法像平常那樣慢慢走，任何人看到我，都會對我這樣的快速移動起疑心。但不會有人注意到我的，所有同學的腦中都只想著這個女孩，這個在剛剛一小時內很接近死亡的女孩。

我躲在我的車內，我沒想到自己竟然要躲藏，聽起來多懦弱，但這就是現在的事實。我現在沒有足夠的修養在人群中走動，在剛剛的一小時內，我耗盡所有精力努力克制自己不要殺人，這讓我無法再抵抗任何事。真是個廢物，我不能就這樣屈服變成怪物，我要打敗心魔。

我播放最能讓我平靜的CD，但沒多大效果，現在對我真正有效的是從車窗飄進來的空氣和小雨——清涼、濕冷又乾淨。雖然我還清楚記得貝拉・史旺血液的氣味，但吸入乾淨清涼的空氣後，我的全身就像是被洗滌了一樣，讓我不再受到它的影響。我的神志終於恢復正常了，我能正常的思考、再繼續跟自己奮鬥了。我絕不能變成怪物，我不可以去她家，我不可以殺她。顯然，我是充滿理性、具有思考能力的生物，我可以有選擇——永遠都會有選擇。

現在我的感覺和剛才在教室內已經不同，因為我已經遠離她了，或許，如果我能小心地避開她，我的生活就不會改變。我喜歡像之前那樣過日子，我為什麼要讓這個惹惱我的可口小東西毀了我的一切？我不能讓我父親失望，我不應該讓我母親為了我更憂慮和痛苦，是的，這樣會傷害收養我的雙親。而且艾思蜜是那麼仁慈、溫柔，那麼寬厚的人，讓艾思蜜這樣的人痛苦是不可原諒的。

諷刺的是，我竟然會想要保護這個女孩，潔西卡・史丹利腦中對她的卑鄙念頭就像是種無聲的威脅……但我是最不可能站出來保護伊莎貝拉・史旺的人，只要她不靠近我，她根本不需要任何保護。

艾利絲到哪去了？我突然想到！她會不會已經在腦海中看見我屠殺貝拉・史旺這些殘忍的畫面？那她怎麼不來幫我——阻止我，或幫助我消滅證據和證人？還是因為她太關心賈斯柏可能發生的狀況，所以忽略我可能做出的可怕行為？有可能是我比自己想的還強壯嗎？我並不會真的對這女孩做出任何事？不，我知道這不可能，一定是艾利絲太專心在賈斯柏身上。

我朝她可能在的方位搜尋著，應該是英文課那棟大樓，我很快就鎖定她的『聲音』……我猜對了！她滿腦子都是賈斯柏，分分秒秒仔細監測他各種微小的念頭。我希望艾利絲可以給我一些忠告，同時卻也很高興她不知道我在想些什麼。她顯然沒看到我剛才那一小時所策畫的大屠殺，我感到另一股新的灼熱痛楚傳遍全身——羞愧的痛楚，我不要任何人知道我竟然會有那些恐怖的念頭。

如果我能避開貝拉·史旺，我就能克制自己不要殺她——即使念頭還是存在。沒有人需要知道怪物的痛苦掙扎，以及最後失望地咬牙切齒。如果我能遠離她的味道……我知道自己一定要試一下，做出最佳選擇，設法不讓卡萊爾對自己失望。

今天的最後一堂課快結束了，我決定將我剛想到的新計畫付諸行動，總比呆坐在停車場好些。而且，萬一她等一下從我旁邊經過，會再次毀了我想當一個好人的努力。我再次厭恨起她了，我恨她為何擁有這股不自覺的力量能影響我，她會把我變成我最不想要的樣子。

我很快地走著——太快了些，還好沒有人看見——穿過小小的校園進入辦公室。我不該跟貝拉·史旺上同一班，我要像躲開瘟疫一樣躲開她。

「科普太太？」

辦公室內只有接待員一個人在，跟我想的一樣。但她沒聽見我安靜的腳步聲。

她那頭紅髮顯然是染的。她抬起頭，眼睛睜得大大的，無論她之前見過我們多少次了，總是一副措手不及的樣子。

「噢……」她喘著氣，帶著一點慌亂，緊張地順順衣衫。**傻瓜**，她對自己說：**我老得都可以當他媽媽了，怎麼還像個少女似的……**「愛德華，有什麼事嗎？」她的睫毛在厚重的大眼鏡後眨呀眨的。

這真令人難以忍受，我知道只要我想，我是很有魅力的。那很簡單，因為我知道對方腦中的想法，知道該說什麼話，用什麼姿態回應。我傾身向前，迎上她的眼神，好像我正深情地凝視她膚淺的棕色眼珠，她立刻被我的挑逗弄得心煩意亂。要達成我的目的應該很簡單。

「我想知道您能不能幫忙我重排課表？」我用輕柔的聲音問，盡量不要嚇到她。

我聽見她心跳變快的撲通聲。

「當然，愛德華。你想要怎麼改呢？」**他太年輕了、太年輕了……**她在心裡對自己說。當然，這是錯的，我老得都能當她祖父了，但如果只看我駕照上的年齡，她是對的。

「我想知道，能不能把生物課取消，改成高年級生的科學課程，像是物理？」

「愛德華，你對班納先生的授課不滿意嗎？」

「不是，只是這個課程我之前已經上過了。」

「當然，你之前在阿拉斯加的學校上過資優班……」她噘起嘴考慮著：**他們應該全都上大學的，我知道老師都在抱怨這四位優秀的學生——反應快、考試滿分——真懷疑他們是不是每一科都作弊。但瓦納校長寧願相信他們真的都非常優秀……我敢打賭他們的母親有幫他們課後輔導……**「事實上，愛德華，物理課已經額滿了。班納先生不希望一班超過二十五名學生——」

「我不會惹麻煩的。」當然不會，完美的庫倫家族從不會有任何麻煩。

「愛德華，這我瞭解。但教室已經坐滿了……」

「那我可以先退掉這堂課嗎？我想利用這個時間進行獨立研究。」

「退掉生物課？」她張大了嘴。**真是瘋了！坐著聽一些你早就知道的東西會有多難？一定是班納先生的問題。我是不是該跟鮑伯說？**「這樣你就會差一個學分不能畢業。」

「我明年會補回來的。」

「可能你應該先跟父母談談。」

我身後的門被打開，但無論是誰都跟我無關，因此我沒有理會，專心和科普太太商量。我傾身向她靠得更近，將我的眼睛睜得再大一些，當我的眼珠由黑色變成金色時，效果通常更好。黑色令人類感到恐懼，這很正常。

「拜託啦，科普太太？」我讓聲音盡量輕柔並且具說服力，這樣應該能說服她。「或者有沒有同時段的其他課程可以讓我轉班？我想其他課應該還有名額，六小時的生物課應該不是唯一的選擇……」

我對她展露微笑，但小心地不露出我的牙齒，免得嚇到她，我的表情很輕柔。她的心跳現在跟打鼓一樣快。**太年輕了**，她在腦中一再提醒自己不要亂想。

「嗯……也許我可以跟鮑伯，我是說班納先生提一下，也許——」

只差那麼一秒，一切就會不同。屋內的氛圍、我到這來的目的、我之所以傾身魅惑這個紅髮女人……都是為了一個理由，但現在卻變了。一秒鐘前莎曼莎・威爾斯打開門走進來，將教師簽名的遲到通知單放進櫃檯上的收納籃內，然後馬上走出去，急著要離開學校。但就在這一秒內，門敞開吹進來的空氣卻震攝住我，我馬上瞭解到，剛才第一個人進來時，那人的念頭為什麼沒有打擾到我。

我轉過身，雖然我不需要轉身就早已知道。我緩緩地轉身，努力控制全身的肌肉，跟自己的意志力作戰。貝拉・史旺在門邊緊緊貼著牆站，手上抓著一張紙，在我兇猛殘忍的注視下，她的眼睛比之前睜得更大。在這間窄小溫暖的辦公室內，她血液的芬芳飄散到屋內的每吋空間，我的喉嚨又湧起灼燒的劇痛。

我從她的眼睛看到自己的樣子：戴了面具的惡魔在她的眼睛裡回瞪我。我的手撐在櫃檯上，無力地顫抖，我不可以再回頭看她，如果要殺死她，我得先殺死科普太太。兩條生命，而不是二十條，挺划得來的交易。怪物焦慮地等待著，飢渴地催促我行動。

但永遠都有選擇——我必須抉擇。我憋住氣，阻斷空氣進入肺部，專心想著卡萊爾的臉。我轉身面對科普太太，聽見她心中驚訝的自語，對我表情的轉換感到驚愕。我用盡這數十年來的功力控制自己，試著用最平順的聲調說話，我說得很快，因為留在肺部的空氣不多。

「那就算了，我現在知道行不通了。謝謝您。」我轉身衝出房間，試著不理會當我衝過貝拉身邊時，她身體透出來的溫暖血氣。

我直接衝到停車場，一路上都走得很快，此時大多數學生都已經離開學校了，不會有人看到我。我聽見一個二年級生——奧斯汀・馬克——注意到我，但並沒有起疑。**庫倫是從哪冒出來的？快得像一陣風似的……可能是我自己的想像吧，媽總是說……**

我衝進我的富豪汽車，其他人已經在等我了。我試著控制自己的呼吸，但我狂喘不止，像是剛才差點窒息似的。

「愛德華？」艾利絲的聲音中帶著關心。

我只是搖搖頭。

「你發生了什麼事嗎？」艾密特盤問我，因為賈斯柏不打算跟他再比賽一次，所以他分心到我身上來了。

我沒有回答，只是發動車子開始倒車。我要在貝拉・史旺過來之前離開這個停車場，我心中那個惡魔還徘徊不去，我把車子調頭然後加速開走，還沒上路就已經開到四十，上路之後，車速七十開過轉角。我不用看也知道，艾密特、羅絲莉和賈斯柏都轉頭望著艾利絲，她聳聳肩，她並沒看見剛才發生任何事，也沒看見未來會發生的影像。她直視著我，腦中浮現的想法讓我們很快就心意相通，我們兩個同時感到驚訝。

「你要離開？」她低聲說。

其他人現在都瞪著我。

「我有嗎？」我咬緊牙關說。

她看見了──我決心擺脫這一切，選擇到另外一個黑暗的地方度過我未來的人生。

「啊。」她腦中出現影像：貝拉•史旺死了，我的眼睛因為激昂的興奮而紅通通的。然後我會繼續殺生，警方會開始尋找兇手，我會耐心的等待，等到安全再離開，再次展開新生活……

「噢。」她再次喊著，更多影像出現：我第一次進入史旺警長的家，看到貝拉站在一個有黃色櫥櫃的小廚房內，當我從陰暗處朝她走去時，她背對著我……她的氣味讓我情不自禁地撲向她……

「夠了！」我大吼，我聽不下去了。

「抱歉。」她低聲說，眼睛瞪得大大的。

怪物欣喜若狂。然後她腦中的畫面又變了：深夜，寂靜無車的高速公路，沿路的樹上都是積雪，車子飛快馳駛，時速大約二〇〇哩……

「我會想你的。」她說。艾密特和羅絲莉交換一個疑惑的眼神。

我們已經快要到家了。

「在這讓我們下車。」艾利絲說：「你要自己親口跟卡萊爾說。」

我點點頭。汽車尖叫著煞住。艾密特、羅絲莉和賈斯柏都很沉默，等我離開後艾利絲會跟他們解釋的。艾利絲輕觸我的肩頭。「你會做出正確的事。」她低語著。這並不是她看到的影像，而是命令。「她是查理•史旺唯一的家人，失去她會讓他也活不下去的。」

「我知道。」我說，對她說的最後一點再同意不過了。

她下車跟其他人站在一起，眉頭焦慮地皺起。他們很快就消失在樹林內，消失在我的視線內。我將車調頭。

我加速開回鎮上，艾利絲腦海中的影像就像是黑暗中的一絲光芒。車子以時速九十的馬力奔馳，往福克斯鎮上駛去，我不確定自己該怎麼做：要去跟我的父親道別嗎？還是聽從我內心這個惡魔的指引？

車子在路上急駛著。

奇炫館

暮光之城

（原名：Twilight）

作者／史蒂芬妮・梅爾（Stephenie Meyer）
譯者／瞿秀蕙
執行長／陳君平
協理／洪琇菁
總編輯／陳昭燕
榮譽發行人／黃鎮隆
國際版權／黃令歡、高子甯、賴瑜妗
美術主編／李政儀

出版／城邦文化事業股份有限公司　尖端出版
臺北市南港區昆陽街十六號八樓
電話：（〇二）二五〇〇－七六〇〇
傳真：（〇二）二五〇〇－二六八三
E-mail：7novels@mail2.spp.com.tw

發行／英屬蓋曼群島商家庭傳媒股份有限公司城邦分公司　尖端出版
臺北市南港區昆陽街十六號八樓
電話：（〇二）二五〇〇－七六〇〇（代表號）
傳真：（〇二）二五〇〇－一九七九

中彰投以北經銷（含宜花東）／楨彥有限公司
電話：（〇二）八九一九－三三六九
傳真：（〇二）八九一四－五五二四

雲嘉經銷／威信圖書有限公司　嘉義公司
電話：（〇五）二三三－三八五二
傳真：（〇五）二三三－三八六三

南部經銷／威信圖書有限公司　高雄公司
電話：（〇七）三七三－〇〇七九
傳真：（〇七）三七三－〇〇八七

香港經銷／一代匯集
香港九龍旺角塘尾道六十四號龍駒企業大廈十樓B&D室
電話：（八五二）二七八三－八一〇二
傳真：（八五二）二七八二－一五二九

馬新經銷／城邦（馬新）出版集團Cite (M) Sdn. Bhd.
E-mail：cite@cite.com.my

法律顧問／王子文律師　元禾法律事務所
台北市羅斯福路三段三十七號十五樓

二〇〇八年十二月一版一刷
二〇二四年五月一版六十七刷

■中文版■

國家圖書館出版品預行編目資料

暮光之城 / 史蒂芬妮·梅爾（Stephenie Meyer） 著；
瞿秀蕙 譯.
—1版.—臺北市：尖端出版，2008.12
面； 公分.—(奇炫館)
譯自:Twilight
ISBN 978-957-10-3964-0(平裝)

874.57 97018325